LAS
HIJAS
PERDIDAS

Las hijas perdidas

Título original: *The Broken Girls*

© Simone St James, 2018

© de la traducción: Emilio Vadillo

© de esta edición: Libros de Seda, S. L.
Estación de Chamartín s/n, 1ª planta
28036 Madrid
www.librosdeseda.com
www.facebook.com/librosdeseda
@librosdeseda
info@librosdeseda.com

Diseño de cubierta: © Sarah Oberrender; Penguin Randhom House
Adaptación y diseño de la cubierta para la edición española:
  Rasgo Audaz, Sdad. Coop.
Maquetación: Rasgo Audaz, Sdad. Coop.
Imágenes de cubierta: : ©Alexandre Cappellari/Arcangel Images
  (casa encantada); ©Mohamad Itani/Arcangel Images (cristal roto).

Primera edición: junio de 2019

Depósito legal: M-17878-2019
ISBN: 978-84-17626-01-3

SIMONE ST. JAMES

LAS
HIJAS
PERDIDAS

Este libro está dedicado a mi madre,
la mayor heroína de mi vida.

Te quiero, mamá.

PRÓLOGO

Barrons, Vermont
Noviembre de 1950

El sol se escondía en el horizonte al tiempo que la chica llegaba al punto más elevado de la carretera de Old Barrons. Ya se estaba haciendo de noche y todavía le quedaban más de cuatro kilómetros de camino.

El color del cielo empezó a tornarse púrpura y azulado, oscuro y frío. No resultaba fácil distinguir los detalles, pues todo se volvía borroso, como si fuera cubriéndose de una capa de humo. Con los ojos entrecerrados, la chica volvió la vista hacia la cuesta por la que había ascendido, de modo que la brisa atravesó con facilidad el delgado tejido que le cubría el cuello. Le revolvió el pelo. No había nadie detrás, al menos que ella pudiera ver.

No obstante, pensó que debía ir más rápido.

Bajó la colina bastante deprisa. Sus gruesos zapatos escolares arrancaban piedrecillas del camino, que estaba en mal estado. Para mantener el equilibrio pese a los tropiezos, movía las largas piernas como un potrillo recién nacido. Había crecido bastante últimamente, por lo que la falda gris era algo corta: le quedaba por encima de las rodillas. Pero a ese respecto no había nada que hacer. Llevaba la falda del uniforme en la maleta, que no paraba de golpear contra sus pantorrillas. Pronto podría volver a ponérsela.

«Si tengo suerte».

«¡Déjalo ya, estúpida! ¡Estúpida!».

«¡Mas deprisa!».

Notaba la palma de la mano sudada por donde sujetaba el asa de la maleta. Había estado a punto de caérsele al tirar de ella mientras se bajaba a toda prisa del autobús. Al mirar hacia la ventana, se había dado cuenta de que estaba sudando por las axilas y por la espalda.

—¿Va todo bien? —le había preguntado el conductor.

Probablemente, la expresión de tedio de la chica le había sacado de su aburrimiento.

—Sí, sí, gracias —le contestó, dedicándole una sonrisa desmayada y despidiéndose con un gesto de la mano al darse la vuelta.

La maleta le golpeaba en las rodillas, como si avanzara por las aceras de una ciudad llena de gente, y no por el maltrecho pavimento de aquel camino que a alguien se le había ocurrido llamar «del Norte». Las sombras se habían alargado. Cuando oyó que la puerta del autobús se cerraba, volvió la cabeza para ver como se alejaba.

No se había bajado nadie más. Solo se oía el ruido de las suelas de sus propios zapatos y el graznido lejano de un cuervo.

Estaba sola.

Nadie la había seguido.

Todavía no.

Llegó a la parte más baja de la carretera de Old Barrons, jadeando. Tenía prisa. Se obligó a mirar hacia delante en todo momento. Mirar para atrás sería tentar a la suerte. Estaba segura de que, si solo miraba hacia delante, todo iría bien.

Sintió que el viento frío congelaba el sudor de su cuerpo. Se inclinó hacia delante: tenía que darse aún más prisa. Si tomaba el atajo por los árboles, trazaría una diagonal casi exacta que la conduciría al campo de deporte. Tal vez allí se encontraría con alguien que fuera de camino al edificio de los dormitorios. Sería un trayecto más corto que el que había escogido, que rodeaba el bosque hasta llegar a la entrada principal de Idlewild Hall. Pero, claro, eso implicaría no tomar por la carretera. Tendría que ir a través del bosque y avanzar en la oscuridad. Podría perderse.

No sabía qué hacer.

El corazón parecía temblarle en el pecho. No obstante, enseguida recuperó el latido habitual. Siempre que hacía un esfuerzo físico le pasaba lo mismo. Era igual que cuando sentía miedo. Y ahora le pasaban esas dos cosas. Durante unos instantes que se le hicieron eternos, se quedó con la mente en blanco. No era capaz de pensar. El cuerpo todavía no le funcionaba del todo bien. Ya había cumplido quince años, pero aún tenía los pechos pequeños y solo hacía un año que le había venido la regla por vez primera. Se lo había dicho el médico: aquellos retrasos podían ser efectos secundarios de la desnutrición.

—Eres joven y te recuperarás —le había dicho con tono animoso—, aunque todavía hay un demonio en el cuerpo.

Aquella frase retumbó en su interior durante un tiempo e interrumpió el hilo de sus pensamientos: «Un demonio en el cuerpo». No dejaba de tener su gracia. Era algo negativo y pesimista, pero tenía su gracia. Cuando sus parientes le preguntaron qué le había dicho el médico, les contestó que «en su opinión, tenía un demonio en el cuerpo». Como la miraron sin saber cómo tomarse aquella frase, dijo algo para contrarrestar su efecto, algo que sonara más reconfortante:

—Al menos no he perdido ningún diente.

Inmediatamente, dejaron de mirarla. Esos norteamericanos no tenían la menor idea sobre lo importante que era mantener la dentadura intacta. Después de pensar en eso, se tranquilizó.

Ya estaba más cerca de la verja principal de Idlewild Hall. Sus recuerdos se movían dispersos, sin rumbo fijo. Había olvidado el nombre de la mitad de las compañeras con las que había vivido, pero recordaba perfectamente la ilustración de la portada del antiguo *Blackie's Girls' Annual* que había encontrado en una de las estanterías del dormitorio. Era de una chica con un vestido de cintura baja, típico de la década de 1920. Paseaba a un perro juguetón por la ladera de una colina, haciendo pantalla con la mano para protegerse del sol. El viento le había alborotado el pelo. Había observado tantas veces esa ilustración que a veces soñaba con ella. Incluso en ese momento, podía recordar todos los detalles. Le fascinaba su inocencia. Le maravillaba la blancura inmaculada de aquella chica, capaz de pasear tranquilamente con su perro sin pensar en médicos, ni en dientes, ni en heridas, ni en costras, ni en ninguna de todas las cosas horribles que había enterrado en su cerebro y que, de vez en cuando, reaparecían. Eran como pompas de jabón que salían a la superficie antes de estallar y desvanecerse en la oscuridad.

No oyó ningún ruido delante de ella, pero supo que estaba allí. A pesar del viento que se colaba en sus oídos y del ruido de sus propios pasos, había un murmullo que lo anunciaba: un susurro al que debía estar atenta.

Entonces, cuando volvió la cabeza y notó un chasquido de protesta en el cuello, vio aquella figura. Coronó el montículo por el que acababa de pasar y avanzó rápidamente hacia ella.

«No. He sido la única que se ha bajado del autobús. No había nadie más», se dijo a sí misma.

Pero lo sabía. Claro que lo sabía. Por supuesto.

Por eso había empezado a andar mucho más deprisa. Por eso sintió los nudillos y el mentón entumecidos por el frío. Comenzó a trotar. La maleta le golpeó en la pierna y casi se le cae de la mano. Pestañeó con fuerza, intentando aguzar la vista en la creciente oscuridad, procurando fijarse en los detalles. ¿Estaba cerca? ¿Cuánto le faltaba? ¿Podría llegar?

Volvió a mirar atrás. Entre la niebla de la oscuridad, vio una falda larga y blanca, una cintura y unos hombros estrechos, el suave balanceo de un pañuelo negro, que, movido por el viento, cubría su rostro. La figura estaba más cerca, por lo que los detalles parecían más claros. A pesar de que no corría, de que solo avanzaba caminando, estaba cada vez más cerca. El pañuelo le tapaba la cara, pero estaba segura de que la estaba observando: la mirada fija en ella.

Presa del pánico, cambió bruscamente de dirección: dejó la carretera y se internó en el bosque, entre los árboles. No había camino alguno, así que avanzó despacio entre los densos arbustos y la maleza que le pinchaba las piernas a través de las medias. Casi de inmediato, la carretera desapareció de su vista. Trató de orientarse siguiendo una línea recta hacia el campo de deporte. El terreno era muy irregular, por lo que tenía que ir despacio. Empezó a sudarle la espalda. La tela de la blusa se le pegó al cuerpo. Era de algodón y barata. Cada vez le pesaba más la maleta: la soltó inmediatamente para poder avanzar más deprisa a través del bosque. No oía otra cosa que el áspero chirrido de su propio aliento.

Se torció el tobillo: un dolor agudo le recorrió toda la pierna, pero no paró de correr. Perdió las horquillas con las que se sujetaba el pelo y se arañó las palmas de las manos cuando se apartó unas ramas de la cara. Aun así, no se detuvo. Al cabo de poco, delante de ella apareció la vieja valla que rodeaba Idlewild, llena de raíces y rota por mucha partes: era fácil de atravesar. A su espalda, ningún sonido. Y, sin embargo, allí estaba.

«Mary Hand, Mary Hand, muerta y enterrada en algún lugar».

«Más deprisa, más deprisa. No dejes que te atrape. Dirá que quiere ser tu amiga...».

A escasos metros, los árboles empezaban a ser menos gruesos; la luz perlada de la media luna iluminaba el claro del campo de deporte.

«¡No permitas que vuelva a entrar!».

Le ardían los pulmones y se le escapó un sollozo desde la garganta. No estaba preparada. ¡No, no lo estaba! A pesar de todo lo que le había ocurrido..., quizá por eso. La sangre bullía en su interior. Su maltratado cuerpo aún era capaz de correr para ponerse a salvo.

En un instante de pura clarividencia, supo que todo era por nada.

Siempre había sabido que los monstruos eran reales.

Y estaban allí.

La chica volvió la cabeza hacia la oscuridad y gritó.

CAPÍTULO 1

Barrons, Vermont
Noviembre de 2014

De repente, el estridente ruido del teléfono móvil despertó a Fiona. Estaba dormitando en el asiento, pero, inmediatamente, se inclinó hacia delante y agarró con fuerza el volante. Miró la negrura tras el parabrisas.

Pestañeó y enfocó la mirada. ¿De verdad se había quedado dormida? Había aparcado en el arcén de gravilla de la carretera de Old Barrons. Su objetivo, quedarse sentada en un silencio absoluto y pensar. Supuso que se había dejado llevar.

El teléfono volvió a sonar. Se restregó los ojos rápidamente y miró en dirección al ruido. Estaba sobre el asiento del pasajero, allí donde lo había dejado. La pantalla brillaba en la oscuridad con el nombre de Jamie y la hora: las tres de la mañana. Si hubiera seguido con vida, justo aquel día, Deb habría cumplido cuarenta años.

Finalmente, agarró el teléfono y contestó.

—Jamie —dijo.

La voz que le llegó sonaba baja y ronca. Parecía de alguien que se acababa de despertar

—Me he despertado y te habías ido —dijo con un tono acusador.

—No podía dormir.

—¿Y te has marchado? ¡Por el amor de Dios, Fee! ¿Dónde estás?

Abrió la puerta del automóvil y sacó las piernas para sentir el aire fresco de la noche. Debía de estar enfadado, pero no podía hacer nada al respecto.

—Estoy en la carretera de Old Barrons, justo en la falda de la colina, estacionada en el arcén.

Jamie no dijo nada durante un momento. Supo en lo que estaba pensando: el cumpleaños de Deb.

—Fee...

—Solo pensaba ir a casa. De verdad.

Salió del automóvil y se puso de pie. Las piernas, agarrotadas, protestaron. El viento frío la despertó del todo y le alborotó el pelo. Avanzó unos pasos hasta el borde de la carretera y miró a un lado y al otro. Metió la mano libre en el bolsillo del abrigo cortavientos. Mirando hacia la zona por donde había llegado, vio un cartel indicador que señalaba la distancia a Burlington: 50 kilómetros. En lo alto de la colina se distinguían las tenues luces de una gasolinera abierta las veinticuatro horas. Más allá de la colina, fuera del alcance de la vista, estaba la intersección con la carretera Norte. Por allí había un montón de restaurantes de comida rápida, otra gasolinera y un par de grandes superficies. En la otra dirección solo había oscuridad, como si a la carretera de Old Barrons se la tragara la tierra.

—No tenías por qué irte a casa —decía Jamie.

—Ya lo sé —replicó Fiona—. Pero me sentía inquieta y no quería despertarte. Así pues, salí y me puse a conducir, pero me dio por pensar.

Suspiró. Podía imaginárselo tumbándose en la cama, apoyando un codo en la almohada, con la vieja camiseta y los calzoncillos *boxer,* con los músculos del antebrazo flexionados mientras se pasaba la mano por los ojos. Su turno empezaba las seis y media. Y era cierto: había intentado no despertarlo.

—¿Pensar en qué?

—Empecé a preguntarme cuánto tráfico habría en la carretera de Old Barrons durante la madrugada. Ya sabes... Si alguien deja el automóvil en la cuneta, ¿cuánto tardaría cualquier otra persona en pasar y darse cuenta de que hay un vehículo abandonado, sin nadie dentro? Los polis siempre dicen que era imposible que Tim Christopher hubiera dejado su vehículo aquí durante tanto tiempo, sin que nadie lo viera. Pero lo cierto es que nunca lo comprobaron, ¿no?

Y ahí estaba de nuevo, esa maldad, ese demonio que se asomaba a la superficie y tomaba la palabra. Eso que tanto luchaba por mantener alejado. Conforme se acercaba el cumpleaños de Deb, la idea le había estado rondando durante días. Había intentado no hacer caso y olvidarse del asunto, pero esa noche, incapaz de conciliar el sueño, no había podido contener aquellos pensamientos.

—Eso no está bien, Fee, no es sano —dijo Jamie—. Lo sabes. Oye, sé que piensas mucho en tu hermana. Sé cuánto la echas de menos. Pero ir a Idlewild... Eso ya es demasiado.

—Lo sé —admitió Fiona—. Ya sé que hemos pasado antes por esto. Sé lo que me decía mi terapeuta. Sé que han pasado veinte años. Te juro que he intentado no obsesionarme. —Procuró que su voz no sonara suplicante, pero no lo logró—. Solo te pido que me escuches, ¿de acuerdo?

—De acuerdo —concedió él—. Dispara.

Tragó saliva antes de hablar.

—Llegué aquí y me detuve en la cuneta, al borde de la carretera. He estado sentada durante... —miró el reloj— treinta minutos. ¡Treinta minutos, Jamie! Y no ha pasado ningún vehículo, ni uno solo. —Según sus cálculos, llevaba allí unos cuarenta y cinco minutos, pero seguramente debía de haber dormido alrededor de un cuarto de hora, por lo que no podía tener en cuenta ese tiempo—. Así pues, pudo dejar el automóvil y hacerlo. Los campos de Idlewild Hall están a solo diez minutos si se va por el bosque. Tuvo tiempo más que de sobra.

Al otro lado de la línea, Jamie respiró con fuerza. Ya llevaban un año juntos, cosa sorprendente. Sabía que él era capaz de decir algo diferente a las típicas palabras vacías: «No importa. Eso no te la va a devolver. Él está en la cárcel. Todo ocurrió hace veinte años, tienes que pasar página». Y, claro, no fue eso lo que Jaime le dijo.

—La carretera de Old Barrons no era igual en 1994. El antiguo autocine todavía estaba abierto, en el lado este de la carretera. En los noventa, ya no iba mucha gente, pero los jóvenes se solían reunir allí, sobre todo cerca de Halloween.

Fiona se mordió la lengua para no contestarle. Jamie tenía razón. Se dio la vuelta y miró a la oscuridad, hacia donde había estado el autocine, ahora completamente abandonado. Hacía tiempo que la enorme pantalla había desaparecido; también habían demolido el grasiento puesto de palomitas. En su lugar, un claro entre los árboles, sucio y lleno de restos. Un lugar donde los arbustos crecían sin control. Recordó que, de niña, les había rogado a sus padres multitud de veces que las llevaran a Deb y a ella al autocine. En aquella época, se le antojaba una experiencia emocionante, una maravilla para los sentidos. Pronto averiguó que era absurdo. Sus padres eran una pareja de intelectuales. Se plantearían tan en serio acercarlas a ver *Superdetective en Hollywood II* como llevarlas a dar un paseíto por la Luna. Deb, que era tres años mayor que ella y mucho más sabia y práctica, se limitaba a menear la cabeza y a encogerse de hombros al ver la decepción de Fiona: «¿Qué esperabas?».

—No creo que un jueves de noviembre hubiera muchos chicos en el autocine —se limitó a decir.

—Pero sí que habría. Muchos o pocos, pero habría —replicó Jamie, utilizando la lógica sencilla de alguien cuya vida no se hizo añicos—. Y ninguno de ellos recordó haber visto el automóvil de Christopher. Todo eso consta en la investigación.

Fiona sintió una punzada de cansancio detrás de los ojos. Aun así, dentro de ella había una energía que la empujaba a seguir en movimiento. Se dio la vuelta y empezó a alejarse de la colina y de las luces de la gasolinera. Se introdujo en la zona oscura que había frente a su automóvil, al otro lado de la carretera de Old Barrons.

—Ya sé que piensas que lo investigaron todo —contestó, de forma más áspera de lo que había querido—. Eres policía. Tu obligación es creerlo. En tu mundo, cuando una chica es asesinada, intervienen las mentes detectivescas más agudas de Vermont, se aplican para resolver el caso y meten entre rejas a los malos.

Frustrada, pateó la grava del otro arcén. El viento frío traspasó la tela de los *jeans*. Se subió el cuello de la cazadora para mitigar un temblor, a pesar de las varias capas de ropa que llevaba encima.

Como casi siempre, Jamie no reaccionó a su provocación: esa era una de las cosas de él que le volvían loca.

—Fiona, sé que se investigaron todas las posibilidades porque he estudiado el expediente hasta el último detalle. Más de una vez. Exactamente igual que tú. Y pese a que hacer eso contraviene todas las reglas de mi trabajo. Está todo en el expediente. Absolutamente todo, negro sobre blanco.

—No era tu hermana —dijo Fiona.

Se quedó callado un momento, como asimilando lo que le acababa de decir.

—Tim Christopher fue acusado —afirmó—. Lo imputaron y lo juzgaron por el asesinato de Deb. Ha pasado veinte años en una cárcel de máxima seguridad. Sin embargo, ahí estás tú: en la carretera de Old Barrons a las tres de la mañana.

Cuanto más caminaba, más oscuridad se cernía a su alrededor. Además, cada vez hacía más frío. Una burbuja de aire frío la obligó a encogerse más entre la ropa. Notaba la nariz como un témpano.

—Necesito estar segura de que fue él quien lo hizo.

En 1994, su hermana, que entonces solo tenía veinte años, había sido estrangulada y abandonada en medio del antiguo campo de deportes de Idlewild Hall. Su cadáver apareció de lado, con las rodillas dobladas en posición fetal y con los ojos abiertos. La blusa y el sujetador estaban completamente rasgados, junto al cuerpo. La última vez que la vieron fue en su colegio mayor, a cincuenta kilómetros de allí. Su novio, Tim Christopher, había pasado veinte años en la cárcel como autor del crimen. Desde el primer momento, se declaró inocente. Todavía insistía en que él no lo había hecho.

Fiona tenía diecisiete años. Ni siquiera quería pensar en cómo el asesinato había destrozado a su familia ni en cómo había afectado a su vida. Era más sencillo quedarse al otro lado de la carretera y pensar obsesivamente en cómo Cristopher se había librado del cuerpo de su hermana. Era algo que no había llegado a aclararse. No se habían encontrado huellas de pisadas, ni en el bosque ni en los campos de deporte. Tampoco había restos de neumáticos en el arcén de la carretera. La finca de Idlewild estaba rodeada por una valla, pero muy vieja y completamente deteriorada desde hacía décadas. Podía haberla atravesado por cualquiera de los muchos huecos que tenía. Eso si se daba por hecho que hubiera ido por ese camino.

Jamie tenía razón. Pero su lógica de policía no concordaba con la de ella, que era periodista. Aquel detalle la sacaba de quicio. Era algo que hurgaba en sus heridas y las dejaba en carne viva, cuando los demás ya habían vendado y habían curado las suyas hacía mucho tiempo. Quizá podría buscar una muleta, fuera la que fuese: ¿el alcohol?, ¿las drogas? Entonces, como había sucedido con los demás, empezaría a renquear: hacia delante. Pero no. Ahí estaba, estremeciéndose y mirando fijamente los árboles del bosque, aunque con el pensamiento muy lejos: «¿Cómo diablos pudo cargar con ella sin dejar ninguna huella?».

Todavía tenía el teléfono en la oreja. Podía escuchar a Jamie, esperando al otro lado de la línea.

—¿Te molesto?

—¡No! —protestó él.

—Pues me da esa impresión..., por cómo respiras.

—¿Lo dices en serio?

—Creo que...

De repente, unos pasos detrás de ella la dejaron helada.

—¿Fiona? —preguntó Jamie, alarmado, como si a través del teléfono hubiera escuchado lo mismo que ella.

—¡*Shh!* —susurró ella, apretando instintivamente los labios.

Se quedó quieta e inclinó la cabeza. La oscuridad era casi completa. Idlewild Hall, el antiguo internado de chicas, había cerrado en 1979, mucho antes de la muerte de Deb. Aquel lugar había sido abandonado: las verjas, los campos... No había ninguna luz al final de la carretera que terminaba en las verjas de hierro herrumbroso de aquella antigua escuela. Apenas se oía el silbido del viento entre los árboles.

Se volvió despacio, girando sobre los talones. Lo había oído: una pisada en la grava. Si algún peligro la acechaba en el bosque, no tendría ningún arma con que poder defenderse. Tendría que limitarse a gritar para que Jamie la oyese por el teléfono y esperar a ver qué ocurría.

Observó la oscuridad con los ojos entrecerrados y escuchó el silencio. Solo llegaba a ver el brillo de las últimas hojas que aún quedaban, moribundas, en las oscuras ramas.

—¿Qué cojones pasa? —ladró Jamie. Nunca decía palabrotas, salvo cuando estaba asustado.

—¡*Shh!* —susurró ella de nuevo—. No hay nadie, no es nada. Me pareció oír algo. Eso es todo.

—¿De verdad tengo que decirte que no te metas en una carretera abandonada y oscura, y menos en mitad de la noche? —le soltó.

—¿Nunca has pensado que podría haber algún peligro, algo extraño, en la carretera de Old Barrons? —preguntó—. Si has estado alguna vez aquí... La verdad es que es un sitio extraño, casi siniestro. Es como si hubiera algo...

—¡Bueno, ya está bien! —estalló Jamie—. Sube otra vez al automóvil y vuelve a casa, si no quieres que vaya a buscarte.

—Bien, de acuerdo, ya voy.

Le temblaban las manos, también la que se le había quedado helada de sujetar el teléfono. Además, todavía sentía un estremecimiento en la espina dorsal: la descarga de adrenalina. «He oído un paso. Ha sido real, estoy segura». Desde donde estaba, no se alcanzaba a ver la colina. Tuvo ganas de contemplar las acogedoras luces fluorescentes de la estación de servicio. Dio un paso y, de repente, reparó en una cosa. Se detuvo y se dio la vuelta otra vez para mirar la verja de Idlewild Hall.

—Espero que lo que oigo sean tus pasos acercándote al automóvil —dijo Jamie en tono amenazador.

—Hay un cartel —dijo Fiona—. Acabo de verlo. Está en una de las verjas. Antes no estaba.

Se acercó lo suficiente como para leer lo que ponía:

OTRO PROYECTO DE MACMILLAN
CONSTRUCTION, LTD.

—Jamie, ¿por qué hay un cartel que dice que en Idlewild va a haber obras?

—Porque las va a haber —respondió él—. Me enteré la semana pasada. La propiedad se vendió hace dos años. El nuevo dueño tiene algún proyecto. Por lo que he oído, va a restaurar el edificio.

—¿Restaurarlo? —Fiona pestañeó para ver mejor el cartel y descubrir un nuevo detalle—. ¿Para qué?

—Para hacer una nueva escuela. Lo van a arreglar y a renovar para construir otro internado.

—¿Qué van a hacer qué?

—No quería contártelo, Fee. Sé lo que ese sitio significa para ti.

Fiona dio un paso atrás, sin dejar de mirar el cartel. «Restaurar». Volvería a haber niñas jugando donde había yacido el cuerpo de Deb. Posiblemente, construyeran edificios nuevos, derribarían los antiguos, harían un gran aparcamiento y quizás hasta ensancharían la carretera. Toda la zona, que había permanecido igual durante veinte años y que ella conocía tan bien, aquel lugar donde Deb había muerto, desaparecería para siempre.

—¡Maldita sea! —dijo mientras se volvía para acercarse al automóvil—. Te llamaré mañana. Me voy a casa.

CAPÍTULO 2

Katie

Barrons, Vermont
Octubre de 1950

La primera vez que Katie Winthrop vio Idlewild Hall, estuvo a punto de echarse a llorar. Iba en el asiento de atrás del Chevrolet familiar y miraba entre el hombro de su padre (que llevaba un jersey de lana gris) y el de su madre (que vestía una blusa de crepé). Cuando aparecieron las grandes verjas negras, al final de la carretera de Old Barrons, notó que los ojos se le llenaban de lágrimas.

Se abrieron las puertas, cosa que después supo que era algo bastante raro. En realidad, no sucedía casi nunca. Su padre atravesó la entrada y condujo en silencio por el camino de tierra, mientras ella miraba con los ojos muy abiertos el gran edificio que se alzaba ante sus ojos. Constaba de una planta baja y de tres pisos. Era interminablemente largo, lleno de innumerables ventanas con salientes que parecían filas de dientes, solo interrumpidas por el pórtico que marcaba la puerta de la entrada principal. Era agosto. El aire, denso y cálido, estaba cargado de humedad: pronto descargaría una tormenta. Conforme te acercabas a aquel lugar, tenías la impresión de que las fauces del edificio iban a devorarte. Katie tragó saliva con fuerza. Se mantuvo muy tiesa y quieta al tiempo que la construcción iba haciéndose más y más grande tras el parabrisas.

Su padre detuvo el vehículo. Durante un momento, no oyó otro ruido que el del motor. Idlewild Hall era un edificio oscuro, sin la más mínima señal de vida, ni dentro ni fuera de él. Katie miró a su madre, pero la mujer había vuelto la cara y miraba a través de su ventanilla sin hacer gesto alguno. La tenía tan cerca que hasta notaba perfectamente el maquillaje que se había aplicado en las mejillas, pero, aun así, no dijo nada.

Deseaba decirlo con todas sus fuerzas: «Lo siento. Por favor, no me obliguéis a quedarme aquí. Lo siento muchísimo...».

Su padre interrumpió sus pensamientos:

—Voy a sacar tus maletas.

Aquello había pasado hacía dos años. Ahora ya se había acostumbrado a Idlewild, a los interminables pasillos de suelos gastados que olían a moho y a sudor de chicas, a las ventanas de las que colgaban pequeños carámbanos de hielo en invierno, a la peste a mantillo húmedo que traía el viento desde el campo de hierba de hockey (fuera el momento del año que fuese), a los uniformes que no habían cambiado desde que la escuela abrió sus puertas, allá por 1919.

Katie era el tipo de chica a la que las demás solían obedecer. Tenía el pelo negro y brillante, un carácter dominante. Era guapa, algo agresiva y no le tenía miedo a nada. No se podía decir que fuera muy popular, pero solo tuvo que utilizar los puños un par de veces. En ambas salió victoriosa. Si tomabas la delantera, tenías ganada la mitad de la batalla. Y, bueno, eso era lo que había hecho desde el principio, sin piedad. No era fácil sobrevivir en un internado lleno de chicas desechadas. Sin embargo, tras tragarse las lágrimas de los primeros días, había aprendido la lección y la había puesto en práctica.

Solo veía a sus padres dos veces al año, en verano y en Navidad. Pero nunca les dijo lo que sentía.

En cada dormitorio de Clayton Hall, dormían cuatro chicas. Nunca sabías quién te iba a tocar. Una de las primeras compañeras de habitación de Katie, de pelo fibroso, que procedía de New Hampshire y que presumía de ser descendiente de una de las brujas de Salem, tenía la costumbre de tararear sin descanso mientras leía el libro de Latín, mordiéndose la uña del dedo pulgar con tal diligencia que Katie llegó a pensar seriamente en asesinarla, y con motivo. Cuando esa bruja de Salem se marchó, la sustituyó otra muchacha de largas piernas y pelo rizado y fuerte. Pronto olvidó su nombre. Se pasaba la mayoría de las noches en la litera, encogida en posición fetal y sollozando quedamente sobre la almohada. Un día,

Charlotte Kankle, que era muy grande y siempre estaba enfadada, saltó de su litera, se puso en pie junto a ella y le dijo: «Por el amor de Dios, deja de llorar de una vez, o te prometo que estas dos te llevarán abajo y con la nariz sangrando». Nadie le llevó la contraria. Tras la advertencia, aquella chica dejó de llorar. Pocas semanas después, se marchó.

Después de que Katie y ella se pelearan a puñetazos (esa fue una de sus dos victorias), trasladaron a Charlotte Kankle a otra zona. Ahora, en la habitación 3C, tenía a un grupo de compañeras de las que no se podía quejar demasiado. Idlewild era un internado de último recurso. Los padres solían llevar allí sus vergüenzas, sus fracasos, su impotencia con hijas imposibles. Escondido en los bosques más alejados del estado de Vermont, solo tenía ciento veinte internas: inmigrantes, hijas ilegítimas, hijas de primeras esposas, hijas de sirvientas e hijas que eran incapaces de aprender o cuyo comportamiento dejaba mucho que desear. La mayoría de ellas se peleaban entre sí y desconfiaban las unas de las otras. Pero, en el fondo y de una manera extraña, Katie sentía que esas chicas eran las únicas que la entendían de verdad. Solo esas chicas eran capaces de encogerse de hombros (casi aburridas) cuando les contaba las veces que se había escapado de casa.

Cierta noche se sentó en la cama después del toque de queda y rebuscó en la almohada hasta encontrar el paquete de cigarrillos que había escondido. Era el mes de octubre. Una lluvia otoñal, fuerte y fría, salpicaba con fuerza los cristales de la única ventana de la habitación. Dio unos golpes sobre la litera de arriba.

—CeCe.

—¿Qué pasa? —CeCe, estaba despierta, por supuesto.

Katie lo había deducido por el ritmo de su respiración.

—Quiero contarte una historia de fantasmas.

—¿De verdad? —Oyó un ruido apagado al tiempo que CeCe se deslizaba por el colchón para asomarse y mirar a Katie—. ¿De Mary Hand?

—¡No, por Dios! —intervino una voz quejumbrosa procedente del otro lado de la habitación—. Otra historia sobre Mary Hand no, por favor.

—¡Calla, Roberta! —susurró CeCe—. Vas a despertar a Sonia.

—Estoy despierta —informó Sonia desde la profundidad de las sábanas de la litera de debajo de la de Roberta. Cuando estaba medio dormida, su acento francés se hacía aún más evidente—. Con vuestra cháchara no hay quien duerma.

Katie sacó un cigarrillo del paquete. Las cuatro tenían quince años. Hacía tiempo, la dirección había decidido juntar en los dormitorios a chicas de la misma edad.

—Mary Hand está en mi libro de Latín —dijo Katie—. Mirad.

Sacó de debajo de la cama el libro, que tenía varias décadas y que había acumulado la suciedad tras pasar por cientos de manos. También había una pequeña linterna. Las linternas estaban prohibidas en Idlewild, pero esa era una regla que todas las alumnas, sin excepción, infringían. Sujetando con firmeza la linterna, pasó rápidamente las páginas hasta encontrar la que buscaba.

—¿Lo veis? —dijo.

CeCe se había bajado de su litera. Tenía los pechos más grandes que las otras chicas de la habitación. Por eso llevaba una manta: para cubrirse los hombros y disimularlos un poco.

—¡Oh! —exclamó al tiempo que miraba la página iluminada por la luz de la linterna—. También tengo eso en mi libro de Gramática. O algo parecido, vamos.

—¿Qué es? —se interesó Roberta, sentada en la litera de enfrente, con las pantorrillas asomando bajo el dobladillo del camisón y el pelo rubio oscuro sujeto con una trenza detrás de la espalda.

Aterrizó en el suelo sin hacer ruido y se asomó por encima del hombro de CeCe. Katie notó que contenía el aliento.

Por todo el borde de la página, a lo largo del estrecho espacio en blanco, había un mensaje escrito a lápiz:

He visto a Mary Hand a través de la ventana de la 1G de Clayton Hall. Caminaba por el campo.

Viernes 7 de agosto de 1941.
Jenny Baird

Katie se sintió algo aturdida y mareada al volver a leer el mensaje. Era una punzada de miedo que intentó ocultar ante sus compañeras. Todo el mundo había oído hablar de Mary Hand, pero, de alguna manera, esas frases escritas a lápiz la hacían más real.

—No es una broma, ¿verdad? —dijo, aunque era más una afirmación que una pregunta.

—No, no es ninguna broma —corroboró CeCe—. La nota de mi libro de Gramática dice: «En los aseos del tercer piso, al final del pabellón oeste, he visto a May Hand». Se escribió en 1939.

—Son mensajes —dijo Sonia, que se había levantado y miraba por encima de Roberta. Se encogió de hombros y se retiró—. Yo también los he visto. Me parece que nunca han cambiado los libros de texto.

Katie pasó las mohosas páginas del libro de Latín. En los créditos, constaba el año de publicación, 1919: precisamente cuando se inauguró Idlewild. Intentó imaginarse cómo sería la escuela en aquellos tiempos: un edificio recién estrenado, como los uniformes y los libros de texto. Ahora, en 1950, Idlewild era una especie de máquina del tiempo, un lugar al que no llegaban noticias de la bomba atómica, ni los programas de televisión de moda. Era algo extraño, pero, en cierto modo, hasta tenía sentido que las internas de Idlewild se pasaran información unas a otras con mensajes en los márgenes de los libros de texto, al lado de las listas de batallas de la guerra de la Independencia norteamericana o de la forma de sintetizar la tintura de yodo en el laboratorio. Las profesoras nunca ojeaban esos libros. Por otra parte, jamás se tiraban a la basura ni los cambiaban por otros nuevos. Si querías advertir sobre Mary Hand a una chica que, en el futuro, estuviera interna en Idlewild, no había mejor forma de hacerlo que los libros de texto.

«A través de la ventana de la 1G de Clayton Hall». Katie prendió una cerilla para encender el cigarrillo.

—No deberías —dijo Roberta sin mucha convicción—. Susan Brady podría olerlo, y te la cargarías con todo el equipo.

—Susan Brady está dormida —replicó Katie.

Susan era la encargada de los dormitorios de la tercera planta, y se tomaba su trabajo muy en serio. Eso implicaba que no le caía bien a nadie. Katie apagó la linterna y las cuatro se quedaron sentadas en la oscuridad. Roberta agarró una almohada y la apoyó sobre el estrecho tocador. Sonia se acercó a la ventana y la abrió ligeramente para dejar salir el humo.

—Entonces... —empezó CeCe dirigiéndose a Katie—, ¿tú la has visto?

Katie se encogió de hombros. Deseó no haber sacado el tema; conocía a esas chicas, pero no lo suficiente como para confiar completamente en ellas. Volver a mirar los mensajes que había encontrado en el libro de Latín la había hecho sentir intranquila. En realidad, no estaba segura de qué había pasado. Ojalá la cosa hubiera sido tan simple como ver al fantasma de Idlewild en el cuarto de baño. En su momento, le pareció de lo más real, pero era incapaz de expresarlo con palabras. Tragó saliva.

—¿Pensáis que de verdad fue una estudiante de aquí? —les preguntó a las demás.

—A mí me han dicho que lo fue. Sí —respondió Roberta—. Mary Van Woorten, que es del equipo de hockey, dice que a Mary Hand la echaron de la escuela una noche de invierno y que se perdió.

—Debió de ser hace muchos años. —CeCe se había sentado en la litera al lado de Katie, tras lanzar las almohadas hacia la cabecera—. Me han contado que golpea los vidrios de las ventanas por la noche, pidiendo a las chicas que la dejen entrar. Pero quien lo hace muere.

CeCe era la compañera de habitación más antigua de Katie. También era de la que sabía más cosas, pues esa chica era como un libro abierto. Era hija ilegítima de un banquero muy rico y de una de sus criadas. Había ido de internado en internado durante la mayor parte de su corta vida. Aunque pareciera imposible, CeCe no sentía ningún tipo de animosidad contra su padre. También estaba bastante unida a su madre, que ahora era ama de llaves de una familia de Boston. El mismo día que se conocieron, se lo había contado todo, mientras colgaba la rebeca del uniforme de Idlewild y recogía el *stick* de hockey.

—Se la puede oír cantando en el campo, cuando sopla el viento entre los árboles —añadió Roberta—. Una canción de cuna, o algo así.

Eso sí que era nuevo.

—¿Tú la has oído cantar? —le preguntó Katie.

Roberta se encogió de hombros. Solo llevaba unos meses en Idlewild. Katie y CeCe ya habían pasado su primer año allí. Mientras que Sonia andaba por el tercero. Roberta era inteligente y buena deportista, aunque apenas hablaba. Nadie sabía nada de su vida familiar. Katie no era capaz de adivinar por qué demonios estaba en el internado, pero las miradas torcidas que de vez en cuando lanzaba, como si observara el mundo tras de un muro, eran una pista de que debía haber una buena razón para que estuviera allí. Por otro lado, ese tipo de miradas era bastante habitual entre las chicas de Idlewild.

—No, personalmente, no la he oído. Y eso que entreno cuatro días a la semana. —Roberta se volvió hacia Sonia, como solía—. ¿Tú qué crees, Sonia?

Si CeCe era la más fácil de conocer, con Sonia pasaba todo lo contrario. Pálida, delgada, tranquila, yendo siempre de un lado a otro entre el resto de las chicas y moviéndose entre las complicadas redes de camarillas, siempre parecía estar al margen de todo, como si no perteneciera al grupo de internas de Idlewild. Y eso a pesar de que era la que llevaba más tiempo allí. Procedía de Francia, desde donde había emigrado a Estados Unidos huyendo de la guerra y sus consecuencias. Precisamente por la guerra, muchas de aquellas chicas habían perdido a sus padres o a algún hermano. Incluso habían recibido a familiares procedentes de los campos de concentración. Pero de eso era mejor no preguntar.

Sonia era algo más reservada. Parecía que ya tenía bastante con ella y con sus propios pensamientos, fueran estos los que fuesen. Roberta, una chica inteligente, agradable y deportista, se sentía muy cercana a Sonia por alguna razón difícil de entender. De hecho, solían ir siempre juntas, disfrutando de su mutua compañía. A Katie también le apetecía estar a gusto con alguien; era algo que nunca le había ocurrido. Era el tipo de chica que siempre había tenido admiradoras, pero no amigas.

Sonia miró por un momento a los ojos a Katie y se encogió de hombros ligeramente, con un gesto que resultó algo distante y muy europeo, con clase, a pesar de que solo llevaba puesto un camisón viejo y raído.

—No creo en los fantasmas —dijo con su acento, tan dulce y musical—, aunque, como todo el mundo, he oído decir que lleva un vestido negro y velo. La verdad es que parece una vestimenta un tanto extraña si estás en la calle en plena noche y rodeada de nieve. —Clavó la mirada en Katie, a quien le pareció que, pese a la densa oscuridad, la chica francesa no se perdía ni un detalle—. Tú has visto algo, ¿no?

Katie desvió la mirada hasta la brasa del cigarrillo, que había olvidado entre los dedos.

—La he oído —respondió, al tiempo que apagaba y aplastaba la colilla contra el latón de una medalla de estudiante de segundo año que alguien había dejado en el cuarto.

—¿Que la has oído? —repitió CeCe, asombrada.

Katie respiró hondo. Para ella, hablar de Mary Hand era casi como contar un secreto de familia. Una cosa era hablar de fantasmas en la oscuridad; pero abrir tu taquilla antes de la clase de gimnasia y sentir que algo o alguien empujaba para volver a cerrarla era algo bastante distinto. Y había otras cosas difíciles de explicar: la sensación de que te estaban observando, esa zona del pasillo que de repente se volvía fría como el hielo... Ese tipo de cosas de las que no estabas segura: ¿habían sucedido de verdad? Además, si las contabas, lo más probable es que quedaras como una estúpida. Pero eso había sido distinto. Katie necesitaba hablar de ello.

—Fue en la zona común, en el camino que hay más allá del comedor.

Las otras chicas asintieron. Los edificios principales de Idlewild se organizaban formando una plaza en forma de U alrededor de la zona común, salpicada de árboles poco cuidados y con caminos embaldosados en los que crecían hierbajos.

—Esa zona me da miedo —dijo CeCe—. La que hay junto al jardín.

También a Katie. A nadie le gustaba el jardín, aunque una de las asignaturas semanales era Jardinería. De mala gana, cada semana, tenían que cavar tierra cenagosa que olía a podrido. Hasta las profesoras evitaban el jardín siempre que podían.

—Estaba fumándome un cigarrillo. Me alejé del camino para que la señora Peabody no me viera. Ya sabéis que ella fuma allí, aunque no debería. Yo estaba bajo el gran arce. Entonces sentí algo. Allí había alguien.

—Pero ¿no viste nada? —preguntó CeCe casi a trompicones.

—Oí una voz —respondió Katie—. Estaba... No puedo ni imaginármelo. Estaba justo a mi lado. Era como si alguien estuviera allí de pie. Lo oí con toda claridad.

Katie revivió aquella escena, bajo el arce, sobre una capa de sámaras. El cigarrillo se le cayó al suelo y se le erizó el vello del cuello, precisamente en el momento en el que una voz, justo al lado de su oreja derecha, le habló. Idlewild era un lugar antiguo, como el miedo encerrado en él. Antes de aquello, Katie pensaba que sabía lo que era el miedo; sin embargo, cuando aquella voz le habló, entendió que el miedo verdadero era mucho más antiguo y mucho más grande de lo que jamás habría podido imaginar.

—¿Y entonces? —le urgió Roberta—. ¿Qué fue lo que dijo?

Katie se aclaró la garganta.

—Quédate quieta.

Durante un instante, no se oyó el más mínimo ruido.

—¡Dios mío! —exclamó CeCe en voz baja.

Sin saber por qué, Katie miró a Sonia, que estaba sentada en el suelo, con la espalda apoyada en la pared de debajo de la ventana, con las delgadas piernas dobladas y las rodillas apretadas contra el pecho. Se mantenía muy quieta, entre las sombras. No podía saber si la estaba mirando o no. En la lejanía se oyó el ruido de una puerta que se cerraba de golpe, así como unos golpecitos en el techo, como si estuviera goteando agua.

—¿Por qué? —le preguntó Sonia con su suave acento francés—. ¿Por qué te dijo eso?

A pesar de que estaba oscuro y las otras chicas que estaban en la habitación no podían verla, Katie se encogió de hombros con fuerza: los músculos se le contrajeron.

—No lo sé —respondió con brusquedad y con voz acerada, aunque después la suavizó—. Simplemente, fue lo que oí. No sé nada más, ni por qué me dijo eso.

«Quédate quieta». No podía hablar de ello. Con nadie. Todavía no.

—¿Y qué hiciste? —preguntó Roberta.

Esa pregunta era mucho más fácil de contestar.

—Salir corriendo a toda velocidad.

Solo CeCe, que estaba apoyada sobre el cabecero de la cama, chasqueó la lengua. A pesar de sus orígenes, su educación era bastante puritana.

—Yo también habría salido corriendo —dijo—. Una vez vi a un niño pequeño, en casa de los Ellesmere. —Los Ellesmere eran la familia de su padre, aunque CeCe no había recibido el apellido paterno—. Estaba jugando en el patio trasero, mientras mi madre trabajaba. Miré hacia arriba y vi a un niño que me miraba fijamente desde una de las ventanas de arriba. Lo saludé con la mano, pero él no me devolvió el saludo. Cuando le pregunté a mi madre quién era, y por qué no le dejaban salir a jugar, puso la cara más rara que he visto en mi vida. Me dijo que me estaba imaginando cosas, y que nunca debía hablarle a nadie de ese niño, y menos a los Ellesmere. No volví a verlo. Desde entonces siempre me he preguntado quién podría ser.

—Mi abuela solía hablarme del fantasma del ático —dijo Roberta—. Me contaba que, de vez en cuando, movía los muebles y hacía mucho ruido. Que había noches en que, cuando estaba en la cama, oía arrastrar por el suelo baúles, armarios, sillones... Mi madre me decía siempre que solo era una mujer mayor que quería que le hicieran caso, pero un verano pasé dos semanas en su casa y lo oí. Fue justo como ella me había dicho: ruido de muebles arrastrados por el suelo; la vieja y pesada lámpara de latón que colgaba del techo se movía de un lado a otro, una y otra vez. A la mañana siguiente, le pregunté si era el fantasma del abuelo el que hacía esas cosas. «No, querida», me contestó, mirándome muy fijamente. Y, tras una pausa, añadió: «Es algo mucho peor». Nunca he vuelto a aquella casa. Murió en las Navidades de aquel año. Entonces mi madre vendió la casa casi de inmediato.

—¿Y tú, Sonia? —preguntó CeCe—. ¿Has visto alguna vez un fantasma?

Sonia estiró las piernas, se levantó y cerró la ventana. Dejó de entrar aire frío del exterior. Aun así, Katie se estremeció.

—Los muertos están muertos y punto —afirmó—. No me interesan los fantasmas.

En la oscuridad, Katie observó su silueta cercana. Había habido cierto desdén en su voz, pero no había afirmado explícitamente que no creyera en fantasmas. Ni tampoco que no hubiera visto ninguno. Ni que no fueran reales.

Ella lo sabía, como todas las demás.

Las gotas de lluvia volvieron a chocar contra las ventanas. «Quédate quieta». La voz resonó otra vez en la mente de Katie. «Quédate quieta». Se encogió sobre sí misma y cerró los ojos.

CAPÍTULO 3

Barrons, Vermont
Noviembre de 2014

—Jonas —dijo Fiona a la mañana siguiente mientras avanzaba por las angostas oficinas de la revista *Lively Vermont*—. ¿Sabías que están restaurando Idlewild Hall?

En la sala general no había ni un alma, pero la puerta de Jonas, como casi siempre, estaba entreabierta. Sabía que estaba en su despacho. Siempre estaba. Fue sorteando los escritorios, la mayoría muy desordenados, así como los archivadores de papel que abarrotaban la sala común, hasta llegar al único despacho que había en la redacción de *Lively Vermont,* la guarida del dueño y editor jefe de la publicación.

—¿De verdad eres tú, la mismísima Fiona Sheridan en carne y hueso? —dijo una voz desde el interior—. Hace bastantes días que no te veía.

Llegó hasta la puerta y se asomó. Estaba inclinado hacia delante, mirando de cerca una fotografía impresa colocada encima del escritorio. Detrás de él, la pantalla del ordenador, apagada. Típico de Jonas.

—Es normal, teniendo en cuenta que no trabajo para ti —dijo.

—No creas. Como eres *freelance,* es bueno que te dejes ver. Cuenta. Como casi siempre, no tuvo más remedio que sonreír.

—Pues para el seguro médico de momento no...

Él la miró con cara de no entender, aunque sabía perfectamente que estaba bromeando. Jonas Cooper era un cincuentón de pelo castaño con bastantes canas grises, siempre peinado hacia atrás y formando unos rizos fuertes que le daban aspecto más joven. Las grandes cejas marrón oscuro cubrían unos ojos de mirada intensa e inteligente. Llevaba un polo rojo y negro de cuello abierto, que dejaba ver una camiseta de algodón. Su mujer y él habían comprado la revista *Lively Vermont* hacía algo más de diez años. Desde su divorcio, que se había consumado el año anterior, él procuraba mantenerla a flote. Por ahora solo lo lograba a duras penas.

—¿Tienes alguna historia para mí? —preguntó.

—No —respondió Fiona de inmediato—. Ya te di un artículo el viernes, y me dijiste que con eso te habías pulido el presupuesto.

—Para el próximo número. Pero después habrá otro.

«De momento», pensó Fiona. *Lively Vermont* era solo una más de las revistas locales para las que escribía. Intentaba sobrevivir como buenamente podía.

—¿De quién es eso? —preguntó, señalando la foto.

—De un fotógrafo local —contestó. Le echó otra mirada y se encogió de hombros—. Vive en East Charlotte. El trabajo no es malo. Puede servir, pero necesito alguien que escriba la historia.

—No. Ni me mires. De ninguna manera.

—¿Y por qué? —Jonas se retrepó en su clásica butaca de periodista y colocó la fotografía encima de un montón.

—Pues porque ya hice un artículo sobre el queso artesanal. Por este mes, mi ración de bobadas está cubierta.

Jonas le echó una mirada de «sé perfectamente que estás mintiendo». Y era cierto: estaba mintiendo. A Fiona se le daba muy bien escribir sobre banalidades. La verdad es que no tenía la pretensión de hacer gran periodismo. Pero no quería escribir un artículo sobre un fotógrafo, porque los fotógrafos siempre le preguntaban sobre su padre.

—Piénsatelo —dijo—. Si lo haces bien, seguro que encontraré algo de pasta entre los pliegues del sofá, para pagarte. Y ahora, anda, ¿por qué no me dices a qué has venido?

A Fiona se le aceleró el corazón, como si fuera a preguntarle sobre algo prohibido.

—Idlewild Hall —contestó—. He sabido que lo van a restaurar.

Jonas la miró con recelo.

—Sí, la nueva propietaria —asintió.

—¿Quién es?

—Una mujer, Margaret Eden. La esposa de uno de los últimos magos de los negocios, Joseph Eden. ¿Te suena el nombre?

Sí que le sonaba. Tenía que ver con la tremenda crisis financiera y económica de 2008. Lo había visto en las noticias.

—¿Ese tipo ha comprado la propiedad?

—No. Él murió. La inversora es su viuda. ¡Hasta ha venido desde Nueva York para supervisar la restauración! Bueno, eso he oído.

A Fiona le molestó bastante que Jonas estuviera tan al tanto.

—Los Christopher han sido los dueños durante décadas —dijo—. De hecho, desde que la escuela cerró en 1979. Nadie me ha dicho que la habían vendido. Ni tampoco que la iban a restaurar.

Jonas la miró con empatía.

—Yo no era quién para decírtelo —respondió suavemente—. Y, hasta ahora, lo de la restauración solo eran habladurías. La verdad es que no pensaba que nadie fuera a atreverse.

—Pues está claro que sí. Anoche vi carteles que anuncian las obras en la valla de la propiedad.

Jonas se quedó callado. En 1994, no vivía en la zona. Se trasladó después de comprar la revista. Pero sabía lo del asesinato de Deb. Sabía que habían arrojado su cadáver en Idlewild. Y sabía que Tim Christopher había acabado en la cárcel por el asesinato. Todo el mundo lo sabía. En Barrons no había privacidad, o al menos no para la familia de la víctima del asesinato más famoso de aquella pequeña ciudad. Por otro lado, hasta Jonas se daba cuenta de que había algo enfermizo en que Fiona visitara los alrededores de Idlewild, a aquellas alturas de la vida.

—No digas lo que estás pensando —le advirtió Fiona—. ¡Ni se te ocurra!

Él se limitó a levantar las manos, pidiendo paz.

—¡Oye, es cosa tuya! Yo me limito a intentar dirigir una revista.

Se lo quedó mirando durante un minuto: la energía de la noche anterior volvió a correr por sus venas.

—¿De verdad quieres que escriba una buena historia para tu revista? —preguntó—. ¿Buena de verdad?

—¿Por qué tengo la sensación de que me voy a arrepentir si digo que sí?

—Idlewild —dijo ella—. De eso irá el artículo. Voy a entrevistar a Margaret Eden. Voy a averiguar los planes que tiene respecto a la escuela. Voy a recorrer la propiedad, a hacer fotos, etcétera.

—¡Por Dios! —exclamó Jonas—. No lo veo claro, Fiona.

—Es un tema local de lo más atractivo —replicó, notando que se le encendían las mejillas—. Una nueva escuela, la recuperación de un lugar emblemático de Barrons, que además traerá trabajo. Nadie más va a cubrirlo. En mi modesta opinión, mucho más interesante que escribir sobre un nuevo fotógrafo. ¿No es eso lo que quieres siempre para *Lively Vermont*? —Lo miró directamente a los ojos—. No supondrá ningún problema para mí, Jonas— afirmó, muy seria—. Te lo juro: estoy bien.

Ver como su rostro pasaba de la preocupación a la típica cara del editor que evalúa sus posibilidades la tranquilizó. Él y su exesposa, Emily, habían comprado *Lively Vermont* por su caché de típica revista yanqui en la línea liberal. Sin embargo, bajo la dirección de aquella mujer se había convertido en una publicación blanda y vacua sobre el estilo de vida semirural, donde se publicaban anuncios de velas a ochenta dólares y de ropa hecha a mano a cinco mil. A Jonas nunca le gustó ese giro. Quería algo más. Por eso seguía contratando a Fiona, por si tuviera el instinto periodístico de su padre.

—Tengo que admitir que es interesante, pero no tengo el presupuesto suficiente para algo tan ambicioso.

—Lo haré sin cobrar adelanto —le ofreció—. Yo misma tomaré las fotografías. Y ni siquiera estarías obligado a comprarlo cuando lo termine, si te parece caro o no te gusta. Solo te pido que, cuando llame a Margaret Eden, me dejes decirle que trabajo para *Lively*. Estoy casi segura de que eso me abriría las puertas.

—Entiendo. ¿Y yo qué gano dejándote utilizar el nombre de mi revista?

—La opción de compra preferencial del reportaje, por supuesto. —Esperó impaciente mientras lo pensaba—. ¡Vamos, Jonas! Sabes que es un buen trato.

Parecía estar convencido. No obstante, hizo otra pregunta.

—No irás a pedirme nada más, ¿no?

—Lo has adivinado: solo una cosa —contestó Fiona soltando un suspiro. Había ganado—. Quiero empezar por el pasado. ¿Me dejas buscar en los archivos de la revista?

✳✳✳

Lively Vermont había empezado a publicarse con ciclostil en 1969. Todos y cada uno de los números se guardaban en armarios de madera llenos de archivadores, que se habían trasladado en las numerosas mudanzas de la revista. Ahora estaban junto a las paredes traseras de la sala general. Alguien había dejado un plato de plástico con una rosquilla a medio comer encima de uno de los armarios, junto a un vaso de café helado.

—Podrías ir a la biblioteca —dijo Jonas mientras miraba como Fiona abría los cajones más antiguos—. Seguro que ellos tienen mucha más información sobre Idlewild que nosotros.

—En la biblioteca todo el mundo sabe quién soy —respondió Fiona. Los ejemplares olían a moho. Sin saber muy bien por qué, se sintió alegre durante un momento—. Si averiguan lo que estoy buscando, al cabo de media hora lo sabría la ciudad entera.

Más claro que el agua.

Malcolm Sheridan era una leyenda local de Barrons. Fiona, la única hija que le quedaba, era una pelirroja inconfundible. La biblioteca de Barrons tenía muy poco personal, que trabajaba mucho y bien. Puesto que, a lo largo de los años, Fiona la había visitado muchas veces, todos sabían quién era.

—De acuerdo —dijo Jonas—. Pero ¿por qué un secreto? Y no me digas que porque habrá mucha competencia con el reportaje.

Fiona se volvió para mirarlo por encima del hombro, y él le devolvió la mirada.

—Nunca he conocido a un periodista que les tenga miedo a las bibliotecarias.

—Nunca habías conocido a una periodista con mi historial familiar —replicó Fiona, procurando sonar relajada—. Odio el cotilleo. Puedo utilizar otras fuentes, sobre todo en la Red.

Se quedaron en silencio mientras sacaba los archivos correspondientes a la década de 1969 a 1979.

—Si necesitas más fuentes, más información, seguro que tu padre dispone de ella —dijo—. Eso ya lo sabes.

—Sí, lo sé. —Fiona cerró el archivador con un golpe—. En cualquier caso, tengo que ir a visitarlo dentro de poco. Ya le preguntaré.

—Muy bien. Devuélveme los archivos intactos. Y Fiona... —Jonas se encogió de hombros—. Lo que hemos hablado: esto es cosa tuya, pero ahí vas a encontrar unas cuantas referencias a los Christopher. Bastantes, de hecho. Será inevitable.

Tenía razón. Antes de que su hijo fuera a la cárcel, condenado por asesinato, los Christopher habían sido la familia más rica e influyente de Barrons. Lo más probable era que en el archivo que se iba a llevar hubiera bastantes referencias a Tim. Pero ya cruzaría ese puente cuando llegara el momento.

—Ya te lo he dicho: estoy bien —concluyó.

Jonas la miró como si estuviera a punto de decir algo más. Se detuvo y, finalmente, le dijo:

—Saluda a tu padre de mi parte.

—Dalo por hecho. —Malcolm Sheridan era la referencia periodística de Jonas. Si duda, esa admiración era la causa fundamental de que le diera trabajo en *Lively Vermont*—. Me mantendré en contacto —dijo mientras se despedía con un gesto, agitando los archivos al tiempo que se daba la vuelta en dirección a la salida.

✹ ✹ ✹

Era un día gris. Soplaba el viento. El sol luchaba por asomarse mínimamente entre las nubes. Las hojas habían cambiado los colores brillantes del comienzo del otoño por los mortecinos tonos marrones; muchas de ellas ya no colgaban de las ramas. Fiona vio unas cuantas hojas de arce posadas en el parabrisas. Las quitó antes de entrar en el automóvil.

Mientras arrancaba, se miró un momento en el espejo retrovisor: pelo rojo, ojos color avellana, piel pálida, patas de gallo (aún no muy acusadas, pero que dejaban claro que ya había cumplido los treinta y siete años). Dejó de mirar. Un día de estos tendría que plantearse empezar a maquillarse; también debería ampliar un poco su vestuario y dejar de utilizar siempre *jeans,* botas y cazadoras acolchadas o de cuero, al menos en pleno invierno. Colocó los archivos en el asiento del copiloto y se dirigió al centro de Barrons.

Allí había varios edificios históricos bien conservados, a los que acudían los escasos turistas que pasaban por el lugar. A su alrededor, un conjunto de casas bastante miserables, cuyos habitantes esperaban que dichos turistas no se dieran cuenta del mal estado de los porches de las viviendas ni de los montones de ramas y leña para quemar acumulados en los senderos que conducían a las casas. Fiona pasó junto al cartel que indicaba la localización de la biblioteca. Algo menos de un kilómetro después, vio una señal escrita con espray en la que se anunciaba la venta de calabazas, a pesar de que Halloween se había celebrado hacía unas semanas. En la plaza central pasó junto al antiguo ayuntamiento y continuó por la calle New hasta la comisaría de policía.

Estacionó en el pequeño aparcamiento de la comisaría y tomó los archivos. No había nadie ni se veía movimiento alguno en aquel edificio bajo y cuadrado que se había construido en algún momento de la década de

1970, cuando Barrons creció lo suficiente como para necesitar una dotación policial propia. Había dos mesas de pícnic debajo de los viejos robles que crecían delante de la comisaría. Fiona se sentó en una de ellas, sacó el teléfono móvil y le mandó un mensaje a Jamie: «¿Estás ahí?».

La hizo esperar cinco minutos, tiempo que aprovechó para hojear el primer archivo. Se interrumpió con el zumbido del teléfono: «Estoy saliendo».

Fiona guardó el teléfono en el bolsillo y volvió a mirar los archivos. Él se tomó su tiempo: estaba claro que lo de la noche anterior no le había gustado nada y que seguía enfadado. Aun así, finalmente, abrió la puerta de la comisaría y Jamie salió por ella bien abrigado, con una parka por encima del uniforme.

Fiona alzó la vista para mirarlo. Debía admitir que era difícil no hacerlo. Jamie Creel, de la policía de Barrons, hijo y nieto de jefes de policía de Vermont, con el pelo rubio pajizo, ojos azul oscuro y una barba descuidada que crecía del color de la miel. Era bastante más joven que Fiona, veintinueve años frente a los treinta y siete de ella. Se movía con elegancia al tiempo que se encogía dentro de la prenda de abrigo: había notado la diferencia entre la temperatura interior y la exterior, a la que había que sumar el viento.

—¿Estabas muy ocupado? —preguntó Fiona mientras se acercaba.

—Escribía informes —respondió, encogiéndose de hombros.

No llevaba la gorra. El viento revolvió su pelo. Se detuvo a unos metros de la mesas de madera, con las manos en los bolsillos y las piernas separadas, como si quisiera resistir la fuerza de los elementos.

—He venido a disculparme —dijo ella.

—¿De qué? —preguntó él, levantando las cejas.

—Anoche me comporté como una loca. Por marcharme.

—La verdad es que no lo sientes —observó él, entrecerrando los ojos.

—En cualquier caso, me estoy disculpando —insistió ella, manteniéndole la mirada—. Lo digo de verdad.

No respondió, pero señaló los archivos que había en la mesa y que ella sujetaba con una mano para que no salieran volando.

—¿Qué es eso?

—Ejemplares antiguos de *Lively Vermont*. Voy a escribir un reportaje sobre Idlewild Hall.

Jamie relajó la postura y se pasó la mano por la cara.

—Esto tiene que ver con lo de anoche, ¿verdad? ¡Vamos, Fiona!

—¡No es nada malo! —protestó—. ¡Voy a escribir un reportaje, una historia!

—¿Acerca de Idlewild?

—Acerca de la restauración, de la nueva escuela. —Lo miró a la cara—. Es una buena idea.

—Puede que lo sea para algunos..., pero ¿para ti?

—No te preocupes. Soy mayorcita. Sabré cuidarme.

—Pues anoche no lo llevaste nada bien —afirmó—. Parecías un caso perdido.

Sí, había sido algo extraño. Pero Jamie tenía razón: no se arrepentía de nada. Esa visita a la carretera de Old Barrons había sacudido algo en su interior. Idlewild siempre había estado en algún rincón de su mente, silenciosa, como una zona oscura de su paisaje mental. Había hecho lo que había podido para no hablar de ello durante veinte años, pero sacarlo a la luz tenía algo de catártico. Le hacía daño, pero, al mismo tiempo, le parecía necesario y beneficioso.

—Hoy estoy mejor —dijo, y dio unos golpecitos en la mesa, a su lado—. Ven y siéntate.

Jamie suspiró, pero terminó acercándose. Fiona lo miró con esa sensación de irrealidad que todavía la embargaba de vez en cuando al mirarlo. Hacía un año había tenido una mala noche. Se había sentido sola, recreándose en la autocompasión y echando de menos a Deb. Sin saber cómo, había acabado en un bar de la ciudad, bebiendo sola. Jamie se sentó en la banqueta que había a su lado: guapo, musculoso, pero en cierto modo precavido; un chico que bien podría haber sido una celebridad deportiva en la universidad antes de que algo lo hubiera convertido en una persona precavida y silenciosa, como un animal salvaje. Fiona dejó la bebida en la barra y lo miró esperando una señal, ansiándola. Jamie se tomó su tiempo. Después averiguó que solía hacerlo. Se bebió la cerveza con tranquilidad y dejó el vaso sobre la barra. Finalmente, la saludó con un simple «hola».

Había muchas más cosas en el ambiente. Aun así, lo cierto es que eso fue todo: un simple y escueto «hola». Dos horas después acabó en su cama, cosa que la sorprendió bastante. Pero aquella noche necesitaba algo así. Se dijo que era una historia de una noche, pero él le pidió el teléfono. Cuando la llamó, se tragó la sorpresa y aceptó una cita. Y cuando volvió a llamarla, volvió a decir que sí.

No tenía ningún sentido. Los policías y los periodistas eran enemigos naturales: no se mezclaban. Y la verdad era que, en muchos sentidos, ellos no lo hacían. Jamie no se la había presentado a sus compañeros ni la había llevado a ninguno de sus actos sociales. Ella nunca entraba en la comisaría cuando quería verlo durante sus horas de trabajo. Siempre lo esperaba fuera. Sí que le había presentado a sus padres, pero hasta entonces solo los había visto esa vez. Aquella conversación fue bastante fría: apenas duró unos minutos. Por su parte, Fiona había llevado a Jamie a conocer a Malcolm, pero solo porque este había insistido. Se preocupó al saber que su hija salía con un policía, aunque nunca se inmiscuía en su vida amorosa. Fue un encuentro algo raro. De hecho, aún no tenía ni idea de lo que pensaban el uno del otro.

Y, sin embargo, el trabajo de Jamie era una de las razones por las que aquel chico le gustaba, al igual que el hecho de que hubiera nacido en Barrons y lo llevara en la sangre. Con cada relación tenía que superar la valla de explicar su pasado, lo que le había ocurrido a Deb. Entonces, otra vez, a revivir los cómos y los porqués. La mayoría de los hombres procuraban mostrarse comprensivos, pero Deb siempre estaba allí, como una barricada que Fiona no era capaz de superar. Sin embargo, a Jamie no tenía que explicarle nada de eso. Sabía quién era cuando se acercó a ella en el bar, pues su padre era el jefe de policía cuando Deb murió asesinada. Él conocía todos los pormenores.

Así pues, pese a las aparentes dificultades, con Jamie todo era sencillo. Tan simple que Fiona estaba dispuesta a sacrificarse. Era inteligente y, a su manera tranquila, divertido. No estaba muy segura de qué era lo que él había visto en ella, pero no preguntó. Puede que se tratara del sexo, que era particularmente bueno. Puede que fuera la compañía. Lo único que sabía era que prefería amputarse el brazo con una sierra oxidada antes que tener una conversación del tipo: «¿Hacia dónde va nuestra relación?».

Ahora estaba sentado a su lado en la mesa de madera, con las largas piernas encogidas.

—Quieres algo más —dijo, con un tono que lo daba por hecho—. Vamos, suéltalo.

—Sí, la propiedad de Idlewild —admitió. No tenía sentido andarse con rodeos—. ¿Qué sabes de eso?

—Pues lo que sabe todo el mundo.

—Mentiroso. Lo sabes todo, y con pelos y señales. Empieza desde el principio.

Tanto el padre de Jamie como su abuelo habían sido jefes de policía. Los Creel habían sido miembros clave de la comunidad durante décadas.

Conocían a todas las familias de la ciudad, desde las más ricas hasta las más pobres. De una manera que le resultaba extraña, Jamie estaba entregado a su lugar de origen. Y era avispado e inteligente. Gracias a ambas cosas, nunca olvidaba el más mínimo detalle relacionado con su ciudad. Así pues, esperó a que recopilara la información que guardaba dentro de sí y empezara a hablar.

—Vamos a ver... La escuela de Idlewild se construyó inmediatamente después de terminada la Segunda Guerra Mundial, para acoger a niñas que se habían quedado huérfanas. Eso creo, vamos. A lo largo de los años, tuvo diversos dueños, pero el número de inscritas fue descendiendo cada vez más. La familia Christopher compró la finca, edificio incluido, después de que se cerrara el orfanato, en 1979. —Cuando citó el apellido de la familia del asesino de su hermana no la miró: estaba completamente centrado en lo que le estaba contando—. En esa época, los Christopher estaban comprando terrenos como locos —prosiguió—. Me imagino que querían convertirse en magnates del negocio inmobiliario. Algunas de las propiedades que adquirieron sí que produjeron beneficios, pero otras no. Ni que decir tiene que Idlewild se incluyó en el segundo grupo.

—¿Y por qué? —preguntó Fiona. Y sabía la mayor parte de las cosas que le estaban contando, pero quería dejarle hablar.

Jamie se encogió de hombros.

—No les salió nada de lo que intentaron. Sus socios les dieron la espalda y no encontraron inversores. Nadie se subió al carro. Siempre se había rumoreado que la escuela estaba encantada, pero eso es una estupidez cuando de lo que se habla es de negocios. Me da la impresión de que los Christopher no le dieron la importancia que de verdad tenía. El hecho es que Idlewild siempre ha asustado a la gente de por aquí: nadie quiere ni acercarse. En cualquier caso, la familia tenía otros negocios que les estaban haciendo ricos... Bueno, mucho más ricos de lo que ya eran. Así pues, finalmente se centraron en ellos y se olvidaron de Idlewild, como si fuera un trasto que no sirviera para nada.

Fiona se acordaba de aquella etapa de Idlewild: los chicos contaban historias acerca de fiestas de pijamas, y los adolescentes se retaban a ir allí por la noche. Ella nunca había creído en fantasmas y pensaba que sus amigos tampoco. No obstante, tanto el edificio abandonado como sus alrededores resultaban inquietantes: el pórtico derruido, las enredaderas inundando las ventanas, el terreno lleno de arbustos... Sin embargo, pese a aquellos detalles que solían exagerarse a propósito, era un lugar como otro cualquiera... antes del asesinato, por supuesto.

—Y entonces Deb fue asesinada —dijo, procurando empujar a Jamie.

—Sí. Eso significó el fin para los Christopher, al menos por esta zona —confirmó Jamie—. Sus días como la familia más importante de Barrons llegaron a su fin. Tras el arresto de Tim, su padre, Henry, empezó a liquidar las propiedades. Cuando lo acusaron del asesinato y llegó el juicio, la familia ya lo había vendido casi todo. Finalmente, se trasladaron a Colorado. Y siguen allí, al menos por lo que yo sé.

Fiona bajó la cabeza y se miró las manos. Deb estaba entusiasmada cuando empezó a salir con Tim Christopher: era un chico alto y guapo; además, de una familia importante y muy adinerada. Su hermana nunca se había sentido feliz en su papel de hija de unos intelectuales de clase media.

—Pero no vendieron Idlewild.

—No pudieron. Los edificios estaban tan deteriorados que eran prácticamente irrecuperables. Tampoco es que el terreno tuviera mucho valor, por su situación. Además, la crisis financiera e inmobiliaria de 2008 no ayudó. Seguro que a la familia le ha alegrado mucho que aparezca una compradora.

—Margaret Eden —dijo Fiona—. ¿Quién es?

—Eso ya no lo sé —respondió Jamie, sonriendo con expresión de disculpa—. No es de aquí... Viene de Nueva York. Dicen que es una viuda con mucho dinero. Eso es todo.

—Quiero reunirme con ella.

—Papá dice que vive recluida. Su hijo es quien se encarga de sus negocios.

—Entonces quiero reunirme con él.

—Fee. —Jamie se volvió hacia ella, girando el cuerpo para poder mirarla. La rozó con la rodilla, y ella intentó no dar un respingo—. Piensa bien en lo que vas a hacer —dijo—. Es todo lo que te pido, que lo pienses.

—Ya lo he pensado —afirmó Fiona, tomando uno de los archivos—. Lo que quiero saber es por qué van a restaurar ahora Idlewild Hall. No creo que se pueda sacar ningún dinero con ello.

—La gente sigue mandando a sus hijos a internados —arguyó Jamie.

—¿Por aquí? Sabes tan bien como yo cuál es el salario medio en esta zona del estado. ¿Quién va a mandar a su hijo a un internado caro? Porque, si se gastan millones en reconstruirlo, tendrá que serlo. No es posible que Margaret Eden lo esté financiando todo solo por sí sola. Si hay más inversores, ¿quiénes son? ¿Cómo piensan recuperar la inversión y ganar dinero?

Uno de los axiomas que habían guiado la carrera periodística de su padre era que «el dinero habla». Lo completaba con que «alguien, en algún sitio, está siempre ganando dinero».

—Así que crees que hay alguien más metido en esto.

—Lo que creo es que ese sitio, en lo que se refiere al dinero, va a ser un pozo sin fondo. O bien la señora está como una cabra, o bien alguien se está aprovechando de ella. ¿Es que a ti no te parece raro?

Se levantó de la mesa y la miró fijamente.

—De acuerdo —admitió—. Sí que es raro. Y es posible que dé para un buen reportaje. Y, además, nadie está trabajando en ello. —Al ver su expresión triunfante, sacudió la cabeza como un toro, pero inmediatamente relajó el gesto: le había convencido—. No dejes de contarme qué tal te va con tu búsqueda de Anthony Eden.

—¿El hijo se llama Anthony?

—Sí. Viven en uno de los palacetes de Mitchell Place, concretamente en el más grande que hace esquina. Lo podrías haber averiguado por ti misma, ya lo sabes.

—Sí, lo sé —replicó Fiona.

Captó su mirada y allí estaba, esa especie de chispa eléctrica que se encendía entre ambos y que no parecía que fuera a desaparecer. Al menos por ahora. Fiona sintió la urgencia súbita de tocarlo, pero seguro que había alguien mirándolos desde el otro lado de las ventanas de la comisaría.

—Luego te llamo —dijo finalmente.

—Si quieres... —contestó él. Dio un paso atrás y después se dio la vuelta para volver a la comisaría, despidiéndose con la mano. Sin embargo, cuando puso la mano en el pomo de la puerta, se detuvo y se volvió—: Díselo a tu padre —le aconsejó—. No dejes que se lo cuente otra persona.

Inmediatamente después, entró a la comisaría.

CAPÍTULO 4

Roberta

Barrons, Vermont
Octubre de 1950

Estaba lloviendo. Una niebla fina y helada casi cubría el campo de hockey. No obstante, las chicas querían jugar. A las siete de la mañana, el sol apenas brillaba. La luz era acuosa y gris, pero todas ellas se estaban poniendo los gruesos uniformes y se ajustaban las zapatillas de cuero. Una vez equipadas, se alinearon a la salida del vestuario con los *sticks* en la mano, esperando la señal para empezar el partido.

Era el momento preferido de Roberta. La tranquilidad, la frescura del aire de la noche que aún se mantenía, el frío filtrándose por las piernas y despertándola. Los árboles que rodeaban el terreno de juego parecían negros, recortándose contra el cielo; desde uno de ellos echaron a volar tres cuervos, elevándose severos y solitarios camino de las nubes. Sus graznidos les llegaban lejanos mientras permanecían quietas y firmes, conteniendo la respiración. Una de ellas ahogó una tos sobre la mano, y esa fue la única respuesta a la llamada de las aves.

Ginny Smith y Brenda Averton eran las capitanas de cada equipo. Hablaron en voz baja, a unos pasos de distancia. La lluvia parecía rebotar en el rizado cabello de Ginny. Roberta era lo suficientemente buena jugadora como para haber sido capitana. De hecho, jugaba mejor al hockey que las propias Ginny y Brenda, pero llevaba pocos meses en Idlewild, y ni Ginny ni Brenda estaban por la labor de ceder su privilegio. Además, a Roberta no le importaba: lo único que quería era jugar.

—Equipo Siete —dijo Ginny volviéndose hacia las chicas, agitando el brazo libre del *stick* y avanzando al trote hacia uno de los lados del campo.

—Equipo Nueve —dijo Brenda inmediatamente después, liderando a la otra mitad de las chicas.

Había nueve equipos de hockey en Idlewild; los números procedían de la antigua estructura organizativa del juego del hockey en la institución, cuyas normas se habían conservado escritas en un papel pinchado con una chincheta en una de las paredes del vestuario. El papel era un esquema realizado por alguna antigua capitana. El gráfico ya resultaba difícil de leer, después de tantos años. Roberta pertenecía al Equipo Nueve. Corrió detrás de sus compañeras con el *stick* en la mano. Brenda, cuyas gruesas piernas hacían un ruido característico bajo la faldita, les explicaba la estrategia en voz alta.

Y, por fin, empezó a correr.

Eran las mejores jugadoras de hockey de Idlewild. Habían escogido ese juego como libre elección, en la parte del programa de asignaturas no obligatorias. Veintidós chicas, sin suplentes, cada una con su *stick*, excepto las porteras. Aunque hacía un minuto parecían medio dormidas, tan pronto como comenzó el partido empezaron a correr con vigor juvenil, siguiendo por todo el campo el movimiento de la bola, arriba y abajo, dando vueltas, agachándose, a veces chocando unas con otras. No había ninguna recompensa material para el equipo ganador, ningún campeonato en el que Idlewild pudiera participar, ninguna otra escuela a la que ganar. En eso, Idlewild era una isla... Bueno, como en todo lo demás. En definitiva, las chicas solo jugaban entre ellas. De todas formas, lo hacían como si cada equipo se jugara un campeonato importantísimo.

En ese momento, la mente de Roberta descansaba. Todo se borraba. Lo único que existía era su cuerpo, cada parte de él, cada miembro, cada músculo, moviéndose de manera armónica. En el campo de hockey no había chicas cotorreando, no existían clichés, ni alianzas, ni cotilleos, ni mentiras. Las chicas jugaban casi en silencio bajo el cielo plomizo, resoplando, intensas. No había lugar para la nostalgia del hogar, para recordar el dormitorio, las vistas de la calle (siempre limpia y agradable), la colcha que había bordado para ella su abuela, el pequeño joyero o el tocador que su madre le había regalado al cumplir los trece años. No había tenido los arrestos suficientes como para llevarse el joyero a Idlewild, donde podían robárselo o tocarlo cualquiera de las que compartían el dormitorio con ella.

Pat Carriveaux le pasó la bola. Roberta la dominó con rapidez y facilidad, dribló a adversarias a derecha e izquierda. Las zapatillas chirriaban sobre la hierba. Notaba húmedo el pelo, recogido en una trenza; el agua le corría cuello abajo, pero hasta el frío le resultaba agradable sobre la piel cálida. Rodeó la portería, pero Cindy Benshaw hizo un movimiento rápido, inclinándose para intentar robarle la bola con el extremo del *stick*. Roberta se echó hacia atrás inmediatamente para evitar chocar con ella. Cindy corrió con la bola. Roberta se rehízo y salió corriendo detrás.

Era como si volara, con el cuerpo completamente cálido, sin apenas notar los pies mientras avanzaba por la hierba. El aire le entraba a bocanadas en los pulmones hasta casi hacerle daño. Era imparable. Se olvidó por completo de la cara de su tío Van, el hermano de su padre, que se había ido a vivir con ellos el año anterior después de que su esposa lo abandonara y tras perder su empleo. El tío Van, que había luchado en las playas de Normandía, pero que ahora no podía dormir ni trabajar. El tío Van, que tenía una terrible cicatriz en un lado del cuello de la que no hablaba. El tío Van, cuyas manos, grandes y callosas, siempre le parecían letales, incluso cuando descansaban sobre su regazo mientras escuchaba la radio, hora tras hora. Se había olvidado por completo de cómo había abierto un día la puerta del garaje y había encontrado al tío Van allí sentado, solo, doblado sobre la silla, de cómo lo había visto...

Oyó el canto de los pájaros sobre su cabeza y notó una salpicadura de agua en plena cara. Se mezcló con el sudor que le caía por las sienes. El cuerpo le ardía. Lo que sentía era puro placer. No quería parar nunca de jugar...

Aquel día, tras abrir la puerta del garaje, había gritado, pero después dejó de hablar. Durante días, y después semanas, y después meses. Intentaba abrir la boca, pero la mente se le quedaba en blanco, la niebla ocultaba sus pensamientos y no era capaz de formar ni de decir palabra alguna. Sus padres, preocupados, la llevaron al médico de siempre: ¿tendría algún daño físico? Después la llevaron a otro doctor que alguien les había recomendado; finalmente, para su gran vergüenza, a un psiquiatra. Roberta pasó por todo ello en un silencio entumecido. Sabía que todo el mundo quería que recuperara la normalidad, su forma de ser habitual, que hiciera algo, que dijera algo. Sin embargo, ella lo único que podía ver era la puerta del garaje abriéndose una y otra vez. Después, el vacío. Era incapaz de explicarles a todos que las palabras la habían abandonado y que no tenía nada que decir.

Y así fue como, finalmente, llegó a Idlewild. Sus padres no sabían qué hacer con una adolescente terca y que se negaba en redondo a hablar. Solo se les ocurrió alejarla de la casa. Durante la primera semana que pasó en Idlewild Roberta, tampoco pronunció ni una sola palabra; pero un día un profesor le hizo una pregunta. Para sorpresa de todos, la contestó, con una voz tan ronca y oxidada como un viejo cubo de hojalata con el que se saca agua de un pozo. Fueron sus primeras palabras en muchos meses. Y las dijo allí, en aquel horrible internado que aquellas chicas odiaban con todas sus fuerzas.

Decir esas palabras, contestar aquella pregunta, tuvo algo de milagroso. Pero también le resultó natural, al menos en cierto sentido. Cada vez veía menos en su mente la imagen de la puerta del garaje. De hecho, en el campo de hockey, la imagen desaparecía por completo. No podía soñar con una sensación más pacífica y placentera.

Brenda silbó entre los dientes: fin de la primera parte. Las chicas empezaron a salir del campo para descansar. Roberta soltó el *stick* y se inclinó hacia delante y puso las manos en las rodillas para recuperar el aliento, mientras las demás pasaban a su lado trotando. Con el rabillo del ojo vio algo que captó su atención: un trozo de tela. Volvió la cabeza: sería otra chica que, como ella, prefería respirar hondo en el campo. Sin embargo, no vio nada. Se volvió y, jadeando, miró hacia el suelo. Seguramente sus compañeras de habitación estarían levantándose en ese momento, o juntándose en el pasillo con las otras chicas para acudir al baño, chocando unas con otras mientras terminaban de colocarse la ropa para ir a clase.

Cuando estaba con sus compañeras de habitación, Roberta podía hablar sin problemas. Se había acostumbrado a ellas. En cierto modo, había empezado a depender de esa cercanía constante. Incluso de los pequeños incordios que traía consigo. Se las podía imaginar perfectamente en esos momentos: la voluptuosa belleza de Katie y su constante actitud de «me da igual todo»; el físico más suave de CeCe y su fiable amabilidad; la rocosa dureza de Sonia, pese a su apariencia débil que, sin duda, escondía algún daño profundo. Podía hablar con esas chicas y en ese lugar. Sin embargo, cuando su madre fue a visitarla, sola, sin su padre, Roberta no dijo una palabra y se comportó de forma distante y rara: no tenía nada que decir. Finalmente, su madre le había dicho: «No es buen momento para que vuelvas a casa».

De repente, volvió a notar aquel movimiento. Se estiró y se volvió en aquella dirección. Pero siguió sin ver nada. Se pasó la mano por la frente y por la sien intuitivamente, pues pensó que se le habría soltado un mechón de pelo..., aunque lo que había visto moverse era algo diferente. Le había parecido el movimiento del vuelo de una falda, como si una chica hubiera pasado andando por allí. Hasta pensó que había oído algún paso, lo cual era completamente imposible, pues todas las demás jugadoras ya habían abandonado el campo.

Observó al montón de chicas que se apelotonaban bajo el tejadillo para protegerse de la lluvia. Ginny le dirigió una mirada algo torva, con los ojos entrecerrados, aunque no le ordenó de forma directa que se acercara. Roberta sintió que algo la anclaba al campo de juego, a pesar de que la lluvia la estaba empapando, el agua se filtraba por sus zapatillas de cuero y la humedad empezaba a inundar el uniforme de lana. En el campo había algo que se estaba moviendo, algo que no podía ver con claridad. Y Ginny, que la estaba mirando de frente, no lo veía.

En ese momento, oyó un ruido justo detrás de ella. Fue una pisada rápida y furtiva. Después, el eco de una voz que llegaba de algún lugar cercano, entre los árboles. Alguien cantando: «Puede que esta noche la abrace fuerte, cuando nos iluminen los rayos de la luna...».

El sudor de la frente de Roberta se volvió caliente. Movió los brazos. Se volvió de nuevo y miró atentamente a su alrededor. Pero lo único que vio fue el campo de hockey, empapado por la lluvia y completamente vacío. Ginny se había dado la vuelta. El resto de las chicas permanecían quietas charlando y recuperando el aliento, todas de espaldas a ella.

«Puede que esta noche la abrace fuerte...».

Roberta se obligó a mover las piernas, que rechinaron y se estremecieron como si formaran parte de una vieja y oxidada maquinaria. Logró dar un paso. Luego, otro. Era una de las canciones que servían para introducir el programa de la cadena de radio local que su tío Van escuchaba cada tarde, en el que ponían música de la guerra. Se llamaba *Mis sueños son cada día mejores*. Aquel día, cuando abrió la puerta del garaje, estaba sonando en la radio, retumbando en las paredes desnudas y en el suelo de hormigón: «... cuando nos iluminen los rayos de la luna...».

Sin embargo, lo que estaba escuchando ahora no era una radio ni un tocadiscos. Era una voz que procedía de los árboles... No, más bien del otro lado del campo. Un fragmento de sonido que apenas podía escuchar, pues enseguida se perdía en el viento. Roberta avanzó hacia las demás.

El miedo recorrió su espina dorsal. Mantuvo la vista fija en los jerséis de las otras chicas, que se resguardaban de la lluvia. Empezó a moverse más deprisa, prácticamente echó a correr.

«El tío Van. Sentado en una silla, en el garaje, doblado hacia delante, con el arma apretada contra la piel sudorosa, y esa bonita canción sonando. El tío Van llorando, llorando sin parar...».

Notó que volvían a faltarle las palabras. De nuevo, el vacío.

«Aléjate. Simplemente aléjate. No pienses en ello. Solo corre...».

Ginny se volvió y la miró mientras se incorporaba al grupo de chicas. El olor de la lluvia y de la ropa de lana mojada inundó sus fosas nasales.

—¿Por qué has tardado tanto? —le preguntó Ginny con cierta agresividad.

Por toda respuesta, Roberta negó con la cabeza, como si estuviera anestesiada. Se acordó de lo que había contado Mary Van Woorten sobre Mary Hand y su hechizo sobre el campo de hockey: aquellas canciones de cuna cantadas desde los árboles. Mary Van Woorten estaba a unos metros de ella, con las mejillas muy coloradas y el pelo rubio recogido en una cola de caballo, cambiando el peso de cada pie, ajena a todo. Parecía un caballo de carreras a la espera de que le dieran la señal de salida. Ella había hablado de nanas, no de canciones populares.

Pero esta vez Mary había cantado una canción popular.

Una canción dedicada a ella. Solo a ella.

Roberta se aferró al *stick*, cruzó los brazos por la parte delantera del jersey y se acercó al resto de las chicas, buscando su calor. Pensó otra vez en sus compañeras de cuarto, en sus caras tan familiares, en sus voces, en sus risas, en sus actitudes pendencieras. Solo así logró que las palabras volvieran a ella.

—No era nada —dijo, dirigiéndose a Ginny—. Nada de nada.

CAPÍTULO 5

Barrons, Vermont
Noviembre de 2014

Una semana después, en Idlewild ya habían empezado los trabajos. E iban a buen ritmo. La zona se llenó de camiones y de otros vehículos de construcción, así como de trabajadores. Sustituyeron la vieja valla, que estaba parcialmente rota. En su lugar, pusieron una cerca de alambre, salpicada de avisos para ahuyentar a los intrusos. Los árboles, los camiones y los barracones provisionales impedían que las obras en el edificio se vieran.

Fiona había llamado unas cuantas veces a Anthony Eden, pero de momento no había contestado. Se acercó a casa de su padre, siguiendo aquella carreterita que se alejaba un poco de los límites de la ciudad. Los padres de Fiona se divorciaron dos años después del asesinato de Deb, y su madre había muerto de cáncer hacía ocho años, aún destrozada por el fallecimiento de su hija mayor. Malcolm Sheridan vivía solo en la casita baja de la familia, cada vez más aislado del mundo exterior y refugiado en el de su privilegiada mente.

Al levantar el pequeño y sucio portón para entrar en el garaje con el automóvil, Fiona se dio cuenta de que había zonas del tejado en las que faltaban ladrillos. Habría que repararlo antes de que llegara el invierno con toda su crudeza; si no, todo se llenaría de goteras y humedades. Seguramente, Malcolm tendría el dinero para la obra guardado en algún sitio, pero encontrarlo sería todo un desafío. Al llamar a la puerta, Fiona ya estaba haciendo una lista mental de posibilidades.

Como de costumbre, no contestó. Sin embargo, vio el viejo Volvo en el garaje, así que abrió la puerta exterior, después giró el picaporte de la de entrada y asomó la cabeza al interior.

—Papá, soy yo.

Oyó un ruido procedente de una de las habitaciones, probablemente el de unos pies arrastrándose. Después, un chirrido.

—¡Fee!

Entró en la casa en penumbra: todas las ventanas estaban cerradas y con las cortinas corridas; Malcolm decía que no podía trabajar a plena luz del sol. Olía a polvo y a rancio. No había prácticamente ningún centímetro de superficie libre: todo estaba cubierto de libros, periódicos y revistas, desde las estanterías de la cocina hasta las mesas auxiliares, pasando por las sillas y los sillones. Fiona pestañeó para adaptar los ojos a la escasa luz. Fuera hacía un día otoñal y luminoso. Avanzó por el pequeño cuarto de estar. Parecía que nadie había usado la cocina, tan deteriorada, desde que la madre de Fiona se había ido de allí.

Malcolm la recibió en la puerta de la habitación que utilizaba como despacho, vestido con unos chinos tan viejos que seguramente ahora se podrían vender en cualquier tienda de ropa *vintage*. Complementaba el conjunto una camisa de algodón con botones. A pesar de que ya tenía más de setenta años, conservaba parte de su largo pelo color de color castaño, aunque moteado en gran parte de unas canas grises. Aun transmitía la misma vitalidad de siempre.

—¡Fee! —repitió.

—Hola, papá.

Le dio un abrazo que por poco le aplasta las costillas; casi la levantó en volandas, aunque la soltó rápidamente. Fiona se lo devolvió, debatiéndose en esa complicada mezcla de felicidad, dolor y sensación de pérdida que la inundaba cuando veía a su padre.

—No he visto nada de comer en la cocina. ¿Te alimentas del aire?

—Estoy bien, muy bien. Trabajando.

—¿En el libro nuevo?

—Va a ser... —No finalizó la frase. Llevaba años intentando escribir aquel libro—. Estoy trabajando en varias cosas, pero creo que ya estoy cerca de plantear algo interesante de verdad.

Se dio la vuelta para refugiarse en su despacho. Fiona lo siguió. Allí era donde vivía su padre: en esa habitación. Allí había pasado su tiempo durante la niñez y la adolescencia de Fiona, así como desde que su mujer se había marchado. Fiona sospechaba que se pasaba el día ahí metido. Había un escritorio, también completamente atestado de papeles; un Mac, tan antiguo que es probable que no desentonara en un museo de Apple; y una estantería baja. En una de las paredes había dos fotos enmarcadas: una de 1969, del propio Malcolm en Vietnam, vestido con ropa de combate y apoyado en una rodilla en medio de un campo rodeado de palmeras, con una fila de vehículos militares detrás de él. La otra era de mujeres vietnamitas trabajando inclinadas en un campo de arroz; por encima de ellas, se observaban las amenazadoras siluetas negras de cuatro helicópteros norteamericanos. Esa era una de las fotografías por las que Malcolm había recibido diversos premios. Se alegró de volver a comprobar que las otras dos premiadas no estuvieran enmarcadas y colgadas en la pared. Una de ellas mostraba a una mujer vietnamita envolviendo con cuidado, en un gran paño de lino, el cadáver de su hijo de seis años, preparándolo para el entierro. La madre de Fiona había prohibido tener esa foto en casa: no hubiera sido bueno para las niñas tener que verla cada día.

Después del asesinato, uno de los terapeutas de Fiona le había preguntado si se había sentido mal por que su padre estuviera ausente la mayor parte del tiempo mientras crecía, que casi nunca estuviera en casa. Fiona, que entonces tenía diecisiete años, le respondió que no: si su padre se hubiera quedado en casa con ella, ¿cómo esperaba que salvara el mundo?

No fue por la guerra, que estaba a punto de finalizar cuando nació su hermana mayor. Fue lo que vino después: los libros que escribió, los premios que ganó, los viajes a Washington, las giras para dar conferencias y los compromisos. Y siempre, allá donde iba su padre, se producían marchas, protestas y sentadas: por los derechos de la mujer, contra la discriminación racial, contra la brutalidad policial, contra la pena de muerte... Malcolm Sheridan siempre protestaba por algo, incluso hasta bien entrada la década de 1990, cuando el resto de los *hippies* habían cerrado el chiringuito y las protestas ya no estaban de moda. Era verdad: su padre había intentado salvar el mundo. Hasta que murió Deb. Fue como si aquel espíritu rebelde muriera con ella.

Ahora intentaba apartar algunos de los papeles del escritorio para hacer sitio.

—No sabía que ibas a venir. Igual quieres una taza de té...

—No te preocupes, papá. —Sintió una punzada de preocupación al mirarlo. Siempre le había parecido que tenía los hombros poderosos, anchos, pero ahora le parecían tan poca cosa... ¿Y no estaba demasiado pálido?—. ¿Has ido al médico, como te dije que hicieras?

—¿A Warburton? Ese carcamal ya no me inspira ninguna confianza —replicó Malcolm—. Se limita a prescribir lo que le indican las compañías farmacéuticas. ¿Acaso se cree que no lo sé?

—¡Papá! —masculló Fiona, apretando los dientes.

—Te lo agradezco, preciosa, pero no te preocupes por mí, lo llevo bien. —Cerró con demasiadas prisas el documento de Word en el que estaba trabajando, como si temiera que ella lo leyera a hurtadillas.

—¿Cuándo me vas a dejar leer el manuscrito? —le preguntó.

Estaba trabajando en un libro sobre la crisis financiera de 2008. Lo malo es que ya llevaba cinco años con eso. Y sin progreso aparente.

—Pronto, pronto —respondió Malcolm en tono conciliador, dándole unos golpecitos en el hombro—. Ahora vamos a preparar un té y me cuentas algo sobre ti.

Le siguió resignadamente a la cocina, donde se revolvió inquieto entre el enorme desorden, protestando porque no encontraba la tetera. Cuando veía a su padre, siempre le pasaba lo mismo. En su ausencia, era una mujer austera y decidida, incluso hasta valiente. Pero con él se mordía el labio por la preocupación y perdía la confianza en sí misma. Al verlo preparar tan desmañadamente el té, como el anciano que era, volvió a sentir lo mismo. En esa casa había demasiada historia personal, demasiado dolor... y demasiado amor. Su madre había comprado esa tetera; la llevó a casa en su furgoneta después de que su padre recibiera uno de los pagos por derechos de autor.

De todas maneras, lo soltó.

—Estoy trabajando en un reportaje nuevo.

—Ah, ¿sí?

No le gustaba la profesión que había escogido Fiona, o más bien con los temas que solía tratar: las posturas de yoga más adecuadas para combatir el estrés, cómo hacer tartas de manzana de ración, y ese tipo de cosas intrascendentes. Pero ya hacía muchos años que había dejado de mostrar en voz alta su desaprobación, y la había sustituido por una actitud de apatía que significaba que estaba desconectando.

Fiona miró más allá de él, al reloj de pared. Reunió fuerzas de donde no las tenía para decir:

—Es sobre Idlewild Hall.

Estaba empezando a llenar la tetera de agua, pero cerró el grifo de inmediato.

—¡Oh! —murmuró—. ¿Te refieres a la restauración?

—¿Cómo dices? —preguntó, y volvió la cabeza para mirar a su padre—. ¿Ya lo sabías?

—Me llamó Norm Simpson hace... un par de semanas, más o menos. Pensó que debía saberlo.

Fiona pestañeó. Le sonaba ese nombre. Pero es que su padre conocía a tantísima gente que era imposible acordarse de todo el mundo.

—Nadie me había dicho nada.

—Bueno, la gente es sensible, Fee, eso es todo. ¿Cómo lo vas a enfocar?

Caramba, el tema parecía interesarle. La miró de soslayo mientras llenaba la tetera.

—Quiero hablar con esa tal Margaret Eden. Y con su hijo Anthony. Quiero averiguar lo que pretende en realidad.

—De eso no van a sacar dinero —afirmó Malcolm al tiempo que se volvía y se apoyaba en la encimera con los brazos cruzados—. Ese sitio siempre ha sido un problema. Desde el año 2000, en el Ayuntamiento, se ha debatido tres veces sobre una posible compra a los Christopher, con el único objetivo de demolerlo. Sin embargo, la iniciativa no salió adelante ninguna de las tres. No tuvieron agallas suficientes para hacerlo. Y ahora han perdido su oportunidad.

Fiona no exteriorizó la sensación de triunfo que sintió al ver que su padre y ella lo veían del mismo modo. «¡Sí! ¡Está de acuerdo conmigo!», exclamó para sí. Se volvió para abrir el frigorífico.

—Estoy de acuerdo. Pero no consigo que Anthony Eden me devuelva las llamadas, ni siquiera diciendo que trabajo para la revista *Lively Vermont*.

La tetera silbó. Su padre esperó un momento y después sirvió el té.

—Podría hacer algunas llamadas —tanteó.

—No tienes por qué hacerlo —contestó ella de manera casi automática—. Papá... ¿no..., no te importa que escriba sobre este tema?

Por primera vez desde que había llegado, endureció el gesto y su expresión se volvió hermética.

—Tu hermana ya no está. Le dije lo mismo a Norm Simpson. Se fue. Hablas como tu madre, como si estuvieras pensando en cada momento que molestas a Deb... o que la pones triste.

—Yo no...

Pero sí: tenía razón, por supuesto que la tenía. Era muy propio de su padre llegar al meollo de un asunto muy rápido y con la precisión de un buen periodista. Sus padres se divorciaron dos años después del asesinato, incapaces de seguir adelante juntos. Su madre se puso a trabajar de dependienta de farmacia y parafarmacia en Walgreens, pese a que tenía un doctorado. Dijo que estaba cansada del mundo académico, aunque Fiona siempre supo que lo hizo porque Deb criticaba continuamente a sus padres por ser, como ella decía, «intelectuales de fachada, criticando desde su torre de marfil». No se sentía nada cómoda con la fama de activista de su padre. Deb, cuya única preocupación en la vida era caer bien, ser popular y tener amigos, a sus veinte años creía tener ya todas las respuestas. Ahora Fiona se daba cuenta de que era tan joven entonces. Tremendamente joven. Aquella forma de pensar sí que afectó a su madre. Sin embargo, no importaba cómo Deb se había portado con él, Malcolm se negaba a disculparse por cómo había elegido vivir su vida.

No obstante, al ver lo que había sido el hogar de su infancia, tan descuidado y desordenado desde hacía tantos años, sin que nadie se preocupara y le pusiera remedio, se preguntó si su padre no se sentiría tan culpable como su madre y, por extensión, como ella misma. El año anterior a la muerte de Deb, hubo discusiones, muchas discusiones. Su hermana fue a la universidad y aprobó las asignaturas a trancas y barrancas. Su preocupación principal eran las relaciones sociales, pasárselo bien y hacer amigos. Bebía, iba continuamente a fiestas y salía con Tim, lo cual desconcertaba completamente a sus padres. Fiona, a sus diecisiete años, observaba las desavenencias sin intervenir. Y entonces, una noche de noviembre, todo se vino abajo.

En todo caso, fuera como fuese, lo que le quedó claro es que Malcolm Sheridan seguía siendo Malcolm Sheridan. Dos días después de visitar a su padre, Fiona recibió una llamada de la asistente de Anthony Eden, que la citó a la mañana siguiente en la entrada de Idlewild Hall para hacer una visita y tener una entrevista con su jefe.

—No puedo hacerlo —le confesó a Jamie la noche anterior, sentada en el sofá de su pequeño apartamento, acurrucada contra él y pensando una vez más en Deb—. No puedo ir.

—De acuerdo. Si no puedes ir, no vayas.

Fiona se apretó los ojos cerrados con las palmas de las manos.

—Sí que puedo. Puedo ir, y voy a ir.

—Es lo más ambicioso que te has planteado escribir hasta ahora, ¿verdad? —preguntó.

Acababa de salir de un turno especialmente largo y agotador. Estaban sentados muy tranquilos, descansando en la semioscuridad. Hasta la televisión estaba apagada. Podía notar como, poco a poco, se iban relajando sus poderosos músculos; era como si su trabajo lo mantuviera en un silencioso estado de tensión, del que no podía librarse hasta que llegara a casa.

—¿Eso es un reproche? —le preguntó, aún sabiendo que no lo era.

—No —respondió—. Pero desde que te conozco siempre has escrito sobre temas intrascendentes. —Hizo una pausa, como si estuviera escogiendo con cuidado sus palabras—. Simplemente, tengo la impresión de que eres mucho mejor escritora de lo que tú misma crees.

Fiona tragó saliva. Había estudiado en una Facultad de Periodismo, porque había sido algo natural seguir las huellas de su padre; se sentía incapaz de hacer otra cosa. Sin embargo, trabajó por su cuenta desde el principio, sin entrar a formar parte de ninguna redacción. Se decía a sí misma que era porque, de esa manera, podía hacer trabajos mejores y más interesantes.

—Bueno, me imagino que ahora voy a averiguarlo. Se supone que cada día todos debemos hacer algo que nos asuste, que suponga un reto difícil, ¿no?

Jamie gruñó. Seguramente no sabía que había leído esa frase en una galletita de la suerte de un restaurante chino.

—Bueno, pues entonces tengo suerte siendo policía.

—¿De verdad? —Uno de sus pasatiempos favoritos era comprobar hasta dónde podía llevar a Jamie antes de que se enfadase—. ¿Te asusta dirigir el tráfico en una cabalgata de Navidad? Eso tiene que ser terrorífico.

Echó la cabeza hacia atrás, apoyándola en el respaldo del sofá, y miró al techo.

—Qué tonterías dices —respondió, serio.

—O aquella vez que arreglaron el puente. Tuviste que estar de pie durante horas. —Fiona negó con la cabeza—. No me explico cómo eres capaz de soportar esas cosas, un día tras otro.

—Tonterías —repitió.

—O cuando cayó esa nevada tan grande y tuviste que ayudar a sacar los automóviles de las cunetas...

Ella era rápida, pero él más todavía. Antes de que pudiera escaparse, la había agarrado por las caderas, sujetándola contra el sofá.

—Retira lo que has dicho —le ordenó.

Se inclinó hacia delante y posó los labios sobre su boca perfecta.

—Oblígame —respondió.

La obligó. Y, un buen rato después, ella había retirado todo lo que le había dicho.

❋❋❋

Fiona estaba de pie junto a las nuevas vallas de Idlewild, altas y negras, apoyada sobre el automóvil y observando la carretera de Old Barrons. Su aspecto era muy diferente a la luz del día, aunque seguía siendo un lugar oscuro y solitario, con las últimas hojas del otoño moviéndose de acá para allá. En la gasolinera apenas había actividad; en la colina, ninguna en absoluto. Por encima de ella se oía el canto de los pájaros, reunidos para volar hacia el sur escapando del crudo invierno. Fiona se subió el cuello de la parka y se frotó las manos.

Vio un Mercedes negro bajando por la colina, tan lentamente como un vehículo funerario y sin que sonara apenas el ruido del motor. Se lo quedó mirando hasta que se detuvo a su lado. La ventanilla del conductor se deslizó hacia abajo y apareció el rostro de un hombre que superaba la cincuentena, de frente amplia y con un pelo marrón que empezaba a ralear. Los ojos eran vivos y no se apartaban de ella, sin ni siquiera pestañear.

—¿Señor Eden? —preguntó Fiona.

Asintió solo una vez y muy brevemente, desde el cómodo y cálido interior del automóvil, cuyos asientos eran de cuero.

—Sígame, por favor —dijo.

Apretó un botón en alguna parte del salpicadero, probablemente en una consola que a Fiona le recordó a las de los vehículos futuristas de las películas de James Bond: en la verja, sonó un chasquido metálico. Un cierre automático. Eso era una novedad. Vibró un motor y las dos puertas de la verja empezaron a separarse lentamente, mostrando un camino sin pavimentar, lleno de polvo, seguramente recién excavado, como una cicatriz reciente.

Fiona se subió en su automóvil y lo siguió. El camino era muy irregular. Al principio, solo vio árboles. Después los árboles empezaron a escasear, el sendero trazó una curva y, tras veinte años, volvió a ver Idlewild Hall.

«¡Dios mío! ¡Fue aquí, aquí!», pensó.

En ningún otro sitio (ni siquiera la zona campestre de Vermont) abundaban como allí las haciendas de pizarra y de estilo colonial. Idlewild era un edificio monstruoso, no demasiado alto, pero enormemente largo, con interminables hileras de ventanales que reflejaban la luz gris del cielo a través de una película de polvo. En el prado central abundaban las zarzas y las malas hierbas. Las paredes soportaban enredaderas secas, que no las alegraban, sino todo lo contrario. En el extremo más alejado del edificio había cuatro ventanas rotas que parecían ojos cerrados para siempre. El resto de las ventanas parecía sonreír con avidez a los automóviles que se acercaban por el polvoriento camino. «¡Para comerte mejor...!».

Fiona había estado allí cuatro días después de que encontraran el cuerpo de Fiona. La policía no le permitió acceder antes a la escena del crimen. Luego, una vez que lo limpiaron todo, saltó la valla de piedra y llegó hasta el centro del campo de deportes: donde había yacido el cuerpo de Deb. Quizás había ido allí a buscar consuelo o a intentar empezar a entender qué había ocurrido, pero lo que encontró fueron coronas baratas, ramos de flores estropeadas, botellas de cerveza y colillas: el resultado de la vigilia de los preocupados ciudadanos de Barrons y de sus hijos adolescentes.

Por aquel entonces, el edificio ya estaba abandonado y casi en ruinas. Y ahora la cosa era mucho peor. Conforme se acercaba, se dio cuenta de que, donde estaban las ventanas rotas, el edificio estaba un poco combado, como si el tejado se hubiera desplomado. El paseo circular que salía de la entrada principal estaba desnivelado y lleno de barro; cuando se bajó del automóvil, tuvo que concentrarse para mantener el equilibrio. Se colgó del cuello la cámara réflex digital y se volvió para saludar a su guía.

—Siento todo este caos —dijo el hombre mientras se acercaba a ella, después de estacionar el Mercedes—. El antiguo camino estaba lleno de maleza, con el pavimento levantado e impracticable en muchas zonas. Lo hemos tenido que levantar antes de volver a asfaltarlo. —Extendió la mano. Parecía serio por naturaleza, pero esbozó una sonrisa—. Soy Anthony Eden. Me alegro de conocerla.

—Fiona Sheridan.

Su mano era cálida y suave. Llevaba una rebeca de cachemir, que contrastaba con sus *jeans*, las botas y una parka bastante usada que se colocó encima: esa sí que era la ropa adecuada para hacer una visita a un lugar en plena construcción.

—Me temo que solo dispongo de una hora —dijo Anthony—. ¿Empezamos por el edificio principal?

—Por donde le parezca, usted es el guía. —Cuando empezaron a caminar, Fiona sacó su grabadora MP3—. ¿Le importa que grabe lo que me vaya diciendo? Después me ayudará a que las citas sean exactas.

Anthony echó un vistazo breve al aparato y siguió mirando hacia delante.

—Como quiera.

En la puerta principal habían instalado una consola electrónica de seguridad, en la que Anthony se puso a marcar un código. La consola soltó un pitido agudo y la puerta se abrió.

—Han trabajado deprisa —comentó Fiona al tiempo que encendía la grabadora—. He visto la valla nueva y la verja automática... también.

—Las primeras medidas que hemos tomado han sido las relacionadas con la seguridad. No queremos que los niños y los adolescentes de la zona vuelvan a utilizar este edificio como una zona de reuniones.

Entró en el vestíbulo principal y se detuvo.

Fiona lo imitó.

Era una sala enorme, oscura y que olía a humedad, iluminada únicamente por la escasa luz que en ese momento entraba por las ventanas. El techo se elevaba hasta el tercer piso, mientras que el suelo lo formaban planchas de madera color chocolate, tan oscuras que casi parecían negras. Frente a ellos partía una escalera, con un rellano en el primer piso, y otro en el segundo. Estaba flanqueada por barandas y pasamanos de madera labrada con formas intrincadas. Las galerías de los pisos superiores salían de la escalera como los hilos de una telaraña, adentrándose en la oscuridad. El silencio resultaba opresivo, solo roto por el batir de las alas de un pájaro escondido entre las vigas. Aparte de la humedad, también olía a madera y a cierta podredumbre.

—¡Oh, Dios mío! —murmuró Fiona.

—Lo que está viendo es el vestíbulo principal —dijo Anthony Eden. Empezó a notar que su forma de comportarse iba un poco más allá de una aburrida cortesía... Intuyó que no le gustaba, que no quería estar allí. Lo más probable era que su madre le hubiera obligado a hacerlo—. El edificio se construyó en 1919. Toda la madera es original. Va a resultar imposible salvar la gran mayoría, claro, pero la idea es restaurar toda la que sea posible.

—Pero ¿van a poder? —preguntó Fiona, levantando la cámara y sacando una fotografía.

—Los expertos en madera vendrán la próxima semana. Hay un problema de falta de desagüe en la zona este de la propiedad, así que esta primera semana tenemos que centrarnos en solucionarlo. Intentaremos frenar el progreso de la humedad en el resto de los edificios.

La escalera, pese a su antigüedad, seguía siendo practicable. Subieron al primer piso. Eden la precedió por un pasillo lleno de escombros.

—Como seguramente sabrá, el edificio funcionó como internado para chicas hasta que cerró, en 1979 —dijo con tono de guía profesional—. Nuestra intención es restaurarlo y modernizarlo para que pueda vuelva a su función original: recibir estudiantes.

—¿Solo para chicas? —se interesó Fiona.

—Esa es la idea. Mi madre piensa que las chicas deben tener la oportunidad de recibir una mejor educación preuniversitaria, para que puedan enfrentarse al mundo con éxito.

Entraron en un aula.

—Esta conserva los pupitres —dijo Fiona, algo sorprendida.

—Sí. La mayoría de las habitaciones de estos edificios conservan el mobiliario original. La escuela estaba casi en bancarrota cuando se cerró. Los dueños no se ocuparon de ellos cuando intentaron vender los terrenos.

Fiona entró en el aula. Los pupitres eran de madera maciza, muy antiguos. La mayoría de ellos tenían nombres grabados, seguramente por distintas generaciones de chicas. Había una gran pizarra, incluso con marcas de tiza ilegibles, así como nidos de pájaros en los travesaños del techo. Se habían desprendido muchos trozos de yeso, que estaban por el suelo. De una de las paredes colgaba un cartel descolorido y con los bordes curvados. Allí podían distinguirse los rostros, la mayoría sonrientes y con las mejillas sonrosadas, de una fila de niñas vestidas con uniforme, sentadas en sus pupitres. En la parte de abajo del cartel había un lema escrito en mayúsculas y entre signos de admiración:

¡LAS BUENAS CHICAS SERÁN BUENAS MADRES EN EL FUTURO!

Fiona sacó varias fotos. En las aulas olía bastante menos a humedad que en la zona del vestíbulo, aunque se podían percibir otros olores, sobre todo el de la madera a medio pudrir y a algo metálico: seguramente, las tuberías de cobre que ocultaban las paredes. Se acercó a la pizarra, rodeando los pupitres y las sillas vacías. Las marcas con nombres y frases eran incontables. Pocas chicas se habrían abstenido de dejar marcado su paso por aquel internado. Había, sobre todo, nombres, pero también palabrotas y frases obscenas. En el suelo había marcas de tizas pisoteadas. Pero la pizarra estaba cubierta por una turbia pátina, probablemente de humedad y polvo de tiza, como si nadie la hubiera utilizado en décadas.

Hizo más fotos y se acercó a las ventanas. Había dos vidrios rotos. La lluvia y la nieve habían estropeado los alféizares de madera. Sin embargo, la tercera estaba intacta.

—Tendríamos que seguir —le dijo Anthony Eden, que se había quedado en la entrada del aula, sin entrar en la habitación.

Fiona se dio la vuelta. La luz del sol que se colaba por la ventana con el cristal intacto le permitió ver unas palabras, escritas con letra fina y en mayúsculas sobre la suciedad que cubría el vidrio:

BUENAS
NOCHES,
CHICA

Fiona frunció el ceño al leer el mensaje. Aquellas palabras parecían casi recién escritas. Se leían con toda claridad sobre el cristal, a diferencia de lo que pasaba con la pizarra. Se habían escrito con algo puntiagudo, puede que incluso con una uña.

—¿Señorita Sheridan? —dijo Eden.

Fiona se quedó mirando las palabras durante un buen rato. ¿Habría estado alguien allí hoy mismo? ¿Habría podido superar los nuevos sistemas de seguridad esa persona? ¿Era posible que alguien se hubiera molestado en llegar hasta allí, sortear los impedimentos y escribir esas palabras? ¿Por qué precisamente «Buenas noches, chica»? No tuvo más remedio que acordarse de Deb, su cuerpo allí afuera, con la blusa y el sujetador desgarrados y el viento soplando sobre su cara, ciega e inerte.

—Señorita Sheridan —dijo Anthony Eden interrumpiendo sus sombríos pensamientos—. De verdad, creo que deberíamos avanzar.

Tuvo que arrancar la mirada de la ventana y lo siguió fuera del aula. Recorrieron un par de clases más. Salvo por las condiciones de conservación y los daños (en una, las paredes estaban completamente húmedas; mientras que en otra el techo estaba combado), era como si las chicas hubieran dejado el lugar el día anterior. Fiona se detuvo junto a otra ventana rota y se asomó para ver el patio y los jardines exteriores.

—¿Qué es todo aquello de allí? —preguntó.

Eden estaba en la puerta del aula, impaciente por continuar la visita. Fiona se dio cuenta de que había quedado pálido; sacó un gran pañuelo de lino para secarse unas gotas de sudor de la frente. Miró por encima de su hombro hacia los equipos de construcción que trabajaban afanosamente en la distancia.

—Es la cuadrilla que hemos contratado para que solucione los problemas de humedad, con todo su equipo. Van a cavar un pozo muy profundo, al menos eso tengo entendido. Bueno, creo que ya se ha hecho una idea de cómo eran las aulas, ¿verdad? ¿Le parece que vayamos al comedor?

De nuevo le siguió por el pasillo.

—Señor Eden...

—Anthony, por favor. —La frase era amable, pero su voz sonó tensa.

—Ah, de acuerdo, gracias. Puedes llamarme Fiona. Anthony, ¿cuánto tiempo crees que van a durar los trabajos de restauración?

Respondió mientras avanzaba deprisa hacia las escaleras, sin apenas esperarla.

—Creo que bastante tiempo, sobre todo para reparar y reforzar los techos. Pero lo vamos a hacer todo a conciencia, como se debe.

—¿La idea de restaurar el edificio ha sido de su madre?

—Sí, así es. —Se estremeció al decirlo. A Fiona no le cupo la más mínima duda.

—Me pregunto si podría entrevistarla.

—Lo siento, pero eso va a ser imposible. Mi madre no desea hablar con ningún periodista.

«Eso ya lo veremos», pensó Fiona. Habían bajado las escaleras y torcido a la izquierda, hasta llegar a un patio interior tipo claustro. Nada le iba a impedir entrevistar a la misteriosa Margaret Eden.

—¿Por qué no? —preguntó—. ¿Está enferma?

—Mi madre goza de una salud excelente. Simplemente, no quiere contestar preguntas de los periodistas. Eso es todo.

Pero Fiona no se rindió.

—¿Por qué ha escogido Idlewild? ¿Estudió aquí?

—No. Ella es de Connecticut. Y mi padre era de Maryland.

—Tu padre era inversor —afirmó Fiona—. Este era uno de sus proyectos, y tu madre ha decidido ponerlo en marcha ahora... ¿Es eso?

Casi habían llegado a la puerta trasera. Eden se volvió para mirarla a la cara. Ya no estaba tan pálido como antes, pero el color de sus mejillas aún no parecía demasiado saludable.

—No, en absoluto —dijo, negando con la cabeza—. En realidad, mi padre no estaba de acuerdo con este proyecto: todo lo contrario. De hecho, se lo prohibió. Decía que se perdería dinero. Pero ahora que ha fallecido, mi madre ha decidido embarcarse en él.

Entonces era eso. Anthony estaba de acuerdo con su padre y desaprobaba que su madre se hubiera opuesto a los deseos de este. Eso explicaba por qué le desagradaba tanto estar aquí, por qué parecía tener tanta prisa. Procuró suavizar un poco la situación.

—Siento mucho lo de tu padre —dijo.

Él se detuvo un segundo.

—Gracias, Fiona.

Inmediatamente, se volvió y abrió la puerta trasera, que daba al patio.

El aire frío le golpeó en la cara y se llevó el olor a cerrado y a humedad del interior. La luz del sol, aún siendo indirecta, hizo que parpadeara, después de tanta oscuridad. ¿Qué demonios habría llevado a Margaret Eden, una mujer mayor que no era de por allí, a enterrar una buena parte de su dinero en Idlewild Hall?

Cruzaron los jardines interiores. En los días de esplendor del internado, debió de ser una zona verde bien cuidada y adornada, llena de setos y de hierba. Ahora estaba descuidada, repleta de malas hierbas y casi sin una brizna de verdor; más aún con el invierno a las puertas. Lo *jeans* no protegían a Fiona del frío viento.

Estaban detrás del edificio principal, afortunadamente sin poder ver la desagradable fachada. A la izquierda, se levantaba un edificio de piedra gris, con ventanas oscuras y pequeñas.

—¿Qué es ese pabellón? —preguntó.

—El edificio de las profesoras —respondió Anthony tras un breve vistazo—. Me temo que se inundó por completo. Y no puedo enseñártelo porque tanto los techos como las paredes están estropeadas y hay peligro de derrumbamiento. El comedor también tiene humedades, pero no tan extensas y graves, así que podemos entrar.

Se dirigían hacia el edificio de la parte derecha, el que tenía ventanales más grandes y puertas dobles.

—Los edificios del internado son muy diferentes entre sí —comentó Fiona mientras avanzaban por aquel sendero maltrecho y semiempedrado—. ¿Sabes algo sobre por qué lo construyeron de esta forma?

—Casi nada —contestó—. No hemos encontrado registros acerca de quiénes fueron los arquitectos. Ni siquiera planos. —Se detuvo en medio del sendero—. Si miras hacia allí... y después hacia allí —explicó, moviendo el brazo cubierto por la manga del abrigo negro y señalando el tejado del edificio principal, y después el del comedor—, puedes ver que los edificios son extrañamente desiguales. De hecho, desde las ventanas del comedor orientadas al sur, solo se ve la pared de ladrillos del edificio principal. Es una construcción bastante curiosa.

—¿No se planificó bien... o se hizo con demasiadas prisas?

—No tengo la menor idea —respondió—. Todavía no tenemos muy claro qué hacer. En el espacio entre los dos edificios hay un jardín, así que al parecer querían construir algo allí. De todas maneras, la iluminación sería nula. No sabemos qué era lo que querían hacer.

Al pasar, Fiona se fijó en aquella zona. En efecto, se veían los restos de un jardín, ahora lleno de maleza marrón y húmeda, como todo lo demás. La luz del sol lo iluminaba de lado; las sombras que producían las ramas muertas eran oscuras como la tinta china. Era como si las ventanas de ambos edificios se observaran entre sí.

En la puerta del comedor había también un acceso electrónico. Anthony tecleó la clave. Fiona esperaba encontrar una sala en la línea del comedor de *Harry Potter,* con altos techos góticos y llena de velas que le dieran un aspecto cálido y acogedor. Pero el comedor de Idlewild no tenía nada que ver con eso. Los techos de yeso estaban llenos de moho y humedades; las paredes tenían unos manchurrones tan grandes y oscuros que, a la media luz que entraba por las ventanas, parecían de sangre. Junto a las paredes se alineaban pesadas mesas de madera, algunas mal colocadas y otras vueltas del revés, de forma que las patas parecían huesos rotos. La luz que entraba por las sucias ventanas era gris, aunque permitía ver perfectamente y con detalle el ruinoso estado del lugar. Las aulas parecían abandonadas, pero es que el comedor tenía un aspecto posapocalíptico, como si aquel lugar hubiera sido testigo de algo horrible hacía muchos años.

Fiona avanzó despacio hacia el centro de la sala. Sintió un escalofrío en la base posterior del cuello. Decidió no sacar ninguna foto. No quería volver a estar allí ni poder revivirlo.

Miró a Anthony y se dio cuenta de que sentía lo mismo que ella. Su expresión era de disgusto, casi de náusea.

Se aclaró la garganta, volvió a sacar el pañuelo, se lo pasó de nuevo por la frente y empezó a hablar.

—La cocina puede utilizarse. Habrá que sustituir todos los electrodomésticos, por supuesto, y arreglar el suelo, el techo y las paredes. Pero disponemos de lo básico para remodelar. Sin duda, seremos capaces de dotar al internado de un comedor agradable para las alumnas. Algo moderno y funcional. Igual que las cocinas.

Fiona se acercó a una de las ventanas. ¿De verdad creía que a alguna alumna le apetecería comer en un sitio como este? La sola idea le daba arcadas. Jamie le contó que siempre había corrido el rumor de que en la escuela había fantasmas. Y, bueno, aquel lugar no era más que un edificio abandonado, como había millones; sin embargo, al estar allí de pie en aquella ruinosa estancia, entendió el porqué de los rumores. Aquellas historias de fantasmas tenían su lógica. Al menos para la gente que creyera en esas cosas.

Pese a lo que había pensado antes, levantó la cámara para sacar alguna foto. Era hora de ir terminando: en eso, estaba de acuerdo con Anthony. Entonces un movimiento en la ventana la distrajo. El ángulo era distinto, pero era la misma vista que había desde el aula del edificio principal. Se veía otro edificio en el que los trabajadores cavaban, al parecer haciendo un gran pozo. Eso había dicho Anthony. Los cristales estaban mugrientos. Sin pensarlo, Fiona estiró los dedos y pasó las puntas por el cristal para limpiar un poco e intentar ver con más claridad. Inmediatamente, se arrepintió de haber tocado algo en esa habitación y bajó la mano.

—Tengo otra cita —le informó Anthony desde la puerta. Se dio cuenta de que no había entrado del todo en ninguna de las habitaciones—. Siento que no tengamos más tiempo.

—Ya te he preguntado todo lo que quería —dijo Fiona, algo distraída, mirando aquellos trabajos: la excavadora se había detenido y había dos hombres con cascos de construcción sobre la hierba, charlando. Se les unió un tercero, y después un cuarto.

—Si te parece, podemos volver a vernos, aunque estoy muy ocupado, la verdad. —Hizo una pausa—. ¿Fiona?

—Creo que hay algún problema —le informó, señalando por la ventana a través del pequeño espacio que había limpiado con los dedos—. Han dejado de trabajar.

—Puede que estén en su descanso.

—No es ningún descanso.

El cuarto hombre estaba hablando por teléfono; otro más avanzaba por el campo de deportes, prácticamente corriendo para unirse a los demás. Parecía muy alarmado.

—Creo que es el encargado. Me parece que le han llamado.

—Eso no lo puedes saber.

Un presentimiento recorrió las venas de Fiona. Se estremeció. Miró a los hombres, que tenían las cabezas muy juntas. Parecían tensos, preocupados. Uno de ellos se acercó a los arbustos con la mano tapándose la boca.

El teléfono móvil de Anthony resonó en el vacío de la húmeda habitación.

Fiona no necesitaba mirarlo. Le bastaba con escuchar su voz, primero baja y tranquila, pero que se fue tensando y subiendo de tono. Después se limitó a escuchar durante un buen rato.

—Voy para allá —dijo, y colgó.

Ella se volvió. Estaba rígido y demacrado, con la mirada perdida y la figura hundida en el abrigo de cachemir, negro y largo. Una imagen que desentonaba por completo con aquella habitación en ruinas. Metió las manos en el bolsillo del abrigo. Cuando la miró, volvía a tener la tez muy pálida. Parecía alterado.

—Han... encontrado algo —dijo—. No sé exactamente qué. Parece un cuerpo. En el pozo.

Soltó un suspiro muy audible y fue como si la escena se congelara. Sus palabras la conmocionaron y la sorprendieron. Sin embargo, una parte de ella aceptó la noticia como algo natural. Como si no esperara otra cosa.

«Por supuesto que hay cuerpos aquí. Estamos en Idlewild Hall».

—Lléveme allí —le dijo—. Puedo ayudar.

CAPÍTULO 6

CeCe

Barrons, Vermont
Octubre de 1950

No le gustaba nada tener hambre continuamente. A sus quince años, CeCe estaba hambrienta desde la mañana hasta la noche. Sentía el estómago vacío incluso cuando acababa de comer. En Idlewild les daban tres comidas diarias, pero todo lo que ingería parecía desvanecerse en cuanto se lo tragaba. Le daba un poco de vergüenza. Y no porque estuviera gorda (que no lo estaba, simplemente un poco rellenita), sino porque siempre esperaba con impaciencia el momento de entrar en el comedor. Nadie más mostraba tal deseo, pues el comedor era un lugar horrible.

Era la hora de la cena. CeCe siguió a Katie desde el mostrador hasta una de las mesas, esquivando a todas las niñas que remoloneaban por aquella sala tan horrible. Katie estaba guapa hasta con el uniforme de Idlewild. Aunque le pusieras una falda raída, una camisa blanca de tela barata y una rebeca de invierno de lana gruesa y basta, seguiría pareciendo Hedy Lamarr. CeCe sabía que su cara redonda y el pelo corto y oscuro eran agradables, pero se sentía casi como el abominable hombre de las nieves comparada con el encanto que Katie irradiaba. Además, Katie lo sabía todo, y no le asustaba nada: era exactamente como CeCe quería ser. Dado que CeCe era una de las pocas chicas a las que Katie no odiaba, se pegaba a ella como una lapa y le contaba los mejores chismes en cuanto se enteraba de ellos.

Hoy tenía uno bastante bueno. Estaba entusiasmada.

—¿A que no sabes lo que tengo hoy? —dijo en voz baja y conspirativa mientras avanzaba por uno de los lados del banco, sobrepasando a otras chicas. Se inclinó para hablarle a Katie al oído—. La copia de Pat Claiman de *El amante de lady Chatterley*.

Katie se la quedó mirando con el tenedor a medio camino, con los seductores ojos de largas y oscuras pestañas abiertos de par en par. El hermano de Pat Claiman le había llevado el libro de tapadillo el día de las visitas de familiares, hacía ya dos meses; y desde entonces, había circulado de chica en chica. Todas en Idlewild estaban como locas por hacerse con él.

—¡Me tomas el pelo! —exclamó Katie—. ¿Cómo es que lo tienes?

—No ha sido fácil, no creas. Le he tenido que dar diez dólares a Pat.

Katie no podía abrir más los ojos del asombro.

—¿Diez dólares? CeCe, ¿de dónde has sacado tanto dinero?

—Mi padre me manda dinero de vez en cuando, ya sabes —contestó, encogiéndose de hombros—. O conseguía eso, o tendríamos que conformarnos con las revistas *Life* de Sandra Krekly, que son de hace dos años o más.

Ese día había de cena carne de vaca, puré de patatas, maíz con mantequilla y un pan pegajoso que se suponía que era también de maíz, pero que no sabía a nada en absoluto. Katie se llevó a la boca con el tenedor un poco de puré, y puso cara pensativa. CeCe vio como paseaba la vista por el comedor, entornando los ojos, como considerando varias opciones. Siempre era capaz de darse cuenta de cosas que CeCe no conseguía captar, pues no era tan lista.

—Tendrás que leernos en voz alta las partes buenas —dijo Katie.

—No voy a ser capaz. —CeCe se puso colorada—. Cuando llegue a las partes subidas de tono, te pasaré el libro.

—Muy bien, yo las leeré. —Katie le revolvió el pelo y tomó más puré—. Supongo que, de todas maneras, no será nada nuevo para mí.

Típico de Katie. Solía hacerles ver que tenía experiencia con los chicos; no obstante, CeCe empezaba a darse cuenta de que nunca les había dado detalles. Pero no le importaba.

—Me han contado que es muy picante —dijo, intentando mantener su atención—. Pat dice que hasta hay palabrotas. Y que hacen cosas.

Sin embargo, la atención de Katie ya estaba en otra parte. En una de las esquinas traseras, Alison Garner y Sherri Koustapos estaban discutiendo, ambas con la cabeza agachada. Sherri soltó un gruñido. Katie las observaba con precaución. Parecía tener una especie de radar para detectar los problemas: los captaba vinieran de donde viniesen.

CeCe procuró distraerla.

—¡Mira, ahí está Roberta!

La chica cruzaba la sala con la bandeja de madera de la cena. Se sentó en una mesa junto a sus compañeras del equipo de hockey. Las demás chicas charlaban y reían, pero Roberta se mantenía en silencio. CeCe observó su plato y se dio cuenta de que ya se lo había comido todo. Dejó el cuchillo y el tenedor en la bandeja.

—¿Te has preguntado alguna vez por qué está aquí Roberta? —dijo Katie—. Saca buenas notas y es una magnífica deportista. No parece cuadrar mucho.

—Pues sí, está claro el porqué —contestó CeCe sin pensar—. Su tío volvió de la guerra e intentó suicidarse. Roberta entró en el garaje de su casa justo en el momento en que lo estaba haciendo, así que la mandaron aquí.

—¿Qué? —Katie se quedó mirando a CeCe, que inmediatamente se dio cuenta de que se había marcado un tanto incluso mejor que el de *El amante de lady Chatterley*—. ¿Cómo lo sabes?

—Susan Brady es algo más que la encargada de los dormitorios, ya sabes —le dijo CeCe—. Lo sabe todo. Oyó a la señorita Maxwell contándoselo a la señora Peabody. Después me lo contó a mí.

Katie la miró, pensativa, como analizando aquella información.

—Eso no tiene sentido. Si el tío es el que ha perdido el juicio, ¿por qué han echado de casa a Roberta?

—Puede que viera la sangre —apuntó— y que le diera un ataque de nervios..., o algo así. Si yo tuviera la mala suerte de ver algo así, me gustaría irme lo más lejos posible.

Sonaba bastante lógico. Se quedaron mirando a Roberta, que tomaba la cena en silencio y parecía bastante pálida.

—Mantén la cabeza baja —le advirtió Katie un momento después—. Aquí viene *lady* Loon.

La discusión de la parte de atrás había subido de tono. Sherri Koustapos se había puesto en pie de un salto, empujando el banco con las rodillas. Alison todavía estaba sentada comiéndose la mazorca de maíz, pero tenía la cara muy roja, como si a duras penas pudiera contener la ira. CeCe solo había probado una vez la ira de Alison. Fue durante su primer mes en

Idlewild. Alison la llamó «vaca gorda» y, no contenta con eso, la golpeó con una de las raquetas rotas de bádminton que guardaban en el almacén. La verdad es que no le apetecía nada repetir aquella experiencia. Alison odiaba a todo el mundo. Y, cuando se ponía a pelear y pegar, lo hacía en serio.

La señorita London, una profesora a la que todo el mundo llamaba *lady* Loon, cruzaba la habitación dirigiéndose al lugar de la refriega. El pelo, rubio y algo sucio, le colgaba suelto; las sisas de su floreado vestido de fibra sintética estaban muy manchadas de sudor. Tenía veintitantos años. Era la profesora más joven de Idlewild y, pese a llevar ya seis meses en el internado, seguía sin estar preparada para la tarea. La forma de actuar de las chicas la desesperaba, sus casos la superaban y la falta de disciplina la sacaba de sus casillas. Con más de cien chicas, la mayoría de ellas casos perdidos, perdía los nervios un día sí y otro también. De hecho, se pasaba la mayor parte del tiempo soltando exabruptos y gritando descontroladamente. La cosa habría resultado hasta divertida si no fuera porque era una muestra de la desesperación que producía la vida en el internado.

—¡*Ladies*! —la oyó gritar CeCe por encima de la discusión de aquellas dos chicas, que ya habían llegado a las manos—. ¡*Ladies*, siéntense!

Las chicas no le hicieron el menor caso. CeCe jadeó al ver como Sherri se inclinaba y escupía en el plato de Alison. Esta, por su parte, reaccionó de inmediato: saltó hacia delante y golpeó a su adversaria tan fuerte como pudo: aquel puño grande y poderoso se estrelló contra la nariz de Sherri con tal fuerza que se oyó el ruido incluso por encima de las conversaciones.

Las demás profesoras, que no se habían movido de la parte trasera del comedor, comenzaron a hacerlo de mala gana, murmurando. *Lady* Loon, a la que habían concedido ese «título» precisamente por su costumbre de usarlo para dirigirse a las chicas, agarró a Alison del brazo y la apartó de la mesa. El ruido era ensordecedor. Las chicas hablaban a voces, Sherri gritaba y sangraba, y las profesoras avanzaban en pelotón. CeCe fue incapaz de escuchar su voz, pero pudo leer los labios de *lady* Loon diciendo: «¡Cálmense, *ladies*! ¡Vamos, cálmense!». Vio la sangre de Sherri salir a borbotones y escurrírsele entre los dedos hasta salpicar el suelo. Se acercó un poco más a Katie.

—Odio la sangre —musitó.

Siguió la mirada de Katie, que la había apartado de la zona de conflicto para centrarse en otra cosa. Sonia estaba de pie, frente a uno de los grandes ventanales, al lado de un grupo de chicas que parloteaban nerviosamente. Aquella chica francesa estaba de pie, muy quieta y con la cara pálida. ¿Cómo era posible que CeCe no se hubiera dado cuenta de lo pequeña que era? Sonia siempre parecía fuerte como una plancha de acero: estrecha pero imposible de romper. No obstante, ahora se veía claramente que era más bajita que todas las chicas americanas que había a su alrededor. Cuando una de ellas se cambió de sitio para ver mejor la pelea, la empujó y Sonia estuvo a punto de perder el equilibrio, como una muñeca que fuera a caer y romperse.

Sin embargo, fue su rostro lo que alarmó a CeCe. Sonia tenía la cara completamente inexpresiva. Estaba blanca como una hoja de papel, con los labios tan hacia abajo que parecía que se le iba a caer la baba de un momento a otro. Su habitual mirada, rápida e inteligente, como si siempre estuviera pensando en cosas fascinantes aunque sin decirlas, había desaparecido por completo. Los brazos le colgaban a lo largo del cuerpo. Los ojos, normalmente atentos e irónicos, estaban abiertos de par en par, como si hubieran visto algo... Sin embargo, de repente, parecían vacíos.

Lady Loon sujetaba a Alison, que ahora intentaba golpear. No paraba de gritar. Sherri estaba de rodillas. Una de sus amigas se había desmayado. Las profesoras ya intentaron que se abriera un espacio alrededor de la chica que había perdido el conocimiento. La señora Peabody agarró a Alison del otro brazo. CeCe pudo escuchar su potente voz.

—¡Vas a tener el castigo de aislamiento que te mereces, muchacha! ¿Te enteras? ¡Vamos, muévete! ¡Vamos!

CeCe volvió a mirar a Sonia. Seguía con los ojos abiertos, sin dejar de mirar al vacío. Su piel se había vuelto cenicienta, casi gris. También vio como Roberta, al otro lado del comedor, se levantaba de la mesa e intentaba abrirse camino hacia Sonia. Tenía la cara rígida de terror.

—¡Katie! —dijo CeCe, intentando hacerse oír por encima del ruido reinante—. ¿Sonia está enferma?

Katie le dio un golpecito a CeCe en la muñeca.

—¡Vamos, rápido!

Se levantó de la silla y CeCe la siguió. Ambas esquivaron el numeroso grupo de chicas sudorosas y alarmadas, para acercarse a Sonia. Roberta, que venía desde el otro extremo, avanzaba más despacio, pues tenía que rodear al grupo de jugadoras de hockey, que se habían levantado a la vez y casi le impedían acercarse.

Katie se movía con habilidad y soltura entre el maremágnum de uniformes de lana, utilizando los codos y las rodillas para abrirse paso. CeCe seguía su estela, aprovechando el camino que abría y pensando en el color de la piel de Sonia. «Algo le pasa. ¿Cómo es que no nos hemos dado cuenta? ¿Cómo es que no hemos notado que le pasa algo malo?», pensó.

Sonia seguía junto a la ventana, completamente quieta. Katie llegó a su altura, la tomó de la mano y se la agitó. Sin pensárselo, CeCe le agarró la otra mano, de modo que la chica estuviera protegida por ambos lados.

Cuando CeCe era una niña pequeña, su padre le había mandado un regalo al internado en el que estaba por entonces: una muñeca que parecía un bebé. Tenía unos ojos de mármol bastante inquietantes, una estructura fuerte y dos manos duras, terminadas en dedos largos y bien formados, como los de un adulto. Era algo completamente fuera de lugar en lo que pretendía ser la representación de un bebé. La mano de Sonia le recordó a las de aquel desasosegante muñeco: pequeñas, frías, dobladas sobre sí mismas, vivas, pero, en cierto modo, carentes de vitalidad. CeCe no la soltó mientras ella y Katie maniobraban para llevarse a la chica fuera del comedor. De soslayo, vio que Roberta las seguía: gracias a sus largas piernas y a que ya no había tanta aglomeración de chicas en su camino, pronto las alcanzaría. La trenza se balanceaba de un lado a otro y tenía la frente arrugada por la preocupación.

Sonia no hizo ningún ruido; tampoco protestó. Movía los pies más o menos al ritmo que le marcaban Katie y CeCe, pero manteniendo las manos y los brazos inertes. Salieron por fin del comedor. El aire era húmedo. Las cuatro caminaron hacia el edificio de Clayton Hall.

—Todo va bien —le dijo a Sonia, a pesar de que intuía, sabía, que algo iba mal—. Tranquila, todo va bien.

—¿La llevamos a la enfermería? —preguntó Roberta.

La sala de curas y la enfermería estaban al otro lado del patio, en el edificio de las profesoras.

—No. —La voz de Katie sonó plana—. No tiene sentido que la vea la enfermera Hedmeyer. Además, no podría hacer nada. Vamos a llevarla al dormitorio. Sigamos andando.

—Quizá deberíamos decírselo a alguien... —sugirió CeCe.

—¿Qué íbamos a decir? ¿Y a quién? —Katie se dio la vuelta según andaban, sin detenerse. Sus ojos transmitían tanto enfado que CeCe notó que se quedaba pálida de la sorpresa—. ¿A *lady* Loon? ¿O a la señora Peabody? ¿Sobre esto? ¡Se limitarían a castigarla! ¿Es que te has vuelto loca?

—Cállate, Katie, déjala en paz —la cortó Roberta—. Solo intenta ayudar.

CeCe volvió a mirar a Sonia, que seguía teniendo la cara cenicienta y los ojos entrecerrados. No entendía qué estaba sucediendo. Se portaba siempre de una forma tan estúpida, tan estúpida...

—¿Qué le pasa?

Nadie dijo nada. Entraron en Clayton Hall y ayudaron a Sonia a subir los escalones. Intentaba caminar a su ritmo, pero se le doblaban los tobillos y era incapaz de sujetar la cabeza. También decía algo en francés, como si recitara, pero las palabras se perdían en cuanto las pronunciaba.

Ninguna de las otras tres chicas sabía francés. CeCe se fijó en los labios de Sonia cuando llegaron al rellano de su piso.

—Creo que está rezando.

—No está rezando —la contradijo Katie.

Ya en la habitación, colocaron a Sonia en el colchón de su litera, encima de la colcha. Le quitaron los zapatos. Sonia siguió musitando, aunque ahora mezclaba palabras en inglés y en francés. CeCe acercó el oído a los labios de Sonia y logró captar varias palabras: «Por favor, no me traigáis aquí. No, por favor. Me portaré bien, estaré tranquila». Las repetía una y otra vez, casi sin aliento. Finalmente, se dio la vuelta, se colocó de espaldas y se tapó la cara con manos temblorosas, bloqueando la boca. Las delgadas piernas asomaban bajo la falda arrugada.

Roberta se sentó en el borde de la cama. Katie, por su parte, se quedó de pie, mirando a Sonia con expresión oscura e impenetrable.

—Voy a por un vaso de agua —dijo finalmente, y entonces salió de la habitación.

CeCe miró a Roberta a la cara, alargada y bonita en su sencillez, con el pelo rubio bien sujeto en una coleta. Su expresión al mirar a Sonia era de turbación, pero también de comprensión. CeCe pensó que quizá no debería hablar en esas circunstancias, pero no pudo evitarlo.

—¿Cómo supiste lo que estaba pasando? —preguntó—. ¿Y cómo supiste qué hacer?

—No lo sabía —dijo Roberta, negando con la cabeza.

—Ya la habías visto alguna vez así, ¿verdad?

Roberta hizo una pausa quizá demasiado larga antes de contestar.

—No.

La chica borró poco a poco de la cara cualquier expresión, evitando mostrar emoción alguna. Impasible como una estatua. Tal vez ella misma, la propia Roberta, había sido la que había pasado por una situación semejante después de que su tío intentara dispararse un tiro para matarse. Puede que, bajo esa apariencia de tranquilidad, Roberta no fuera una chica tan calmada y segura de sí misma como aparentaba.

—¿Y qué crees que le sucede? —insistió CeCe—. ¿Está enferma?

—CeCe, cállate.

Pero no podía. Cuando tenía miedo o cuando estaba nerviosa, le resultaba casi imposible permanecer callada.

—Katie también sabía qué hacer. Esto lo ha visto antes.

—No, es la primera vez. —Katie estaba en la puerta, con un vaso de agua en la mano—. Simplemente, he pensado deprisa. Vi claro que sufría alguna clase de conmoción y que estaba a punto de desmayarse. Teníamos que sacarla de allí para que las profesoras no la vieran. Bébete esto, Sonia. —Se inclinó hacia ella, le apartó una de las manos de la cara, le levantó un poco la cabeza y la miró a los ojos—. Escúchame —le dijo, hablando despacio y con claridad—: la gente nos ha visto marcharnos. Si no te recuperas, se acabó. Ya sabes, las chicas que se desmayan sufren el castigo especial, el aislamiento, por alborotadoras. Ahora, siéntate.

CeCe abrió la boca para protestar, pero, para su asombro, antes de que pudiera hacerlo, Sonia movió las piernas, se incorporó y se sentó. Se balanceó durante un momento y después estiró la mano.

—Dame el vaso de agua —dijo con voz áspera.

La conmoción parecía haber enfatizado su acento francés.

Alguien llamó a la puerta.

—*Ladies*. —Era *lady* Loon—. ¿Qué está pasando aquí?

Katie le hizo un gesto con la cabeza a Roberta, que se levantó a abrir.

—Nada, señorita London —dijo enseguida—. Sonia se ha mareado un poquito, pero ya está perfectamente.

Sonia estaba bebiéndose el agua, pero inmediatamente bajó el vaso y miró a la profesora.

—Odio la sangre —dijo, hablando claro y mirando a la profesora.

Lady Loon se pasó la mano por su desastre de pelo.

—Las clases de la tarde empiezan dentro de veinte minutos —dijo—. Se anotará el nombre de las que falten, y sufrirán un castigo. ¿Está claro?

—Sí, señorita London —dijo CeCe.

La profesora miró con impotencia hacia el pasillo, después al suelo y, al final, salió andando hacia la escalera.

CeCe miró alternativamente a la cara de las otras tres chicas. Lo que había pasado en el comedor, fuera lo que fuese, había estado a punto de producirle un ataque de nervios a Sonia. ¿Qué podía ser tan terrible, hasta el punto de desplazar una tremenda pelea entre dos compañeras? Normalmente, se sentía como la amiga tonta, pero pensó que estaba empezando a darse cuenta de las cosas. No lo sabía todo acerca de sus amigas, pero, en cualquier caso, eran chicas de Idlewild. Y las chicas de Idlewild estaban allí por alguna razón. Eran duras, como Katie, o impasibles, como Roberta, porque las circunstancias de la vida las habían conducido a serlo. Era algo que entendían instintivamente de las demás. No sabían qué era lo que había conducido a Sonia a eso, y seguían sin saberlo. Aun así, de todos modos, sabían que necesitaba su ayuda.

«Por favor, no me traigáis aquí». Esas habían sido las palabras de Sonia. CeCe no sabía qué quería decir, pero seguro que era algo terrible. Tal vez peor que lo que el resto de ellas habían vivido.

Ni su padre ni su madre habían querido a CeCe, pero al menos siempre había estado a salvo. Jamás había experimentado el tipo de peligro que pensaba que Sonia había contemplado. Nunca le había pasado algo realmente malo. No, nada realmente horrible.

Exceptuando lo del agua. Aquel día en la playa con su madre, hacía bastantes años, mientras nadaba y buceaba en el mar. Cuando miró a través del agua. Cuando fue incapaz de respirar. Cuando vio la cara de su madre. Y, después, nada.

Sin embargo, hacía mucho que el agua había desaparecido.

Había sido un accidente.

Su propia madre se lo había dicho: las niñas sufren accidentes todo el tiempo.

CAPÍTULO 7

Barrons, Vermont
Noviembre de 2014

Caminaron por la tierra y el barro durante veinte minutos antes de llegar al pozo. Fiona caminó detrás de Anthony Eden. Observó su espalda, bien protegida del frío por aquel magnífico abrigo. Algunas veces, sus caros zapatos de vestir resbalaron. Ella sujetaba la cámara con la mano, para que no le golpeara en el pecho. ¡Qué gran decisión la de haberse puesto botas aquel día! Se había limitado a seguirle sin decir palabra después de que recibiera la llamada. De momento, estaba tan aturullado que ni siquiera se le había ocurrido decirle que se marchara.

A través de los escasos huecos entre los árboles, pudo vislumbrar el campo de deportes donde había aparecido el cuerpo de Deb. Ahora allí no había nada, excepto hierba sin mantener, muy crecida y llena de matojos. En las cercanías había un edificio, el gimnasio cubierto y los vestuarios de las chicas. Ambos edificios estaban en un estado casi ruinoso. En los aleros del tejado, sobre todo en los extremos del edificio, pudo ver montones de nidos de pájaros.

Los hombres se habían agrupado. Uno de ellos había extendido una lona de un alegre e incongruente color azul claro. Estaba intentando desdoblarla. Los otros se quedaron mirando a Anthony. Solo se le acercó el encargado.

—¿Está seguro? —preguntó Anthony.

El hombre tenía el rostro de color gris.

—Sí, señor —afirmó demudado—. La cosa está muy clara.

—¿Está seguro de que no se trata de una broma de mal gusto? Los adolescentes llevan usando este sitio para celebrar fiestas y darse sustos desde hace muchísimos años.

El encargado volvió a negar con la cabeza.

—No es ninguna broma. Llevo veinte años en este oficio y en mi vida había visto nada parecido.

Anthony frunció los labios.

—Déjeme verlo. ·

Los condujo rodeando una zona elevada. Había dos retroexcavadoras, aparcadas y sin nadie a los mandos. En la parte alta, habían excavado un agujero enorme e irregular, cuyos bordes estaban formados por barro y restos de ladrillos hechos trizas. Aún a plena luz del día, el centro del agujero estaba negro como la boca del lobo. Era como si conectara con algún sitio en el que la luz no pudiera entrar.

—Ahí —dijo el encargado.

El olor lo dominaba todo. Olía a humedad, a rancio. Se abría paso hasta la base del cerebro y te recorría la espina dorsal. Anthony le quitó una gran linterna a uno de los trabajadores y se aproximó al agujero, trepando con cuidado por el barro y los restos de ladrillos, a pesar de sus lustrosos zapatos de cuero. Fiona intentó no respirar para no tragarse aquel olor. No lo consiguió. Fiona no se separó de él.

Encendió la linterna e iluminó la oscuridad.

—No veo nada.

—Ilumine más abajo, señor. Seguro que lo puede ver. —El encargado suspiró—. Mejor dicho, que la puede ver.

«A ella».

Fiona aguzó la vista, siguiendo el círculo de luz. La pared más alejada parecía intacta, con los ladrillos húmedos y cubiertos de limo. Tenía las manos frías, pero no podía metérselas en los bolsillos. No era capaz de moverse mientras la luz bajaba y bajaba.

Y entonces la vio. Allí estaba. «Ella».

La chica estaba encogida, con las rodillas dobladas, en posición casi fetal: cabeza abajo, con la cara escondida, como si llorara apenada. Aún tenía restos de pelo, largo y ahora podrido. Le recorrían parte de la espalda. Uno de los brazos le colgaba hacia la oscuridad, mientras que el otro se apoyaba sobre una espinilla. En realidad, una capa traslúcida de lo que una vez fue piel sobre el hueso oscuro. La espinilla en sí era parte de un esqueleto lleno de manchas. Los zapatos, que seguramente habían sido de piel, hacía tiempo que se habían podrido. Solo quedaban las suelas de goma, bajo los restos de los pies. También quedaban restos de la ropa: un abrigo de lana no muy gruesa. En realidad, casi había desaparecido por completo. Un pequeño reborde de tela alrededor de la garganta debía de ser lo que quedaba de una blusa con cuello tipo Peter Pan. También había restos de una falda, completamente descolorida, así como unos hilos junto a los pies que en su día debían de haber sido unos calcetines.

—No hay agua en el pozo. —Era la voz del encargado, baja y ahogada—. Se secó. Por eso no estaba en uso. El agua se drenó... —Interrumpió su explicación. Fiona se preguntó si estaría señalando hacia alguna parte. Ni ella ni Anthony lo miraban—. Bueno, la zona está húmeda, eso está claro, pero... es como si se hubiera sentado ahí, simplemente.

—Pásame la linterna —le pidió Fiona a Anthony, después de tragar saliva. El hombre parecía haberse apagado, pero se la pasó inmediatamente. Dirigió la luz hacia la falda de la chica—. El color ha desaparecido —afirmó—. Los uniformes de Idlewild mezclaban los colores azul marino y verde oscuro. —La noche anterior había investigado y había encontrado más de una fotografía de las clases, con las chicas alineadas en filas vistiendo faldas y blusas idénticas—. No podría asegurar si vestía el uniforme de Idlewild.

—Es una estudiante —apuntó Anthony. Habló en voz baja y mecánica, como si hablara sin pensar—. Tiene que serlo. Miradla.

—Es pequeña —dijo Fiona, volviendo a pasar la luz por el cuerpo—. Parece casi una niña.

—No es una niña. —Su voz era prácticamente un susurro—. No, no lo es. Es una joven, una chica. Esto es un desastre. Acabará con nosotros, con todo el proyecto. Con todo. —Se volvió y la miró, como si acabara de caer en que estaba allí—. ¡Oh, Dios! Eres periodista. ¿Vas a escribir sobre esto? ¿Qué vas a hacer?

Fiona logró arrancar la mirada del cuerpo que había en el pozo y la fijó en él. Desde que había visto aquel cadáver, era como si algo se arrastrara bajo su piel y le recorriera el cuerpo. No se trataba solo de repugnancia y pena, sino de algo más grande. Algo que tenía que ver con Deb y con las palabras escritas en la ventana: «Buenas noches, chica».

—No lo sé —dijo—. Puede que se cayera. En todo caso, tiene que ser parte del reportaje.

Vio que movía la mandíbula. Asimismo, casi podía ver su mente trabajando. Seguramente, estaba pensando en abogados, en acuerdos de confidencialidad, en secretos de sumario. Pero Fiona estaba allí de pie, había visto el cuerpo... El gato ya se había escapado: ya no había remedio.

—No es posible que seas tan carroñera —dijo él finalmente.

—No estoy muy segura de lo que soy, la verdad —contestó—, pero te aseguro no soy una carroñera. Y esto... —dijo, interrumpiéndose y señalando el pozo y el cuerpo de la chica— puede y debe manejarse con respeto. —Pensó en Deb y en los reportajes periodísticos que se escribieron hacía veinte años—. Puedo hacerlo. Es probable que sea la única que pueda hacerlo correctamente.

Él se quedó callado durante un buen rato.

—No puedes prometer eso. La policía...

—También puedo ayudar en eso. —Sacó el teléfono y marcó—. Escucha.

Sonó solo dos veces antes de que se oyera la voz de Jamie.

—¿Fee?

—Jamie, estoy en Idlewild. Vamos a necesitar a algún policía.

No respondió de inmediato. Le había llamado a su número personal.

—¿Qué estás diciendo? ¿Qué ha pasado?

—Han encontrado un cadáver.

—¡Joder, Fee! ¡Mierda, mierda! Llama al 911.

Fiona se dio cuenta de que no había sido del todo precisa con la descripción.

—No es un cadáver reciente. Son restos humanos, sin duda. Pero probablemente lleven décadas aquí. Necesitaremos un forense y algún policía, ya sabes. Pero ¿podrá hacerse de forma discreta? Podría haber sido... un accidente. La chica podría haberse caído.

—¿La chica?

—Sí, era una chica. Los nuevos propietarios quieren que todo se haga discretamente hasta que se identifique el cuerpo y todo se haya resuelto. ¿Es factible?

No contestó enseguida.

—De acuerdo —dijo por fin—. Yo me encargo. Ahora vamos para allá.

En cuanto, Fiona colgó, Anthony le dijo:

—Te agradezco la ayuda. Pero es inútil.

—No estés tan seguro.

Puso la mano, que estaba helada, sobre la de ella para agarrar la linterna y dirigirla hacia la parte de atrás de la cabeza de la chica.

—Mira bien —espetó—. Y ahora dime que se ha caído.

«¿Quién eres? «¿Qué ocurrió? ¿Cómo llegaste hasta aquí?», se preguntó Fiona mirando el cadáver.

Incluso transcurridos tantos años y con la sangre desaparecida por completo, se veía claramente a la luz de la linterna. Bajo aquellos mechones de pelo ralo, se apreciaba que la base del cráneo de la chica estaba rota. Solo quedaban restos de hueso machacados.

❉❉❉

El día se hizo largo, a la fría luz del mediodía y la temprana penumbra de la tarde-noche. Sobre las seis, el grupo de trabajo había montado unos focos para iluminar la escena. Habían levantado dos tiendas, una en las proximidades del pozo; la otra para recibir y fotografiar los restos desde todos los ángulos. No eran muchos. Fiona guardaba en la memoria las fotos que vio en los periódicos y la cobertura televisiva tras el hallazgo del cuerpo de su hermana. En aquella ocasión, parecía trabajar una multitud. Sobre todo, montones de policías de uniforme, formando un cordón para mantener alejados a los mirones, pero también detectives y técnicos forenses observando y recogiendo muestras, así como más policías uniformados buscando huellas de pisadas. Pero esto era completamente diferente.

Sí que había un grupo de personas que se movían entre las dos tiendas y que hablaban entre ellas en voz baja, como si estuvieran en una biblioteca. No había mirones, salvo la propia Fiona, que se había sentado sobre unas piedras que habían sacado del pozo. En esos momentos, sorbía una taza de café caliente. Anthony Eden se había marchado, seguramente para informar a su madre. El único policía uniformado que había por allí era Jamie.

Salió de la tienda en la que estaba el cuerpo y atravesó el prado para ir a sentarse junto a ella. Vestía la parka reglamentaria. En la penumbra de la tarde, su pelo parecía más oscuro, pero la barba incipiente seguía siendo dorada.

—Casi hemos terminado —informó.

Fiona asintió con la cabeza y le hizo sitio para que se sentara a su lado.

—Gracias por el café.

—Nada. Llevas aquí sentada casi todo el día. Debes de estar helada.

—Tranquilo, estoy bien. —Lo cierto era que tenía los dedos gordos de los pies helados, pese a las botas y los calcetines gruesos; sentía el trasero como un témpano. Pero no era nada que no pudiera soportar. Ya hacía bastante rato que había guardado la cámara en el automóvil. No iba a hacer más fotos. Tampoco las utilizaría—. ¿Puedes contarme algo?

Jamie miró hacia a la tienda, bien iluminada. Pareció pensárselo.

—¿De manera extraoficial?

—¡Jamie, por el amor de Dios!

—Bueno, bueno, tengo la obligación de preguntarlo, en cualquier circunstancia. Estoy trabajando.

Pasó la uña del dedo pulgar por el borde del vaso de café.

—De acuerdo. Extraoficial.

—Era una adolescente —empezó, con voz calmada—. De catorce o quince años, más o menos. Pequeña para su edad. Una vez estudiados los huesos, David Saunders está seguro de que no era una niña pequeña.

—¿Y la causa de la muerte?

—La conclusión es preliminar: nada es seguro antes de que se haga la autopsia. Pero tú misma has visto la parte de atrás de la cabeza. Saunders dice que recibió un golpe tremendo con algo duro y romo, como una roca o el extremo de una pala.

—¿No pudo haberse golpeado al caer por el pozo?

—No. Los ladrillos del pozo son demasiado ligeros, demasiado suaves. Además, su forma no casa con el destrozo que hay en el hueso.

Se lo esperaba. Aun así, se le hizo un nudo en el estómago. Dirigió la vista hacia el campo de deportes, que se entreveía a través de los árboles. El lugar donde encontraron a Deb. «Dos chicas, a unos quinientos metros la una de la otra».

—¿Qué antigüedad tienen los restos?

—Basándose en la descomposición, cuarenta años como mínimo. Según Saunders, se han mantenido razonablemente bien en el pozo, aun sin estar en el agua. El cuerpo es demasiado antiguo como para averiguar si la violaron. No han intervenido animales, de ningún tipo. Y los restos han estado bastante protegidos de los elementos. De todos modos, se han descompuesto. Llevaban ahí demasiado tiempo.

Cuando Deb fue asesinada, aquella chica ya llevaba décadas allí, hecha un ovillo en el interior del pozo. Después de que Deb muriera y antes de que encontraran su cadáver, Idlewild había sido el lugar de reposo de dos jóvenes asesinadas con una diferencia de décadas. A Fiona le resultaba imposible ser imparcial. No podía evitar pasarse de la raya.

—He visto fotos de los uniformes de Idlewild. Eran de color azul marino y verde oscuro. Ella no llevaba uniforme, ¿o sí?

Jamie no dijo nada. Fiona se volvió hacia él. Con la mandíbula apretada, miraba hacia la tienda donde habían dejado el cuerpo.

—¿Qué sucede? —preguntó Fiona—. Sabes algo más, te lo noto. ¿Qué es?

No contestó enseguida.

—No estamos seguros del todo. Y, si te lo digo, tienes que mantenerte al margen hasta que se lo notifiquemos a la familia.

A Fiona se le erizó el vello de la nuca.

—¿La habéis identificado?

—Hay una etiqueta cosida al cuello de la blusa —explicó—. Una etiqueta con un nombre escrito en ella.

—¿Qué nombre?

—Fee, tú has vivido algo parecido a esto, pero en el otro lado. Si tiene familia y hacemos algo que no debemos, aunque sea lo más mínimo, empeoraremos las cosas.

Fiona lo sabía. Recordaba perfectamente el día en que la policía llamó a la puerta de su casa. Se acordaba de cuando vio sus caras y de cuando supo, sin necesidad de que se lo dijeran, que Deb ya no era una joven desaparecida. Sacó un cuaderno de notas y un bolígrafo del bolsillo de atrás de los *jeans*.

—Anda, dímelo.

—Te lo advierto: no indagues. No por el momento. Danos unos cuantos días. Esto es una investigación policial. No necesitamos filtraciones.

—Lo sé —dijo, mirándole fijamente, esperando—. Lo sé perfectamente, Jamie. Dímelo.

Se pasó la mano por la cara antes de hablar.

—Sonia Gallipeau —dijo al fin—. El nombre no me suena, en absoluto. No creo que pertenezca a una familia de por aquí. Puede que fuera una estudiante de otra parte. No recuerdo a ninguna chica desaparecida con ese nombre, pero Harvey ya está escarbando en los archivos de la oficina. Supongo que me llamará de un momento a otro. Por otra parte, ni siquiera sabemos si esa chica era de verdad la tal Sonia Gallipeau. Cabe la posibilidad de que, simplemente, se hubiera puesto la blusa de Sonia. Tal vez se la había quitado o se la habían prestado. En realidad, hasta la pudo comprar de segunda mano.

Fiona apuntó el nombre en el cuaderno.

—Haré mis propias averiguaciones —dijo, levantando una mano inmediatamente, antes de que él pudiera decir nada—. Tranquilo, solo en Internet. Ninguna llamada telefónica. Y le preguntaré a mi padre.

Jamie abrió la boca como si fuera a hablar, pero se lo pensó mejor y no dijo nada. Puede que no le gustase demasiado, pero era lo bastante inteligente como para renunciar a la ayuda de Malcolm si se terciaba.

—Quiero estar al corriente de lo que te diga... y de lo que averigües.

—Nos vemos más tarde. —Fiona se guardó el cuaderno y el bolígrafo en el bolsillo y le pasó una brazo por los hombros, inclinándose sobre su oreja y sintiendo la tensión incluso a través de la parka—. Llevaré comida y negociaremos. *Quid pro quo*. ¿Qué te parece?

Siguió mirando hacia delante, pero el color volvió a sus mejillas.

—¿Por qué me haces esto? Eres una mala persona... —dijo, negando con la cabeza—. ¡Joder! Por lo menos, trae cerveza.

—Hecho.

Le habría gustado besarle, pero se contuvo.

Se levantó y caminó hacia el sendero lleno de barro que conducía hasta su automóvil. No se volvió para comprobar si la estaba mirando.

CAPÍTULO 8

Sonia

Barrons, Vermont
Octubre de 1950

Los libros eran su salvación. Cuando era pequeña, tenía un estante con sus libros infantiles favoritos, esos que le gustaban tanto que no le importaba releerlos una y otra vez. Pero después, durante la estancia en el hospital, el largo viaje y los fríos días de permanencia en aquellas deprimentes alas y pasillos de Idlewild, los libros se convirtieron en algo más que meras historias de ficción. Eran su salvavidas. Entonces, devorar las páginas se convirtió en algo tan esencial como respirar.

Incluso ahora, sentada en clase, Sonia pasaba el dedo por las líneas de la amarillenta página del libro de Latín, como si su textura fuera capaz de calmarla. En la pizarra, la señora Peabody hablaba monótonamente acerca de la conjugación de los verbos. Las diez chicas de la clase se removían inquietas en sus respectivos asientos. Charlotte Kankle lo observaba todo por debajo de sus pobladas cejas y se mordisqueaba la uña del dedo pulgar hasta hacerlo sangrar. Cindy Benshaw cambió de postura y se rascó la oreja: el movimiento del brazo dejó ver los círculos de sudor dibujados en la zona de la axila de la blusa, como los anillos del antiguo tronco de un árbol cortado. Fuera hacía frío. Sin embargo, en el aula, el calor era sofocante: la falta de aire, los olores corporales de aquellas chicas que no se lavaban lo suficiente y el polvo de tiza. Todo atrapado en una suerte de burbuja.

Sonia se sabía aquella lección. La había leído hacía mucho tiempo en el libro de texto, no había podido evitarlo. Apenas había libros en Idlewild. No había biblioteca, ni clase de literatura, ni una bibliotecaria amable que fuera a buscar al estante *Mi amiga Flicka* y se lo entregara con una sonrisa. Los únicos libros que había en Idlewild eran, o bien los que traían los amigos o las familias de las internas en los pocos días de visita, o bien los que llevaban las chicas afortunadas tras pasar fuera del internado los periodos vacacionales de Navidad o, más raramente, de verano. El resultado era que todos y cada uno de los libros que había en Idlewild circulaban por cientos de manos ávidas antes de acabar desintegrados en páginas individuales, que muchas veces se volvían a juntar con una goma elástica, hasta que las páginas desaparecían definitivamente. Y cuando no había otros volúmenes a mano, las chicas más desesperadas leían libros de texto.

Sin apenas hacer caso de la lección, Sonia pasaba las páginas del libro de texto, buscando anotaciones hechas a mano. Estaban escritas a lápiz. Eran como las que les había enseñado Katie en su libro aquella noche, con ayuda de la linterna. Volvió a la primera página del índice y leyó la nota escrita al margen.

Mary odia a las profesoras incluso más que a nosotras.
Jessie Dunn,
enero de 1947.

Sonia pasó otra vez la página y miró a la señora Peabody. Estaba escribiendo en la pizarra, de tal forma que su amplio trasero quedaba desplegado a su vista en toda su plenitud. El cinturón, demasiado apretado, le presionaba con fuerza la cintura bajo el vestido de poliéster. La amable ficción de que las chicas de Idlewild dejarían el internado perfectamente preparadas para poder acceder a universidades o centros de estudio de prestigio, tipo Bryn Mawr, Yale o incluso Harvard, era algo que nadie se creía, ni siquiera las profesoras.

Le temblaban las sienes: un efecto secundario del episodio del día anterior en el comedor. Se acordaba de los detalles de forma borrosa y parcial. Era como ver los fotogramas de una película cuyo carrete se saliera del proyector. Durante la comida, se quedó helada mientras aquellas dos chicas y sus profesoras gritaban, enfadadas. Sus amigas se la llevaron a la habitación mientras ella luchaba contra el recuerdo de algo terrorífico, algo que no quería volver a ver ni a tocar en toda su vida.

Charlotte se chupaba el lateral del dedo gordo para eliminar la sangre. Miraba a la señora Peabody como si estuviera hipnotizada, casi en trance. Sonia envidiaba lo fácil que le resultaba desconectar y no pensar en nada. Ella nunca había sido capaz de aprender ese truco. Aunque los libros tenían el mismo efecto: te desconectaban de tus propios pensamientos; te hacían pensar en otras cosas. En estos momentos, su tesoro personal era una copia del *Blackie's Girl's Annual* que había encontrado en una estantería de su dormitorio y que seguramente había dejado allí una antigua alumna. Lo había recogido y guardado para poder mirar con tranquilidad sus láminas de más de treinta años de antigüedad y leer una y otra vez los pormenores de las extrañas historias sobre las meriendas campestres de niñas inglesas.

Sonia había decidido que, cuando finalmente saliera de aquel horrible lugar, viviría de los libros. Trabajaría en una biblioteca, en cualquiera, fuera donde fuese. Si era necesario, fregaría los suelos. Pero estaba decidido: trabajaría en una biblioteca y no dejaría de leer libros durante el resto de su vida.

Notó un golpecito en su silla. Katie llamaba su atención desde el pupitre de al lado. Sonia nunca había conocido a una chica que se aburriera tan pronto ni tan peligrosamente. Roberta podía quedarse quieta en cualquier circunstancia, mientras que CeCe no se aburría casi nunca. Sin embargo, en los vivos y brillantes ojos de Katie, semitapados por unas largas y oscuras pestañas, se escondía una inquieta inteligencia que, muchas veces, era la antesala de graves problemas.

Como era de esperar, al poco, un trozo de papel arrugado voló sobre el hombro de Sonia y aterrizó en su pupitre. La chica lo estiró y vio un dibujo de la señora Peabody, hecho a toda prisa: sombrero de bruja, enorme verruga en la nariz, *stick* de hockey entre las manos, falda negra arremangada y abundantes matas de pelo en sus gordas piernas. Bajo el dibujo, un lema escrito en mayúsculas: «¡ESPÍRITU DEPORTIVO, CHICAS! ¡ESPÍRITU DEPORTIVO!».

Sonia ahogó la risa. El concepto de espíritu deportivo era completamente recurrente en la señora Peabody. Hablaba de ello muy a menudo, hablara de las notas, de cómo formar las filas para entrar en el comedor o de deportes. La falta de deportividad (o de «espíritu deportivo», como ella decía) era la raíz de todos los problemas de las chicas de Idlewild. Igual que *lady* Loon utilizaba constantemente el término «*ladies*» o la señora Wentworth escupía al hablar, aquella era una muletilla que destacaba en la agobiante familiaridad de la vida en un internado como Idlewild. Era ideal para burlarse o gastar bromas. La lección sobre el espíritu deportivo era inevitable para cualquier estudiante que pasara por la clase de la señora Peabody.

Sonia escondió el trozo de papel en su libro de texto justo en el momento en el que la señora Peabody se volvía.

—Señorita Winthrop —dijo la profesora con tono nada amistoso.

—¿Sí, señora Peabody? —respondió Katie, desde detrás de Sonia.

—Está molestando en clase. Y ya es la tercera vez esta semana.

Aunque no la veía, Sonia se imaginó perfectamente como Katie torcía los labios.

—No he hecho nada.

La mirada de la señora Peabody se endureció. Era una mujer de cincuenta y tantos años, con la cara surcada de antiguas marcas de acné. Manejaba a las chicas con bastante más dignidad que *lady* Loon, pero era dura e insensible como el acero. U no solía tener buenas intenciones. Tenía las puntas de los dedos y los dientes amarillos por la nicotina. Sonia se preguntaba qué habría llevado a la señora Peabody a aceptar un puesto de trabajo en Idlewild, en lugar de en una escuela normal. En realidad, se lo preguntaba de todos los profesores,.

—Su grosería empeora las cosas —le dijo a Katie.

—¡Le repito que no he hecho nada, vieja bruja! —ladró Katie.

Sonia notó un repentino sudor frío en la espalda, por debajo de la blusa. Charlotte Kankle había dejado de chuparse el pulgar y Cindy Benshaw se había quedado con los ojos como platos y la boca entreabierta. «¡Dejad de gritar!», pensó Sonia. El día anterior, en el comedor, había pensado exactamente lo mismo.

—¡Katie Winthrop! —exclamó la señora Peabody, agarrando una gruesa regla de madera y golpeándola contra el pupitre más cercano. Todas las chicas dieron un respingo—. Eres la más desobediente...

De repente, junto a la pizarra, la puerta del aula se abrió y chocó con estruendo contra la pared.

Las chicas volvieron a dar un respingo, aún más intenso que el anterior. Sonia también. Sonó como un disparo. El picaporte se incrustó en la pared. Tras la puerta abierta no se veía a nadie, solo el pasillo completamente vacío.

«Dejadme entrar», dijo una voz.

La señora Peabody dejó caer la regla. En el aula se hizo un silencio estremecedor. Sonia sintió un soplo de aire frío en el cuello. Se acurrucó en la silla, como si quisiera esconderse dentro de su propio cuerpo y desaparecer. «¿Qué ha sido eso?». Miró alrededor. Rose Perry se había tapado la boca con la mano y tenía los ojos muy abiertos. Charlotte Kankle se agarraba a los lados del pupitre, con tanta fuerza que tenía los nudillos blancos. ¿Lo había oído todo el mundo, o solo ella?

—¿Qué ha sido eso? —preguntó la señora Peabody casi gritando, con voz penetrante y estridente. Sonia lo sabía: eso era miedo. Sabía reconocer el miedo. Lo podía notar en la boca del estómago—. ¿Es una broma de mal gusto?

La profesora las miró a todas, echando fuego por los ojos.

Sin embargo, no se oyó ni el vuelo de una mosca en el aula. Hasta Katie se quedó callada. Alguien soltó una risita. Pero era una risita histérica, ese tipo de risa aterrorizada y sin rastro de humor. Alguien siseó, pidiendo silencio. Sonia volvió a mirar el hueco rectangular de la puerta abierta. «¿Y si algo se está acercando en este momento? ¿Justo ahora? Por el pasillo, hacia la puerta, despacio pero firme, cada vez más cerca, y cuando llegue a la puerta, nos...».

—Muy bien —dijo la señora Peabody rompiendo el silencio—. Dado que nadie quiere confesar, levántese, señorita Winthrop. Castigada a aislamiento.

—¡Eso no es justo! —gritó Katie—. ¡Yo no he hecho nada!

La señora Peabody salió de detrás de su escritorio de profesora y empezó a andar por el pasillo del aula. Ahora tenía la cara roja y llena de manchas en las mejillas.

—¡Vamos!

Prácticamente, arrancó a Katie de su asiento: la agarró por el brazo y tiró de ella, con tanta fuerza que es probable que le dejara una marca. Las piernas de Katie se elevaron como las de una marioneta. La expresión de la cara se volvió dura como el granito. Mientras la señora Peabody la arrastraba sin piedad, Sonia captó la mirada de Katie, fría como el hielo.

Las chicas contemplaron que la arrastraba fuera del aula. La chica intentaba recuperar el equilibrio pese a la sujeción de la señora Peabody. Sus pasos resonaban irregulares sobre el viejo suelo de madera. Un momento después, ambas desaparecieron. La atmósfera del aula se volvió densa. Ninguna de las chicas se atrevió a pronunciar ni una palabra.

«Tenía que haber hecho algo», pensó Sonia mientras fijaba la vista otra vez en el libro de texto. «Tenía que haberme levantado, pero ya es demasiado tarde».

Y, de repente, le entraron ganas de llorar.

CAPÍTULO 9

Barrons, Vermont
Noviembre de 2014

Esa misma noche, Fiona llegó a casa de Jamie a las diez. Llevaba consigo el ordenador portátil, los cuadernos y, como había prometido, un paquete de seis cervezas.

Jamie vivía en el piso de arriba de un dúplex en el centro de Barrons, en una casa victoriana restaurada..., al menos hasta cierto punto. Se alquilaba dividida en dos apartamentos. La dueña estaba más que contenta de que el piso de arriba lo hubiera alquilado un policía. También la familia con dos niños pequeños que vivía en el piso de abajo estaba tan feliz por tenerlo de vecino. La calle tenía árboles en las aceras. Hacía unos cien años estaba en una zona adinerada, cuando Barrons había vivido sus mejores tiempos. Ahora, las grandes casas victorianas se habían reformado para albergar pisos y apartamentos para familias de trabajadores y pensionistas. Así pues, la hierba medio seca estaba llena de bicicletas herrumbrosas y de muñecos rotos que los críos habían ido abandonando a su suerte.

Cuando llegó, Jamie estaba sentado en la mesa de la cocina, ocupado con su propio ordenador portátil, vestido con *jeans* y una camiseta gris. Solo tenía una lámpara encendida. El resto del apartamento estaba en la más completa oscuridad. No apartó la vista del archivo que estaba leyendo cuando cerró la puerta.

—¿Has cenado? —preguntó él—. Hay sobras en el frigorífico.

Dejó sus cosas en la mesa que estaba al otro lado y dudó. No había comido, y él lo sabía. Quizá debía haberlo hecho, pero le bullía el cerebro por todo lo que había averiguado. Quería hablar de ello cuanto antes.

Jamie la miró de soslayo, como si le estuviera leyendo el pensamiento.

—O comes algo, o no nos ponemos a ello —dijo.

—De acuerdo —aceptó, soltando un suspiro de resignación.

Le hizo un gesto con la mano como si se estuviera despidiendo y volvió a enfrascarse en el archivo, que en ese momento acaparaba toda su atención. Fiona sabía exactamente cómo se sentía. Abrió el frigorífico y encontró enseguida pasta y salsa de carne. Lo puso todo en un plato hondo, añadió una cuchara, sacó dos cervezas del paquete de seis y se acercó de nuevo a la mesa.

—¿Quién empieza? —preguntó mientras se sentaba y le acercaba una de las cervezas.

—Yo. —Jamie abrió la lata y le dio un sorbo—. Sonia Gallipeau, de quince años, fue declarada desaparecida a principios de diciembre de 1950. Estaba interna en Idlewild y no tenía familia cercana en Estados Unidos. El viernes dejó el internado para ir a visitar a sus tíos abuelos, que vivían en Burlington. Se fue de su casa sin avisarlos y sin pedirles permiso, al día siguiente de llegar. Tomó el autobús de vuelta a Barrons. Pero no llegó a la escuela. Nadie volvió a verla.

—Entonces sí que es ella —concluyó Fiona—. Llevaba su propia blusa, no una prestada.

—Eso parece, sí. —Jamie rebuscó entre el montón de papeles que tenía en la mesa junto al ordenador—. No tenemos ningún dato respecto a registros dentales, ni tampoco parece que tenga parientes vivos. Los tíos abuelos murieron hace tiempo, sin descendientes. O sea, que no podemos comparar con nadie sus datos de ADN.

—¿Dónde se la vio por última vez? —preguntó Fiona antes de tomar un bocado de pasta fría.

—En Burlington, tomando el autobús. Fue el revisor que le picó el billete. Consta en su declaración.

—¿Y qué dijo el conductor del autobús?

—Nadie le interrogó. Ni siquiera he encontrado su nombre en los archivos. —Jamie entresacó un archivo antiguo y lo levantó—. ¿Ves esto? Es el archivo de personas desaparecidas. —No contenía más de dos o tres folios—. Era una chica que estaba en un internado y tenía quince años: se supuso que se había escapado, como tantas otras. Caso cerrado.

—¿Y quién avisó de su desaparición?

—La directora de Idlewild. Una tal Julia Patton. —Jamie volvió a dejar el archivo en la mesa—. Falleció en 1971: por ahí no hay nada que rascar, es un callejón sin salida. Tampoco podré sacar nada de los registros de estudiantes de Idlewild, ya que la escuela lleva cerrada mucho tiempo. Y Anthony Eden no me devolverá las llamadas, me apuesto lo que sea.

—Ya. —Fiona levantó la cuchara—. Ahí es donde entro yo. A mí sí que me ha contestado.

—No me extraña —dijo Jamie, negando con la cabeza.

—Eso es lo bueno de tener de tu parte a una periodista entrometida —dijo Fiona—. Pero, en este caso, también esa vía es un callejón sin salida. Toma nota: según Anthony Eden, en el edificio no hay registros de alumnas de Idlewild.

—¿Se han perdido? —preguntó Jamie, echándose hacia atrás en la silla.

—Desaparecieron cuando se cerró la escuela. Probablemente, los destruyeron. ¡Sesenta años de archivos!

—Eso pone las cosas mucho más difíciles. —Se rascó la barbilla algo frustrado—. ¿Crees que Eden podría estar mintiendo?

—Podría ser —contestó Fiona—. Siempre es una posibilidad..., que la gente mienta, quiero decir. De todas formas, no me cuadra. Está deseando que esto se aclare. Cuanto antes, mejor. Desea evitar cualquier publicidad al respecto. Si pudiera enterrarse, mejor para su madre y para él. No me lo imagino apilando docenas de ficheros antiguos, metiéndolos en un camión y llevándoselos a quién sabe dónde para destruirlos u ocultarlos. Además, no se me ocurre qué es lo que querría esconder. Todo aquello pasó antes de que él naciera.

—Ya, es verdad. De todas formas, voy a investigar en los depósitos de almacenamiento de la zona, para averiguar si ha alquilado trasteros. Tantos archivos tienen que ocupar mucho espacio.

Fiona estuvo de acuerdo. Le había prometido a Anthony que manejaría la historia con respeto y cuidado, pero no que evitaría que la policía investigara.

—¿Qué más has averiguado? —le preguntó.

—Hemos empezado a investigar el nombre de la chica —contestó—. Solo tenía quince años, así que no puede haber muchas cosas. Que sepamos, no hay registros médicos, ni dentales, como te dije antes. Antes de eso, nunca había aparecido en el sistema, ni como delincuente juvenil ni como desaparecida o huida. Y tampoco hay certificado de nacimiento. Así que no nació aquí.

Eso sí que la sorprendió. Quebec estaba a pocas horas. Y los apellidos franceses tampoco eran tan raros.

—¿Era canadiense?

—Francesa —dijo Jamie al tiempo que negaba con la cabeza.

«¡Vaya por Dios!». Tenía que haber pensado en esa posibilidad, y no dar por hecho que era de los alrededores. «No hay que dar nada por sentado nunca». Era como si su padre la estuviera riñendo.

—¿Has encontrado datos de inmigración?

Asintió con expresión algo apenada.

—Llegó en 1947.

Llegó desde Francia en 1947, a los doce años y sin familia. Pobre chica.

—¡Mierda! —espetó—. Así que huyó de la guerra y sus consecuencias.

—Sí.

Soltó la cuchara y se pasó los dedos por las cuencas de los ojos, pensativa.

—Así que Sonia pasó su niñez en Francia, durante la guerra. En la Francia ocupada por los nazis. Perdió a sus padres, probablemente a toda su familia. Y vino aquí, solo para...

—Solo para ser asesinada y después lanzada a un pozo —terminó Jamie por ella.

Se mantuvieron en silencio durante un buen rato. Había sucedido hacía más de sesenta años, pero todo seguía resultando nauseabundo. Era como si volvieran a percibir el penetrante y asqueroso olor del pozo en el que encontraron el cadáver de aquella pobre chica. Se apretó un poco más los ojos con los dedos y bajó los brazos. No había nada que hacer. Sonia Gallipeau estaba muerta, por muy injusto que resultara. No podían cambiarlo, pero quizá sí que podrían hacer algo al respecto: aclarar las circunstancias de su muerte.

—¿Y sus datos de Francia? —le preguntó a Jamie—. ¿Podéis haceros con ellos?

Estaba recostado hacia atrás en la silla, mirando la pantalla del ordenador como si fuera capaz de darle alguna respuesta. Se bebió lo que le quedaba de la cerveza con desgana.

—Ya he cursado la petición —dijo—. Tardarán en contestar un día o dos. Solo me dieron permiso para hacerlo por si había parientes en Europa a los que informar. Puede que, en su momento, alguien, en algún sitio, la buscara.

Fiona se lo quedó mirando. Sabía cómo trabajaba un cuerpo de policía con pocos recursos. De hecho, desde que salía con Jamie, era mucho más consciente de cuáles eran aquellas circunstancias.

—¿Cuánto tiempo hay? —preguntó.

Jamie negó con la cabeza.

—No demasiado. Ya sabes que apenas tenemos inspectores, Fee. Además, la semana pasada hubo un asesinato en Burlington. En este caso, podemos emplear algunos recursos, pero la chica no tenía familia directa. En todo caso, la que pudiera tener probablemente ya esté muerta.

—Pero es un asesinato —protestó—. En cuanto el forense lo confirme, el caso estará abierto.

—Sí, es un asesinato, pero uno muy antiguo. Ya lo era antes de que nos topáramos con él. Haremos las diligencias correspondientes e investigaremos. Pero nuestros recursos son muy limitados. Hay casos recientes en los que tenemos que trabajar. Si no averiguamos algo interesante rápidamente, lo archivaremos.

Fiona cayó en la cuenta de que todavía no había tocado su cerveza, así que la abrió y le dio un buen trago.

—¿Tu padre podría ayudar?

El padre de Jamie había sido jefe de policía. Estaba retirado, pero todavía quedaban compañeros en el departamento sobre los que tenía una ascendencia considerable.

—Ya se lo he preguntado. Dice que no tiene sentido —contestó Jamie, volviendo a levantar la delgada carpeta de las personas desaparecidas—. Esto es de los tiempos del abuelo. De hecho, él fue uno de los policías que habló con la jefa de estudios..., o directora, o lo que fuera. El abuelo murió en 1982. Y el compañero que redactó el informe también falleció.

—Necesitamos personas que fueran jóvenes en aquel momento —dijo. Abrió el ordenador y lo encendió—. Es más probable que sigan vivas. ¿Estás muy cansado?

—No estoy cansado —dijo.

Pero lo parecía. Aun así, igual que ella, no se quedaría dormido si había algo que hacer. Se dio cuenta de que nunca habían hecho nada parecido, trabajar juntos. Normalmente, cada uno tenía su propio trabajo, y no convergían en nada. No estaría mal trabajar en algo con Jamie, codo con codo. No había nada de malo en ello.

—¿En qué estás pensando? —le preguntó.

Volvió a centrarse en la tarea.

—Me gustaría investigar un poco. Y, si nos repartimos el trabajo, tardaremos menos —contestó Fiona. Entró en su correo electrónico y abrió un mensaje—. En Internet apenas hay información sobre Idlewild. La mayoría de los internados tienen asociaciones de antiguos alumnos, o algo parecido, pero con Idlewild fue diferente. Cerraron y nunca más se supo. Desapareció del mapa.

—No se establecieron vínculos entre las compañeras, como suele suceder —reflexionó Jamie.

—Supongo que para la mayoría de las chicas que estuvieron allí no sería un sitio digno de ser recordado. Las enviaban porque eran problemáticas. Por lo que sé, nadie ha convocado una reunión de excompañeras, ni siquiera lo ha intentado. En Facebook tampoco encuentro nada. He llamado a la asociación de historia local.

El nombre era bastante pomposo: Sociedad Histórica de Barrons. Resultó estar formada por dos hermanas viudas cuya actividad consistía en guardar, más bien aleatoriamente, recortes de periódicos y de revistas que se cedían a la sociedad y que se guardaban en una oficina alquilada que abría cuatro horas a la semana. Así, de entrada, sonaba como el pasatiempo de dos excéntricas chifladas que no tenían otra cosa que hacer. Sin embargo, Hester, la hermana con la que Fiona había hablado, resultó saber tanto o más que Jamie sobre todo lo que había pasado (y pasaba) en Barrons.

—Nunca he estado allí, la verdad —dijo Jamie.

—Yo creo que te encantará —replicó Fiona—. De todas maneras, apenas tienen nada acerca de Idlewild Hall. Solamente, unas pocas fotografías de algunas de las clases. Le he pedido a la mujer con la que hablé que las escanee y me las envíe por correo electrónico. —De hecho, había pensado que no le quedaría otra que desplazarse a la oficina y hacer el escaneo ella misma, en lugar de pedirle a la mujer que se encargara; pero Hester la sorprendió cuando le comunicó que su hermana y ella estaban digitalizando todo el archivo—. Las fotografías me han parecido interesantes, pero no demasiado útiles. Salvo una.

Abrió en un archivo adjunto y movió la pantalla para que Jamie pudiera verla: once chicas de pie, frente a Idlewild, cada una de ellas con su *stick* de hockey en la mano. Llevaban uniformes deportivos y posaban para la cámara. Las chicas de los extremos no estaban de frente, sino formando un ligero ángulo, de modo que los hombros quedaran superpuestos en la foto. Pese a que los uniformes eran para hacer deporte, parecían muy formales: todas eran chicas blancas, serias, de distintas estaturas y complexiones, mirando al objetivo y esperando a que se les hiciera la fotografía. En el extremo de la izquierda había una mujer, evidentemente profesora, aunque no parecía tener ni siquiera treinta años. En la parte de arriba de la foto se había escrito, con letra clara y nítida, la descripción de la fotografía: «Chicas del equipo de hockey de Idlewild, 1952». O sea, dos años después de la muerte de Sonia.

Fiona dejó que Jamie estudiara atentamente la imagen y después clicó sobre el siguiente archivo adjunto. Era la parte posterior de la foto: aparecía la misma letra, clara y perfectamente legible. La tinta solo estaba algo descolorida por el paso del tiempo.

Jamie se inclinó hacia delante.

—¡Joder! —exclamó—. Es la lista de los nombres.

—Es la única foto con algo escrito —dijo Fiona.

Después volvió a clicar sobre la foto y fue pasando el cursor sobre la cara de cada una de las chicas, algo pixeladas por el aumento.

—Seguramente, alguna de estas chicas conoció a Sonia. Podemos indagar. ¿Quién sabe? Cabe la posibilidad de que alguna de ellas esté viva.

❋❋❋

Era cerca de la una de la mañana cuando la encontraron.

Hacía mucho rato que se había acabado la cerveza. A Fiona le dolían los ojos, que se movían con dificultad dentro de sus cuencas, como si estuvieran hechos con arenas volcánicas procedentes de Pompeya. Estaba acostumbrada a las interminables búsquedas navegando en Internet; de hecho, se podía decir que era toda una experta. En los tiempos que corrían, una periodista tenía la obligación de serlo. Pero se dio cuenta de que había perdido un poco la costumbre, sobre todo si se trataba de indagar sobre personas. Había pasado demasiado tiempo buscando recetas de *brownies* sin gluten o de cómo utilizar utensilios de cocina para fabricar decoraciones navideñas. Así pues, el motor chirriaba por todas partes.

La mayoría de las chicas de la fotografía habían fallecido. Eso es lo que parecía tras buscar a fondo. De las once, cuatro tenían nombres y apellidos demasiado comunes, cosa que impedía cualquier tipo de averiguación posterior para escoger a las adecuadas. Dado que pocas de las internas de Idlewild eran de la zona, podían haber nacido en cualquier parte, así que tampoco servían los registros oficiales a los que podían tener acceso. Una de ellas, Roberta Green, alta y guapa, con el pelo rubio recogido en una coleta, probablemente había trabajado en New Hampshire como abogada, utilizando el apellido de casada. Eso resultaba interesante. Fiona se preguntó cómo una chica de Idlewild podía haber terminado estudiando en una facultad de derecho de alto nivel como aquella, con lo cara que habría resultado. Pero fue Jamie quien sacó el billete de lotería con el premio gordo, por la vía de la profesora.

—Sarah London —dijo—. No se casó. Profesora retirada, miembro de la Sociedad de Damas de East Mills. —Volvió la pantalla para mostrarle su página personal dentro de la web de la sociedad, con foto incluida. Sonreía de tal manera que, incluso a esas horas y con los ojos hechos trizas, le hizo sentir mariposas en el estómago—. Dios bendiga a las viejas solteronas —añadió—. Mañana intentaré conseguir la dirección..., por los archivos de tráfico.

Dieron las gracias por aquel descubrimiento y se fueron a la cama. A pesar de que estaban exhaustos, se desnudaron mutuamente y en silencio. Fiona no necesitó decir nada mientras él le acariciaba el pelo con suavidad, le besaba la piel del cuello hasta debajo de la oreja y la rodeaba con los brazos y la apretaba con fuerza. Dobló las piernas alrededor de sus muslos, apretando los talones contra sus nalgas. Aspiró el aroma de la piel. Después se dejó llevar y no pensó en nada: solo sintió.

Más tarde, Jamie se puso la camiseta y los calzoncillos y se volvió de espaldas. Notó que se dormía, probablemente antes de apoyar siquiera la cabeza sobre la almohada. Fiona, en su lado de la cama, tenía las rodillas dobladas hacia arriba y los ojos abiertos, sintiendo el peso del brazo sobre la cintura y escuchando el sonido rítmico y profundo de su respiración. Como hacía tan a menudo, pensó en Deb.

Había asistido al juicio por asesinato de Tim Christopher. Se había sentado en primera fila: la que se reservaba para la familia de la víctima. Pensaba que habría una discusión cuando dijo que quería acudir, pero fue como si sus padres hubieran sido poseídos por alienígenas que habían invadido sus cuerpos, dejándolos silenciosos, apáticos y apenas capaces de mirarla siquiera a la cara. Solo tenía diecisiete años. Quizá no debería haber acudido, pero daba igual. Sí que fue.

Más adelante, se dio cuenta de que aquel juicio fue como el inicio de su vida adulta. No se había hecho mayor con el asesinato de Deb, sino con el juicio. Después de todo, le era imposible comportarse como si la desgracia le hubiera ocurrido a otra persona, o como si Deb hubiera muerto de forma apacible e incluso cómoda en su propia cama, durmiendo, quizás hasta soñando. A veces fantaseaba con ello cuando estaba en la cama por la noche, deseando frenéticamente que todo pasara. Fue en el juicio donde oyó decir que, entre las uñas de Deb, se habían encontrado trazas de sangre, y de hueso hioides, y restos de mucosas. En el asiento trasero del automóvil de Tim Christopher, se encontraron restos del largo y negro pelo de Deb. Se produjo una ardua discusión respecto a cómo el pelo de una chica puede llegar al asiento trasero del automóvil de su novio. ¿Un encuentro sexual? ¿O es que la había estrangulado?

Fiona, quizá por la profesión de su padre, siempre se había sentido cosmopolita. Pero los crudos debates forenses de aquellos hombres a los que no conocía, vestidos con traje y corbata, frente a una sala completamente abarrotada, exponiendo el contenido de la vagina de Deb (en su casa, delante de ella, nadie había utilizado jamás la palabra «vagina»), la habían dejado conmocionada, en el sentido más enfermizo del término. Miraba al público de la sala y se daba cuenta de que todos se imaginaban a Tim Christopher, guapo, elegante e inteligente, encima de su hermana en el asiento de atrás de su automóvil, gruñendo como un animal en celo. En ese preciso momento, cayó en la cuenta de que su vida adulta no sería como había pensado.

Durante una sesión, declaró uno de los compañeros de universidad de Tim Christopher. Estuvo con él la mañana del asesinato. Habían echado unas canastas en el descanso entre clases. No habían hablado de nada en especial, al menos eso fue lo que dijo su amigo. Excepto de una cosa. Habían mencionado a una chica que ambos conocían y que, la semana anterior, había intentado suicidarse, sin lograrlo. El amigo estaba muy afectado, pero Tim Christopher simplemente se había encogido de hombros y había lanzado a canasta. «Algunas chicas deberían estar muertas. No se puede hacer nada. Eso es así», había dicho Tim.

Deb muerta en ese prado frío y húmedo. Sonia Gallipeau, tirada en un pozo a más de treinta metros de profundidad.

«Algunas chicas deberían estar muertas».

Fiona pensó en el precioso pelo de su hermana, largo y negro.

Luego, cerró los ojos.

CAPÍTULO 10

Por la noche había nevado ligeramente. Una escasa capa había cuajado sobre los tejados y había rellenado las grietas y las fisuras del suelo. El viento llevaba polvo de nieve de acá para allá. Fiona condujo por carreteras cada vez más alejadas en dirección a East Mills, que resultó ser un pueblo diminuto en que solo había una gasolinera, unas cuantas tiendas destartaladas no muy limpias y una franquicia de Dunkin' Donuts. Para completar el cuadro, no dejaban de pasar camiones por la carretera principal: iban a Canadá o volvían de allí (no estaba muy lejos). Eso sí: siempre hacían un ruido infernal. El cielo no estaba del todo cubierto y soplaba el viento. El sol asomaba de vez en cuando entre las nubes.

Sarah London vivía en una antigua casa de estilo victoriano, algo deteriorada. Había un buzón en la entrada del patio, en el que la hierba estaba descuidada. Por allí, crecían hierbajos varios. Fiona había intentado llamar para hablar con ella y anunciar su llegada, pero, al otro lado de la línea, nadie le había contestado. Tampoco había saltado el contestador automático y ni le habían devuelto la llamada. En ese momento, aún dentro del automóvil, comprobó que no había cobertura. Se bajó, pero no hubo suerte. Bueno, pues que fuera lo que Dios quisiera. Llamaría por las buenas.

Llegó hasta el porche de madera. Las pisadas de las botas resonaban en el suelo húmedo. Según el registro del permiso de conducir que había consultado Jamie, Sarah London tenía ochenta y ocho años. Eso explicaba el estado de abandono de la casa. Si esa anciana vivía sola, podía entenderse.

Llamó a la puerta, pero no hubo respuesta. Volvió a intentarlo una segunda vez, y ahora sí que escuchó un ruido procedente del interior de la casa.

—¿Señorita London? —dijo en voz alta—. No soy una vendedora. Me llamo Fiona Sheridan. Soy periodista.

Tal como esperaba, al otro lado se oyeron unos pasos. Se abrió la puerta interior. En el umbral apareció una mujer de espalda encorvada y con el pelo blanco recogido hacia atrás. Incluso agachada y vestida con una vieja bata de andar por casa, aún destilaba cierto aire de ofendida dignidad. Entrecerró los ojos para mirar a Fiona.

—¿Y qué puede querer de mí una periodista?

—Estoy escribiendo un reportaje sobre Idlewild Hall.

Los ojos de la mujer se iluminaron, aunque casi de inmediato el interés se convirtió en desconfianza. Seguramente, pensaba que quería engañarla.

—Idlewild Hall no le interesa a nadie —dijo con suspicacia.

—A mí sí —le contradijo Fiona—. Están restaurando el edificio, ¿lo sabía?

Durante un instante, mostró una sorpresa tan absoluta que hasta pareció que iba a caerse. Tenía la mirada perdida, tanto que Fiona pensó que tal vez debería meterse a toda prisa en la casa y utilizar el teléfono fijo para llamar al 911. Al cabo de un instante, la anciana se recobró, se agarró al cerco de la puerta y descorrió el cerrojo de la puerta exterior.

—¡Dios mío, Dios mío! —murmuró—. Pase, pase.

El interior de la casa estaba en unas condiciones parecidas: un lugar que en su momento debió de estar muy cuidado, pero que ahora era puro deterioro. Cosas de la edad. A la derecha había una sala de estar que parecía fuera de uso, con estanterías llenas de estatuillas y adornos que solo servían para acumular polvo. El suelo del vestíbulo era de linóleo; probablemente, de la década de los ochenta. Comportándose con cortesía, Fiona se detuvo, se desató los cordones de las botas y se las quitó, mientras la mujer se dirigía hacia el interior de la casa.

—No..., no puedo ofrecerle nada —dijo la mujer, paseando la mirada por la cocina. En la mesa había un periódico abierto—. No esperaba visita...

—No se preocupe, señorita London —la tranquilizó Fiona—. No necesito nada, gracias.

—¿Me puede repetir su nombre, por favor?

—Fiona Sheridan. Llámeme Fiona, por favor.

Sarah London asintió, pero no le devolvió la invitación para que la tuteara.

—Siéntate, Fiona.

Obedientemente, agarró una de las sillas de la cocina y se sentó. «Si alguna vez eres profesora, nunca dejas de serlo», pensó para sí. Tomo asiento frente a ella y cruzó las manos.

El gesto pareció gustarle a la mujer, que separó su silla de la mesa y se sentó. Tenía las manos nudosas y castigadas por la artritis, con los nudillos de un color gris nacarado.

—Y ahora, por favor, cuéntame lo de la restauración. Como puedes ver, estaba leyendo el periódico. Lo hago todos los días; sin embargo, no me había enterado de esa noticia.

—Por eso voy a escribir el reportaje, porque nadie la ha cubierto —respondió Fiona.

La señorita London reflexionó un momento.

—¿A qué persona le puede interesar...? Bueno, más bien, ¿quién puede estar tan loco como para restaurar un lugar como Idlewild?

Era lo mismo que pensaba Fiona que, de entrada, no supo qué decir. No obstante, creyó percibir cierta preocupación o nervios en la voz de la señorita London.

—Una mujer que se llama Margaret Eden —dijo—. Con la ayuda de su hijo Anthony.

La antigua profesora pestañeó y negó con la cabeza.

—Es la primera vez que oigo esos nombres. No me suenan de nada.

Fiona tenía en la cabeza una lista de posibles preguntas, pero se olvidó de ellas al sentir un impulso repentino.

—¿Por qué dice que es una locura restaurar Idlewild? —preguntó se sopetón.

—¡Pues porque lo es! ¡Es una locura! —La voz le tembló un poco, pero mantuvo la compostura y la postura erguida, casi tirante—. Ese edificio tan viejo..., ese lugar en medio de ninguna parte. ¡Cómo no va a serlo! —Movió la mano como desechando la idea y como si Fiona supiera perfectamente de lo que estaba hablando—. ¿Quieren que vuelva a ser un internado?

—Sí.

—¡Por Dios bendito! —Pronunció las palabras en voz baja y rápidamente, como si se le escaparan de la boca. Después se recuperó—. Bueno, pues les deseo suerte con el proyecto.

—Usted fue profesora allí durante mucho tiempo, ¿no es así?

—Veintinueve años. Hasta el mismísimo día en el que se cerró la escuela.

—Debió de estar muy a gusto en ella.

—Nadie estaba a gusto en ese lugar —le soltó, seca—. Las internas eran chicas problemáticas. Nos hacían la vida imposible. No eran buenas chicas. En absoluto.

—Sin embargo, se quedó todo ese tiempo —arguyó Fiona, alzando las cejas.

—Lo único que sabía hacer era enseñar, Fiona —replicó la señorita London con expresión adusta—. Eso es lo que hago. O lo que hacía, quiero decir.

—¿Solo trabajó usted en Idlewild, señorita?

—No. Después enseñé en otras escuelas, hasta que me retiré. Soy de aquí. —Volvió a mover la mano, como si lo que decía fuera obvio—. Nací a menos de un kilómetro de donde estamos sentadas ahora. He pasado toda mi vida en Vermont. Nunca sentí la necesidad de irme a ningún otro lugar.

Iluminada por la pálida luz de la cocina, Sarah London parecía mucho mayor que cuando la vio por primera vez en la puerta. Tenía los ojos acuosos y le colgaban las comisuras de los labios. Sin duda, como buena natural de Vermont, sería dura por naturaleza. Aunque eso no quería decir que hubiera tenido una vida fácil, ni mucho menos.

—Tengo una fotografía —dijo Fiona—. ¿Le apetece verla?

—Supongo que sí —contestó, como si no tuviera mucho interés, aunque su mirada emitió un pequeño brillo traicionero.

Fiona sacó la copia de la foto del campo de hockey y la colocó con suavidad encima de la mesa. La señorita London la miró durante un buen rato.

—Esa soy yo —dijo por fin—. Es del equipo de hockey. Se tomó el año que una compañera profesora, Charlene McMaster, se marchó para casarse. Apenas estuvo ocho meses. Yo no quería salir en esa foto, de ninguna manera. Pero en aquella época hacíamos exactamente lo que se nos mandaba que hiciéramos.

—¿Se acuerda de estas chicas? —preguntó Fiona.

—¡Pues claro que sí! Tampoco teníamos tantas alumnas. Y, gracias a Dios, todavía conservo la memoria.

Fiona miró la foto de las chicas alineadas, con sus uniformes de deporte. «No eran buenas chicas».

—¿Se acuerda de sus nombres?

—Pues sí, probablemente. ¿Por qué me lo preguntas?

—La foto se hizo dos años después de la desaparición de una estudiante que se llamaba Sonia Gallipeau —dijo Fiona—. ¿Se acuerda de eso?

Durante un rato, en la habitación se hizo un denso silencio.

—¿Señorita London? —la apremió Fiona.

—La chica francesa —dijo en voz muy baja, como si hablara para sí misma—. Hacía casi sesenta años que no oía ese nombre.

—Le pasó algo —informó Fiona—. En 1950.

—Dijeron que se había fugado. —La señorita London se pasó la mano por la cara; los dedos nudosos, pero todavía elegantes, tocaron la mejilla en un gesto ausente y pensativo—. Me acuerdo de aquel día. Era mi primer año. Se marchó a visitar a unos parientes y no volvió.

—¿Qué es lo que recuerda? —preguntó Fiona, animándola, pero intentando no presionarla.

—Todo. —Volvió a tocarse la mejilla con ese gesto que parecía ser involuntario—. La buscamos, pero no durante mucho tiempo. No había demasiado que hacer si una de las chicas huía. Nunca dije nada porque el caso se cerró. Y todos pasamos página. No obstante, siempre pensé que estaba muerta.

—¿Y por qué lo pensaba? —preguntó Fiona, esta vez rápidamente.

—No me malinterprete. No fue la única chica que huyó —respondió la anciana, que negó con la cabeza—. Una de ellas lo hizo justo un año antes que Sonia. No se puede hacer nada con una manzana podrida. Pero jamás se me ocurrió pensar que Sonia fuera a hacer algo así. Para empezar, no tenía adónde ir. Ni siquiera era estadounidense. No era problemática. De hecho, era tranquila como un ratoncito asustado. No era de esas a las que les gusta correr aventuras ni de las que se escapan con un chico. No era de esas, no.

—O sea, que no cree que se escapara.

—Al principio pensé... que se habría quedado con sus parientes. Era la conclusión más natural, ¿no te parece? Nadie los conocía. Venían a verla una vez al año, por Navidad, pero eso era todo. Y entonces se va a verlos y no regresa. Pero los fueron a ver, y dijeron que no estaba con ellos. Eran dos personas mayores que sentían pena por ella. Sin embargo, una chica joven en su casa les habría cambiado demasiado la vida. En definitiva, no querían que se quedara con ellos. La mujer había convencido a su marido de que permitiera que los visitara. Dijo que eso de dejar a la chica sola durante tanto tiempo y visitarla solo una vez al año le hacía sentir mal. Al marido no le apetecía, no quería tener nada que ver con una adolescente, pero cedió. Sin embargo, al final, cambió el billete de autobús y también se escapó de la casa de sus parientes. Supongo que no se sintió bien recibida.

Fiona no dijo nada. La señorita London tenía los ojos abiertos, pero sin ver. Solo veía el año 1950. En su casa no se oía ni siquiera el tictac de un reloj. El silencio era absoluto.

—Encontraron su maleta —continuó la señorita London—. En el bosque del final de la carretera de Old Barrons, donde estaba la verja de la escuela. La encontraron entre la maleza.

Fiona se quedó consternada. Era justo por donde ella había andado. Era justo donde había hablado por teléfono con Jamie y donde había escuchado un sonido apagado en la gravilla. Ese sonido que le había parecido un paso.

La antigua profesora siguió hablando. Sus palabras se derramaban como un torrente.

—¿Qué chica huye sin maleta? Eso es lo que me pregunto. Sus amigas estaban fuera de sí. Pero la chica Winthrop se fue unos años más tarde. Y esa otra, Ellesmere, también se marchó. No tengo ni idea de qué fue de ellas. No sé qué fue de nadie.

—¡Un momento! —exclamó Fiona—. ¿Se encontró una maleta abandonada y todo el mundo siguió pensando que había huido?

—¡Tú no estabas allí! —espetó la señorita London—. No vivías con esas chicas, en aquel sitio. Hubo una chica que se escapó el año anterior a mi llegada. Pensaron que había muerto. Estaban seguros. Y resulta que después apareció en casa de sus abuelos acompañada de un rufián. —Miró a Fiona con ojos acuosos y cansados, pero que aún mantenían cierta dureza—. Sonia huyó de sus propios parientes, así que no había más que hablar. Yo no tenía nada que decir. Tampoco podía hacer nada. Era nueva, pero lo entendí.

—¿Qué fue lo que entendió?

—Es muy fácil estar ahí sentada y juzgar. Pero tendrías que haber pasado veintinueve años en Idlewild. Todos los días con el alma en vilo, todos. Era un lugar difícil, horrible. Yo tenía que quedarme porque era mi trabajo, porque necesitaba el dinero, pero a veces las chicas... huían, se marchaban. Y desde luego que no se lo echábamos en cara, en absoluto.

—¿Por qué no?

—Porque todas teníamos un miedo horrible.

Fiona sintió un escalofrío en la espalda.

—¿Miedo de qué?

La señorita London abrió los labios, pero en ese momento sonó la puerta exterior e inmediatamente se cerró la interior.

—¡Tía Sairy! —exclamó una voz de mujer un tanto áspera; debía de ser fumadora—. Soy yo.

Sonaron pisadas en el pasillo. Fiona se dio la vuelta y vio entrar por la puerta de la cocina a una mujer de unos cincuenta años, con el pelo lacio y rubio recogido en una cola de caballo. Vestía unos leotardos de yoga que le apretaban sin piedad las amplias caderas y se abrigaba con una parka. Miraba con el ceño fruncido.

—¡Ah, hola! —dijo, pero no era la voz de una bienvenida. De hecho, rebosaba desconfianza.

Fiona echó la silla hacia atrás y se levantó pensando que quizá la había tomado por una vendedora que quería aprovecharse de una mujer de casi noventa años.

—Me llamo Fiona Sheridan —dijo, extendiendo la mano—. Soy periodista. Estoy preparando un reportaje sobre Idlewild Hall.

La expresión de la mujer se tranquilizó, aunque miró a la señorita London para confirmar lo que le había dicho.

—¡Ah, muy bien! —dijo, aunque de forma no demasiado amistosa. Estrechó un poco la mano que le había ofrecido Fiona. La suya estaba completamente helada—. He visto su automóvil fuera. La tía Sairy casi nunca recibe visitas.

—Cathy es la hija de mi hermana —apuntó la señorita London sin levantarse de la silla. Había recuperado sus formas de profesora autoritaria.

La oportunidad de Fiona se había esfumado. No había manera de volver al momento en el que estaba a punto de decirle de qué tenían miedo en Idlewild. Pero tampoco quería marcharse todavía, con Cathy o sin Cathy.

—Señorita London, la voy a dejar tranquila enseguida, pero antes me gustaría hacerle unas cuantas preguntas rápidas, si no le importa. Le prometo que no serán complicadas, en absoluto.

La señorita London asintió. Cathy empezó a trajinar en la cocina, haciendo bastante ruido con los cacharros que había en la pila. Todos sus movimientos contenían una advertencia: «Te estoy vigilando».

Fiona se sentó de nuevo en la silla.

—En primer lugar, he de decirle que el archivo y los registros de Idlewild no se han encontrado. ¿Tiene alguna idea de adónde pudieron enviarlos cuando se cerró la escuela?

—Yo no se nada de los archivos ni de los registros —respondió la anciana.

Cathy dejó una sartén en la encimera con más fuerza de la normal.

—De acuerdo —aceptó Fiona dejando el tema—. Ha mencionado a las amigas de Sonia. ¿Me podría decir algo sobre ellas?

—Aquellas chicas eran sus compañeras de habitación en Clayton Hall, en el edificio de los dormitorios. —La respuesta surgió de inmediato, directa de su magnífica memoria de antigua profesora—. Casi siempre estaban juntas. A ella no le resultaba fácil hacer amigas. Eso me parece. Era muy callada y no especialmente guapa. Recuerdo que, en aquel momento, pensaba que era extraño que aquellas chicas fueran tan amigas. No encajaban.

—¿No encajaban? ¿En qué sentido?

—¡Huy, por Dios! —Movió de nuevo la mano en señal de desagrado. Cathy abrió el grifo, dejando salir el agua a borbotones. De hecho, estuvo a punto de salpicarse—. Pues para empezar, Winthrop. Fue extraordinariamente problemática, de principio a fin. Una mala influencia. Por el contrario, Greene era bastante agradable, pero sabíamos que había tenido un problema serio en casa; algo que la había afectado mentalmente, tanto que dejó de hablar durante varios meses. Esa era tranquila, sí, pero estaba tocada. —Se dio unos golpecitos en la cabeza con el dedo—. Ellesmere venía de una muy buena familia, pero no era... legítima, no sé si me entiende. Además, era una estúpida. Ni mucho menos como Sonia.

Fiona sacó el cuaderno de notas y el bolígrafo del bolsillo. Era la primera vez que lo hacía.

—¿Me puede repetir los nombres? ¿Los nombres completos? Empezando por la que se apellidaba Winthrop.

—Eso fue hace mucho tiempo —se quejó Cathy desde su estruendosa posición en la pila—. La tía Sairy seguramente no recordará los nombres.

—¡Por supuesto que los recuerdo! —protestó la señorita London con una voz de maestra tan gélida que Cathy se calló de inmediato—. El nombre de Winthrop era Katie. Creo que la familia era de Connecticut. Buena gente, aunque la hija fue por el mal camino. Tuvo problemas de disciplina desde el día en que llegó hasta el día en que se fue.

—¿Adónde se fue? ¿A casa de su familia?

—¡No, qué va! Dios sabe... Creo que encontró un chico... o algo así. No me sorprendería, porque tenía ese aspecto que vuelve locos a los hombres. Era guapa, sí, pero no esa belleza sana... Ya me entiende. —Negó con la cabeza—. La que estaba tocada de la cabeza era Roberta Greene. Pertenecía al equipo de hockey. —Se acercó a los ojos la fotografía y señaló con el dedo a una de las chicas—. Es esta.

Fiona asintió, intentando disimular su entusiasmo. Roberta Greene era la chica que pensaban que había llegado a ser abogada. No podía haber estado tan «tocada de la cabeza» si había sido capaz de entrar en una universidad de élite, graduarse y aprobar el examen para convertirse en abogada.

—¿Dice que tuvo un ataque? —Puede que hubiera registros médicos en algún sitio.

—Dejó de hablar. Hubo un suicidio en su familia, creo, o al menos un intento. Ella fue testigo directo.

—Eso es horrible.

—En aquella época, no disponíamos de servicios médicos ni de psicólogos infantiles —respondió la señorita London encogiéndose de hombros—. Tampoco había programas de telerrealidad, como el de Ophra. Los padres no sabían qué hacer en esos casos. Estaban desbordados por la situación. Así pues, nos la enviaron a nosotros.

—Ya, parece lógico —dijo Fiona, intentando reconducir los recuerdos de la anciana—. ¿Y la última chica? La que era estúpida. ¿Ha dicho que su apellido era Ellesmere?

Detrás de ellas, Cathy se dio por vencida y se volvió para mirarlas; eso sí, con los brazos fuertemente cruzados sobre el pecho.

—En aquellos días, los Ellesmere eran una familia importante de la zona —respondió la señorita London—. La chica se llamaba Cecelia. ¡Ahora me acuerdo de todo! Era hija de Brad Ellesmere, pero la concibió en la cama que no debía, no sé si me entiende.

—Sí, la entiendo.

Fiona intercambió una mirada breve con Cathy. La generación de personas que utilizaban expresiones como «la cama que no debía» estaba desapareciendo a toda velocidad. Sintió una punzada de desaliento.

—Así que era hija del señor Ellesmere, pero no llevaba su apellido —afirmó, más que preguntó.

—Exacto. —La anciana bajó un poco la voz, como si hubiera alguien cerca que pudiera enterarse del jugoso cotilleo sin tener derecho a ello—.

Era hija del ama de llaves. Él dejó que la niña naciera, pero después no quiso saber nada de ella. La madre se ausentó por un tiempo. Se volvió loca por tener una hija fuera del matrimonio, o al menos eso me dijeron. Brad Ellesmere no tuvo hijos legítimos, pero sí más de un bastardo. En aquellos días fue un escándalo, pero no se le dio demasiado pábulo. Eran asuntos privados. No era como ahora, que todo el mundo se entera por Internet de la vida privada de los demás. Todo a la vista de todo el mundo... ¡Qué desastre!

Fiona escribió el nombre de Cecelia.

—¿Y entonces cuál era el apellido que utilizaba? —preguntó—. ¿El legal?

—¡Vamos! —La señorita London volvió a tocarse la mejilla, pero esta vez se notó que estaba fingiendo. Se lo estaba pasando bien y quería prolongar el momento. Fiona esperó pacientemente para que no se enfadara; eso sí, con el bolígrafo preparado—. Todos la llamábamos la chica Ellesmere, no era ningún secreto. De hecho, fue el propio Brad Ellesmere quien la trajo a la escuela. Siempre estaba alrededor de la Winthrop. En ese caso, era un emparejamiento lógico: la chica fuerte y guapa con la débil y regordeta. ¡Ah, sí! Frank, ese era su apellido legal. Ya te he dicho que la memoria me funciona perfectamente.

—Desde luego que sí. —Fiona sonrió—. Tiene usted una memoria prodigiosa.

—Bueno, tía Sairy —interrumpió Cathy—. Creo que necesitas descansar.

—Le agradezco muchísimo su ayuda, señorita London —dijo Fiona.

—De nada. Por cierto, ¿qué tiene que ver Sonia Gallipeau con la restauración de la escuela?

—Parte del artículo va a versar sobre asuntos de la escuela que fueron noticia en el pasado —contestó Fiona con suavidad—. La desaparición de Sonia será uno de ellos. He pensado que, si puedo dar con alguna de sus amigas, quizá me podrían dar información sobre ella.

—Pues no te va a resultar nada fácil —le respondió la señorita London con mucha lógica—. La mayoría de las chicas desaparecieron tras dejar la escuela. Nadie sabe adónde fueron. Y, francamente, a nadie le importaba.

Se hizo un silencio incómodo en la habitación. Después Cathy avanzó hacia la puerta de la cocina.

—No hace falta que te levantes, tía Sairy. Fiona, te acompaño a la salida.

Fiona la siguió hasta el soso recibidor. Se volvió a poner las botas en la puerta, rebuscó en el bolsillo hasta palpar una tarjeta de visita profesional y se la dio a Cathy.

—Te agradezco mucho que me hayas dejado hablar con ella, Cathy —dijo—. Si se acuerda de alguna cosa más, o si quiere que vuelva a visitarla para hablar otra vez conmigo, no dejes de llamarme, por favor.

Cathy le dirigió su habitual mirada recelosa e indirecta, pero se quedó con la tarjeta.

—Nadie se interesa ya por la tía Sairy —dijo—. La verdad es que nadie se ha interesado nunca por ella. No obstante, es una buena persona. Si publicas algo malo sobre ella, no dudes de que te demandaré.

Era la mejor despedida a la que podía aspirar, así que Fiona se marchó sin más. Cuando encendió el motor y entró en la carretera, se preguntó por qué a la sobrina de Sarah London le habría parecido tan importante mencionar, después de tantos años, que su tía era una buena persona.

✳ ✳ ✳

Estaba ya a unos ocho kilómetros de East Mills cuando recibió una llamada en el teléfono móvil, que empezó a vibrar y a sonar en el asiento del conductor. Estaba en un camino secundario de grava, en dirección a otro asfaltado que, finalmente, se convertiría en la carretera de Seven Points. El vehículo no paraba de dar tumbos. Le resultaba imposible evitar los baches y desniveles. Se detuvo en un pequeño hueco arbolado y tomó el teléfono. En zonas como esas, era mejor aprovechar la señal cuando la había.

Escuchó un mensaje de Jamie: «Llámame».

Marcó su número personal, no el de la oficina ni el oficial de la policía. Respondió a la segunda señal.

—¿Dónde estás? —preguntó.

—Volviendo de East Mills. Ya he hablado con la profesora.

—¿Y?

—Tengo los nombres de las amigas de Sonia. Voy a empezar a seguirles la pista. ¿Y tú?

Su voz sonaba desalentada. De fondo, se oía un murmullo de voces. Debía de estar en la comisaría, en la zona donde los policías tenían sus escritorios.

—Pues, aunque no te lo creas, no tengo nada de nada.

—¿Nada?

—La policía francesa me ha contestado. Tienen el registro del nacimiento de Sonia Gallipeau: 1935. ¡Y eso es todo! Nada más...

A Fiona se le cayó el alma a los pies. Pensó en el cuerpo de la chica, hecho un ovillo allá abajo, en el pozo, con la cabeza metida entre las rodillas.

—¿No le queda ningún pariente?

—No, ninguno. Hay un registro de la muerte de su padre en el campo de concentración de Dachau. Fue en 1943. Pero nada de su madre ni de hermanos, si es que los tuvo.

A través del cristal del limpiaparabrisas, Fiona siguió con la vista un copo de nieve que terminó posándose en el suelo. Aquellas palabras, «el campo de concentración de Dachau», tuvieron la capacidad de hacerle sentir náuseas, e incluso un ligero espasmo de temor.

—Creía que los nazis guardaron registros de todo lo que hicieron.

—Y yo. Pero seguramente nos equivocábamos. Es como si Sonia hubiera nacido e, inmediatamente después, ella y su madre hubieran desaparecido de la faz de la Tierra. Hasta que Sonia reapareció en los registros de inmigración. Ella sola.

«No le resultaba fácil hacer amigas», había dicho Sarah London cuando describió a Sonia. «... Era muy callada y no especialmente guapa», había añadido. ¿Qué clase de vida habría tenido Sonia, la única superviviente de su familia, y encima en un país extranjero? Le invadió la rabia por que hubiera muerto sola, con la cabeza aplastada de un golpe, arrojada después a un pozo y abandonada allí durante sesenta y cuatro años. Deb había muerto sola, sí, pero pasadas treinta horas ya se había encontrado su cuerpo, la habían enterrado y se había oficiado un funeral por ella en el que desbordaba el amor que le tenían los suyos, en una ceremonia a la que habían asistido cientos de personas, entre amigos y familiares. Durante veinte años se había guardado luto por ella, sin que desapareciera ni un ápice del amor que recibió en vida. Todavía se la echaba de menos. Sin embargo, el mundo había olvidado a Sonia. Así de sencillo.

—Pues entonces creo que debemos encontrar a las amigas —le dijo a Jamie—. La señorita London me ha dicho que eran compañeras de habitación y que estaban muy unidas. Alguna de ellas tendría que recordar lo que pasó.

—Sí, estoy de acuerdo —dijo Jamie—. Escucha, tengo que dejarte. Pásame los nombres, ¿de acuerdo?

Durante un instante, sintió la necesidad, casi la urgencia, de decirle que no. Quería hacer esto sola, ser la única que siguiera la pista de esas chicas, que hablara con ellas, que de verdad hiciera algo por esa chica asesinada y abandonada en el pozo. Pero se dio cuenta de que, con la ayuda de la policía de Barrons, tendría muchas más posibilidades de lograr algo que si actuaba sola. Le dio los nombres a Jamie y colgó. Se quedó mirando el camino desierto con el teléfono en el regazo, preguntándose si acababa de dejar que el caso se le escapara de entre las manos.

Llamó a su padre. En cuanto oyó su voz, empezó a sentirse mejor.

—Papá, ¿puedo ir a verte?

—¡Fee! Claro que sí. —Oyó el ruido de papeles cayendo encima del escritorio y el ruido de su antiquísimo ordenador. Estaba trabajando, como siempre—. ¿Estás muy lejos? ¿Me da tiempo a prepárate un té?

—Llegaré dentro de unos... veinticinco minutos.

—Hay algo que quieres consultar conmigo, ¿verdad, cariño?

—Sí, exacto.

—¡Esta es mi chica! —dijo, y colgó de inmediato.

Los árboles se movían con el viento; las ramas desnudas que había encima del automóvil se mecían como el enorme abanico de un sultán. Fiona se estremeció y se acurrucó en su abrigo, con pocas ganas de ponerse en marcha. La otra noche había hecho algo parecido, sentarse dentro del vehículo aparcado en el arcén de la carretera, sin mirar a ninguna parte y pensando. Estar al borde de una carretera, un lugar por el que todo el mundo pasaba pero donde nadie se detenía, tenía algo que invitaba al sosiego y a la meditación. De pequeña, se pasaba los viajes por carretera mirando por la ventanilla, pensando en los lugares por los que pasaba y preguntándose cómo sería detenerse allí, o allí, o allí. No era suficiente ir de un sitio a otro.

En ese momento, se fijó en un cuervo que se posaba en una rama desnuda, justo al otro lado del camino. Dobló el negro pico en dirección a ella. Enseguida se le unió otro. Ambos pájaros avanzaron con cuidado por la rama, como hacen todas las aves, levantando cada pata y apoyándola con precisión y ligereza en otro punto, flexionando los talones y curvándolos para agarrarse con firmeza a la rama. La miraron con sus ojos pequeños e intensamente negros, de forma insondable pero sabia a su manera, como si estuvieran absorbiendo sus detalles. Cerca del final de la rama, se dieron por satisfechos con el punto de observación y se quedaron quietos.

El teléfono vibró y zumbó otra vez sobre el regazo de Fiona, que dio un respingo por lo inesperado de la llamada. No reconoció el número, pero era local. Contestó.

—¿Sí?

—Muy bien, de acuerdo. —Las palabras surgieron bruscas, sin tan siquiera un saludo ni una presentación. Fiona reconoció la voz porque la había escuchado hacía unos veinte minutos. Era Cathy—. La tía Sairy se ha quedado dormida y no puede oírme, de modo que creo que te lo voy a contar. Pero tienes que prometerme que ella no va a tener ningún problema.

A Fiona empezó a latirle el corazón más deprisa. Sintió un escalofrío en la parte de atrás del cuello.

—¿A qué te refieres cuando dices que no va a tener ningún problema?

—Su intención era buena —dijo Cathy—. Debes entender que la tía Sairy tiene un buen corazón. Ha estado bastante paranoica desde que lo hizo. Por eso no te lo ha contado. Pero ahora se está haciendo vieja. Pronto venderemos la casa. Se va a venir a vivir conmigo. Te lo podemos decir a ti, o a cualquier otra persona.

—Cathy. —Fiona, sentada en el asiento del conductor, tenía la boca completamente seca—. ¿Me puedes decir, por favor, de qué estás hablando?

—De los archivos con los registros —respondió Cathy—. ¡Los de la escuela! ¡Iban a destruirlos, joder! ¡Sesenta años de archivos! No había dónde ponerlos ni dónde guardarlos. Nadie los quería. Los Christopher habían comprado los terrenos y el edificio. Y pretendían tirar los archivos al vertedero. Así pues, la tía Sairy se ofreció a tirarlos, pero en vez de eso se los llevó a casa.

—¿A casa?

—Sí. Están en el cobertizo de atrás —afirmó Cathy—. Todo está allí. De hecho, llevan allí desde 1979. Tendremos que deshacernos de ellos cuando vendamos la casa. Dame unos días para hablar del asunto con la tía. Después puedes venir por aquí a llevártelos. ¡Demonios, no tienen ningún valor! Por mí, te puedes quedar con todos.

CAPÍTULO 11

Katie

Barrons, Vermont
Octubre de 1950

Era la primera vez que a Katie le caía el castigo de aislamiento; ni siquiera se lo habían impuesto cuando se peleó con Charlotte Kankle. Aquella pelea la controló Sally D'Allessandro, que era la responsable de los dormitorios del tercer piso antes de irse de Idlewild, antes de que su puesto lo heredara la entrometida de Susan Brady. Sally dirigía el dormitorio de una forma extrañamente suave y amable. Jamás castigo a nadie con el aislamiento. Lo único que hizo fue echarles una bronca sin demasiado entusiasmo. Después se quedó delante de ellas en su habitual postura lánguida, con los larguiruchos brazos en las caderas. «¡Ya está bien! ¡Dejadlo si no queréis que os castigue!».

Katie siguió a la señora Peabody por el patio. Todavía le temblaban las manos de puro miedo. ¿Qué era lo que acababa de pasar? ¿Había sido real? ¿De verdad se había abierto la puerta de repente y con tanta fuerza? ¿Y esa voz? No había entendido exactamente las palabras, pero había oído algo. En tono agudo y quejumbroso.

Las otras chicas parecían tan asustadas como ella. Miró la parte de atrás del vestido de poliéster de la señora Peabody, esperando alguna señal, alguna reacción, algo propio de una persona mayor. Pero todo lo que vio fue la forma de andar furiosa de la profesora, el roce de sus ropas rompiendo el ominoso silencio del lugar.

La condujo a una habitación de la primera planta, al final del pabellón en el que estaban los dormitorios de las profesoras. Señaló una pila de libros y cuadernos de latín, así como un montón de papeles en blanco y de lápices.

—Los ejercicios de conjugación —dijo sucintamente—. Hazlos hasta que acabe el aislamiento. Yo controlaré el trabajo.

Katie miró la amenazante pila de libros.

—¿Los ejercicios de cuál? —preguntó.

—De todos —replicó la señora Peabody—. La próxima vez, piénsatelo dos veces antes de contestarme otra vez como lo has hecho o de gastarme una broma tan pesada.

—No le he gastado ninguna broma —protestó Katie de nuevo.

¿Cómo iba a hacerlo? ¿Cómo iba a hacer que la puerta se abriera de repente con esa fuerza?

Pero, de súbito, lo entendió todo: a la profesora le traía sin cuidado lo que ella dijera y lo que realmente había ocurrido. Porque la señora Peabody sabía la verdad. No era más que una actuación, una reacción ficticia que solo iba a servir para que la profesora se sintiera mejor consigo misma y mantuviera su aura de autoridad con el resto de las chicas.

—Fue Mary —le dijo a la vieja profesora, y sintió una íntima satisfacción al ver que la señora Peabody reculaba—. Sí, fue Mary...

La señora Peabody se lanzó hacia delante y le agarró el brazo con tanta rapidez y con tanta fuerza que Katie no tuvo más remedio que gritar.

—¡No voy a escuchar más tonterías! —siseó, con la boca tan cerca de la cara de Katie que hasta pudo oler el aliento a menta azucarada de la mujer. Pero sus ojos brillaban de puro miedo. Le sacudió el brazo, hundiendo los huesudos dedos en su carne—. Ejercicios de conjugación. Durante una hora. —La soltó y se marchó, cerrando la puerta sonoramente y con cerrojo desde fuera.

—¡No ha sido ninguna travesura! —gritó Katie con todas sus fuerzas frente a la puerta—. ¡Ha sido Mary!

Pero no hubo respuesta.

«¡Estúpida, estúpida!». Todavía temblaba. Tenía que recuperar el autocontrol. Recorrió la habitación con la vista. Una pizarra llena de polvo; una ventana mugrienta que daba al bosque; una pila de periódicos locales antiguos, la mayoría desgastados por el tiempo; un único pupitre, con su silla, lleno de libros, papeles y lápices. Intentó abrir la puerta, pero fue imposible. Después probó a subir el cristal de la ventana, pero recibió una lluvia de restos de pintura blanca en el pelo: estaba atrancada. Se puso de rodillas, que llevaba cubiertas por las medias de lana, e inspeccionó el pupitre: estaba lleno de marcas con las iniciales; en algún caso, con los nombres completos de las niñas que, a lo largo de los años, habían sufrido como ella el castigo de aislamiento. Se sintió algo frustrada, pues no reconoció ninguna de las iniciales. Tampoco había ningún mensaje útil o de interés grabado en la madera. El vistazo al montón de hojas en blanco tampoco reveló nada.

Después miró la pila de libros de texto. Al parecer, nunca salían de esa habitación.

«Las profesoras son estúpidas».

Se sentó en la dura silla de respaldo alto y abrió uno de los libros. Las respuestas a las preguntas sobre las conjugaciones estaban escritas en los márgenes, así que el ejercicio no tenía la menor dificultad. En el libro había muchos otros mensajes, seguramente escritos a lo largo de los años, incluido un cuento completo sobre unicornios escrito a lápiz en las páginas en blanco, con dibujos y todo. La historia empezaba siendo de lo más infantil e inocente, pero progresivamente se iba ensuciando. La ilustración final era tan atrevida que Katie no pudo evitar reírse. Fuera quien fuese la autora, tenía toda su aprobación. ¡Una chica divertida y con personalidad! En los márgenes del libro había muchos otros mensajes. Algunos apenas se entendían de lo mal escritos que estaban; otros eran groseros; y otros, aunque muy pocos, podían tener cierto interés.

«La señora Patton dice que está casada, pero no es verdad». Eso era interesante. La señora Patton era la directora y jefa de Estudios de Idlewild. Se hablaba mucho de ella, pero apenas se dejaba ver. Katie se quedó con el chisme, por si le conviniera utilizarlo en alguna circunstancia futura.

«Mary Hand pasea por la noche por la carretera de Old Barrons. Chupa sangre». Podía ser verdad, aunque era poco probable. Y en todo caso, la información no servía para nada.

«Hay una chica enterrada en el jardín».

Katie ya conocía esa historia. Era una de la más habituales de Idlewild, pero no tenía la menor idea de si era verdad o no. Todas las chicas odiaban el jardín, aunque las clases de jardinería hacían que tuvieran que pasar algo de tiempo ahí. No había ninguna razón específica que justificara ese odio. Quizá se debiera al suelo lleno de lodo y el frío que hacía allí por culpa de la sombra que proyectaban los dos edificios colindantes. El jardín nunca había drenado bien y siempre olía a plantas en descomposición, mezclado con otro olor más acre. Cada cierto tiempo, alguien mencionaba la historia de la niña enterrada, seguramente para asustar a las nuevas.

Katie miró hacia arriba al notar cierto movimiento en la pared. Una araña descendía desde el techo, moviendo las patas con elegancia. Su cuerpo era delgado y negro. Katie la miró durante un buen rato, absorta y algo temblorosa. En Idlewild había muchas arañas, y ratones, y escarabajos, y murciélagos bajo los aleros de los tejados de los vestuarios exteriores. Pero las arañas eran lo peor. Si la aplastaba con la suela del zapato, se quedaría mirando sus restos negros durante todo el tiempo que durara el aislamiento. Así que, de mala gana, volvió a concentrarse en los libros.

En el siguiente había más sabios consejos e informaciones. Por ejemplo: «Si llamas a Mary Hand al anochecer durante la luna nueva, se levantará de su tumba».

Bajo esa frase, otra chica había escrito, apretando mucho: «Lo he hecho, y no es verdad».

Una tercera chica había seguido con la conversación, escribiendo en la parte de debajo de la página: «Es real. Murió en 1907 tras un aborto espontáneo. Está en los archivos».

El debate continuaba: «Idlewild no se construyó hasta 1919, estúpida».

Y la presunta estúpida contestaba: «El edificio sí que existía, compruébalo. El bebé está enterrado en el jardín».

Otra vez lo del cadáver en el jardín. Katie echó otro precavido vistazo a la araña de la pared para ver si se había acercado. Vio otra en el extremo más alejado del techo, quieta y doblada. No fue capaz de ver la telaraña. «Tal vez, después de todo, debería matarla», pensó. Sintió como si la estuvieran vigilando, así que volvió a mirar el libro y volvió la página.

«No te muevas».

La voz resonó en su oído al tiempo que una araña, negra y fría, avanzaba por el borde del pupitre y pasaba al dorso de la mano.

Katie gritó, levantándose de la silla y volviéndose a sentar de inmediato, al tiempo que movía frenéticamente la mano. La araña cayó y la perdió de vista, pero todavía podía sentir el movimiento de las delgadas patas sobre su piel, así como su roce, parecido a una pluma. El corazón le latía a tal velocidad que hasta se le nubló la vista. Oyó una respiración entrecortada y profunda. Finalmente, se dio cuenta de que era a suya. Se cubrió las orejas con las manos.

«No te muevas», volvió a decir la voz.

Le castañeteaban los dientes. Tragó saliva y respiró hondo. El aire tenía sabor a polvo de tiza y a algo entre ácido y amargo. Apoyó la espalda y los hombros contra la pared. De repente, se acordó de la araña que había visto antes. Miró para arriba y la vio a unos metros de su oreja izquierda, completamente quieta: la estaba observando. Empezó a moverse hacia ella, muy despacio, deliberada e intencionadamente. La otra araña seguía en la esquina del techo y agitaba las patas con impotencia, como si no fuera capaz de moverse.

Katie volvió a intentar abrir la puerta. La mano, sudorosa, resbaló sobre el picaporte. Después se acercó rápidamente al pupitre, agarró uno de los libros y lo estampó sobre la araña de la pared.

No fue capaz de mirar el resultado del golpe. Dejó el libro sobre el pupitre, agarró otro y avanzó de nuevo hacia la puerta. Sin saber por qué, le parecía que era el sitio más seguro de la habitación. Le temblaban las manos. Cuando estaba a punto de apoyar la espalda en ella, se dio cuenta de que podía haber otra araña... o varias. Se quedó a unos centímetros de la puerta, con el libro bajo el brazo. Notó el silencio en los oídos. No había movimiento alguno.

—¡Joder! —soltó, para romper el silencio.

Era una mala palabra, la peor que sabía, la más obscena de todo su vocabulario. Su madre la habría abofeteado si la hubiera pronunciado delante de ella. Se sintió bien, incluso poderosa. Volvió a pronunciarla:

—¡Joder! —repitió, en voz más alta—. ¡¡Joder!! —gritó.

No hubo respuesta. Se movió dibujando un círculo, todavía temblorosa y exaltada, con el libro levantado y la mirada clavada en la asquerosa mancha que acababa de hacer en la pared. Todo estaba quieto. El bicho del otro extremo ya no se movía.

Exhaló un suspiro entrecortado. Unas lágrimas frías rodaban por sus mejillas, pero no recordaba haber llorado. Miró el libro que tenía entre las manos y lo abrió. Escrita a lápiz con letra cuidadosa, la rima que conocía tan bien la miró desde la página: «Mary Hand, Mary Hand, muerta y enterrada, así debe estar. Te dirá que quiere ser tu amiga. ¡Pero no la dejes pasar!».

No podía apartar los ojos de allí. Le quemaban. Nunca en su vida le había dolido tanto la cabeza. Y esas tres palabras seguían sonando: «No te muevas». Quería volver a gritar.

Katie había conocido a Thomas cuando tenía trece años. Él tenía dieciséis. Era grande, de hombros anchos, con unos ojos que siempre parecían soñolientos y con un curioso aroma a bolas de alcanfor. Vivía al otro lado de la manzana. Había intentado flirtear con ella. Le gustó que le prestara atención, haciéndole cosquillas, persiguiéndola, peleándose. Y después otra vez cosquillas. La llamaba con nombres absurdos, le tomaba el pelo, se burlaba de ella. Le seguía el juego porque así se sentía especial, destacando sobre el resto de las chicas. ¡Tenía dieciséis años, nada menos!

Y entonces, una tarde de julio, cálida y despejada, con un cielo azul brillante, allí estaban los dos, en el patio vacío de la escuela, persiguiéndose, abandonados al calor del verano. La agarró justo al lado del tobogán, que ese día estaba demasiado caliente como para deslizarse por él; ese tobogán que era tan familiar para ella, incluida la frase sin sentido que alguien había pintado en uno de los laterales: «¡Qué divertido es dejarse caer!».

Thomas la sujetó contra el suelo y puso la mano sobre su falda. «¡No te muevas!», le dijo.

Dejó salir el aire con fuerza. Durante un segundo, sus ojos se fijaron en las palabras escritas en amarillo en el tobogán: «¡Qué divertido es dejarse caer!». Se sintió confusa, como si las letras se deslizaran unas sobre otras. En ese momento, él le metió los dedos por debajo de la falta. Ella se resistió. Le mordió, le arañó y le dio varias patadas. Pero él también la golpeó, ¡sí, la golpeó! Y la hizo caer de rodillas cuando intentaba escaparse. El olor a alcanfor se volvió más intenso. «¡No te muevas!». Le arrancó las bragas de algodón. Y las únicas palabras que le dijo durante esos frenéticos y calientes minutos fueron esas tres: «¡No te muevas!».

Finalmente, pudo zafarse y salir corriendo. Pero no era tan rápida como él, que tenía las piernas más grandes y fuertes. De todas maneras, renunció enseguida a perseguirla: no quería hacerlo en público por el vecindario. Se recordó a sí misma llegando a la puerta de su casa y encontrándose de frente con su madre, que en ese momento bajaba por las escaleras. Allí estaba ella, desaliñada, con las medias rasgadas, sin ropa interior, con tierra en el pelo, sangre en las rodillas y una marca roja en la mejilla. Durante un momento, su madre la miró conmocionada, pero reaccionó de inmediato, bajó corriendo los escalones que le faltaban y la agarró por el brazo.

—¡Por el amor de Dios, arréglate! —le dijo—. ¿Es que quieres que tu padre te vea así?

—Yo no...

—¡Katie!

Su madre la agarraba tan fuerte que le hacía daño en el brazo. Llevaba una blusa de seda estampada de flores, una falda verde oscuro, medias y zapatos de tacón. Olía a lo de siempre: al jabón marca Calgon y a aquella pomada para el pelo Severens Ladies' Pomade. También apreció esa expresión tan familiar en la mirada de su madre: enfado, miedo, un enorme asco. «Te lo estás buscando», le había advertido montones de veces, siseando muy enfadada cuando su padre no estaba cerca, todas las veces que había intentado volver a escaparse. «No tengo ni idea de qué es lo que te pasa. Nunca lo he sabido. Te lo estás buscando».

—¡Sube! —le gritó su madre, señalando la escalera.

Por supuesto, le echaron a ella la culpa. Ni siquiera le preguntaron qué chico había sido, aunque tampoco se lo hubiera dicho. Las conversaciones en voz baja, detrás de las puertas cerradas, no pararon desde entonces. Katie pensó en volver a escaparse, pero no tuvo la oportunidad. Tres semanas más tarde, la dejaron en Idlewild, una vez desaparecida la marca de la mejilla y las heridas de las rodillas.

En la habitación de aislamiento, no había ningún movimiento. El aire era escaso. Olía a rancio. La araña de la esquina no se movía. Pero Katie no se dejó engañar.

Allí había algo respirando entrecortadamente. Un sonido bajo, en algún sitio, aunque no sabía dónde.

Y después un susurro implorante: «Déjame entrar...».

Katie tensó las piernas. Contrajo la vejiga, intentando no dejarse llevar.

«Déjame entrar». Ahora sonó con mucha más claridad. Venía de la ventana. Al menos, procedía de esa dirección.

«Por favor. Por favor. Tengo mucho frío. ¡Déjame entrar!».

—¡No! —respondió Katie. Después gritó—. ¡No te voy a dejar entrar! ¡Vete!

«Por favor».

Ahora la voz era alta, apenada, implorante.

«Aquí fuera voy a morir».

Katie estaba temblando.

—No es verdad, porque ya estás muerta. —Miró hacia la ventana con los ojos muy abiertos, pero no vio nada. Se dio la vuelta, presa del pánico—. ¡No te voy a dejar entrar, así que vete! ¡Lo digo en serio!

«¡Déjame entrar!».

Ya era un grito, claro y potente... Y después, la voz de su madre, justo junto al oído, en una imitación perfecta: «Te lo estás buscando».

Volvió a suspirar, completamente aterrorizada. Esperó, pero no hubo más voces, al menos por el momento. Aunque sabía que regresarían. Iba a quedarse aquí un buen rato.

Se acercó al pupitre, agarró uno de los lápices y le dio unos golpecitos, buscando arañas escondidas. Después se retiró a su refugio, cerca de la puerta. Levantó el libro con el otro brazo y se las arregló para escribir, con dedos fríos y rígidos.

«Estoy encerrada en la habitación de aislamiento. Mary Hand está aquí, y no puedo escaparme».

Se quedó quieta durante un momento.

Esperó. Esperó.

Finalmente, añadió: «Mary lo sabe».

Se agachó y se sentó con las piernas cruzadas bajo la falda, mientras algo borroso y leve arañaba la ventana.

CAPÍTULO 12

Barrons, Vermont
Noviembre de 2014

Malcolm Sheridan escuchó pacientemente, dando sorbos a su taza de té, mientras Fiona le contaba lo de la chica en el pozo. Conforme escuchaba, aunque de forma sosegada, se fue interesando más y más. El movimiento rítmico de la rodilla lo dejaba claro.

—¿La ha visto el forense? —preguntó cuando su hija hubo terminado el relato.

Se refería al cuerpo de Sonia.

—Sí.

—Seguramente, habrá sido Dave Saunders. ¿Puedes conseguir el resultado de la autopsia por medio de Jamie? Si no, puedo llamarlo.

Sentada en la antigua silla de su madre, tapizada con una tela de flores, Fiona se echó hacia atrás, pensativa.

—No creo que aporte muchas sorpresas, más bien ninguna —dijo—. Vi los restos de la chica; la calavera tenía un golpe en la parte de atrás. Eso está claro. Seguramente, Jamie me dejará ver el informe.

—Lo de los archivos es un golpe de suerte excepcional —dijo su padre.

Su mente iba más allá de la Fiona. Seguía su propio ritmo. Había dejado la taza y estaba ensimismado, mirando la mesa de cristal sin verla. Con el ceño fruncido. Aquel había sido su aspecto habitual cuando estaba elaborando un reportaje. Hacía tiempo que no le veía ese gesto.

—Lo que yo quiero —empezó Fiona, para encauzar la mente fabulosa de su padre— es averiguar si en Francia hay algo que podamos o debamos saber. Familia, historia, lo que sea. Algo más que un mero certificado de nacimiento.

—Quieres decir algo de los campos de concentración —dijo Malcolm.

—Sí. Jamie ha recibido su partida de nacimiento, pero...

—No, no, no —la interrumpió Malcolm. Se levantó de la silla y empezó a pasear—. Hay otros sitios en los que buscar. Bibliotecas, museos, archivos... Los registros del Gobierno son la parte más pequeña del cuadro general. ¿Era judía?

—No lo sé —respondió Fiona, que negó con la cabeza.

—Puede que no lo fuera. Durante la guerra, debía de ser muy pequeña. Y no todos los campos admitían niños. Muchos no los dejaban vivos cuando llegaban allí con sus padres. Si el padre estuvo en Dachau, lo más probable es que ella fuera encarcelada con su madre. Hay más posibilidades de seguir su rastro por medio de la madre.

Fiona miró sus notas.

—El nombre de la madre era Emilie. Emilie Gallipeau.

—Pero ¿no hay certificado de defunción? —Malcolm agarró la taza y se la llevó a la cocina. Desde allí le llegó su voz—. Pudo estar en cualquier campo. En Ravensbrück solo había mujeres... y niños, o al menos eso creo. La mayoría de los archivos permanecieron guardados durante décadas, pero muchos de ellos se están haciendo públicos en los últimos años. Y, por supuesto, otros muchos se han perdido por completo. Los datos de la guerra han sido un verdadero batiburrillo (ya sabes, no había ordenadores). Los archivos están llenos de errores y de la arrogancia de los nazis. Eran otros tiempos. Tengo libros de referencia, pero algunos de ellos ya están obsoletos. En cierto modo, estos son buenos tiempos para los historiadores, si es que pueden encontrar a los supervivientes antes de que fallezcan.

—De acuerdo —dijo Fiona. Empezaba a sentirse entusiasmada, pero procuró controlarse. Se recordó a sí misma que la mayoría de esas pesquisas solían terminar en nada—. Entonces, si no puedo irme a Francia y dedicarme a buscar en todos y cada uno de los archivos y bibliotecas, ¿qué es lo que sí que puedo hacer?

Su padre reapareció en la puerta, con una sonrisa divertida que hacía que le brillaran los ojos.

—Puedes hablar con alguien que sí que pueda. O que ya lo esté haciendo.

—La policía...

—Fee, Fee... —Ahora estaba tomándole el pelo—. Llevas demasiado tiempo con ese poli tuyo. La policía no tiene todas las respuestas. Tampoco el Gobierno. Es la gente la que tiene las cosas. Por ejemplo, esos archivos que acabas de encontrar. La gente es la que guarda los recuerdos y esos registros que, de lo contrario, quedarían borrados por la Administración.

—Papá... —Si no lo paraba en ese momento, se lanzaría de cabeza a su tema de conversación favorito: las lecciones políticas que tanto entretenían a su madre antes de la muerte de Deb. Si una vez fuiste *hippie*, lo eres para toda la vida—. Muy bien, muy bien. Utilicemos los canales que te parezcan convenientes para recabar la información. Lo único que le he prometido a Jamie es que no interferiría con la investigación policial. Nada más.

—No. La policía hará una autopsia, buscará familiares vivos y, finalmente, meterá el archivo en una caja y a otra cosa. Ni se acercarán a la Francia de 1945. Pero nosotros sí que podemos encontrarla, Fee. Podemos averiguar quién era.

Durante un segundo, le embargó tal emoción que apenas pudo respirar. Hacía mucho tiempo, su padre había sido así. El hombre de la foto de la pared de la otra habitación, el hombre que estuvo sobre el terreno en Vietnam en 1969, ese hombre complicado, exigente y, la mayor parte del tiempo, ausente. Un hombre dolorosa y vibrantemente vivo. Tanto que casi hacía daño estar cerca de él. Era como si el aire crepitara cuando entraba en una habitación. Malcolm Sheridan nunca había hablado de trivialidades; era el tipo de persona que, la primera vez que te veía, te preguntaba cosas como: «¿Disfrutas haciendo lo que haces? ¿Te llena tu profesión?». Y si tenías el valor de responder, te escuchaba como si tu respuesta fuera lo más fascinante que hubiera oído en su vida. Y es que, en ese momento, lo era. Siempre lo era. Era un soñador brillante, un incansable buscador de la verdad, pero también una persona alborotadora y problemática. Sin embargo, lo que verdaderamente resultaba asombroso al conocer al padre de Fiona es que de verdad estaba interesado en todo. No fingía.

Hacía más de veinte años que no veía a ese hombre. Se desvaneció cuando encontraron el cuerpo de Deb en el campo de deportes de Idlewild. Cuando Tim Christopher asesinó a su hija, Malcolm se encogió sobre sí mismo, se desvaneció. El hombre que apareció después de esa experiencia era alguien apagado, disperso, hundido. A veces, muy pocas, se elevaba como una burbuja, pero, inmediatamente, volvía a caer en la apatía. La madre de Fiona, que había sido tan tolerante con aquel torrente de personalidad, se limitó a echar el cierre. Se alejó de sus propios intereses, de sus amigos. Tras el divorcio, se empeñó en no volver a ser nunca esa mujer: ni la esposa de Malcolm ni la madre de Deb.

Sin embargo, este Malcolm, del que Fiona había entrevisto un chispazo hacía un momento, era el hombre de hacía veinte años. Era el tipo del que la gente todavía hablaba con un respeto casi reverente, al que procuraba ayudar sin pensar en otra cosa cuando llamaba o pedía algo. Aquel cuyo nombre seguía impresionando tanto que, por sí solo, logró que Fiona tuviera trabajo en *Lively Vermont*.

Pero no podía decir nada de esto. Nunca hablaban de ello, de lo que había pasado tras lo de Deb. Era demasiado duro. Fiona recogió sus notas, procurando mantener el tono tranquilo y sin dejar translucir sus emociones.

—De acuerdo —le dijo—. Eso te lo dejo a ti. Tengo que pasar por la revista. Y voy a encontrar a esas chicas, a las compañeras de habitación de Sonia.

—Te llamaré más tarde —replicó él, que se dio la vuelta otra vez en dirección a la cocina. Pero le dirigió una última advertencia, para cerrar la conversación muy a su manera—. ¡Y no dejes que ese chico tuyo se cargue la investigación! La policía siempre lo jode todo…

Mientras iba por la carretera, de camino a las oficinas de *Lively Vermont,* su teléfono vibró: Anthony Eden. No se paró a devolver la llamada. Ya se pondría en contacto con él más tarde. Estaba muerta de hambre y se detuvo a tomarse un burrito. Después condujo hasta el centro de Barrons, hacia el edificio viejo y con forma de caja de cerillas que era sede de la revista. Era el único alquiler que se podían permitir en esos momentos. Solo eran las cinco, pero el sol se estaba ocultando a toda prisa: el invierno estaba a punto de llegar con toda su crudeza, sus tormentas de nieve y sus terribles heladas.

No llegó a tiempo de ver a Jonas, que se había marchado a la hora, cosa poco habitual en él. Fiona le pidió al conserje que le abriera la puerta. Las oficinas estaban vacías; la puerta de Jonas, cerrada con llave. En lugar de molestarle en su casa, Fiona tomó un trozo de papel de uno de los escritorios y le escribió una nota: «He venido a ponerte al tanto. Todavía no tengo mucho, pero es bueno. Confía en mí. Te llamaré mañana. F». Dobló la nota y la deslizó bajo la puerta del despacho.

Bajo el brazo, tenía la carpeta que se había llevado de los archivos de la revista. Se acercó a los viejos muebles pegados a la pared para devolverla. De repente, con el archivador abierto y la carpeta en la mano, se detuvo.

«Ahí hay referencias a los Christopher», le había advertido Jonas.

Tenía razón. Las había visto cuando estudiaba el archivo: una fotografía de la inauguración del hotel Barrons, de 1971, en la que se veía a Henry Christopher con un pie de foto que indicaba que era «un destacado inversor y hombre de negocios». Se le podía ver junto al alcalde. Vestía esmoquin y le estrechaba la mano al político mientras ambos sonreían a la cámara. Era joven. Su aspecto se asemejaba mucho al de su futuro hijo. A su lado había una mujer rubia, guapa y elegante, con un brillante vestido de seda. También ella sonreía, aunque algo forzadamente. Muy al estilo de 1971, solo había una escuetísima referencia a ella como «la señora Christopher». «Ilsa», pensó Fiona. Se llamaba Ilsa.

Se fijó en los dos rostros, ambos jóvenes y atractivos: una pareja casada, rica, que lo tenía todo. Su hijo, que crecería y terminaría asesinando a Deb, nacería tres años después de aquella foto. Su único hijo. Cuando Tim fue a la cárcel condenado por asesinato, Henry e Ilsa dejaron Vermont.

Fiona había pasado por encima de esa fotografía la primera vez que revisó el archivo: la sola imagen le repelía. Pero, en esos momentos, se obligó a sí misma a mirarla a fondo. Esperaba sentir algún tipo de emoción: ¿odio, resentimiento, dolor? Pero no sintió nada de eso. Henry sonreía, con su cara atractiva y de rasgos marcados. Ilsa parecía no sentirse del todo a gusto. Un ligero estremecimiento le recorrió las entrañas.

Henry Christopher parecía a gusto junto al alcalde, como si se conocieran bien. El hotel Barrons cerró al cabo de solo cuatro años, pues no generó el negocio suficiente. Henry Christopher y el alcalde habían intentando poner a Barrons en el mapa. En la foto, parecían muy satisfechos por ello.

Tenía que dejar eso, pero lo que hizo fue cerrar la carpeta y buscar los archivadores correspondientes a la década de los noventa. Buscó el año 1994, el de la muerte de Deb. Abrió la carpeta correspondiente.

Nunca había leído la cobertura que hizo *Lively Vermont* del asesinado, eso suponiendo que la hubiera hecho. En los años noventa, la revista estaba pasando por la fase que ella denominaba del «estilo de vida». Apenas le interesaba ser una publicación de noticias. En realidad, hacía lo posible por darle al público lo que en aquellos momentos gustaba. Y lo hacía lo mejor que podía. Habían cambiado el formato, asumiendo el de la famosa revista *Rolling Stone*: páginas más grandes, papel de menor gramaje y portadas con motivos más cercanos al sexo. «Los últimos momentos de gloria de las revistas», pensó Fiona al tiempo que hojeaba los ejemplares de aquel infausto año, «cuando todo el mundo ganaba dinero todavía».

No podía explicar por qué estaba haciendo lo que hacía, igual que en su momento no pudo explicarse ni a sí misma por qué aquella noche había recorrido andando la carretera de Old Barrons, mirando las siluetas de los vehículos en mitad de la madrugada. Puede que tuviera que ver con captar una pequeña chispa del viejo espíritu periodístico de Malcolm. Fuera lo que fuese, resultaba algo compulsivo. Empezó a notar que le bullía la sangre mientras pasaba las páginas de las revistas. Además, se le tensaban los músculos del cuello, como aquella madrugada de su extraño paseo. «Soy incapaz de parar esto. Soy incapaz».

El asesinato no fue noticia de portada. Aquello hubiera sido demasiado sensacionalista para *Lively Vermont*. Aun así había un extenso reportaje, posterior al arresto de Tim Christopher. El título: «Se acabó la paz: el asesinato de una joven local acaba con la inocencia del Vermont rural». Fiona pestañeó al leerlo, al mismo tiempo que miraba de reojo el nombre del autor del reportaje. Lo había escrito Patrick Saller, un antiguo miembro de la redacción al que Fiona conocía y que había sido despedido en uno de los muchos recortes de personal, aunque todavía escribía de manera ocasional algún reportaje como *freelance*.

No estaba nada mal. Saller había estudiado el caso a fondo. Había un desarrollo lineal de la desaparición de Deb y del asesinato. Todo bastante pormenorizado. Hasta describía la ropa con la que habían visto a su hermana por última vez: una blusa blanca, pantalones de algodón de color verde oscuro, chubasquero gris y un sombrerito de tela negro. También se contaba que su compañera de piso, Carol Dibbs, se había equivocado respecto a la hora a la que había visto a Deb por última vez. Al parecer, en su pequeño apartamento, había dos relojes que marcaban horas diferentes.

Por otro lado, las fotos eran mejores que las que aparecieron en los periódicos: el exterior del edificio en el que pernoctaban Deb y Carol, de aspecto frío e intimidatorio; una fotografía de Deb, tomada el día de su vigésimo cumpleaños, exactamente dos semanas antes del asesinato, con el pelo suelto al viento y la cara relajada, en plena carcajada. Sus padres habían entregado fotos de Deb a los medios de comunicación cuando estaba desaparecida, pero todo el mundo utilizó la más formal: mostraba a una Deb muy recatada, con las manos en el regazo. La foto que había escogido Saller no era tan nítida, pero mostraba mucho mejor la personalidad de su hermana. La más grande era la del campo de deportes de Idlewild, tal como Fiona lo había visto días después de que se retirara el cuerpo, lleno de coronas y de basura.

Era como si Saller hubiera tenido acceso a los recuerdos de la propia Fiona, que se quedó mirando la foto durante un buen rato, recordando lo que había sentido y preguntándose qué demonios esperaba ver estando allí de pie, con los pies helados, calzada con zapatillas de deporte, con un hilillo de mocos húmedos corriéndole sobre el labio superior. El recuerdo le provocó náuseas. Se sintió de nuevo como si tuviera diecisiete años: en medio de un túnel oscuro y sin salida, considerando unos extraños tanto a sus padres como a sus profesores, que le dirigían miradas continuas y preocupadas. El resto de aquel año escolar, que Fiona aprobó con dificultades, fue «esa chica» cuya hermana había sido asesinada. Un año de sesiones de terapia, de irracionales ataques de ira y de un dolor sordo y terrible, todo acompañado del típico estallido de acné juvenil (¡muchas gracias, adolescencia!) que no desaparecía ni a la de tres.

«Aquello ya pasó. Ya pasó», se recordó a sí misma.

No obstante, allí estaba, veinte años después, sentada en un escritorio, en las vacías oficinas de la revista, leyendo el reportaje.

Al repasar el artículo, algo llamó su atención. Algo en lo que nunca se había fijado hasta ese momento.

Estaba enterrado bajo un enorme montón de pruebas y detalles, acumulados a partir de diversas fuentes. En ese momento, aún no se había celebrado el juicio. Los hechos le resultaban familiares.

A favor de Tim, estaba el hecho de que nadie había presenciado el asesinato; a Deb no la habían violado y en el interior de su cuerpo no había células ni fluidos de otra persona. Además, aunque no era un alumno de diez, sí que tenía fama de buen chico, nada violento, de magnífico aspecto y de muy buena familia.

En su contra, estaban los cabellos de Deb en el asiento de atrás del automóvil, el hecho probado de que había sido la última persona a la que se había visto con la chica, las declaraciones de testigos que aseguraban que Deb y ella habían discutido a menudo, en voz alta y de forma ostensible. Incluso, se habían peleado el día de su asesinato. Y como colofón, habían encontrado restos de su sangre en la pernera de los *jeans*. Seguramente, la sangre procedía de la nariz de Deb. Se encontró en sus fosas nasales, como si la hubieran golpeado. Era bastante probable que hubiera acabado en los pantalones de Tim sin que él se diera cuenta.

El asunto fundamental era el de la coartada. Al principio, había un periodo en blanco en relación con la actividad de Deb aquella noche, como lo hubieran arrancado de la página de un libro. Sin embargo, Patrick Saller había entrevistado al propietario de Pop's Ice Cream, una heladería con mesas de la calle Germany, situada a unos veinte minutos andando del campus universitario.

«Él estuvo aquí esa noche —dijo el dueño del establecimiento, Richard Rush—Inmediatamente después de las nueve. Pidió un helado, una copa de Rocky Road. Se lo tomó aquí. Se quedó hasta que cerramos, a las diez». Rush indicó que Tim fue el único cliente que pasó por allí esa noche. Nadie más pudo verlo. Los forenses establecieron que la muerte de Deb se produjo entre las nueve y las once de esa noche.

Fiona leyó el párrafo varias veces. Era como si las palabras llamearan ante sus ojos y luego se desvanecieran.

En el juicio no se mencionó nada de esto, ni tampoco en la cobertura del caso por parte de los distintos medios de comunicación. Durante el juicio, Tim no presentó coartada alguna para aquel lapso de tiempo. Dijo que se había ido a casa solo, después de dejar a Deb, tras mantener una discusión que acabó en pelea. Admitió que la había golpeado y que la hizo sangrar por la nariz. Pero nada más. La falta de coartada resultó crucial para que se le declarara culpable. En su testimonio, Tim no hizo la más mínima referencia a una visita a la heladería.

Entonces, si Richard Rush podía haber confirmado su coartada, por lo menos hasta las diez de la noche, ¿por qué su abogado no la había presentado en el juicio? No era completa, es cierto, pero aportaba una duda razonable en lo que se refiere a la línea temporal. ¿Qué demonios había pasado? ¿Cómo era posible que la defensa de un hombre que se enfrentaba a la pena de muerte no presentara un testimonio como ese? ¿Habría sido desacreditado de alguna forma?

«Déjalo».

Fiona había dejado a un lado la revista y estaba a punto de descolgar el teléfono en el escritorio en el que se había sentado.

«Déjalo».

Consultó en Google los datos de la heladería: aún existía y estaba abierta, en el mismo sitio de la calle Germany. Utilizó la línea fija para llamar, por si tuvieran un identificador de llamadas.

—Pop's —dijo una voz al otro lado de la línea.

—Hola —saludó Fiona—. Busco a Richard Rush.

Era un tiro al aire, pero no perdía nada por intentarlo.

—¡Ah! —dijo la voz, que sonó dudosa y pensativa. Era la de una persona adolescente; imposible saber si chico o chica—. ¿Trabaja aquí?

—Antes era el dueño —aclaró Fiona.

—Ah, de acuerdo. Ya... Deje que hable con el dueño actual.

Fiona esperó. Al cabo de un minuto, una voz masculina de treinta y tantos años dijo:

—¿Le puedo ayudar en algo?

—Hola. Busco a Richard Rush. Era el dueño de la heladería en la década de los noventa. ¿Sabe a quién me estoy refiriendo?

—Pues me parece que sí... —El hombre soltó una risita—. Es mi padre.

—¿Todavía trabaja o ya se ha jubilado?

—Se ha jubilado y se ha marchado a vivir a Florida —respondió el señor Rush hijo. Su tono se había vuelto más frío y receloso—. ¿Con quién hablo?

—Me llamo Tess Drake —dijo Fiona. Tess Drake era la recepcionista de su clínica dental; siempre le había gustado ese nombre—. Escribo para la revista *Lively Vermont*. Hago el seguimiento de un reportaje de 1994, con la idea de retomarlo.

—Bien. Me llamo Mike Rush —se presentó él educadamente—. La verdad es que estoy sorprendido. No recuerdo que *Lively Vermont* haya escrito ningún reportaje sobre nosotros. Y eso que trabajo aquí desde los dieciséis años.

¡Otro golpe de suerte! Menuda racha. Tal vez debería jugarse todo su capital en las tragaperras.

—El reportaje no era exactamente sobre Pop's —aclaró—, sino sobre un asesinato que se produjo en 1994. De una estudiante universitaria. El periodista entrevistó a su padre. Se cumplen veinte años y vamos a publicar otro recordando el caso e intentando aclarar ciertos puntos.

—Habla usted de Deb Sheridan —dijo Mike—. Me acuerdo de aquello.

A Fiona se le hizo un nudo en la garganta durante un segundo. Estaba tan acostumbrada a que, delante de ella, todo el mundo pasara de puntillas sobre el asunto que le resultó raro escuchar aquello. Claro que, por supuesto, él no tenía ni idea de quién era ella.

—Sí, exactamente.

—Fue horrible —se lamentó Mike—. Me acuerdo de aquella noche.

—Ah, ¿sí?

—¡Claro! Estaba trabajando aquí. Ya se lo he dicho: trabajo en la heladería desde los dieciséis años. Mi padre me obligó a trabajar aquella noche. —Mike hizo una pausa, como si acabara de acordarse de algo incómodo—. La verdad es que nunca he sabido qué pensar.

—¿Vio usted a Tim Christopher aquella noche en el establecimiento? ¿La noche del asesinato?

—Sí, estuvo aquí.

Fiona notó cierta de duda en su afirmación, por lo que se puso alerta.

—Pero...

Su interlocutor suspiró.

—Escuche, mi padre se pondría furioso si supiera que le estoy contando esto. Pero... ¿qué demonios? Tengo treinta y ocho años, ¿sabe? Mis hijos ya son adolescentes. Y él está en Florida. ¡Y todavía me preocupo por lo que iba a decir mi padre si me escuchara!

—Le entiendo —dijo Fiona—. Perfectamente, se lo aseguro. Pero él no está aquí, Mike. Y quiero saber lo que tenga que decirme.

Eso era lo que tenía que decirle. Lo sabía incluso cuando la línea se quedó en silencio durante unos momentos. ¿Había perdido su oportunidad? Veinte años, y nadie había querido escuchar lo que el joven Mike, de dieciocho en aquel momento, tenía que decir respecto al suceso más terrible de la vida de Barrons. A nadie le había interesado qué pensaba o cómo le había afectado. Hasta qué punto le había asustado.

Porque le había asustado. Ese miedo escondido durante veinte años era palpable. Fiona podía sentirlo, incluso desde el otro lado de la línea. Era como un silbido en una frecuencia inaudible, como esa que los perros sí escuchan. Solo podía saberlo alguien como ella, que también sentía un miedo parecido desde entonces.

—Tim Christopher llegó a la heladería cuando yo estaba trabajando —dijo, ignorante de que, con cada palabra, Fiona sentía que la cortaba a pedacitos y la hacía sangrar—. Mi padre también estaba aquí. Tim llevaba una camisa roja de franela, *jeans* y una gorra de béisbol. Era un muchacho alto y grande, del tamaño de un jugador de fútbol americano. Guapo y con unas manos del doble del tamaño de las mías. Estaba solo. Pidió un helado Rocky Road y se lo cobré. Se lo tomó y se marchó. Eso fue exactamente lo que pasó. Pero con una salvedad: ocurrió a las cuatro de la tarde.

Fiona hizo sus cálculos a toda velocidad. Se sabía de memoria todos los hechos, tal como ocurrieron. Conocía los horarios. A las cuatro de la tarde, según el informe oficial, Tim Christopher dijo que estaba dando un paseo, él solo, después de la última clase del día. Se tomó una cerveza con unos amigos a las cinco y media, lo que fue ratificado por varios testigos. A las siete y media fue a buscar a Deb al edificio en el que vivía y discutieron. Carol Dibbs estaba en su dormitorio, con la puerta cerrada, pero pudo oírlos. Miró el reloj que marcaba una hora equivocada. A las siete y media se marcharon juntos. Carol pudo ver que Deb, todavía muy enfadada, entraba en el automóvil de Tim. A las once ya estaba muerta, tirada en el campo de deportes de Idlewild.

Tim reconoció la discusión que, según él, se debía a que Deb tenía unos celos irracionales: le acusó de engañarla. La cosa se puso tan tensa que le pidió que la dejara bajarse en una calle del centro de Barrons. No quería seguir con él dentro del vehículo. Así pues, la dejó bajar y, muy enfadado, se marchó. Indicó con exactitud el lugar en el que ella se había bajado. Según él. No obstante, a pesar de la amplia cobertura mediática de la desaparición, no se encontró ningún testigo que hubiera visto a Deb después de que Carol la viera subir al automóvil de Tim. Y ahora Tim estaba en prisión, cumpliendo condena por asesinato.

Un testigo que lo hubiera visto entre las nueve y las diez de la noche podría haber cambiado por completo la historia.

—No lo entiendo —consiguió decir Fiona tras un buen rato.

—Ni yo tampoco —dijo Mike. Seguramente, él también le había dado unas cuantas vueltas—. Sé perfectamente lo que vi. Sé perfectamente cuál es la diferencia entre las cuatro de la tarde y las nueve de la noche. Sin embargo, cuando el comisario jefe Creel vino por aquí, el que estaba era mi padre, no yo. Le contó lo que había visto. Y le dijo que Tim vino a las nueve. A mí nadie me preguntó nada. ¡Nadie! Cuando leí ese artículo y le pregunté a mi padre por lo que había dicho, se enfadó muchísimo. En toda mi vida, solo me ha pegado con el cinturón tres veces. ¡Y esa fue una de ellas! Me ordenó que no volviera a mencionar aquel asunto.

El jefe Creel. O sea, el padre de Jamie. Fiona tenía la garganta seca y la palma de la mano mojada de sudor.

—Pero ese testimonio no se utilizó en el juicio.

—Lo sé. Pero desconozco qué fue lo que pasó. Mi padre me dejó fuera de todo. Como le he dicho antes, nadie me preguntó nada. Fueron malos tiempos. Mi padre se comportó de una manera muy rara a partir de entonces. No fue un error, estoy seguro: él no cometía errores de esa clase. Nunca se olvidaba de nada: ni de los precios de todos y cada uno de los helados de la carta, ni de las citas de mi madre en la peluquería, ni de los cumpleaños de sus hijos. Él sabía que fue a las cuatro, con toda seguridad, como yo. Después terminé la secundaria y me fui a la universidad. El juicio se celebró meses más tarde. Supuse que le habría dicho al jefe Creel que se había equivocado, pues en el juicio no se mencionó siquiera que Tim hubiera pasado por la heladería a ninguna hora.

—Bien, bien —dijo Fiona; le costaba hablar—. Bien, entiendo. ¿Puedo preguntarle a su padre sobre el asunto?

—No querrá hablar con usted —dijo Mike—. Y se pondrá furioso conmigo. Eso se lo puedo asegurar.

Aquello no respondía a su pregunta.

—O sea, que no me va a facilitar su número, ¿verdad?

—No, señorita Drake, no lo voy a hacer. Seguro que lo puede conseguir por sí misma. Y me gustaría advertirle de una cosa.

—Usted dirá.

—Hablo de este caso —dijo Mike—. Si va a escribir de nuevo sobre él, recordándolo después de veinte años, tendría que insistir en que la gente de por aquí no lo ha olvidado. En mi opinión, eso es más importante que la cronología, o incluso que el propio juicio. Tim fue condenado porque mató a esa pobre chica. Estoy convencido de ello. Ese día le serví un helado a un hombre que después mató a su novia y la tiró a un descampado como quien se deshace de un saco de basura. Todavía veo su cara. Todavía me pregunto qué podría haber hecho yo. Nos afectó a muchos de nosotros, incluso a los descerebrados de dieciocho años que vendíamos helados y no sabíamos de la misa la media. A esos con los que nadie tenía interés en hablar. Mi hermana pequeña tenía trece años; después de leer las noticias, tuvo pesadillas durante mucho tiempo. Mi madre no quería dejarla sola ni cuando cumplió los veinte. Tiene que acordarse de cómo era la vida en 1994. Nadie navegaba por Internet, nadie había crecido con eso. Mis hijos ya han crecido acostumbrados a esto, no se asustan tan fácilmente. Pero, en 1994, sí que nos asustamos. Tuvimos miedo.

«Yo lo tenía», pensó Fiona.

—Muchas gracias, señor Rush. Le agradezco lo que me ha contado y todo lo que me ha dicho, de verdad.

Colgó el teléfono, que estaba húmedo por su sudor. Se quedó mirando a la pared, con la mente en blanco. La cabeza le daba vueltas y le dolía la mandíbula de tanto apretarla. De repente, le vinieron a la mente las palabras de Sarah London, esas que había pronunciado antes de que su sobrina la interrumpiera:

«Todas teníamos un miedo horrible».

Sonia.

Deb.

Era el momento de volver a Idlewild.

CAPÍTULO 13

Fiona esperó hasta el alba, cuando el cielo se había vuelto de color gris plomo y los primeros vecinos empezaban a marcharse a trabajar. No había pasado la noche con Jamie. Le mandó un mensaje con una excusa.

Se había quedado en casa haciendo la colada, limpiando el frigorífico y guardando en él productos frescos. Su apartamento estaba en un edificio bajo del extremo sur de la ciudad, una zona llena de casas residenciales que, en su momento, quizá se pensara como un buen barrio, pero que se había quedado a medio camino, quizá debido a que Barrons también dejó de crecer, conservándose como un insecto en ámbar. El alquiler era barato, el edificio era feo (la verdad es que en la década de los ochenta no se construyó nada bonito) y el apartamento en sí mismo resultaba, simplemente, funcional. Lo había llenado con muebles de segunda mano que había sacado de las habitaciones de la casa de sus padres y de páginas de compraventa en Internet. Lo único que merecía la pena mirar y que estuviera colgado en la pared era un póster de Chagall que Jamie le había comprado el verano pasado. Él mismo lo había colgado. A Fiona le entraron ganas de discutir con él, pero se le pasaron en cuanto vio cómo quedaba en la pared, con esas figuras como sacadas de los sueños que flotaban y se miraban unas a otras con ojos atónitos. Tenía que admitir que era lo mejor del apartamento, así que no le mandó que lo quitara.

Apenas durmió. Cuando la luz del amanecer empezó a asomar, saltó de la cama, se duchó, se puso unos *jeans,* una camisa de franela gris sobre ella y sus botas de caminar. Se colocó encima el grueso abrigo de invierno y se cubrió el pelo, todavía algo húmedo, con un gorro de lana, para protegerse del frío. Después se subió al ascensor para llegar al pequeño aparcamiento del edificio, subió a su vehículo y condujo hasta la carretera de Old Barrons.

Aparcó a un lado de la carretera, en la base de la colina, bastante cerca de donde lo había hecho hacía solo unas noches. Estudió varias veces los límites de la propiedad de Idlewild, intentando imaginar el camino que pudo seguir Tim Christopher con el cuerpo de su hermana. La zona oeste, más allá de los bosques que había al otro lado del campo de deportes y que bordeaban un área que era de propiedad gubernamental, estaba protegida por una valla muy alta: completamente infranqueable. En la zona norte estaban los edificios de uso escolar y de servicios: el edificio principal con el vestíbulo y las aulas, el de los dormitorios, el comedor, el gimnasio, el pabellón de profesores y los almacenes. Más allá, el terreno plagado de maleza y arbustos espesos. Era húmedo y lleno de lodo. Caminar por allí resultaría muy difícil, si no imposible, y más arrastrando un cuerpo. Habría unos cinco kilómetros hasta la carretera más cercana. En la zona sur, el acceso era, como el otro, poco menos que imposible: también estaba lleno de arbustos y lodo, rodeado de campos descuidados y con mucha maleza. Ahora estaba en el extremo oriental, donde la carretera de Old Barrons torcía hacia la verja de entrada del internado. Era la vía más rápida y sencilla para llegar en automóvil a los terrenos de Idlewild; sin contar, por supuesto, con la entrada directa de la verja. Era fundamental conocer los puntos en los que la vieja valla de piedra podía atravesarse.

Fiona abrió la puerta, sacó las piernas del vehículo y se volvió para alcanzar las prendas y los utensilios que se había llevado. El viento soplaba con fuerza desde lo alto de la colina, más frío de lo normal por lo temprano de la hora. Entonces se dio cuenta de que había olvidado llevar guantes. Metió las manos en los bolsillos y caminó hacia los árboles.

Dentro del bosquecillo estaba bastante oscuro, y eso que en las ramas ya no había hojas. Los troncos no eran demasiado anchos, dado que había mucha densidad de árboles. No obstante, no era fácil avanzar entre ellos ni ver lo que había delante. Como la luz procedía del otro lado de los árboles, Fiona pudo ver la nueva valla metálica que había instalado Anthony Eden: era bastante alta. Cada pocos metros, unos carteles prohibían la entrada. No querían que el lugar se convirtiese en zona de reunión de niños y adolescentes, ni en un área de visita para la gente del pueblo u otros curiosos. Eso es lo que venía ocurriendo desde que el internado había cerrado sus puertas.

Le castañearon un poco los dientes cuando, para trepar por la valla, le rechinaron algo las manos desnudas. Cuando llegó a la parte más alta, ya estaba sudando bajo el abrigo. Por lo general, salía a correr, haciendo una ruta más o menos sencilla por el vecindario, pero últimamente se había abandonado un poco.

Desde aquella altura, pudo observar mejor el terreno. El edificio principal, el de las aulas, quedaba a su izquierda, con sus aleros salientes perfectamente visibles: eran como colmillos. «Te estoy observando», parecía decirle aquel siniestro edificio. Tras él se veían las formas del resto de los edificios de la escuela, aunque no tan nítidos debido a la falta de luz. Más allá, cerca del extremo de la propiedad, pudo ver los restos del pozo: aún quedaba cinta policial a su alrededor, así que estaba perfectamente marcado. Detrás de ella, el extremo del campo de deportes. No se veía a nadie, ni tampoco oyó ningún ruido de motor de automóviles que pasaran por la carretera, aquella que quedaba tras los árboles. Fiona deslizó la pierna al otro lado de la valla y empezó a descender.

«Pero ¿qué demonios estás haciendo aquí, Fiona?», se dijo en cuanto puso un pie en el suelo. Lo oyó con la voz de Jamie. Sonó tan clara y nítida como si estuviera a su lado, con la cabeza junto al hombro y negando con fuerza. Empezó a atravesar el campo en dirección a los edificios. El viento estuvo a punto de arrancarle el gorro, pese a que se lo había calado bien. Volvió a meterse las manos en los bolsillos.

No tenía intención de entrar en ninguno de los edificios, a pesar de que había memorizado la clave de seguridad que Anthony había utilizado para hacerlo. ¿Quién sabe? Aquella información le podía resultar útil. No era el caso. Rodeó el edificio principal, obligándose a detenerse y a mirar esa especie de cara ceñuda, las adustas ventanas y el techo semiderruido. Intentó imaginarse a Sonia en aquel lugar, de pie justamente donde ella estaba ahora. Sonia que, tras escapar del infierno en el que Europa se había convertido para ella, había llegado a un país extraño y a un edificio como ese. ¡Su nuevo hogar! ¿Se habría sentido aliviada o, por el contrario, se habría asustado tanto como cuando estuvo en un campo de concentración dejado de la mano de Dios?

Una vez rebasado el edificio principal, utilizó el mismo sendero que habían seguido Anthony y ella, camino del comedor. Al atravesar el jardín, en el que siempre hacía un frío glacial (pues nunca recibía luz, por su posición entre los demás edificios) su teléfono con un mensaje de texto. Lo sacó y lo encendió con el tembloroso pulgar.

«¿Por qué tengo la impresión de que no estás en la cama en estos momentos?».

Fiona se detuvo, asombrada y sin poder apartar la vista del mensaje. ¿Cómo demonios podía saberlo? Se limpió las lágrimas de frío de las comisuras de los ojos y respondió:

«Te equivocas. Estoy hundida en el edredón…, ¡intentando dormir!».

La respuesta fue inmediata:

«¡Venga ya, mierda! ¿Dónde estás?».

Fiona soltó un resoplido de frustración. No quería que se preocupara por ella, desde luego que no. Además, no tenía por qué. Podía manejar la situación, y lo estaba haciendo. Escribió a toda velocidad: «Estoy bien». Envió el mensaje y se guardó el teléfono en el bolsillo.

Con el rabillo del ojo, vio que una sombra atravesaba el jardín.

Se volvió para mirar. Probablemente, se trataba de algún animal. Quizás un zorro o un conejo. Ya no estaba. Pero, al verla así, de lado, le pareció… extraña. Un animal no, desde luego. Suave, sinuosa. Era como un cuerpo doblado hacia delante, metiendo la cabeza en el suelo.

En el silencio reinante, oyó con claridad un borroso sonido de tono agudo. Se dio la vuelta otra vez para mirar hacia el lugar desde el que llegaba, aguzando el oído. ¿Voces? No, no fueron voces exactamente. Música. Alguien tocaba una canción, desde más allá del edificio principal, en dirección al campo de deportes.

Avanzó hacia allí. No identificó la canción, pero le resultaba familiar. Venía de bastante lejos. El viento amortiguaba el sonido. ¿Quién demonios podía estar a esas horas en Idlewild, y encima poniendo música? ¿Algún adolescente con un MP3? Empezó a trotar al rodear por el otro lado el edificio principal, al tiempo que el corazón se le aceleraba. Había alguien allí haciendo el tonto, eso era todo. No había por qué asustarse. Pero había algo en la música, un ritmo familiar, cierta cadencia, que le hizo preguntarse si verdaderamente estaba sola. ¿La habían seguido? Se dio cuenta de que no tenía nada con que defenderse en caso de que fuera necesario.

No había nadie en la entrada principal ni en la embarrada carretera a medio construir que se internaba entre los árboles. Nadie en la valla. La música no procedía de ninguno de esos sitios, sino del campo de deportes.

Había alguien allí.

Se detuvo en seco cuando vio la figura. Era una mujer, pequeña y delgada, quizás una niña. Llevaba un vestido negro, largo y pesado: parecía un disfraz de una época pasada. Miraba a la lejanía, en realidad a ningún sitio. Estaba completamente quieta.

¿Qué estaba pasando? Cuando saltó la valla, y de eso solo hacía unos minutos, no había visto a nadie. Se aproximó a la chica, haciendo ruido a propósito para no asustarla. A pesar del frío que hacía, no llevaba abrigo.

—¿Hola? —saludó cuando llegó al campo de deportes. Sus botas se hundían en la hierba, fría y algo embarrada—. Hola, ¿quién eres?

La chica no se movió. El viento arreció, estrellándose contra sus manos desnudas, introduciéndose por el cuello del abrigo y forzando que le saliera humedad de las fosas nasales. La chica ni se movió ni se volvió. Llevaba algún tipo de gorro negro... o de capucha. Fiona no podía ver con claridad la parte de atrás de su cabeza. La música sonaba con más fuerza. Parecía venir de los árboles. En ese momento, reconoció la canción: *I will survive,* en la versión original de Gloria Gaynor. La canción favorita de Deb. A menudo, se ponía bailar con ella en su habitación, hacía como si cantara y bailaba en plan discotequero. Su hermana pequeña la miraba y la aplaudía encantada.

Fiona avanzó más despacio, dudando. No había sido fácil evitar esa canción durante los últimos veinte años. La voz dulce y potente de Gloria Gaynor dejaba en segundo plano su animado repiqueteo. Continuaba siendo una canción muy popular. Fiona se había concienciado para no pensar en Deb cada vez que la escuchaba. Pensaba en trajes sastre de color rosa, en focos de escenario multicolores y en chicas jóvenes bailando y mostrando larguísimas pestañas postizas y mucho carmín en las mejillas, en lugar de acordarse de su hermana en pijama, bailando encima del colchón y extendiendo el brazo y señalando con el dedo a todos los rincones de la habitación. Pero ¿por qué sonaba esa canción precisamente ahora, en el frío y desangelado paisaje de Idlewild Hall, en la madrugada de una mañana de noviembre?

El cielo se aclaró un poco. El sol asomaba débilmente entre las nubes. La luz de la mañana adquirió un extraño tono blanquecino, haciendo que los árboles se oscurecieran y permitiendo que, de repente, pudieran observarse a la perfección todos los detalles del terreno. Fiona dio un paso y le dio una patada a algo con la punta de la bota. Miró hacia abajo: era un ramo de flores de plástico.

«¡Ah, claro!», pensó, sintiéndose completamente segura, al tiempo que escuchaba el sonido del viento sobre el tejido del extraño vestido de la chica y los acordes de la canción de Gloria Gaynor. «Esto es un sueño...», se dijo.

Y es que, entre la hierba que la separaba de la niña, había una gran cantidad de flores, coronas funerarias, tarjetas de recuerdo, osos de peluche... Los restos de las cosas que la gente del lugar había dejado como homenaje en el sitio donde habían encontrado a Deb. Fiona miró alrededor. La chica estaba justo donde Deb había yacido, con el abrigo abierto, la camisa rasgada y los ojos mirando sin ver el aire que la rodeaba.

Miró otra vez hacia abajo. «ÁNGEL», se podía leer en una de las tarjetas escritas a mano, aunque con la tinta corrida por la humedad. Golpeó otro ramo de flores falsas, narcisos amarillos y rosas. A su lado, había un paquete de cigarrillos aplastado y vacío. Su plástico transparente brillaba al escaso sol. Era exactamente la misma basura que se encontró cuando fue a ese lugar hacía veinte años, cuando tenía diecisiete. «Estoy soñando. Es una pesadilla. Aún no me he levantado. No estoy aquí».

Alzó la vista otra vez para mirar a la chica. No se había movido. Fiona estaba ahora más cerca. Podía ver sus estrechos hombros y los gruesos puntos de su vestido. El viento hizo que el tejido ondeara, moviéndose alrededor de la cabeza. Fiona se dio cuenta de que era un velo. Bajo él, pudo ver una mata de pelo castaño claro, casi dorado, sujeto con fuerza en la parte de atrás de la cabeza, hasta el cuello.

Había algo distinto y sobrenatural en ella. Pero era un sueño, por lo que Fiona decidió no tener miedo.

—¿Quién eres? —le preguntó, pensando que parecía extraordinariamente real, que hasta podía ver cómo respiraba—. ¿Qué haces aquí?

No hubo respuesta. La chica no hizo ningún gesto ni movimiento que diera a entender que Fiona estaba allí. Levantó el brazo para tocarla cuando, de repente, oyó que alguien la llamaba por su nombre. «¡Pero...! ¿No estoy en un sueño?», pensó. No obstante, una voz masculina la llamaba por su nombre, superando el sonido del viento.

Se dio la vuelta. Un hombre con abrigo negro avanzaba hacia ella. Anthony Eden.

—¡Fiona! —gritó.

¿Habría visto a la chica? Fiona miró hacia atrás y se quedó helada. Había desaparecido. También miró hacia abajo. Los restos de flores de plástico y demás parafernalia tampoco estaban. Y la voz de Gloria Gaynor se había desvanecido.

—¿Has entrado saltando la valla? —le preguntó cuando estuvo a su lado. Estaba sin aliento, muy nervioso. El viento le agitaba el pelo, que ya empezaba a ralear—. No es una buena idea. Hay una empresa de seguridad que siempre está patrullando, las veinticuatro horas. Si te hubieran visto, habrían llamado a la policía.

—Yo... —Fiona no era capaz de pronunciar palabra. Todavía estaba conmocionada por lo que acababa de ver, fuera lo que fuese. «¿Me estoy volviendo loca?»—. Solo iba a...

—Por el amor de Dios, vámonos de aquí. —La agarró del brazo y tiró de ella con suavidad. Empezaron cruzar el campo de deportes en dirección al edificio principal—. Menos mal que me he acercado esta mañana para ver cómo va la obra. Al llegar he visto tu vehículo. Si no, seguro que habrías tenido problemas. No entiendo por qué has vuelto aquí. ¡Yo odio este sitio!

—Anthony —pudo decir al fin Fiona mientras cruzaban el campo—, creo que he visto...

Pero no la dejó terminar. Se olvidó de la suavidad y tiró de ella con fuerza. De repente, tenía los hombros muy juntos.

—¡Shh! —dijo, bajando mucho la voz—. Por favor, no lo digas. Creo que ella es capaz de escuchar.

Aquello resultó de lo más inesperado. Cuando comprendió lo que acababa de decirle, él la había soltado y andaba con normalidad, sin mirarla, como si no le hubiera dicho nada.

De manera automática, siguió su mirada y se encontró con las ventanas vacías y sin vida de Idlewild. El edificio los observaba. La observaba a ella, con esa risa siniestra de dientes rotos. Por un segundo, aquel miedo cerval que sentía mutó en una mirada desafiante hacia ese siniestro edificio: «Te veo. Y te odio».

Pero Idlewild siguió sonriendo: «Yo también te odio».

Cuando llegaron al camino embarrado, Anthony volvió a hablar.

—Voy a avisar a seguridad para que abra las puertas y puedas salir. Si alguna vez quieres volver a ver los terrenos o el edificio, Fiona, llámame, por favor. No quiero que termines en el asiento trasero de un vehículo policial.

Se movió hacia un hombre de uniforme que estaba saliendo de un automóvil con el logotipo de una empresa de seguridad privada. El tipo asintió a su gesto y apretó un botón del interior del automóvil: las puertas empezaron a abrirse. Podía salir por ellas sin volver a saltar vallas como una ladrona en la noche. Y estaba deseando largarse de allí.

Le apetecía salir corriendo por aquel sendero embarrado, atravesar la verja a toda velocidad y no volver nunca.

En vez de hacerlo, se volvió hacia Anthony.

—¿Quién es esa chica? —le preguntó, con voz tranquila y clara.

Él negó con la cabeza.

—Me temo que mi madre es la especialista en... ese tema. Tendrás que preguntarle a ella.

—Pero no tengo prevista ninguna entrevista con tu madre —respondió Fiona con frustración.

—Tendrías que devolverme las llamadas —dijo él, aunque su tono no era de reproche—. Eso era lo que quería decirte cuando te llamé. Mi madre ha cambiado de opinión: quiere hablar contigo. —Miró su reloj—. Supongo que ahora se estará levantando. Estará a punto de tomarse su té de la mañana. Si quieres, la llamo para decirle que vas a ir a verla, ¿te parece?

No importaba que estuviera muerta de miedo, helada, vestida más para salir de excursión que para hacer una entrevista. Además, por razones obvias, no estaba segura de que todo fuera bien en su cabeza. ¡Pero por fin iba a tener la oportunidad de entrevistar a Margaret Eden!

—¡Sí, claro, gracias! —dijo, intentando mostrarse amable y controlando su entusiasmo—. Voy para allá.

Le dio la dirección.

—No le menciones este incidente —concluyó, agitando ligeramente la mano—, o los dos tendremos problemas.

—¿Se enfadaría?

Para su sorpresa, Anthony se rio, breve y educadamente. Pero parecía que su pregunta le había parecido de lo más divertido.

—Si alguna vez te crees capaz de predecir como puede reaccionar mi madre, entonces será que has llegado a entenderla mejor que yo. Y, como puedes suponer, yo la conozco de toda la vida.

Aquello tendría que haberla preocupado, pero no fue así.

Fiona se volvió y empezó a caminar por el embarrado sendero, preparándose para su visita a Margaret Eden.

CAPÍTULO 14

CeCe

Barrons, Vermont
Octubre de 1950

El último domingo de cada mes era el día programado para que los familiares de las internas visitaran Idlewild. Los encuentros tenían lugar en el edificio del comedor, donde se ponía una mesa a disposición de cada chica para que se sentara con sus familiares. Había alrededor de cien chicas en el internado, pero apenas se presentaban seis o siete familias. Las demás familias no lo sabían..., o, más bien, puede que no les importara.

CeCe se puso el uniforme limpio y se cepilló el pelo con mimo. Sería demasiado esperar que su madre fuera a verla. Vivía en Boston, donde trabajaba en una casa como ama de llaves. Ir el domingo que libraba le resultaba imposible. Su padre no iría a verla, por supuesto. De hecho, no lo había vuelto a ver desde que la dejó en el internado. Pero había recibido una carta de otra persona.

Miró con atención la cara de cada uno de los visitantes, según iban entrando en el comedor. Una pareja: padre y madre. Una madre con dos niños: se acercaba Halloween, por lo que los dos niños le habían llevado golosinas a su hermana, aunque no parecían tener muchas ganas de librarse de ellas. Finalmente, apareció un hombre joven, muy acicalado y con un traje mil rayas de color azul marino. Iba directo hacia su mesa. CeCe se levantó y le sonrió.

Él le devolvió la sonrisa mientras se aproximaba. Su pelo, de color castaño oscuro y peinado hacia atrás, brillaba por el fijador. La camisa blanca bajo el traje estaba limpísima y bien planchada. El cuadro lo remataba una corbata con un nudo perfecto. Ojos grises, bajo unas cejas pobladas y rectas; una cara delgada de pómulos altos. Era atractivo, con la única pega de ese diente algo torcido en mitad de la boca, pensó CeCe. En conjunto, tenía muy buen aspecto, muy elegante. Parecía rondar los veinte años.

—Hola —saludó cerca ya de la mesa—. ¿Cecilia?

—Sí, soy yo —contesto ella, algo nerviosa—. Llámame CeCe.

Se estrecharon las manos. Si notó que la de la chica sudaba, lo disimuló muy bien.

—Yo me llamo Joseph.

—Me alegro —dijo, y enseguida se dio cuenta de que no había terminado la frase—. Me alegro de conocerte.

—Y yo de conocerte a ti. —La invitó a sentarse con un gesto. Él se sentó frente a ella y sonrió de nuevo—. Entonces, ¿crees que nos parecemos?

No se parecían en nada, ni en el blanco de los ojos, pero CeCe sonrió.

—No lo sé. Me imagino que sí.

—Bueno, dado que tenemos el mismo padre, en algo nos tenemos que parecer —afirmó.

La miró de arriba abajo. Ella se avergonzó del exceso de curvas que asomaban incluso bajo el uniforme, así como el grueso pelo negro que no se parecía ni remotamente al del chico. ¡Le apetecía muchísimo conocerlo! Era otro de los hijos ilegítimos de su padre, aunque, en su caso, la madre no era una sirvienta. De hecho, su madre era hija nada menos que de un banquero; desde el momento en que se conoció su embarazo, Brad Ellesmere la ayudó a establecerse en una casa y la apoyó hasta que encontró marido. También estuvo al lado de Joseph, que era su hijo favorito, el único varón. No obstante, como sucedió con CeCe, no le dio su apellido.

Joseph le había escrito una carta la semana pasada, pidiéndole permiso para ir a visitarla en cuanto pudiera. Eran familia, le decía, aunque fuera de la legitimidad del matrimonio. No tenía hermanos ni hermanas legítimos. Quería conocer a todos los hijos con los que su padre había ido sembrando su semilla. Esperaba encontrar una familia, ya que no tenía. CeCe tampoco tenía otros hermanos ni hermanas. Le contestó con entusiasmo, rogándole que la visitara.

—Entonces —empezó, intentando que no le temblara la voz ni el cuerpo—, ¿has encontrado más hermanos?

—Sí —respondió—. Otros dos, en Carolina del Norte y en Baltimore. Nuestro padre no ha perdido el tiempo. Eso está claro —comentó, y de repente se puso rojo como la grana—. ¡Vaya! Perdona mi comentario...

—No te preocupes —dijo CeCe moviendo la cabeza para quitarle importancia—. Ya lo había oído antes. A estas alturas, he oído de todo..., igual que tú, supongo.

—No siempre resulta fácil —coincidió Joseph—. Cuando era niño, en la cama me mentía a mí mismo y me imaginaba que tenía unos padres... normales.

—Y yo. —CeCe sintió que le ardía la cara. En Idlewild, había otras hijas ilegítimas, pero nunca había hablado con ninguna acerca de su situación ni de lo que pensaban—. Y también solía soñar despierta con que algún día mi padre llegaría, levantaría en brazos a mi madre y se casaría con ella.

—¡Yo también! —exclamó Joseph riendo. Fue un sonido raro, pero a CeCe le gustó. ¡Era exactamente igual que su risa, que todo el mundo consideraba bastante extraña!—. Pero supongo que no puede casarse con todas.

CeCe pensó que aquello estaba bien. Muy bien. Tener un familiar que no fuera su madre. Ni se podía creer que fuera tan agradable con ella. En realidad, no estaba obligado a comportarse así. Además, no parecía que se avergonzara de ella.

—Los otros dos que has encontrado, ¿qué son, chicos o chicas? —pregunto.

—Dos chicas —contestó. Puso las manos sobre la mesa y procuró mantenerlas quietas—. Papá dice que soy el único chico. Pero las otras dos no quieren conocerme. —Se encogió de hombros—. Sus madres se casaron, como la mía, y no quieren volver a tener nada que ver con papá ni con sus demás hijos.

«¡Hermanas! ¡Tengo hermanas!». Procuró conservar la calma.

—¡Qué pena!

—Pues sí. Pero, bueno, dejémoslo. ¡Mira, te he traído una cosa! —Sacó de uno de los bolsillos una cajita de cartón—. Es una tontería. No he tenido tiempo de envolverla...

CeCe pestañeó al mirar la caja.

—¿Un regalo? Joseph, de verdad que no...

—¡Oye, eres mi hermana!, ¿no? —dijo con suavidad—. Es lo menos que podía hacer. ¡Ábrela, anda!

Volvió a pestañear, esta vez más fuerte. Desató el nudo de la caja. Dentro había un extraño cubo de plástico del que sobresalía un botón giratorio y con un montón de agujeros.

—Esto, bueno... —Se sintió estúpida, como siempre—. ¿Qué es?

—Una radio. —Sacó el cubo de la caja y se lo mostró—. Se enciende aquí. Las emisoras se buscan moviendo el botón. Es lo último, CeCe. De hecho, es un prototipo. Papá me consiguió una igual el mes pasado. ¡Es algo estupendo!

—Muy bien —dijo CeCe con cautela.

Ya había visto radios antes. De hecho, los Ellesmere tenían una. Pero aquellas eran del tamaño de un armario. Nunca había visto una tan pequeña. Estaba casi segura de que una cosa como esa iba contra las reglas de Idlewild, pero eso Joseph no podía saberlo.

—¿Así que lo único que tengo que hacer es encenderla y ponerme a escuchar música?

—Sí, claro. Y otros programas, radionovelas... o lo que pongan —le explicó—. A veces, retransmiten sinfonías, óperas, espectáculos de grandes orquestas... Montones de cosas.

Lo miró pestañeando de asombro. Era un regalo magnífico.

—Te habrá costado mucho dinero.

El chico movió la mano, quitándole importancia.

—Quería regalarte algo que te viniera bien. Estás aquí, encerrada en este viejo y polvoriento internado. ¿Cómo no te iba a venir bien una radio en un sitio como este?

—Eso es verdad —dijo CeCe riendo.

No sentía envidia por que a ella, como hija ilegítima de un ama de llaves, la hubieran enviado a un internado, mientras que él habría disfrutado de tutores particulares. Así eran las cosas: había que conformarse. Por otro lado, su padre le mandaba de vez en cuando regalos y dinero. No se había olvidado por completo de ella.

—Aquí no pasan demasiadas cosas, la verdad. No obstante, tendré que esconderla. Si no, las encargadas del dormitorio me la confiscarían.

Eso pareció sorprenderle, pero inmediatamente metió la radio en la caja y cerró la tapa.

—¿Te estoy obligando a incumplir las reglas?

—Ya las he incumplido otras veces.

—Me gusta como suena eso. —Joseph sonrió. Se miraron con simpatía durante unos segundos. CeCe volvió a pensar que era muy agradable estar con su hermano, era fantástico—. Escucha, papá me ha dicho que tu madre es ama de llaves en Boston.

—Me sorprende que sea tan abierto contigo, como para hablar de todo esto —respondió ella—. ¿No le preocupa lo que diga la gente, o que le critiquen? —Ahora fue CeCe la que se puso colorada—. ¿Y cómo se lo toma... su esposa?

Su madre no le había dicho nunca nada acerca de la mujer de su padre. Ni una sola palabra.

—Su esposa está enferma —dijo Joseph, sin especificar más—. No han tenido hijos, ya sabes. Así que papá me apoya. No ha tenido más hijos varones, soy el único. Creo que no le importa demasiado lo que piense la gente. Quiere que sus hijos estén bien cuidados, aunque no sean de su esposa. En mi caso, lo que quiero decir es que... ¿Quién va a ocuparse de sus negocios algún día, si no?

CeCe asintió, echó una mirada a la caja que estaba encima de la mesa y pasó el dedo índice por el borde. No conocía muy bien a su padre. En realidad, apenas lo conocía. Pero nunca había sido brusco ni grosero con ella. Eran otras personas las que no la trataban bien. Y, por supuesto, su madre se sentía avergonzada, pero su padre no. Pero, bueno, así eran las cosas.

Le pareció que la visita de su hermano era algo más que el intento de establecer una relación, familiar y de amistad, con un medio hermano. Pero ¿de qué se trataba?

—Creo que siempre ha sido honesto.

—Sí, así es. —Joseph hizo una pausa—. Me habló de tu madre... y de aquella vez que estuviste a punto de morir en la playa.

Alzó la cabeza bruscamente. Nadie hablaba nunca de eso. Jamás.

—Fue un accidente.

Joseph negó con la cabeza.

—Papá cree que no lo fue.

—Él no lo sabe —replicó ella con contundencia—. Él no estaba allí. Fue un accidente.

Sin embargo, una vez más, el chico negó con la cabeza, con mucha calma, pero seguro de sí mismo. Un joven al que su padre le había contado toda verdad, sin duda.

—Escucha, nadie te culpa de nada. En absoluto. Pero tu madre...

—Se resbaló.

Volvió a escuchar con nitidez el ruido del agua; intentó alejar el recuerdo.

—CeCe, estuviste a punto de ahogarte —dijo—. Papá dice que tuvieron que ingresar en un hospital a tu madre durante un tiempo.

—Eso fue injusto.

—Los médicos dijeron que...

—¡Calla! —exclamó CeCe. Las familias de las otras mesas los estaban mirando. La profesora que vigilaba, la señora Wentworth, también los observaba con preocupación—. Los médicos tampoco la conocen.

Tenía seis años. Su madre la había llevado a bañarse en la playa. Recordaba los granos de arena, húmedos y oscuros, entre los dedos de los pies. Se acordaba de la sensación del agua fría. Miraba las olas ir y venir, haciendo que la arena pareciera formada por cristales cuando el agua se retiraba. La tocaba una y otra vez, después de que las olas retrocedieran, tratando de sentir la dureza de la arena, viendo como el agua se curvaba entre los dedos. Nada más. No recordaba a su madre diciéndole que fuera con ella al agua. No recordaba el cielo, ni las voces del resto de la gente de la playa, ni el ruido que harían las gaviotas, ni el agua entrándole en la boca. Solo recordaba el tacto suave de la arena y mirar como su madre se metía en el agua.

De repente, alguien gritaba. Abrió los ojos y vio a un hombre con un enorme bigote mirándola a la cara: «¿Estás bien, pequeña?».

Su madre se había resbalado y la había arrastrado al agua. Había resbalado, se había caído y la había arrastrado sin querer ni poder evitarlo. Había sido un accidente. Luego llegó la policía. CeCe no se acordaba de lo que pasó después. Simplemente, había imágenes de aquí y de allá: una casa muy rara en la que había estado y en la que había un cachorrito, un hombre que se había puesto marionetas de dedos y que fingía que cantaban, haciéndola reír... No obstante, sabía lo que había ocurrido. Años después, su madre le había asegurado que fue un accidente.

Su padre no había estado allí. Su madre y ella habían ido solas a la playa. ¿Había hecho que a su madre la internaran en el hospital? ¿Era él quien lo había pedido... o forzado? No lo sabía. Pero su madre nunca había tenido la oportunidad de defenderse. Jamás volvió a trabajar para los Ellesmere tras recibir el alta del hospital. Se fue a Boston y su padre envió a CeCe a su primer internado, uno que admitía a niñas muy pequeñas. Allí estaba cuando su padre fue a buscarla para llevarla a Idlewild.

—Papá ha estado cuidando de ti —dijo Joseph—. Le consiguió a tu madre ese trabajo después de que saliera del hospital. Y te envió al primer internado. Dice que, ahora que soy mayor, también tengo que cuidar de ti.

—Mi madre cuida de mí —dijo CeCe con voz apagada.

—Vaya, lo siento —dijo Joseph—. No he venido aquí para entristecerte ni para preocuparte. —Parecía sentirlo de verdad, pues tenía la mirada triste y la barbilla caída—. Lo único que sé es que las cosas han sido difíciles para ti... Entiéndeme, más que para mí. Por eso quería conocerte, traerte un regalo, hablar contigo. Hacerte saber que aquí estoy. Quiero que sepas que si necesitas ayuda, para lo que sea, puedes contar conmigo.

Pestañeó con fuerza. Lo que le apetecía era gritarle y salir de estampida de aquella habitación. Si hubiera sido Katie, seguro que habría sabido decirle la ordinariez que se merecía, algo que le hiciera reaccionar para que dejara de sentir pena por ella. Katie nunca le daba pena a nadie; sin embargo, CeCe le daba pena a todo el mundo. Estaba harta de que las cosas fueran así.

Sin embargo, cuando lo miró, fue incapaz de decirle lo que pensaba. Seguro que no tenía mala intención. Intentaba ser amable con ella. Además, se había gastado un buen dinero en comprarle la radio.

—Gracias por el regalo —se escuchó decir a sí misma.

—Tranquila, no es nada —dijo—. ¿Puedo volver a hacerte una visita?

Le dijo que sí, le estrechó la mano y se fue. Se llevó la radio a su habitación y la escondió debajo del colchón, pensando que se olvidaría de ella, que nunca llegaría a escucharla. Sin embargo, esa misma noche, cuando todas las chicas se habían puesto el camisón y estaban en la cama, se asomó para hablar con Katie, que estaba en la litera de abajo.

—Hoy me han hecho un regalo —dijo, sin poder evitarlo. Era incapaz de dejar de intentar agradar a Katie, con su bonito pelo negro y sus traviesos y brillantes ojos.

Su amiga bostezó, como si lo del regalo no fuera noticia.

—¿Qué es?

—Una radio.

—Mientes —dijo Katie de inmediato.

—No —replicó CeCe, que ahora sonreía. Puede que, después de todo, la radio resultara útil—. Mi medio hermano ha venido a visitarme hoy y me la ha traído. Me la ha comprado. Tiene dinero.

—Si tuvieras una radio, la habríamos visto —intervino Roberta desde la litera del otro lado de la habitación—. Las radios son muy grandes.

—Esta no.

Katie la miró fijamente, sin siquiera pestañear, con aquellos ojos negros que hechizaban.

—Muy bien, pues enséñanosla —dijo, con cierto tono de desafío.

CeCe sacó la cajita de debajo del colchón y saltó al suelo. Extrajo la radio, la encendió y movió el dial, tal como le había enseñado Joseph.

—Podemos escuchar música y otros programas —explicó—. Las noticias. Y Joseph me dijo que a veces transmiten conciertos.

Todas salieron de la cama y se apelotonaron a su alrededor, incluso Sonia. Las cuatro llevaban puesto el camisón: parecían fantasmas.

—No subas mucho el volumen —susurró Roberta, cuya coleta le caía sobre el hombro—. Si Susan Brady la oye, seguro que te la quita.

Se hizo un silencio. CeCe movió el dial y del aparato surgió un ruidito ininteligible. Después se oyeron voces.

—¿Qué dices, Charlie?

—¡No digo nada!

—No digo eso, yo he dicho: «¿Qué dices, Charlie?».

—¿Qué es eso? —susurró Sonia—. ¿Un programa de radio?

CeCe siguió moviendo el botón del dial y las voces se esfumaron. Inmediatamente, tras unos ruidos estáticos de conexión, se oyó música de violín, que inundó el cuarto con su melódica suavidad.

—Bach —dijo Sonia.

Esa fue la última palabra que pronunciaron durante bastante rato. Mientras el frío aumentaba, como todas las noches, y el viento soplaba fuera, se sentaron con las piernas cruzadas y se quedaron mirando aquel pequeño cubo de plástico y metal, colocado en el centro del círculo que formaron. Completamente cautivadas, escucharon. CeCe pensó en el mundo que había fuera de aquellos muros, en las ondas que viajaban por el aire hasta llegar a aquel pequeño aparato y transformarse mágicamente en música. Pensó en su hermano volviendo a Baltimore y en sus hermanas desconocidas, que vivían en algún lugar desconocido. No pensó en las manos de su madre empujándola dentro del agua. «Ahí fuera está todo», pensó. «¡Si por lo menos pudiera ir!».

CAPÍTULO 15

Barrons, Vermont
Noviembre de 2014

Fiona llegó muy deprisa a la casa de Margaret Eden, en Mitchell Place. Era una urbanización de casas caras construida en los años de la burbuja inmobiliaria, antes de la crisis de 2008. Incluso en aquel momento anterior al estallido, la urbanización se inspiraba más en las expectativas de crecimiento que en la riqueza real; en Barrons no había demasiada demanda de viviendas de lujo para profesionales ricos. Las casas tardaron en construirse mucho más tiempo de lo que en principio se había estimado.

En estos momentos, la urbanización Mitchell Place estaba atrapada entre los deseos de los escasos residentes y la realidad de un también escaso número de arrendadores, claramente insuficientes para su mantenimiento. Las casas en sí estaban bien mantenidas, pero el guardia de seguridad de la verja de entrada era un trabajador disfrazado con un uniforme alquilado de poliéster; en la caseta había un cartel que indicaba a las claras que, después de las siete de la tarde, el acceso solo se custodiaba por medio de cámaras y alarmas. Los jardines no estaban bien cuidados: hierbajos, malas hierbas y setos hacía mucho que no se cortaban ni se podaban. Además, Fiona pudo ver los restos de una piscina vacía y medio abandonada. Con toda probabilidad, no iba a reabrirse el próximo verano.

En cualquier caso, tras llamar a la puerta, acudió a abrir una doncella: una chica blanca con uniforme inmaculado y el pelo recogido hacia atrás. Seguramente, Anthony había llamado antes, porque hizo entrar a Fiona sin hacer preguntas. El suelo del vestíbulo, bastante pequeño y con una decoración austera, era de mármol. Fiona se sintió bastante rara al entregarle el abrigo a la criada. Se quitó el gorro y, un tanto avergonzada, lo guardó en la manga del abrigo antes de que la chica se lo llevara.

La condujo a un salón no muy grande, con el suelo también de mármol. Tenía pocos muebles, funcionales y de estilo moderno. No había rastro de Margaret Eden. Fiona paseó por la habitación, siguiendo su instinto de periodista sin siquiera pensar en ello. No había libros ni el típico desorden de una habitación que se use con frecuencia. Ningún efecto personal. En la repisa de la chimenea había una foto enmarcada de Anthony, mucho más joven que en la actualidad, con el gorro de graduación y muy sonriente. Cerca vio otra foto: de un hombre muy elegante, de pelo blanco. Obviamente, era el padre de Anthony, de pie en un campo de golf.

—Así que tú eres Fiona.

Se dio la vuelta y vio a una anciana de pie ante ella. Llevaba una blusa blanca con cuello y un pantalón de vestir. Sobre la blusa, una rebeca verde oscuro. Tenía el pelo blanco sin teñir, corto y rizado. Su aspecto era el de la clásica abuela, aunque se mantenía erguida como un junco y con la mirada fija en Fiona. De hecho, la observó de arriba abajo de una forma algo insolente, evaluándola.

—Señora Eden —dijo Fiona.

—Mi nombre es Margaret —la corrigió—. Y vienes de Idlewild. —Levantó la mano para que no dijera nada—. Por supuesto, Anthony me lo ha contado. Nunca ha sido capaz de ocultarme nada, en toda su vida.

—Le preocupaba que usted se enfadara —dijo Fiona, aunque las palabras exactas de Anthony fueron: «Si alguna vez te crees capaz de predecir como puede reaccionar mi madre, entonces será que has llegado a entenderla mejor que yo».

—No, no estoy enfadada. Lo que siento es curiosidad, tengo que admitirlo. Trepaste la valla, ¿verdad? Quizá tengas frío. ¿Te apetece un té?

—No, gracias.

—De acuerdo entonces. Siéntate.

Fiona obedeció, intentando acomodarse en uno de los sofás, que no resultó nada cómodo. Se recordó a sí misma que debía entrevistar a la señora Eden, así que abrió la boca para hablar, pero la anciana se le adelantó.

—Esta casa es horrible, sí. No hace falta que lo digas, lo leo en tu cara —dijo—. Lo único que puedo decir para disculparme es que la decoración no es responsabilidad mía. Estaba amueblada así cuando la alquilamos. Es cosa de los inquilinos anteriores.

—¿La casa no es suya? —preguntó Fiona sorprendida.

—No creo que vayamos a quedarnos mucho tiempo —respondió Margaret, que se encogió de hombros—. Solo lo que necesitemos para culminar el proyecto de Idlewild.

—¿Estuvo usted en Idlewild como interna? —le preguntó Fiona.

—Nunca. Ni siquiera soy de aquí. Estoy segura de que ya has investigado al respecto. Soy de Connecticut. Y vivía en Nueva York, con mi marido.

—Entonces... ¿por qué? —La franqueza de Margaret la animó a actuar de la misma forma: se saltó los rodeos iniciales y le preguntó directamente lo más importante—. Quiero decir, ¿por qué Idlewild? ¿Por qué restaurar ese sitio, habiendo tantos otros, tantas posibilidades?

Margaret se echó hacia atrás en el asiento y volvió a mirar a Fiona, evaluándola.

—Yo podría hacerte la misma pregunta —respondió—. ¿Por qué Idlewild? ¿Por qué estás escribiendo un reportaje sobre ese lugar? ¿Y por qué saltaste la valla esta mañana? —Alzó las cejas como si estuviera esperando su respuesta inmediata—. Dime.

Fiona no contestó.

—Tienes un interés personal en el lugar, es evidente —continuó Margaret—. Sé quién es tu padre. Sé que tu hermana fue asesinada y que dejaron su cadáver allí. Por eso he decidido reunirme contigo. En un principio, Anthony me preguntó si me importaría hablar con un periodista, pero no me dijo con qué periodista. Esta mañana me he enterado de que eres la hermana de Deb Sheridan, la hija de Malcolm Sheridan. Y, por supuesto, sabía lo del asesinato.

«¿Incluso viviendo en Nueva York?», pensó Fiona.

—No estamos hablando de mí —dijo, quizás algo tensa—. Estamos hablando de usted.

—Ah, ¿sí? Muy bien. Quiero restaurar Idlewild para que vuelva a haber allí un internado femenino. Así habrá una generación de chicas que podrán recibir una buena educación.

Fiona se removió en el incómodo sofá.

—Nadie en este vecindario puede permitirse enviar a sus hijas a un internado —dijo—. Y he visto el lugar. Va a costar una fortuna conseguir ponerlo todo a punto.

—Hablas igual que mi marido. —Margaret sonrió, al tiempo que, con aire ausente, se pasaba un dedo por una pulsera que llevaba en la otra muñeca—. A él no le gustaba nada este proyecto. Odiaba la idea con toda su alma. Lo mismo que Anthony. Teme que me gaste toda su herencia.

—Usted no parece demasiado preocupada por ello —apuntó Fiona.

—Anthony tendrá mucho dinero —afirmó Margaret—. Siempre lo ha tenido. Está divorciado y no tiene hijos. Solo estamos él y yo. Y, como puedes comprobar, yo todavía respiro. Así que he decidido comprar Idlewild. Haré lo que me parezca conveniente con ese lugar.

Fiona se dijo que no tenía el control de esa conversación. Intentó cambiar el paso.

—¿Incluso después de que se haya encontrado un cuerpo en el pozo?

Un gesto crispado cruzó el rostro de Margaret, pero desapareció de inmediato. Era la primera emoción que aquella anciana dejaba entrever.

—Si la policía no es capaz de encontrar a la familia de la chica, yo misma me encargaré de que se la entierre dignamente. Y después continuarán los trabajos de restauración.

—No puede... —No pudo contenerse. Aquellas palabras le surgieron de muy adentro. De un lugar de su interior repleto de pena, de enfado, de frustración... «Tienes que calmarte, Fiona», se dijo a sí misma. Pero no fue capaz—. Ninguna niña querrá ir a clase en ese sitio.

—No obstante, en su momento, sí que fueron —replicó Margaret, sin inmutarse lo más mínimo—. Y durante sesenta años. —Miró a Fiona, aunque con una expresión mucho más suave. Entonces, con suavidad, añadió—: Dime una cosa..., ¿la viste?

A Fiona se le puso la piel de gallina. La niña del traje negro y el velo del campo de deportes. ¿Le estaba preguntando eso?

—¿Qué si vi a quién?

—A Mary Hand —respondió Margaret.

Nunca había escuchado ese nombre, pero se le revolvió el estómago. La cabeza empezó a darle vueltas.

—Yo no... —Se aclaró la garganta—. No sé de quién me habla.

Pero Margaret la estaba mirando a la cara, sin perderse ni un detalle.

—Sí, sí que la has visto —dijo convencida—. Esta mañana, supongo. Anthony me contó que estabas de pie, en el campo de deportes, muy quieta.

Fiona parpadeó y la miró horrorizada.

—Así pues, ¿se trata de eso? —preguntó—. ¿Todo lo que está haciendo tiene que ver con... lo que me ha preguntado? ¿Es usted una especie de cazadora de fantasmas?

—Llevaba un vestido negro, ¿verdad? —dijo Margaret—. Y la cara cubierta con un velo basto. ¿Te dijo algo?

Fiona era incapaz de apartar los ojos de ella, como si sus miradas estuvieran pegadas entre sí. De repente, se acordó de las palabras escritas sobre la suciedad del cristal de la ventana, aquellas que había visto en su primera visita: «Buenas noches, chica».

—¿Quién es? —preguntó—. ¿Quién es Mary Hand?

—Una leyenda —contestó Margaret—. Ni siquiera sé si ha existido. Ni quién pudo ser. Y he gastado mucho dinero en rastrear su pista. Pero no he encontrado nada. Lo cierto es que no sé si alguna vez existió.

—¿Una estudiante?

—¿Quién sabe? —Margaret se encogió de hombros y se inclinó hacia atrás, rompiendo aquella conexión—. Lo que deseo, por encima de todo, son los archivos de Idlewild. Quiero verlos por mí misma. Pero no estaban en la propiedad cuando la compramos. Anthony dice que seguro que se han perdido.

Fiona calló. Estaba claro que no habían llegado hasta Sarah London ni hasta su sobrina Cathy, tan dispuesta a revelar el secreto de su tía, que había guardado en secreto los archivos durante tantos años en el cobertizo de su jardín.

—¿Usted cree que en esos archivos están las respuestas a sus preguntas? —inquirió—. ¿De verdad cree que la ficha de ese fantasma, de Mary Hand, puede figurar en ellos?

Margaret se limitó a sonreír.

—Supongo que encontrarlos sería revelador —dijo—. ¿Tú no?

CAPÍTULO 16

Barrons, Vermont
Noviembre de 2014

Jamie insistió en ir con ella a recoger los archivos que Sarah London guardaba en su cobertizo. Ese jueves tenía el día libre. Al ser el miembro más joven del departamento, le tocaba trabajar todos los fines de semana. Tenía veintinueve años, pero hacía mucho que no se incorporaba nadie. Como correspondía a su estirpe familiar de policía, no quiso tomarse un día libre de verdad, como le sugirió Fiona, y la llevó a East Mills para limpiar con ella un viejo cobertizo lleno de papeles que llevaban allí más de veinticinco años.

Fiona cedió, incapaz de resistirse a la fuerza de voluntad de Jamie, y también, claro, porque sus poderosos hombros le vendrían de maravilla para cargar cajas. Además, así podría disponer de su todoterreno, mucho más grande que el pequeño utilitario que ella solía conducir. Avanzaron por aquella carretera sin asfaltar y plagada de baches, recibiendo de lleno en los ojos la luz de finales de otoño. Eran las nueve de la mañana pasadas. Los días se hacían cada vez más cortos. Pronto estarían en pleno invierno, cuando el sol no calentaba el aire jamás y la noche caía alrededor de las cinco.

Hablaron durante el camino. Jamie vestía *jeans* y una gruesa camisa de franela sobre la camiseta. Se había peinado el pelo hacia atrás y llevaba un café en la mano; agarraba el volante con la otra. Fiona se había puesto un jersey de lana, y se sujetaba el pelo con una coleta. Iba inclinada sobre la puerta del pasajero, bebiendo su café a sorbos mientras charlaban. Hacía bastante que no pasaban un día entero juntos. En realidad, puede que hiciera dos semanas o incluso tres. Jamie hacía todas las horas extras que le permitía el presupuesto de la policía. Por su parte, Fiona también estaba bastante ocupada con sus reportajes. Solían hablar de cuestiones intrascendentes, pero no aquel día. Tenía muchas cosas en la cabeza. Jamie sabía escuchar, sin presionar. Las palabras fluyeron solas.

Le habló de la visita a Idlewild. No había sido su mejor momento. No sabía cómo tomarse lo que había visto en el campo de deportes. No obstante, se lo contó lo más objetivamente que pudo. Jamie no le reprochó que hubiera trepado la valla ni que no hubiera contestado a sus mensajes. De hecho, apenas reaccionó a la historia del fantasma. Al menos no con palabras.

—¡Por Dios, Fiona! —dijo finalmente.

Ella le dio un buen sorbo al café.

—Vamos, dilo —le animó—. Si crees que debo medicarme, dímelo.

Negó con la cabeza.

—No, nada de tranquilizantes ni otros medicamentos —contestó—. No te puedo decir que tenga ni idea de lo que viste, pero no creo que estés loca, ni por asomo.

Se lo quedó mirando sin decir nada, esperando algún otro comentario. Pero no lo hizo. Solo se oyó el ruido del motor del todoterreno.

—¿Eso es todo? —dijo ella al fin—. ¿Crees que de verdad vi un fantasma?

—¿Y por qué no? —respondió para su sorpresa—. ¿Quieres que te diga que eso es imposible? ¿Cómo demonios voy a saber yo lo que es posible y lo que no? Siempre se ha dicho que ese sitio está embrujado.

—¿Has escuchado alguna vez el nombre de Mary Hand? —preguntó Fiona.

—No.

—Pues Margaret Eden sí. Me dijo que existe la leyenda del fantasma de una chica que se llamaba Mary Hand, que se pasea por los campos de Idlewild. Y eso que también dice que ella misma nunca estudió allí, y que no es de la zona. —Hizo una pausa, mirando sin ver por la ventanilla—. Ella sabía lo que vi, Jamie. Lo sabía.

—¿Hay alguna posibilidad de que se limitara a repetir algo que tú habías dicho?

Fiona repasó mentalmente la conversación.

—No. Margaret describió el vestido negro y el velo. Yo no había hablado de cómo iba vestida. No había mencionado ni admitido nada.

—Una chica con un velo —dijo Jamie reflexionando—. Nunca había oído antes esa versión. Y también debo decirte que, cuando era un crío, nunca di el paso de ir al campo de deportes de Idlewild. Era el típico chico formal, destinado a convertirme en poli. ¿Y tú?

Fiona negó con la cabeza.

—Deb salía con amigas, y también con chicos, pero no de los aficionados a los fantasmas. Eso implica que yo tampoco lo hacía.

Aquellas palabras le dolieron; los recuerdos se volvían cercanos. Deb era tres años mayor que ella. Fiona la imitaba prácticamente en todo: se ponía la ropa que se le quedaba pequeña, los zapatos, los abrigos... En fin, todo. Era más tranquila e introvertida que su alegre hermana, aunque intentaba por todos los medios vencer aquella timidez. Deb había sido una especie de guía de viaje para ella. Al morir, su modelo se esfumó y Fiona quedó a la deriva. Durante veinte años..., de momento.

—Si esa... —Le parecía extraño hablar de un fantasma como si fuera algo real—. Si Mary Hand lleva allí todos estos años, alguien tiene que haberla visto, aparte de mí. Sarah London me dijo que en la escuela todo el mundo le tenía miedo a algo. Pero nunca había oído hablar de Margaret Eden.

—Entonces Sarah London lo sabe —concluyó Jamie—. Puede que Mary Hand fuera una estudiante. De ser así, debería haber algo sobre ella en los archivos.

—Eso es lo que piensa Margaret —dijo, apurando lo que le quedaba del café—. Quiere esos archivos. Es muy reservada, pero está claro que busca alguna cosa. No sé de qué va todo esto, si de dinero, de fantasmas o algo que no puedo ni imaginarme. Pero está claro que, probablemente entre otras cosas, busca los archivos. Y me da la impresión de que sospecha que yo sé dónde están.

—Bueno, pues entonces vamos por delante de ella. —Jamie sonrió—. A ver qué pasa cuando averigüe que los tienes tú. Igual hace otro movimiento.

Fiona le devolvió la sonrisa.

—¿Qué pasa? —dijo, apartando un momento la vista de la carretera para mirarla.

—El asunto te tiene atrapado, ¿verdad? —dijo—. Lo mismo que a mí. Admítelo.

—Puede.

—Ya, puede... —se burló.

Cuando llegaron al sendero que llevaba a la casa de Sarah London, detuvieron el motor. El corazón se le aceleró un poco, pues sabía perfectamente lo que significaba ese brillo en sus ojos. No obstante, esperó a que dejara el vaso de cartón, se estirara y le tomara la cara entre las manos.

La besó despacio, a conciencia, tomándose su tiempo. Fiona procuró mantenerse tranquila, pero era difícil: lo hacía muy bien. Sintió el roce de la barba incipiente y la presión de los pulgares. Sin darse cuenta, ya estaba agarrándolo de las muñecas y devolviéndole el beso, pasando los dientes por el labio inferior. Él hizo un pequeño ruido con la boca y la besó con más intensidad. A veces sus besos se complicaban, convirtiéndose en una especie de conversación entre ambos. Pero esta vez no fue así. Esta vez no hubo tal cosa; esta vez, iluminados por el brillante sol otoñal, la iniciativa fue de Jamie. Y el momento parecía no tener fin.

Se pararon a respirar.

—Ven a cenar con mis padres esta noche —dijo, mientras seguía sosteniéndole la cara y sentía su aliento en la mejilla.

Se puso rígida de inmediato. Solo había visto una vez a los padres de Jamie, y muy brevemente. Estaba segura de que no era una periodista como ella la pareja que habían soñado para su magnífico hijo.

—No creo que sea una buena idea.

—Pues claro que sí. —La besó en el cuello e intentó no estremecerse—. Llevamos saliendo un año, Fiona. Cenar con los padres forma parte de la relación.

Era verdad. Y ella lo sabía. Pero una cena con sus padres y ese día precisamente... No estaba preparada.

—No lo hago bien —le advirtió—. No soy una buena novia, quiero decir. De hecho, lo hago fatal.

—Ya lo sé —dijo, y se rio suavemente cuando notó que se ofendía—. Pero llevan tiempo preguntándome por ti. Sobre todo mi madre. Quiere cebarte con su estofado y hacerte preguntas difíciles sobre tus intenciones.

—¡Por Dios bendito! —A Fiona ni siquiera le gustaba el estofado. La noche anterior había cenado galletas saladas.

—Sé que nos lo hemos estado tomando con calma, Fee —dijo él—. Y me parece bien. Es más, yo quería llevarlo así. Pero ya va siendo hora.

¡Maldita sea! Tenía razón. Solo era cuestión de tiempo que se enfrentasen a lo que debía venir, de pensar en hacia dónde iba su relación.

—Jamie, puedo afrontarlo. Pero si cenamos con tus padres, van a pensar que lo nuestro va en serio.

Inmediatamente se arrepintió de haberlo dicho. No quería hablar sobre su futuro. Incluso podían acabar discutiendo. Pero Jamie se limitó a suspirar y a inclinarse sobre el asiento.

—Lo sé —dijo—. Pero tengo que darles algo. Lo que realmente me preguntó mi madre era que cuándo iba a encontrar una buena chica y a sentar la cabeza.

Los pensamientos de Fiona se pararon en seco. ¿De verdad quería eso? ¿Casarse y sentar la cabeza? Se mordió la legua y no se lo preguntó. Además, ¿y si contestaba que sí, que era eso precisamente lo que quería?

No, no iban a tener esa conversación.

Solo había pasado un año. No era mucho tiempo. Estaban en 2014. Lo de los noviazgos y los matrimonios típicos de la década de los cincuenta era algo prehistórico. Pero Jamie era más joven que ella. No había crecido con unos padres de mentalidad tan abierta como los suyos. Casi unos *hippies*. Lo cierto es que no le estaba pidiendo tanto. Por mucho que le repeliera la idea de una cena con sus padres, tampoco era el fin del mundo. Podía hacerlo por él. Tragárselo y tirar para adelante.

—Muy bien —le dijo por fin, dándole un golpecito en el pecho sin excesivo entusiasmo—. Iré. Tomaré estofado. Y ahora, vamos. Si esa anciana está mirando por la ventana, le va a dar un ataque al corazón.

Sonrió y recogió el abrigo del asiento de atrás.

Pero la señorita London no estaba mirando por la ventana. Tampoco salió a abrir la puerta, ni a la primera vez que llamaron ni la segunda. Preocupada, Fiona sacó su teléfono y caminó por el sendero: junto a la casa no había cobertura. Tuvo que recorrer la mitad de la distancia hacia la carretera para poder llamar a Cathy.

—He tenido que llevar a la tía Sairy a una revisión —le contó Cathy—. El médico nos ha cambiado la hora. De todas formas, rodea la casa para llegar al cobertizo. He dejado la llave debajo del gnomo mayor.

Rodearon la casa hasta el jardín de atrás. La señorita London no tenía vecinos por detrás. El jardín trasero lindaba con un grupo de pinos muy altos y oscuros que se recortaban contra el cielo. Un poco más allá, solo había campos abandonados y una estación eléctrica con varias torres metálicas. Oyó el graznar de los cuervos y el ruido del motor de un camión grande que pasaba por la carretera.

Detrás de la casa había un cobertizo con un revestimiento de vinilo color verde oscuro. Fiona buscó a tientas la llave debajo del gnomo de jardín que había junto a la casa, en el porche trasero. Jamie limpiaba con la pala y la carretilla la nieve acumulada junto a la puerta del cobertizo. La puerta estaba herrumbrosa y cerrada con un candado envejecido por el tiempo y la exposición a la intemperie. Fiona dudó por un momento de que el candado pudiera abrirse, pero la llave entró con facilidad. Jamie lo quitó y abrió la puerta.

—¡Qué barbaridad! —exclamó.

El cobertizo estaba lleno archivadores de cartón. Cajas almacenadas desde el suelo hasta el techo; algunas de ellas, hundidas por el peso de un cuarto de siglo. A Fiona se le aceleró el corazón. Ahí estaban: sesenta años de la historia de Idlewild almacenados en el cobertizo de una vieja profesora. En alguna de esas carpetas, reposaba el misterio sobre la identidad de Sonia Gallipeau, puede que el de su procedencia. También debía de haber información acerca de las amigas de Sonia, que quizá todavía estuvieran vivas. E incluso podía haber un archivo con información sobre una chica cuyo nombre era Mary Hand.

Incapaz de controlarse, tiró de un archivador que estaba a su altura, lo colocó en el suelo y le quitó la tapa. Dentro había libros de texto, viejos y amarillentos. El título del que estaba más arriba era *Gramática latina para niñas*.

Jamie leyó el título por encima de su hombro.

—¡Qué estupendos eran los viejos tiempos! —comentó—. Incluso el Latín era distinto para las chicas.

Fiona asintió con un gesto. Dejó a un lado el libro y miró los demás que había en el interior. Biología. Historia.

—Parece como si la señorita London hubiera querido guardar los contenidos que se enseñaban, además de los archivos. —Lo miró con expresión de duda—. ¿Va a caber todo esto en el todoterreno?

Jamie echó una mirada al conjunto para hacerse una idea.

—Seguro que sí —contestó—. Pero la verdadera pregunta es si vas a guardar todo esto en tu apartamento.

—Tengo sitio.

Se encogió de hombros y, apelando a su habitual sentido práctico, agarró la caja y empezó a llevarla al automóvil.

Tardaron casi una hora y media vaciar el cobertizo. Teniendo en cuenta la cantidad de tiempo que habían estado allí, resultaba sorprendente que solo unas pocas cajas hubieran sufrido daños por la humedad. La verdad es que los yanquis podían sentirse orgullosos respecto a sus construcciones, hasta con los cobertizos de vinilo de los años setenta. Llenaron la parte trasera del todoterreno con la historia de Idlewild; se respiraba un intenso olor a cartón mojado.

En total, había veintiuna cajas. Fiona intentó organizarlas una vez que las hubieron dejado en su pequeño apartamento: ocupaban casi todo el salón. Algunas cajas contenían exámenes y planificaciones de clases; las dejó pegadas a la pared, pues no eran importantes. Otras estaban llenas de libros de contabilidad, con anotaciones de abonos de salarios, pagos a proveedores, etc. Nada importante. Algunas parecían contener recuerdos almacenados al azar; probablemente, cosas que sacaron de las clases los días anteriores al cierre: un globo terráqueo, una regla de cálculo, carteles enrollables, libros de texto antiguos, etc. Aunque Fiona los consideró muy interesantes, no eran necesarios para el reportaje. Una vez que hubiera terminado el artículo, sacaría fotos para ayudar a poner la historia en su contexto.

Las últimas cinco cajas eran los archivos de las alumnas. Fiona y Jamie pidieron comida china para el almuerzo y las abrieron para buscar a las chicas de la lista. Mientras revisaban las cajas, surgieron otros nombres que podían resultar de interés. La que abrió Jamie contenía los archivos de la G; la primera carpeta resultó ser precisamente la de Sonia Gallipeau.

En la primera página constaban datos como la altura, el peso, la edad, la talla de uniforme y la fecha de admisión en Idlewild. También incluían el nombre y la dirección de su pariente más cercano, su tío abuelo Henry DuBois, de Burlington. Jamie reconoció el apellido de la búsqueda policial de los parientes de Sonia. Henry DuBois y su esposa, Eleanor, fueron las personas a las que Sonia visitó el fin de semana anterior a su asesinato. Las últimas personas que la vieron viva. Ambos habían muerto. Nunca tuvieron hijos.

No había ninguna fotografía. A Fiona le habría gustado saber qué aspecto tenía Sonia.

También había unas cuantas páginas en las que figuraban sus notas: todas altas. Una profesora había escrito una nota a lápiz: «Brillante y tranquila. Gran capacidad retentiva. Condición física adecuada». Sonia tenía el cuerpo pequeño; si había permanecido en un campo de concentración, seguramente habría sufrido desnutrición durante la época de crecimiento, pero tenía que ser muy fuerte para haber sobrevivido. Fiona apuntó en su cuaderno que tenía que consultar la opinión de un médico al respecto.

Había una nota escrita a mano sobre un papel. La autora era una tal Gerta Hedmeyer, la enfermera de Idlewild: «Alumna que llegó a la enfermería el 4 de noviembre de 1950. Se ha desmayado durante la actividad semanal de jardinería. Sin razón aparente. La alumna está muy delgada; posible falta de hierro. Se queja de dolor de cabeza. Se le administra una aspirina y se le recomienda descanso. Queda al cargo de Roberta Greene, compañera de habitación de la estudiante».

—¡Aquí está Roberta! —dijo Jamie mientras Fiona leía por encima de su hombro—. Esto demuestra que eran amigas. Tenemos que hablar con ella.

Fiona no apartó los ojos de la nota. Roberta Green, que había llevado a su amiga a la enfermería cuando se desvaneció, hacia sesenta y cuatro años, era en ese momento la persona más cercana a Sonia Gallipeau. Resultaba fundamental encontrarla.

—Esto es interesante —dijo Jamie, señalando la nota de la enfermera—. Habla de posible falta de hierro.

—Es un código —explicó Fiona.

—¿Cómo?

—Quiere decir que Sonia tenía la regla el día que se desmayó. Era la forma educada de referirse a eso en aquellos tiempos. Nuestro antiguo médico lo decía cuando yo era una cría.

—¡Pero son las notas de la enfermera! —adujo Jamie—. Y en un internado en el que solo había mujeres. No había ningún hombre en muchos kilómetros a la redonda.

—Da igual. La cuestión es que iba a ponerse en su expediente, donde otros podrían leerlo. Tenía que mantener las formas. Era la costumbre.

—Esa generación me desconcierta, no los puedo entender —dijo, negando con la cabeza—. No hablaban de nada, absolutamente de nada. Mi abuelo luchó en la guerra y nunca habló de ello, ni siquiera a mi padre. ¡Una condenada guerra mundial, y ni una palabra!

—Es verdad —confirmó Fiona—. En esta ficha no hay ninguna información respecto de que Sonia hubiera estado en un campo de concentración. Si en realidad hubiera procedido de un lugar como ese, la enfermera ni lo sabía. Seguramente vivió cargando con la experiencia y jamás habló de ello. Todas esas chicas..., las chicas de Idlewild, quiero decir: fueran las que fuesen las experiencias que les condujeron a un internado como Idlewild, seguramente la mayoría nunca habló de ellas. No era apropiado hacerlo, no se hablaba de esas cosas.

La siguiente página del archivo, la última del expediente, era un documento relacionado con su desaparición. Lo firmaba Julia Patton, la directora de Idlewild. Era un folio esmeradamente mecanografiado. La página llevaba un membrete oficial.

5 de diciembre de 1950
IDLEWILD HALL

Yo, Julia Patton, directora de Idlewild Hall, declaro que el 28 de noviembre de 1950 la estudiante Sonia Gallipeau recibió un permiso de fin de semana para ir a visitar a unos parientes. Salió de la escuela a las 11:00 horas del viernes 28 de noviembre, con la intención de tomar el autobús de las 12:00 con destino a Burlington. Vestía abrigo de lana y falda, y llevaba una maleta. Varias estudiantes la vieron caminando por la carretera de Old Barrons, en dirección a la parada del autobús.

Declaro asimismo que Sonia Gallipeau no regresó a Idlewild Hall, ni el día previsto para su vuelta, el 30 de noviembre de 1950, ni ningún otro día. Por la presente, juro que nunca más ha sido vista, ni por mí, ni por ninguna profesora bajo mi mando, ni por ninguna estudiante a mi cargo. La mañana del 1 de diciembre de 1950, cuando un miembro del personal de la escuela me informó de que Sonia no había regresado, llamé por teléfono a la policía de Barrons para denunciar su desaparición. Me interrogaron los oficiales Daniel O'Leary y Garrett Creel, e hice una declaración. También ayudé a buscar en el bosque anejo a la carretera de Old Barrons cuando la policía fue informada de que, con toda seguridad, Sonia había subido al autobús que salía de Burlington el día 29 de noviembre de 1950. Encontramos una maleta que reconocí como la de Sonia; en estos momentos, está guardada en mi oficina.

Mi opinión es que Sonia se escapó, seguramente con la ayuda de alguna persona, probablemente un muchacho.

Julia Patton

También había una nota escrita a mano, al final del folio:

Adenda, 9 de diciembre de 1950: La maleta ha desaparecido de mi oficina. No se ha encontrado. JP

Jamie dejó el expediente, se puso de pie y, sin decir nada, caminó hacia la ventana.

Fiona se pasó una mano por el pelo y se agachó para recoger la declaración de Julia Patton. Le dio la vuelta a la página y vio que había unas pequeñas manchas del carbón.

—Esto se escribió con papel carbón —dijo—. Seguro que para darle una copia a la policía.

No obstante, la policía no recibió la adenda posterior, escrita a mano.

—No está en el archivo de personas desaparecidas —afirmó Jamie—. Solo encontré el informe de Daniel O'Leary.

—¿Es normal que falten páginas en un informe oficial? —le preguntó Fiona.

—¿En un caso de hace sesenta y cuatro años? Pues no lo sé. Probablemente, no.

Volvió a quedarse callado. Debía de estar pensando en su abuelo, Garrett Creel; por lo visto, junto con su compañero, había interrogado a Julia Patton. Seguramente, pensaba en cómo había actuado. Fiona le permitió luchar con ello durante un minuto.

—Era otra época —dijo Jamie finalmente—, pero está claro que nadie se tomó en serio la desaparición de Sonia. —Hizo una pausa—. Ni siquiera el abuelo.

El asunto le molestaba, pues estaba muy orgulloso de la trayectoria de su familia en la policía.

—La conclusión que se saca sobre Sonia es bastante dura —coincidió Fiona,—, sobre todo viniendo de la directora. Sé que no se quedó con sus parientes, pero ¿concluir que huyó con un chico solo a partir de ese dato? Era una chica que vivía en un internado, bajo una estricta supervisión. Ni se acercaba a Barrons, así que difícilmente pudo seducir a ningún chico. Y desapareció sin maleta.

—Eso no lo entiendo —apuntó Jamie, que todavía estaba mirando por la ventana—. Quiero decir: ¿cómo es posible que nadie pensara que podía haberle pasado algo malo? Es que parece que ni se les pasó por la imaginación. Era una chica de quince años que abandonó su maleta y desapareció.

De repente, Fiona se acordó de la pregunta de Malcolm: «¿Era judía?». No había nada en los archivos de la escuela que indicara que lo fuera, pero ¿y si resultaba que sí? ¿Se habría dedicado la policía a buscar a una refugiada judía y sin familia con la misma intensidad que lo habría hecho si se hubiera tratado de una joven de la localidad, protestante o católica?

¿Y quién se había llevado la maleta de Sonia de la oficina de Julia Patton? Su asesino había tirado el cuerpo en el pozo, que se podía ver desde el despacho de la directora. ¿Sería el asesino quien se había llevado la maleta? Si la maleta tenía alguna pista sobre la identidad del asesino, no la habrían dejado en la escuela. ¿Era posible que Julia Patton supiera quién era el asesino? ¿O incluso que fuera ella misma?

Volvió a leer la declaración de la directora.

—Que se fuera de casa de sus tíos abuelos un día antes me desconcierta. Había recorrido bastante distancia para ir a visitarlos. ¿Por qué se marcharía tan pronto?

—Seguramente, nunca lo sabremos.

Fiona dejó a un lado el expediente.

—Bueno, continuemos —propuso—. No podemos responder a esas preguntas, al menos por ahora. Vamos a buscar los expedientes de las otras chicas.

—No nos va a dar tiempo —dijo Jamie, volviéndose y consultando el reloj—. Tenemos que ir a cenar a casa de mis padres.

—No, no... Me estás tomando el pelo...

—Lo has prometido, así que vas a venir —dijo Jamie negando con la cabeza—. Esos archivos seguirán estando aquí cuando volvamos.

—No puedo irme. —Al mirar los archivadores sintió un dolor físico.

—Sí, claro que puedes.

Se levantó a regañadientes del suelo y se estiró las perneras de los pantalones.

—De acuerdo, pero voy a ir así vestida, no me voy a cambiar. Y después volvemos aquí.

—Sí, después de cenar —dijo Jamie asintiendo—. Te lo prometo.

Jamie conducía el automóvil y estaba entrando en la calle Meredith cuando sonó el teléfono de Fiona. Era su padre.

—Tengo algo —dijo en cuanto contestó—. Sobre esa chica que han encontrado: Sonia.

Fiona sintió la boca seca.

—¿De qué se trata?

—Tengo un amigo que es profesor de universidad y que me ha puesto en contacto con una de sus alumnas, que investiga archivos del régimen nazi —explicó—. Su nombre figuraba en la lista de pasajeros de un barco que salió de Calais en 1947. Sonia Gallipeau, de doce años de edad. Viajaba sola. La misma fecha de nacimiento que tu chica.

—Era ella —dijo Fiona.

—La lista de pasajeros incluye el lugar de donde procedía —continuó Malcolm—. Un oficial lo anotó, pero seguramente la información la aportó ella misma.

Fiona cerró los ojos. No quería ver el asfalto, ni los árboles desnudos de hojas, ni el cielo gris oscuro, ni nada de nada.

—Dime.

—Lo siento, cariño —le respondió su padre—. Su anterior lugar de residencia fue el campo de concentración de Ravensbrück.

CAPÍTULO 17

Roberta

Barrons, Vermont
Octubre de 1950

De todas las clases que odiaba de Idlewild, que eran la mayoría, la peor de todas era la de Jardinería. Una vez a la semana. Roberta imaginaba que se había incluido a partir de la equivocada idea de que las amas de casa del futuro debían saber cómo cultivar sus propias verduras. O quizá porque la escuela podría abastecerse de sus propios productos, como si fuera una abadía medieval. Fuera por lo que fuese, todas y cada una de las chicas de Idlewild estaban obligadas a pasar una hora a la semana en el huerto comunal de la escuela, excavando en el polvoriento suelo sin ningún objetivo y procurando por todos los medios que el uniforme no se manchara de barro mientras trasteaban con las plantas.

Era bien entrado noviembre. Hacía mucho frío. Roberta formaba una fila con otras cuatro chicas. Por su parte, la señora Peabody ya les había pasado las herramientas de jardinería.

—La primavera próxima vamos a plantar lechugas, así que hoy vamos a cavar para después poder plantarlas, antes de que el suelo se hiele. —Señaló una zona cuadrada del terreno marcada con tiza, cubierta de malas hierbas y bastante pedregosa—. Tenemos una hora, chicas. ¡Empezad!

Roberta miró a Sonia, que estaba de pie cerca de ella. Llevaba su viejo abrigo de lana y tenía el rostro esquelético y el gesto abatido. A duras penas era capaz de sujetar el mango de la pala.

—¿Cómo estás?

—*Bon*. —Sonia se secó la nariz con la manga del abrigo. Cuando estaba cansada, volvía al francés.

Roberta se abotonó el abrigo hasta el cuello y se inclinó para trabajar. No era el esfuerzo lo que molestaba a las chicas, sino el jardín en sí mismo. Estaba justo en la intersección entre el edificio principal y el edificio del comedor, por lo que allí siempre hacía frío y había humedad y moho, independientemente de la estación. Las ventanas de ambos edificios estaban frente a ellas, cerradas, como si observaran trabajar a las chicas mientras. La leyenda de que allí había sido enterrado el hijo de Mary Hand acompañaba la vida de Idlewild desde hacía muchos años, cosa que no contribuía en absoluto a hacer más atractiva aquella asignatura. Cada semana, Roberta temía encontrarse con los huesos del bebé.

Las chicas estaban inclinadas, trabajando. El frío provocaba que se viera el vaho que les salía de la boca. El sol de noviembre no las alcanzaba, siempre a la sombra de alguno de los edificios. Roberta tenía los pies helados; el jardín siempre estaba húmedo y corrían regueros de agua por el suelo removido.

Mary Van Woorten, una chica de rostro redondo, levantó la cabeza y miró a Sonia.

—No estás cavando —le soltó frunciendo los labios.

—Sí que estoy cavando —replicó sombríamente Sonia, empujando la pala sobre el suelo.

—No, de eso nada: eso no es cavar. Tienes que hacerlo con fuerza, como todas nosotras.

—Déjala en paz —terció Roberta.

Miró a Sonia con el rabillo del ojo. Lo cierto es que clavaba el borde de la pala en el suelo, pero no extraía mucha tierra con cada palada. Le temblaban los dientes. Sonia era pequeña pero fuerte. Aquello no era propio de ella.

—¿Sonia? —preguntó Roberta en voz baja.

—Estoy bien. —Como si quisiera demostrarlo, volvió a dar otra palada.

—¡Ni siquiera estás haciendo un agujero! —insistió Mary.

Sonia levantó la cabeza y la miró con desprecio.

—¡Estúpida! —le espetó, mordiendo las palabras. Le temblaban las manos—. Tú nunca has tenido que cavar de verdad. ¡Nunca has tenido que cavar!

—¿Qué idiotez es esa? —replicó Mary—. Ahora estoy cavando...

—Creo que le pasa algo malo —intervino Margaret Kevin—. Cállate, Mary.

—¡Callad! —gritó Sonia. Todas se quedaron asombradas y calladas. Roberta nunca había visto a su amiga tan enfadada—. Haced el favor de callar, todas. Y dejadme en paz.

Siguieron cavando en silencio. Roberta miró por encima del hombro y vio a la señora Peabody fumándose un cigarrillo cerca de la puerta del edifico de los profesores, hablando en voz baja con la señora Wentworth. En un momento dado, ambas se rieron. La señora Wentworth negó con la cabeza. Desde donde estaban las chicas, entre las sombras, las dos mujeres parecían bañadas por la luz del sol. Era como si Roberta las estuviera observando a través de una puerta mágica.

Miró hacia abajo, al suelo en el que estaba cavando, a los trozos de tierra moteados y de aspecto asqueroso. «Huesos de bebé». Cuando estaba allí, siempre pensaba en huesos de bebé. Huesos de dedos, de piernas, una pequeña calavera...

«Deja de pensar en eso. Deja de pensar».

La punta de la pala resbaló; por un instante, vio entre el metal algo blanco y carnoso, algo pálido, y blando, y podrido. Se encogió y soltó la pala. Estuvo a punto de gritar, pero se dio cuenta de que lo que había arrancado era una seta, una seta enorme y blanda, enterrada en la tierra, fría y húmeda.

Estaba intentando calmarse cuando sintió a su lado una especie de suspiro. Se volvió y vio a Sonia caer de rodillas sobre la tierra. Aún sujetaba la pala, pero sus manos se deslizaron por el mango mientras caía. Roberta se acercó y sujetó a su amiga por los hombros.

—Puedo hacerlo —dijo Sonia, inclinándose tanto que estuvo a punto de tocar el suelo con la frente. Los ojos le daban vueltas.

—¡Señora Peabody! —gritó Mary Van Woorten.

—¡Sonia! —susurró Roberta con tono urgente, agarrando a la chica con más fuerza.

Sonia alzó los hombros y escupió al suelo sin fuerza. Después cerró los ojos y se desmayó. Roberta la sujetó con fuerza para evitar que cayera. Su amiga tenía el peso de una pluma.

※※※

—¿Has dormido bien? —le preguntó la señorita Hedmeyer, la enfermera de la escuela—. ¿Y has comido?

—Sí, *madame* —respondió Sonia con voz tenue y cansada.

La enfermera le pasó los dedos bajo la garganta para palparle los nódulos linfáticos.

—No tienes inflamación —confirmó—. Ni fiebre. ¿Qué más?

—Me duele la cabeza, *madame.*

Roberta se mordió el borde del dedo pulgar al ver a la señorita Hedmeyer sacar un bote de aspirinas de un cajón y extraer una de esas píldoras blancas que parecían de tiza.

—Ya he visto esto antes —dijo la señorita Hedmeyer.

Tenía el pelo rubio claro, en contraste con la enorme cantidad de pecas que se acumulaban en la nariz. Cuando no atendía las dolencias leves de las chicas que se pasaban por la enfermería, enseñaba el escaso programa de ciencias, que se ceñía prácticamente a la tabla periódica de los elementos y al proceso de la fotosíntesis. A veces introducía alguna explicación acerca de por qué llovía o nevaba. Pero, en general, se tenía la idea de que las amas de casa del futuro no necesitarían saber mucho de ciencias.

—Les pasa a algunas chicas cuando se les pide que realicen actividad física durante su periodo. ¿Tengo razón?

Sonia pestañeó y no dijo nada. Hasta Roberta se dio cuenta de que se sentía muy avergonzada.

—Descansa un poco —le dijo la señorita Hedmeyer, dándole unos amistosos golpecitos sobre el grueso jersey de lana, en el antebrazo—. Tienes que ponerte más fuerte —le aconsejó—. No te pasa nada malo, eres una chica como las demás. La comida que tomas es buena y adecuada.

—Sí, *madame.* —La voz de Sonia era casi un susurro.

—Y menos francés, por favor. Esto es Estados Unidos. —La enfermera se volvió hacia Roberta—. Hablaré con la señora Peabody para que te dé la siguiente hora libre; así podrás estar con ella, para asegurarnos de que no vuelve a desmayarse. Dado que estás en el equipo de hockey, estoy segura de que no le importará.

Roberta siguió mirando hacia abajo.

—Gracias, señorita Hedmeyer.

Tomó de la mano a Sonia y salieron de la habitación. Por un momento, pensó en pasarle la mano por los hombros y ayudarla a llegar a la habitación, pero Sonia, aún con los ojos fijos en el suelo, se mantuvo muy erguida, incluso mientras subía las escaleras; eso sí, sin soltar su mano, fría y húmeda, de la de Roberta.

Ya en la habitación, su amiga la ayudó a quitarse las medias, completamente mojadas y embarradas, así como los zapatos, también manchados de barro. En silencio, Roberta colgó las medias del pomo de la puerta para que se secaran: el barro seco era mucho más fácil de eliminar que el húmedo. Por su parte, Sonia levantó las sábanas y se metió en la cama, con la falda y el jersey puestos. Después se tapó hasta el pecho.

Roberta se quitó los zapatos y se sentó al borde de la cama, mirando la pálida cara de su amiga.

—Cuéntame —dijo.

Sonia se quedó mirando la escala de madera por la que se ascendía a la litera de Roberta, que estaba encima de la suya.

—Es una historia triste —dijo.

—Todas tenemos historias tristes —respondió Roberta, pensando en el tío Van—. Por favor —añadió sin pensar.

Sorprendida, Sonia miró a Roberta por un momento y después volvió a apartar la mirada. Finalmente, empezó a hablar:

—Durante la guerra, mi madre repartía panfletos —dijo—. De apoyo a la Resistencia. Recogía los panfletos de la imprenta y los llevaba a los puntos de distribución. Yo la ayudaba.

Roberta se mordió de nuevo el pulgar. Se preguntó si eso habría ocurrido en Francia. ¿Qué clase de panfletos? ¿De la Resistencia contra Hitler? Ya se había perdido. Sabía tan poco... A las chicas como ella nadie les hablaba de la guerra. Algunas tenían hermanos o primos que fueron a luchar, y o los mataron, o volvieron como el tío Van. Nadie le había contado nada nunca acerca de la Resistencia. Pero quería que Sonia siguiera hablando, así que asintió sin decir palabra.

—Sabíamos que era peligroso —dijo Sonia—. A papá ya se lo habían llevado a Dachau. Era escritor, y hablaba demasiado. Lo arrestaron pronto, pero a nosotras no, porque el padre de mamá, mi abuelo, había trabajado para el Gobierno. Pero al final también nos arrestaron, al principio de 1944. Yo tenía nueve años.

Roberta respiró hondo, pero intentando hacer el menor ruido posible y sin dejar de escuchar.

—Primero nos metieron en la cárcel —dijo Sonia—. Eso tampoco fue tan malo. Mamá les habló de su padre, para que nos dejaran allí. Pero en esos momentos el abuelo ya había muerto. Nos llevaron al tren. Nos mandaron a Ravensbrück.

—¿Qué es Ravensbrück? —preguntó Roberta sin poder contenerse.

—Un campo de concentración, de prisioneros.

—¿Cómo Auschwitz?

Era el único nombre que conocía, y eso porque una vez, en el cine, antes de que empezara la película, había visto un noticiario en el que, en imágenes tomadas en blanco y negro, aparecían las verjas de entrada al campo, los raíles, etc. Además, también pusieron imágenes y dieron información acerca de la liberación de los prisioneros. Fue pocos días antes de que el tío Van regresara a casa.

—Sí, pero solo para mujeres —dijo Sonia—. Y para niños.

Roberta pestañeó varias veces, conmocionada. Sonia no pareció notarlo y continuó.

—Nos instalaron en una de las barracas —dijo—. A mamá y a mí. Nos pusieron a trabajar. Uno de los trabajos consistía en cavar, todo el día. Nunca se terminaba de cavar, aunque no servía para nada; simplemente trasladábamos la tierra de un sitio a otro. Pero nos obligaban. Con frío, con calor, sin agua ni comida. A las que se desmayaban o se caían durante el servicio, no las recogían, sino que dejaban que se pudrieran allí mismo. Y caían varias mujeres cada día.

A Roberta se le subió el corazón a la garganta, donde sintió una sequedad. «No estoy preparada para escuchar esto. No, no lo estoy».

—Todos los días nos reunían en la *Appelplatz* —continuó Sonia, con voz monocorde—. Era la plaza principal del campo. Nos hacían formar, como si fuéramos militares. Nos tenían allí de pie durante horas y horas. Se suponía que era para pasar lista, pero, por supuesto, que no era para eso. Nos quedábamos heladas, o no parábamos de sudar bajo el sol. Las que caían se quedaban allí, nadie las recogía ni las atendía. Al principio, mamá estaba bien, pero conforme pasaban los días se fue volviendo más callada. Callada, callada. Yo pensé que eso era bueno, porque, si no hablabas, pasabas desapercibida y nadie te hacía caso. Entonces un día, cuando estábamos formadas en la *Appelplatz,* empezó a gritar. —Sonia apretó con los dedos el borde de la sábana con la mirada perdida—. Gritaba y gritaba sin parar. Decía que eran unos asesinos y que todos irían al Infierno. Dijo que la guerra terminaría algún día y que todo eso saldría a la luz. Dijo que se haría justicia, que aquello no se podría silenciar para siempre. Dijo que los asesinos serían descubiertos, que algún día estarían delante del Creador. Se la llevaron y no volví a verla. Oí decir a una mujer que la habían ejecutado, que le habían pegado un tiro en la nuca, pero no supe si era verdad.

Si se hubiera quedado callada... —Soltó la sábana—. ¡Si se hubiera quedado callada! Pero no lo hizo. Y yo me quedé sola, completamente sola.

—¿Lograste escapar? —susurró Roberta.

Sonia volvió la cabeza y la miró.

—Cuando llegamos, nos dijeron que, si queríamos, podíamos ver a la última mujer que había intentado trepar la valla. Porque todavía estaba allí. —Se volvió para mirar otra vez los travesaños de madera—. Y allí estaba.

Roberta no podía hablar.

—Hoy me he sentido como si volviera a estar allí otra vez —afirmó Sonia—. No me ocurre muy a menudo. La guerra terminó, nos sacaron de allí a todas y yo vine aquí. Me alimentan y me cuidan. No pienso en todo aquello. Pero hoy ha sido como si la actividad de jardinería no hubiera existido nunca. Volvía a tener diez años... y estaba trabajando, cavando. Era real, más real que tenerte aquí delante.

Roberta se agarró la cabeza con las manos. Le temblaban las sienes. Ojalá se hubiera quedado con una de esas aspirinas blancas de la señorita Hedmeyer. Le ardían los ojos y tenía ganas de llorar, pero las lágrimas se quedaron atrapadas en la garganta, duras y dolorosas. ¿Habría visto esas cosas el tío Van? ¿Por eso intentó suicidarse en el garaje? Hizo un esfuerzo sobrehumano para respirar hondo.

—¿Y el otro día en el comedor?

—Eso fue... —Sonia rebuscó en su mente, intentando encontrar las palabras—. Había *blockovas* —dijo—, jefas de barracón. Eran prisioneras a las que promocionaban. Les encargaban que vigilaran a las demás.

—¿Mujeres prisioneras, o sea, compañeras que os vigilaban? —preguntó Roberta, conmocionada una vez más.

—Sí. Algunas eran agradables, e intentaban conseguirnos cosas, pero la mayoría no. Querían recibir un trato de favor y colaboraban. Tenían permiso para pegar y para denunciar. Si no te portabas bien, te enviaban al barracón de castigo. A un agujero de aislamiento, y cosas peores.

Roberta se acordó de aquel día en el comedor: Alison golpeando a Sherri, Sherri sangrando por la nariz, el caos, el ruido, *lady* Loon gritando aquello de «¡Vas a tener el castigo de aislamiento que te mereces, muchacha! ¿Te enteras? ¡Vamos, muévete! ¡Vamos!». Ahora todo cobraba sentido, un sentido horrible, como el de una pesadilla.

Volvió al problema principal.

—¿Y qué vas a hacer? —le preguntó—. Esto no puede repetirse, o te enviarán al castigo de aislamiento una y otra vez. —A Katie, la más fuerte de todas ellas, la habían castigado, y había vuelto tan alterada que no quiso ni hablar de ello. Roberta no estaba segura de que Sonia fuera capaz de aguantarlo—. Podrían expulsarte —dijo—. Y no tienes adónde ir.

Sonia apretó con fuerza la mandíbula. Una sombra le cubrió los ojos.

—No me volverá a pasar.

Roberta no las tenía todas consigo. Cuando Sonia se durmió, se sentó muy erguida, sin moverse, y empezó a darle vueltas al problema, intentando enfocarlo desde todos los ángulos. Sonia estaba cansada, exhausta más bien, pero Roberta era fuerte. Y también CeCe. Y Katie.

Habían llegado hasta allí, todas ellas. Sin romperse, sin desmayarse, sin morir. Sonia no estaba sola.

Juntas podrían hacer algo. Juntas saldrían adelante.

Esa noche se sentaron las cuatro en el suelo de la habitación, reunidas alrededor de la pequeña radio de CeCe. Con el sonido lo suficientemente bajo para que Susan Brady no pudiera oírlo, escucharon un programa sobre policías que intentaban resolver un asesinato, así como una comedia musical que las hizo reír. Después otro programa, esta vez acerca del Lejano Oeste. Se les hizo tan tarde que todas las estaciones de radio cerraron. CeCe apagó la radio. Y después se pusieron a hablar.

En la oscuridad, ya relajadas después de haber estado escuchando la radio durante horas, las cosas eran más fáciles. Las palabras fluían de unas a otras, e iban tomando sentido conforme avanzaban. Roberta habló de su tío Van, del día que abrió la puerta del garaje y se lo encontró, sentado en una silla de madera, llorando y con el cañón de la pistola dentro de la boca. Les habló de los días posteriores, de aquel silencio interior que no podía romper, de los médicos, de los ojos del tío Van, inyectados en sangre. Fue incapaz de mirarla. Roberta sintió otra vez un nudo en la garganta al hablar de ello, al recordarlo con todos sus detalles. Ahora pensaba que debía haberse lanzado sobre el tío Van, haberle echado las manos al cuello y no haberse marchado. Pero solo tenía trece años. Además, todo el mundo se había quedado horrorizado y en silencio, incluida ella, sin saber qué hacer.

—¿Dónde está ahora? —La voz de Katie, muy baja, resonó en la oscuridad.

—Todavía está en casa. Va a médicos —respondió Roberta—. Mi madre dice que no está bien y que papá quiere ingresarlo en un hospital. —Tuvo que hacer un esfuerzo para continuar—. Se están peleando. Mamá y papá, quiero decir. Me doy cuenta cuando vienen, los días de visita familiar; no se miran, no se hablan... Se avergüenzan de mí y del tío Van, de los dos. Sé que mi padre trabaja mucho. Mi madre tenía los ojos rojos... y me dice..., me dice que no es buen momento para volver a casa.

Cuando Roberta terminó, hablaron las demás. Era como si hubiera desaparecido un gran peso de su cuerpo. Cuando una de ellas hablaba, las demás escuchaban, muy atentas y en silencio.

Las cosas siguieron así, noche tras noche. Katie, con la ayuda y la complicidad de CeCe, empezó a hurtar raciones de comida durante la cena, metiéndose en la cocina por una puerta secundaria mientras CeCe vigilaba. Tomaban esa comida extra por la noche. Fingían que era para todas, pero por un acuerdo tácito se la cedían prácticamente toda a Sonia. Una vez que se apagaban las luces y con el frío del invierno en el exterior, comían, escuchaban la radio y contaban sus respectivas historias, una por una, detalle a detalle. Katie y Thomas, el chico que la había atacado y le había dicho que se estuviera quieta. CeCe y el incidente con su madre en la playa. Roberta, después de vencer ciertas dudas, les contó la canción que había escuchado en el campo de hockey, la misma que sonaba aquel día en el garaje cuando se encontró con el tío Van a punto de pegarse un tiro, como si algo o alguien hubiera extraído directamente aquel recuerdo desde su cabeza. Y, al día siguiente, Katie les habló sobre lo que había ocurrido durante su castigo de aislamiento, sobre las arañas y sobre los mensajes escritos en los libros de texto. Y también acerca de los arañazos en la ventana y aquella voz que le había pedido que la dejara entrar.

Sonia hablaba muy de vez en cuando, pero, cuando lo hacía, las demás escuchaban muy atentas, en completo silencio. Se lo contó todo acerca de Ravensbrück, despacio, desmenuzando los recuerdos pedazo a pedazo: el diseño de los barracones y del resto de los edificios, las mujeres y los otros niños que había conocido allí, el tiempo, el frío, la comida, las idas y venidas del día a día en el campo de concentración, las historias que le habían contado otras mujeres... Hablaba con lentitud. Escucharlo era muy duro, pero las chicas no se perdían detalle, atendían sin interrumpir. Conforme

Sonia hablaba, Roberta pensaba que su amiga se sentía cada vez mejor. El hecho de compartir aquella terrible experiencia, de sacarla de su cabeza y convertirla en palabras, hacía que fuera algo menos horrible, menos... inmenso. Habían acordado con ella una señal para advertirles si sufría otro episodio psicótico, pero, por suerte, no tuvo que utilizarla.

Estaban atrapadas en Idlewild. Pero Idlewild no lo era todo. No era el mundo.

«Algún día, si Dios quiere —pensaba Roberta—, me iré de aquí. Algún día, nos iremos todas. Y, cuando nos vayamos, por fin seremos libres».

CAPÍTULO 18

Barrons, Vermont
Noviembre de 2014

Los padres de Jamie vivían en una casa de una sola planta que se había construido en la década de los sesenta. En los setenta, se recubrió con un enlucido de vinilo. Desde entonces no se había vuelto a tocar. Estaba en una calle estrecha que terminaba en el centro de Barrons. Las casas se habían construido bastante cerca las unas de las otras, con jardines cuadrados que daban paso a porches de madera.

El padre de Jamie, Garrett Creel hijo, abrió la puerta al tiempo que subían los escalones de la entrada. A sus sesenta y tantos años, seguía teniendo un aspecto imponente: alto, ancho de hombros y con la cara rojiza enmarcada por un pelo rubio arena, muy corto. Si hubiera llevado alrededor del cuello una nota que dijera «SOY UN POLICÍA RETIRADO», nadie se habría sorprendido lo más mínimo. Le dio unas palmaditas en el hombro a su hijo y besó a Fiona en la mejilla. Tenía los labios secos y agrietados, y la mano algo húmeda. Fiona apretó los dientes y sonrió mientras lo saludaba. En toda la casa podía captarse un agradable olor a estofado de rosbif.

—¡Pasad, pasad! —casi rugió Garrett—. Diane, ya están aquí.

Entraron al vestíbulo delantero, donde una mujer bajita con una permanente de rizos que parecía un yelmo (ese tipo de peinado que había estado tan de moda alrededor de 1983) se lanzó directa hacia Jamie.

—¡Aquí estás, por fin! —dijo, como si su hijo hubiera cometido algún tipo de delito, cuando, en realidad, había acudido obedientemente a la cita para la cena, incluso habían llegado algo pronto.

Tiró de Jamie hacia abajo, pues era mucho más alto que ella. De hecho, en lo que se refería a la estatura, aunque no en el peso ni en los rasgos, era como su padre. La mujer lo besó sonora y posesivamente; después le sujetó la cara para obligarle a que fijara los ojos en ella. De momento, no le había dirigido la mirada a Fiona. Jamie tampoco podía, por cómo lo tenía sujeto.

—Todavía tienes el pelo demasiado largo —le reprochó a su hijo, acariciándole los mechones de color rubio oscuro—. Y esta barba. ¿A qué viene? —Le pasó los dedos por ella con un gesto maternal—. Tu padre se pasó treinta años en el cuerpo con el pelo bien cortado y la barba afeitada, a diario.

Jamie sonrió, esperó a que la soltara y por fin pudo volver a estirarse.

—Seguro que te acuerdas de Fiona, mamá.

—Sí, por supuesto. —Diane desvió la mirada de Jamie y se volvió hacia Fiona—. ¡Por fin! He hecho estofado.

Fiona asintió. Claro que podía hacer de novia, por qué no. Era cuestión de acostumbrarse, ni más ni menos.

—Huele de maravilla —dijo.

Diane le dedicó una sonrisa algo tensa.

—Poned al día a tu padre —le dijo a Jamie—. La cena está casi lista.

Garrett ya les estaba acercando una cerveza a cada uno y dirigiéndoles a la sala de estar.

—Bueno, pues aquí estás —dijo, apretándole el hombro a Fiona—. La madre de Jamie lleva esperando este momento desde hace mucho tiempo. ¿Cuánto lleváis juntos?

Jamie negó con la cabeza.

—Papá, esto no es un interrogatorio.

—Por supuesto que no. Lo único que pasa es que nunca pensé que la hija de Malcolm Sheridan entraría en mi sala de estar, eso es todo.

Lo dijo con tono desenfadado y con un innegable aire de incredulidad. Y allí estaba, inmediatamente, la historia de siempre: el pasado siempre volvía. Entre otras razones, estaba con Jamie porque nunca tenía que hablar con él de eso, pero, claro, cuando estaban solos. Allí de pie, en esa sala de estar pasada de moda, mientras escuchaba a Jamie y a su padre intercambiar noticias sobre el cuerpo, se dio cuenta de que con la familia de su pareja el pasado siempre tendría mucho peso. En realidad, siempre lo había sabido. Por eso había postergado tanto aquel momento.

Como para demostrárselo, Garrett se volvió hacia ella, cerveza en ristre.

—Me han dicho que has estado en Idlewild, Fiona. Que saltaste la valla e invadiste una propiedad privada.

Fiona apretó con fuerza la botella de cerveza, que todavía no había probado.

—¿Perdón?

—¡Papá! —protestó Jamie.

—Pareces sorprendida, pero no deberías —dijo su padre riendo—. Jack Friesen, el dueño de la compañía de seguridad que han contratado en Idlewild, es un buen amigo mío. Me habló de ese pequeño incidente, ya sabes.

—Estoy escribiendo un reportaje —acertó a decir Fiona antes de que Jamie pudiera volver a intervenir en su defensa.

—Ah, ¿sí? —preguntó Garrett. Cuando la miró, vio la cara del hombre que había testificado en el juicio hacía veinte años. Por entonces era más joven y estaba más delgado, pero la cara era la misma. En aquel momento, sus rasgos eran duros, igual que ahora, pese a sus formas de viejo colega—. El asunto me parece un poco extraño... Quiero decir, que tú escribas sobre esto...

—Pues yo creo que no —replicó ella, aunque en tono ligero.

—Me daba la impresión de que Idlewild sería el último sitio en el que querrías estar, y más después de que encontraran otro cuerpo. Pero supongo que me equivoco.

—Papá... —dijo otra vez Jamie—. Ya está bien.

Se acercaron al pequeño y formal comedor en el que Diane había preparado la mesa, utilizando una magnífica vajilla de porcelana. A través de la ventana vio que la noche estaba cayendo sobre Vermont. Con esa oscuridad, lo único que Fiona podía ver era su propia imagen, reflejada en el cristal de la ventana.

—Hoy he hablado con Dave Saunders —dijo Garrett mientras se servía estofado—. Ha hecho la autopsia del cuerpo que encontraste.

¡Madre mía! ¡Y ella que pensaba que estaba retirado! Quedaba claro que la jubilación no significaba nada para Garrett Creel.

—¿Qué ha dicho? —preguntó Fiona, dando un sorbo a la cerveza y viendo como Diane soltaba un respingo y fruncía los labios. Probablemente, no le gustaba nada que se hablara de esas cosas durante la cena. Aun así, teniendo un marido y un hijo policías, seguro que muchas veces tenía que aguantarlo en un sufrido silencio.

—No demasiado —respondió Garrett, con la mirada despreocupada y fija en la carne—. Casi con toda seguridad que murió de un golpe en la cabeza. Con algo largo, como un bate de béisbol... o un trozo de tubería. Cree que fueron dos golpes, uno para que perdiera el conocimiento y otro para asegurarse... No hay más señales de golpes o de heridas. Era una adolescente, pero pequeña para su edad. Lleva muerta como mínimo treinta años, a juzgar por el estado de descomposición. El cuerpo ha estado en el pozo todo este tiempo, al menos por lo que él puede deducir... No hay señales de animales que se hayan acercado.

Diane hizo un ruidito con la garganta, que su marido ignoró por completo.

—¿Algo más? —preguntó Jamie, poniéndose patatas en el plato. Estaba tan habituado como su padre a hablar de esas cosas durante la comida—. ¿No ha mencionado heridas más antiguas, que pudiera haber sufrido varios años antes de morir?

—Pues no —contestó Garrett, mirándolo intrigado—. ¿Por qué?

Jamie miró a Fiona antes de hablar.

—Hemos encontrado indicios sólidos de que pudo haber estado en un campo de concentración durante la guerra.

Garrett hizo una pausa y lo miró, sorprendido. Después soltó un silbido, al tiempo que Diane hacía otro ruido de desaprobación.

—¿De verdad? ¿Y desde cuándo sabes eso?

—Lo hemos sabido justo antes de venir aquí —dijo Jamie—. Pensé que la autopsia podría mostrar algo...

—Le diré a Dave que mire otra vez, pero, en principio, me dijo que no había nada —respondió su padre, que reflexionó durante un momento—. Un campo de concentración..., sería lógico ver signos de antiguas fracturas de hueso o de dientes rotos. —Pinchó un trozo de carne con el tenedor—. En esa época, debía de ser una niña pequeña. Y si pasó hambre, lo probable es que tuviera problemas de crecimiento por desnutrición. Es increíble que no la gasearan.

—¡Garrett, por favor! —protestó Diane sin poder evitarlo.

—Lo siento, mamá —dijo Jamie, pero se volvió inmediatamente hacia su padre para seguir hablando—. Su familia no se salvó, solo ella.

—Vaya, qué situación tan horrible —respondió Garrett—. ¡Mira que superar todo eso para acabar muerta en un pozo! ¿Quién sería capaz de matar a una chica así? Suena a que podría haberlo hecho algún nazi, pero la pobre cruzó el Atlántico precisamente para alejarse de esos desgraciados.

—Negó con la cabeza—. Siempre estuve orgulloso de que mi padre fuera a Europa a ayudarnos a derrotar a esos hijos de puta.

—Garrett —protestó otra vez Diane.

Fiona bajó la cabeza para cortar la carne.

Después de la cena, que le resultó interminable por la tensión, Diane se metió en la cocina para limpiar. Jamie entró con ella para ayudarla. Así pues, Fiona se quedó sola con Garrett, mientras en la televisión se veían las imágenes sin voz de un partido de fútbol americano. Ambos se quedaron mirando la pantalla en silencio, aunque a Fiona apenas le interesaba ese deporte. En un momento dado, volvió la vista. Se sorprendió al comprobar que Garrett la estaba mirando muy fijamente.

Y, de repente, decidió dejar de ser amable. La cosa se había terminado.

—Escuche —le dijo, dándose cuenta de que sus palabras no iban a resultar adecuadas, pero es lo que había—, Jamie no está en la habitación. Sé que no le gusta que esté aquí. Tengo que admitir que a mí tampoco me apetecía nada venir, y sigue sin apetecerme quedarme. Cenar con la persona que encontró el cuerpo de mi hermana no es la idea que tengo de una velada agradable.

El hombre abrió mucho los ojos y parpadeó: su exabrupto le había sorprendido, pero en su mirada no había ni un ápice de comprensión.

—Lo que no entiendes —empezó— es la influencia que ejerces sobre él. Es precisamente el tipo de influencia que no necesita. No le conviene.

Tardó un segundo en entender lo que le estaba diciendo.

—¿Sobre Jamie? —preguntó—. ¿De verdad piensa que ejerzo alguna influencia sobre Jamie?

—No va a ascender si sigue saliendo contigo —afirmó Garrett con énfasis—. Nadie confía en un policía que se mete en la cama con una periodista.

Seguramente era cierto, pero Jamie nunca le había dicho nada semejante. Jamás había mostrado la más mínima animadversión a su oficio de periodista, ni tampoco ambición de ascender. Supuso que eso era lo que realmente molestaba a su padre.

—Eso es decisión suya —arguyó.

Garrett negó con la cabeza.

—A veces, la gente no toma las mejores decisiones —razonó—. Muy poca gente entiende que lo que debe buscar es lo mejor para sus propios intereses. En todo momento. A veces, pienso que Jamie no lo entiende en absoluto.

Se lo quedó mirando, asombrada. La conversación era surrealista.

—¿Qué sabes tú sobre esto? —preguntó con suavidad. Y, de repente, Fiona supo que iba a herirla, y mucho—. Tim Christopher también era un buen hombre, antes de arruinar su vida.

Durante un segundo se quedó sin palabras.

—¿Qué es lo que ha dicho? —preguntó, sin dar crédito a lo que había escuchado.

—Siempre me he preguntado cosas sobre todo aquello —continuó Garrett—. ¿Una testigo que los vio discutir... y una gota de sangre en sus pantalones? Eso son pruebas circunstanciales. —Se encogió de hombros, pero la mirada que le dirigió a Fiona fue dura y profunda—. Puede que lo condenaran injustamente. ¿No lo has pensado nunca?

—Pare. —Fue como si lo hubiera dicho otra persona—. Pare de una vez.

—No soy el único que se lo pregunta —insistió Garrett—. Y es que es algo en lo que no se puede dejar de pensar.

Desde la cocina llegó el ruido del lavavajillas al cerrarse y el del agua corriendo. Diane se rio de algo que había dicho Jamie.

—Han pasado veinte años —dijo Garrett, de nuevo con ese tono suave, que ya había comprobado lo peligroso que era—. ¿Acaso piensas que Jamie no habla conmigo?

Fiona sintió que se le revolvía el estómago. Una bocanada ácida le alcanzó la garganta.

—Pasear por la noche por la carretera de Old Barrons —dijo Garrett—. Trepar la valla de Idlewild. En el fondo, tú también le das vueltas a qué pasó realmente, lo mismo que yo. Estás hecha un auténtico lío, querida.

Tenía la mirada fija en ella, seguramente la misma que había utilizado para hacer confesar a mentirosos y criminales durante sus treinta años como policía.

—Yo fui uno de los primeros que acudió a ese campo —le dijo—. Llamaron unos niños. Acababa de empezar mi turno. El único oficial que había de servicio, aparte de mí, era Jim Carson. Apenas tenía veinte años. De ninguna manera iba a permitir que un crío como ese fuera el primero en ver el cadáver. Me acompañó, claro. Pero sabía que tenía que ser yo.

Fiona seguía en silencio, incapaz de mirar para otro lado.

—Todo el mundo lo recuerda —continuó Garrett—. Pero nadie se acuerda como me acuerdo yo. Antes de que se montara el circo, cuando solo estábamos Jim y yo, con los cuervos de testigos, en el silencio de aquel campo, mirando hacia abajo. La observé y pensé que, fuera lo que fuese, sería lo peor que iba a presenciar esta ciudad en toda su historia. Que iba a ser el principio del fin. —Parpadeó—. Y lo fue, ¿verdad? ¡Claro que lo fue! La vida de Tim se fue al garete. Los Christopher se marcharon. Después de aquello, la gente atrancó sus puertas para siempre.

—Usted le dijo a Richard Rush que mintiera —espetó Fiona. Era una afirmación dura, pero ahí estaba. La idea le rondaba la cabeza desde que leyó el artículo y habló con Mike Rush acerca de su padre—. Fue a la heladería y le forzó, no sé de qué manera, a que lo hiciera. Le dijo que declarara que Tim Christopher estuvo allí a las nueve. Y lo hizo, lo declaró. Pero, por las razones que fueran, se retractó, porque no declaró en el juicio.

«Cuando leí ese artículo y le pregunté a mi padre por lo que había dicho, se enfadó muchísimo. En toda mi vida, solo me han pegado con el cinturón tres veces. ¡Y esa fue una de ellas! Me ordenó que no volviera a preguntarle sobre el asunto», le había dicho Mike Rush.

—¿De verdad vas a hacer eso? —le preguntó Garrett mirándola a los ojos, sin pestañear—. ¿Lo vas a hacer, después de veinte años? Son palabras mayores, Fiona. Te sugiero que te lo pienses y que no lo hagas.

Pero no iba a parar. Ahora no.

—¿Por qué le obligó a mentir?

—¿Qué está pasando aquí?

Jamie estaba en la puerta, mirándolos fijamente. Sus ojos pasaban de su padre a Fiona casi sin transición.

—Gracias por venir, hijo —dijo Garrett con frialdad—. Creo que la velada se ha terminado.

Jamie no dijo ni una palabra en todo el camino de regreso. Tenía la mandíbula tensa. Fiona lo miró brevemente cuando las luces de los vehículos con los que se cruzaban le iluminaban el perfil. Después miró por la ventana, a la oscuridad de la noche.

No dijo nada hasta que abrió la puerta del edificio de apartamentos y aparcó sin quitar la llave del contacto.

—Tenía que ver con Deb, ¿verdad? —dijo sin mirarla—. Sobre lo que discutíais mi padre y tú. Tenía algo que ver con esa obsesión tuya que no vas a abandonar. —Hizo una pausa—. Se ha enfadado mucho. ¿Qué le has dicho?

Ella lo miró con los ojos muy abiertos. No daba crédito.

—¿Qué pasa, que nadie tiene derecho a hacer enfadar al gran Garrett Creel? ¿Es eso?

—No tienes la menor idea de lo que estás hablando —replicó Jamie, con una voz casi tan fría como la de su padre—. ¿Qué le has dicho, Fiona?

Y, de repente, fue ella la que se enfadó. Se puso tan furiosa que hasta le temblaban las manos.

—Ya te dije que era una mala idea. Te avisé de que no iba a ir bien.

—Y también me dijiste que lo intentarías. ¡Un par de malditas horas! Ni siquiera has intentado dejarlo estar.

—¿Se trata de eso para ti? —preguntó, soltando las palabras como latigazos, dejando salir toda la furia que había tenido que contener cuando habló con Garrett—. ¿De dejarlo estar?

—Se trata de mis padres —dijo, alzando la voz—. ¡Es mi padre!

—Jamie, tienes veintinueve años.

—¿Y qué demonios se supone que quiere decir eso?

—Me hizo morder el anzuelo. Empezó en cuanto entramos y me apretó las clavijas cuando nos quedamos solos. Defendió a Tim Christopher, Jamie. Eso era lo que pretendía que pasara esta noche.

Y ella se lo había puesto en bandeja. Había ido directa a la trampa. ¿Qué decía eso de sí misma?

—Papá no haría eso —dijo Jamie mientras se pasaba la mano por el pelo—. Puede que lo hayas malinterpretado. Dios, ¿qué puedo hacer ahora?

—Estás saliendo con una periodista —le respondió—. Eres un policía, y estás saliendo con la hija de Malcolm Sheridan. Tu familia está horrorizada, no les gusta nada. Seguro que a tus compañeros les pasa lo mismo. Vuestra sagrada hermandad traicionada con ganas. Y no he malinterpretado nada. Dime, ¿acaso no te has tomado con tu padre unas cervezas y habéis estado dándole a la lengua al caso de mi hermana?

Jamie se quedó rígido sin decir nada.

—Lo sabías. Esa noche que nos encontramos en el bar. Sabías perfectamente quién era. Sabías más que yo sobre el caso de mi hermana. Tu padre fue el primero que llegó al lugar en el que apareció su cuerpo. ¿De verdad podías imaginar que iba a funcionar, Jamie? ¿Por qué demonios me hablaste siquiera?

—No me eches la culpa de todo esto —replicó furioso—. Tú también lo has sabido siempre, Fee. Desde la primera noche, sabías quién era mi padre: el jefe de policía en 1994. Sabías que había trabajado en ese caso. Estuviste presente todo el puto juicio, presenciaste todos los testimonios, leíste los periódicos. Entonces, ¿por qué diablos me hablaste siquiera?

Se hizo un silencio tenso y espeso.

«Esta es la razón —pensó Fiona—. Esta es la razón por la que nunca había llegado hasta aquí, jamás. Con nadie. Por esto he dicho siempre que no».

Porque siempre estaba Deb. Y siempre estaría. Fuera fácil o difícil.

Miró a Jamie y le entraron ganas de decirle que su padre había obligado a mentir a Richard Rush acerca de la coartada de Tim Christopher. Pero no había modo de demostrarlo. Garrett lo negaría. Y estaba segura de que Richard también. Era solo la palabra de Mike Rush, que ya la había advertido de que no quería desatar la ira de su padre. Además, Mike no sabía que estaba hablando con la hermana de Deb Sheridan cuando se lo contó. Fiona le había mentido. Había mentido sin planteárselo siquiera. Y, si tuviera que volver a hacerlo, volvería a mentir. Sin dudarlo.

Pero no se lo iba a decir a Jamie. No tenía sentido. Era policía, igual que su padre y su abuelo. ¿Por qué decírselo? ¿Por qué tratar de convencerlo? Solo traería dolor, enfado y confusión a su vida. Si hacían las paces, volvería a hacerle daño. O él le haría daño a ella. Otra vez.

—Jamie —dijo.

—No. —Se pasó la mano por la cara con gesto mecánico y volvió a ponerla sobre el regazo—. Fee, no podemos hacerlo. Solo... por ahora, ¿de acuerdo? Ahora hay demasiada porquería. Solo por ahora.

Ella se miró las manos. El enfado había desaparecido casi tan pronto como había venido. Se sentía insegura e incluso algo avergonzada. Pero Jamie tenía razón. No podía hacer eso ahora. Ni siquiera por Jamie.

De todas formas, la idea de salir y quedarse sola en casa la ponía enferma. Por primera vez, se preguntó cuándo acabaría esa pesadilla.

Pero, en realidad, ya sabía la respuesta.

Salió del vehículo.

Cuando se marchó, se quedó mirando el automóvil durante un momento con las manos en los bolsillos.

Cuando las luces traseras desaparecieron, se dio la vuelta y subió las escaleras hasta su apartamento.

CAPÍTULO 19

Barrons, Vermont
Noviembre de 2014

Malcolm le había pasado el número de teléfono de una mujer de Inglaterra que estaba dirigiendo un proyecto de investigación centrado en el campo de concentración de Ravensbrück. La investigadora contestó la llamada después de casi un minuto.

—Ginette Harrison —dijo, con un marcado acento británico de clase alta.

—Hola. Me llamo Fiona Sheridan. Mi padre, Malcolm, me ha pasado su referencia.

—Sí —contesto Ginette. Desde la lejanía, oyó el silbido de una tetera. Entre el acento y el té, era como si estuviera escuchando una comedia de situación de la BBC—. Ya, Fiona. Lo recuerdo.

—¿Es buen momento? Tengo algunas preguntas que hacerle sobre Ravensbrück, si tiene tiempo.

—Bueno, sí: sí que lo es —respondió Ginette tras una pausa.

Parecía un tanto desconcertada. Fiona intentó adivinar su edad a partir de su voz, pero podría tener cualquiera entre los treinta y cinco y los sesenta.

—Perdóneme, sé que parezco sorprendida —dijo—. Es solo que aquí apenas son las nueve de la mañana. Malcolm me ha dicho que usted vive cerca de él, en Vermont.

—Sí, así es —confirmó Fiona.

—Lo que significa que para usted son las cuatro de la madrugada, ¿no es así?

Fiona paseó la vista por su apartamento, que estaba completamente a oscuras. Estaba en el sofá, vestida con una de las camisetas que utilizaba para dormir y unos calzoncillos tipo *boxer* de hombre, rodeada de las cajas de Idlewild. Tras varias horas intentando dormirse sin conseguirlo, había arrojado la toalla y se había decidido a llamar a Inglaterra.

—Pues sí —admitió—. Es que... me parecía urgente hablar con usted. ¿Le ha dicho mi padre que encontramos un cuerpo?

—Sí. —Se oyó un ruido, como si Ginette Harrison se hubiera sentado en algún sitio y se hubiera puesto cómoda. O igual estaba echando azúcar y una nube de leche en su té—. La chica que estaba en un pozo, ¿no?

—Desapareció en 1950 —dijo Fiona—. Se suponía que se había fugado del internado en el que estaba.

—Ya veo... ¿Y no la buscó nadie en su momento?

—Según los archivos de la policía, no. Solo durante los primeros días.

—Ya veo —repitió Ginette—. Estoy intrigada. No soy morbosa, pero, si ha encontrado a una persona que podemos verificar que estuvo prisionera en Ravensbrück, me gustaría incluirla en mi investigación.

—¿Qué quiere decir?

—Los archivos de Ravensbrück fueron destruidos —informó Ginette. Pese a la calma con la que hablaba, notó su indignación—. Los quemaron poco antes de que los rusos liberaran el campo en 1945. Disponemos de archivos y registros de muchos otros campos de prisioneros y de concentración, pero nada de los de Ravensbrück. Lo hicieron a propósito. Todo eliminado.

—¿Todo? —preguntó Fiona, con el corazón angustiado.

—Me temo que sí. Los nazis arrojaron los archivos al crematorio, todos ellos, junto con los últimos cuerpos, antes de abandonarlo empujados por el avance del ejército soviético. Además, cuando los rusos entraron en el campo, tampoco se esforzaron en conservar lo poco que quedara.

—Entiendo. —Fiona miró alrededor, a las cajas del cobertizo de Sarah London. «A propósito. Todo eliminado».

—Mi investigación pretende llenar los huecos, los vacíos de información —continuó Ginette—. He pasado muchos años intentando encontrar supervivientes o dar con cualquier dato escrito que hubieran dejado los supervivientes. Pero hay muy pocos. Es muy difícil encontrar nada.

—¿Difícil encontrar nada? —repitió Fiona, sorprendida—. La historia de los campos de concentración se enseña en los colegios. Pensaba que había muchísimo trabajo detrás, muchos escritos. Una gran parte, llevados a cabo por los supervivientes... o a partir de entrevistas que se les hicieron.

—La mayor parte de las mujeres que sobrevivieron al confinamiento en Ravensbrück no han hablado de ello —explicó Ginette—. Hicieron lo que pudieron para retomar sus vidas, reintegrarse y olvidar. No querían otra cosa. Unas pocas han escrito memorias, pero hace mucho que están descatalogadas y fuera de circulación. He reunido todo lo que he podido, sobre todo de las pocas mujeres que quedaron vivas y quieren hablar sobre ello. Pero Ravensbrück, desde el punto de vista histórico, es casi una anécdota. Y, siento decírselo, pero eso implica que a esa pobre chica muerta que encontraron le sucederá lo mismo. Se quedará en una anécdota. Lo lamento mucho, pero así son las cosas.

—¿Cómo es posible? —Fiona estaba indignada—. ¿Cómo todo un campo de concentración puede quedar en una simple anécdota?

Ginette Harrison suspiró.

—Para empezar, era un campo de mujeres. Y cuando terminó la Segunda Guerra Mundial y empezó la Guerra Fría, quedó al otro lado del Telón de Acero. Durante décadas, ningún occidental tuvo acceso al lugar. Historiadores, supervivientes, escritores... Nadie pudo acceder, ni del este ni del oeste. Cuando la Guerra Fría acabó, muchas de las supervivientes habían muerto. Nadie se dedicó a escribir sobre el campo, si exceptuamos un pequeño grupo de historiadores que mantienen viva la esperanza de que la historia puede reconstruirse y estudiarse. Yo soy una de ellas.

Fiona se echó hacia atrás en el sofá y se pasó la mano por el pelo. Estaba cansada, muy cansada.

—Así que no hay ninguna esperanza de que pueda encontrar un archivo que hable de Sonia Gallipeau. Estuvo allí cuando era un niña, probablemente con su madre.

—Casi ninguna —confirmó Ginette—. Malcolm me dio el nombre de Emilie Gallipeau, pero no coincide con ninguna de las informaciones que he recabado. En Ravensbrück murieron más de diez mil mujeres, gaseadas, agotadas tras derrumbarse en los campos de trabajo en condiciones de esclavitud, torturadas, ejecutadas o simplemente de hambre. La gran mayoría de ellas se convirtieron en víctimas anónimas tras la quema de los archivos.

Fiona miró al techo, en la oscuridad, con los ojos llorosos. Era increíble que tantos miles de personas pudieran desvanecerse de la historia sin dejar el más mínimo rastro.

—¿Eran mujeres judías? —logró preguntar.

—En realidad, muy pocas lo eran —indicó Ginette—. Eran prisioneras procedentes de países ocupados por los nazis: comunistas, miembros de la Resistencia de diversas procedencias, gitanas, espías a las que habían capturado... También había otro tipo de prisioneras a los que los nazis llamaban «asociales».

—¿Asociales?

—Sí: prostitutas, mujeres abandonadas, alcohólicas, adictas o enfermas mentales. Mujeres que los nazis, simplemente, querían extirpar de la sociedad... O que ellos consideraban inmorales.

—¡Madre de Dios! —exclamó Fiona—. ¡Qué horror!

—Esa es una de las razones por las que hay tan pocas referencias de las supervivientes —dijo Ginette en voz baja—. Algunas de las mujeres de Ravensbrück habían estudiado, pero la gran mayoría no. Muchas de ellas no sabían ni escribir.

—Y algunas eran niñas.

—Sí. Algunas eran niñas.

Fiona pensó en ese dato sin dejar de mirar al techo. La historia era tan terrible que podía llevarse por delante cualquier otro aspecto del reportaje. Dejarlo en nada. Tendría que intentar controlarla, no dejar que esa pesadilla la apartara del camino que conducía adonde realmente quería llegar. Tenía que mantener el foco en Sonia.

—¿Qué ocurrió con el campo de concentración después de la guerra?

—Demolieron la mayor parte de las instalaciones —contestó Ginette—. El ejército soviético lo ocupó y no se hizo ningún esfuerzo de documentación histórica. La mayoría de los edificios dejaron de existir hace mucho tiempo. Hay un museo memorial. Se pueden visitar los edificios que aún están en pie, entre ellos el crematorio. En los últimos días de la guerra, los nazis que dirigían el campo lo abandonaron y pusieron tierra de por medio, toda la que pudieron. No obstante, algunos fueron capturados. También algunos guardias. Hubo dos juicios específicos sobre Ravensbrück en 1946, y aquellas mujeres...

—¿Las mujeres? —Fiona no pudo evitar interrumpirla—. ¿Los guardias eran en mujeres? ¿No eran soldados?

—Así es —confirmó Ginette—. El comandante del campo era un hombre, miembro de las SS y que estaba bajo el mando directo de Himmler. Pero quienes vigilaban eran mujeres, guardianas. A algunas las reclutaron en prisiones para mujeres en las que trabajaban también como guardianas; otras procedían de pueblos de los alrededores. Eran mujeres que querían trabajar. —Hizo una pausa. Fiona no dijo una palabra—. Es terrible, ¿verdad? Tendemos a creer que las mujeres no les harían eso a otras mujeres: llevarlas a gasear con sus hijos, meterlas en hornos... Pero me temo que no hay duda de que eso fue exactamente lo que pasó.

—Perdone —dijo Fiona con suavidad—. Estaba contándome lo de los juicios.

—Sí, cierto. Hasta esos juicios se olvidaron durante la Guerra Fría. Por lo menos, hubo un buen número de condenas; también ejecutaron a algunas guardianas. Pero otras muchas escaparon. Pasó lo mismo que en casi todos los demás campos de concentración. Como ya le he dicho, hay un memorial donde estaba el campo. De todos modos, Ravensbrück está alejado de las vías de comunicación más habituales, a varias horas de Berlín. Se construyó allí con toda la intención, al lado de un lago y en las cercanías de un pueblo agrícola.

—A estas alturas, parece increíble que dejaran que pasara. Que la gente no se rebelar...

—Usted pertenece a una nueva generación —dijo Ginette Harrison. En su voz, hubo un ligero reproche, muy británico. Eso le hizo pensar que era mayor de lo que había pensado en un principio, quizá por encima de los cincuenta, o incluso de los sesenta—. Para mi investigación, he necesitado entender la mentalidad de la época. No había Internet, ni ninguna forma de expresar la indignación como ahora: blogs, redes sociales... Tampoco había cámaras digitales con las que pudieras hacer una foto que mandar a cualquier parte del mundo en segundos.

Y eso, claro, permitió que Ravensbrück fuera abandonado y desmantelado. Que quedara en el olvido.

—Esa chica, Sonia —dijo Fiona, intentando volver al guion que tenía *in mente,* por muy difícil que resultara—. El cuerpo que encontramos. En principio, el forense no ha descrito señales de heridas antiguas, ni en los huesos ni en los dientes.

—Entonces está claro que se libró de algunas de las torturas físicas —dijo Ginette—. En Ravensbrück, como en todos los demás campos de concentración, se libraba una batalla contra el tiempo. Se trataba de mantenerse vivo mientras veías morir a los demás a tu alrededor.

—La chica era muy pequeña para su edad.

—No me sorprende. Si no se alimentó bien en el campo, si sufrió desnutrición... Bueno, eso pudo afectar a su crecimiento. En todo caso, no soy médica: no puedo opinar con suficiente fundamento. Pero de lo que sí estoy segura es de que, si sobrevivió a Ravensbrück, tenía que ser una niña fuerte.

—Dice usted que los rusos liberaron el campo —continuó Fiona. Se daba cuenta de que Ginette Harrison era una persona ocupada; aunque de forma educada, empezaba a impacientarse, pero quería obtener toda la información que le fuera posible—. ¿Guardaron algún registro, algún archivo?

—Si lo hicieron, no los hemos localizado. La Cruz Roja Internacional tiene algunas fichas de prisioneros que terminaron en sus manos después del caos que siguió a la liberación. Las tengo y las he revisado. Los nombres de Sonia y de su madre no aparecen.

—Pero Sonia viajó a Estados Unidos en 1947, con el apoyo de unos parientes lejanos —dijo Fiona—. Alguien, en alguna parte, ayudó a esa niña y consiguió que se pusiera en contacto con sus familiares que vivían en América. Tenía diez años cuando terminó la guerra. Es imposible que se las arreglara ella solita.

—Pudo ser cualquiera —dijo Ginette con vaguedad—. Una prisionera que estuvo con ella, una familia compasiva, un hospital... Lo siento, no hay manera de saberlo. Usted está buscando a su familia, ¿verdad?

—Busco cualquier cosa —confesó Fiona—. Lo que sea.

Se hizo una pausa.

—Señorita Sheridan, ¿puedo darle mi opinión, no de experta, sino puramente personal?

—¡Cómo no! Claro.

—Tenemos una chica joven, lejos de su casa. Procede de un campo de concentración del que no queda ningún archivo que estudiar o contrastar, ninguno en absoluto. Todos y cada uno de los miembros de su familia han muerto asesinados. Y ahora está sola, en un país extranjero, sin nadie que esté pendiente de ella, salvo los impersonales miembros de un internado, que tampoco ponen demasiado interés.

—Así es —reconoció Fiona.

—Nadie va a buscarla a fondo si desaparece. Nadie se va a preocupar. Y, por lo que respecta a las autoridades, si es que alguien conocía sus antecedentes, es decir, que estuvo prisionera en un campo de concentración nazi, sin duda llegaría a la conclusión, obvia y sin matices, de que era judía. —Hizo una pausa—. Estábamos en 1950, en una zona rural, ya me entiende.

—¿Qué pretende decirme? —preguntó Fiona, sin querer asumir la conclusión a la que había llegado.

—Estoy diciendo, abiertamente, sin rodeos, que si alguien buscaba una víctima para cometer un asesinato, era imposible encontrar una candidata mejor.

—Cree que la escogieron para asesinarla —dijo Fiona, tragando saliva.

—Es algo que no dejo de pensar desde que su padre habló conmigo —le respondió. Fiona notó que estaba intentando suavizar el tono de voz—. No es mi intención alarmarla. Pero esa chica desapareció sin dejar rastro. Y ha seguido así más de sesenta años. Nadie la buscó. Si usted fuera un asesino compulsivo y buscara satisfacer ese instinto con alguien, ¿cree que podría encontrar a una persona más adecuada?

CAPÍTULO 20

Sonia

Barrons, Vermont
Noviembre de 1950

Contarles la historia a sus amigas resultó liberador. Pudo sentir los pedazos de su mente moviéndose despacio, reorganizándose. Pero el mejor día de todos fue en el que se quedó con el cuaderno.

Era de CeCe: se lo había regalado su padre, un hombre rico. Era un regalo de Navidad escogido sin interés; probablemente, se lo había comprado su secretaria para enviárselo a su hija ilegítima a ese internado. Sonia podía escuchar en su mente la orden: «Envíale a mi hija algo bonito. No sé... Escoge lo que a ti te parezca. ¿Qué les gusta a las chicas de su edad? Toma el dinero». Y ahora CeCe tenía su cuaderno. Se notaba que era caro, con unas tapas duras decoradas con flores; de páginas gruesas que hacían un ruido suave y agradable cuando las pasabas. Se doblaban muy satisfactoriamente si pasabas el dedo por el borde. Un buen cuaderno.

CeCe había vaciado su cajón un día que ya se le hacía tarde para llegar a la clase de educación física, buscando unas medias. El cuaderno había terminado en el suelo, junto a otras cosas. La mayoría olvidadas por gente que no las había echado de menos. Sonia agarró el cuaderno y se lo acercó.

—¡Ah, eso! —dijo CeCe sin interés, dejando de mirar mientras abría otro cajón—. No lo he utilizado.

Claro que no. Era un cuaderno hecho para una chica a la que le gustara escribir, que se tomara en serio cada palabra y la escribiera con cuidado. A CeCe no le gustaba escribir; por eso Sonia dedujo que era un regalo de su padre. Cualquiera que conociera a CeCe, aunque solo fuera de con ella cinco minutos con ella, sabría que no era un regalo adecuado para esa chica.

—¡Vaya, aquí están! —exclamó CeCe, tomando los calcetines, que estaban en el último cajón. Miró otra vez a Sonia, que seguía con el cuaderno en las manos—. ¿Lo quieres? Quédatelo.

—No puedo... —dijo Sonia—. Es caro.

CeCe se rio.

—¡No lo compré con mi dinero!

Ahora la situación con ella era algo más complicada, después de que les contara lo que había sucedido aquel día en la playa. Pero, en todo caso, con CeCe, decir que las cosas estaban duras no significaba nada en realidad: su amiga era blanda como la mantequilla.

—Nunca lo utilizo, de verdad. Quédatelo. Bueno, tengo que irme.

Así que Sonia se lo quedó. También encontró la preciosa pluma que le habían enviado con el cuaderno. Estaba entre el montón de cosas que se habían quedado en el suelo tras la frenética búsqueda de CeCe. No la iba a echar de menos. Lo normal era que se olvidara de que se la habían mandado. Así pues, Sonia también se la quedó y abrió el cuaderno. Acercó la nariz al lomo, aspirando con fuerza el denso olor a papel. Sintió una extraña calma en la base del cuello; después en los hombros y en la espina dorsal. También notó un ligero hormigueo en la parte superior del cerebro. «¿Qué es lo que voy a escribir en este precioso cuaderno?».

Se llevó el cuaderno a todas las clases de ese día. Por la noche lo colocó debajo de la almohada, todavía en blanco. Le gustaba que, de momento, siguiera inmaculado, como si esperara, como si escuchara. Como sus amigas.

Al final, le contó al cuaderno la misma historia que les había contado a sus compañeras. En realidad, era su única historia: no podía contar otra. Pero en el cuaderno también hizo dibujos.

Antes de la guerra, dibujaba bastante bien. Había dibujado a su madre docenas de veces, mientras leía o cosía. En aquellos días, las personas hacían muchas cosas sin moverse de un sitio, cosas que requerían mucha concentración y escasos movimientos. Así que era fácil hacer retratos. Su madre, su padre, el gato que se acercaba a la ventana buscando comida. Después, cuando adquirió más práctica, sus compañeras de clase y sus profesores.

Aquello terminó. Pero ahora le quitó el capuchón a la pluma y se puso a escribir en su cuaderno privado. Se lo contó todo, página a página. Y, junto a las palabras, hizo dibujos. Dibujó de memoria a su madre, y después a su padre. Después de hacerlo, tuvo que parar de escribir durante un día entero, aunque enseguida recuperó las ganas. Abrió otra vez el cuaderno y escribió todo lo que recordaba.

Dibujó Ravensbrück.

Una vez que hubo empezado, fue incapaz de parar. Los recuerdos asaltaban su memoria en todas partes y en todo momento, durante las clases, mientras hacía los deberes, al tiempo que corría a duras penas alrededor del campo de hockey, cuando comía en el comedor esa comida que no sabía a nada. Los recuerdos no eran como aquellos tan abrumadores, esos que la habían puesto enferma hacía unos días. Estos eran como el sonido de un violín con una sola cuerda, agudo y estridente, esperando algo que lo hiciera parar. Y lo único que conseguía que parara era escribir.

Hizo un mapa del campo de concentración. Lo dibujó desde distintos ángulos: una vista de los barracones; otra del crematorio, con sus penachos de humo. Dibujó todos y cada uno de los rostros que recordaba: reclusas, mujeres que iban y venían, *blockovas,* guardianas, su madre. Su madre. Dibujó al hombre que las registró, un tipo alto que llevaba una insignia de plata con dos eses, *SS,* en el cuello del uniforme y un largo abrigo negro. Dibujó el paisaje en invierno y en verano. Y los cuerpos. Dibujó el rostro de la primera persona que vio el día en el que el campo fue liberado: un hombre con un uniforme del ejército soviético, de cara gruesa y ancha. Huyó de él nada más verlo, descalza, lo más rápido que pudo. No quería tener nada que ver con los soldados, fueran los que fuesen.

Dibujó la iglesia en la que había dormido aquella primera noche de libertad. Esa iglesia destruida por un bombardeo. Dibujo a la mujer que la encontró, otra prisionera. Esa mujer que se unió a ella. Dibujó a la familia que las acogió. Sus dos niños, sus caritas delgadas, sus grandes ojos. Había ciertas cosas que su memoria rechazaba, periodos en blanco. En algún caso, se sentía frustrada, pero en otros intuía que debía estarle agradecida al olvido. Su madre de pie en la *Appelplatz*... No la recordaba con claridad. ¿Desde qué ángulo la había mirado? ¿Había estado frente a ella o detrás? La visión no acudía a su memoria. Empezó a preguntarse si simplemente se lo habrían contado, aunque juraría que lo había visto todo. Pero lo cierto es que algunas cosas le resultaban muy confusas.

Por supuesto, sus amigas se dieron perfecta cuenta de lo que estaba haciendo. Les contó con franqueza de lo que estaba escribiendo, pero al principio no se lo enseñó. Incluso ahora, después de muchas noches pasadas con ellas, sentadas en el suelo escuchando la radio de CeCe y hablando, se sentía cohibida y le daba un poco de vergüenza que vieran lo que había en el cuaderno. Pero, finalmente, se lo enseñó, primero a Roberta y después a las demás. Roberta lo leyó en silencio, con cara seria; CeCe, que le había regalado el cuaderno, no paró de derramar unos lagrimones enormes; cuando acabó, le dio un abrazo enorme a Sonia.

Sin embargo, Katie lo había leído con expresión dura e impenetrable como el hormigón. Estaba sentada en el borde del colchón de la litera, con el cuaderno abierto sobre el regazo mientras pasaba las páginas lenta y silenciosamente. Sonia se sentó a su lado, con las piernas dobladas y mordiéndose el pulgar. El hecho de dejarle leer a Katie el libro, como a las demás, era una ofrenda de amistad. No se sentía capaz de adivinar la respuesta de Katie, cuyos ojos permanecían fijos en las páginas, con las pestañas bajas. Así pues, esperó.

Katie utilizó las palmas para cerrar el cuaderno. Lo hizo con tanta fuerza que el choque de las cubiertas resonó en la habitación. Típico de ella.

—Deberías ser escritora —dijo.

—¿Qué quieres decir? —preguntó Sonia.

—Tienes talento —contestó Katie. Miró las bonitas flores que decoraban las cubiertas del cuaderno—. Dibujas bien. Escribes bien. Eso es talento, Sonia. Un talento que puedes utilizar para ganar dinero.

Sonia se sacó el pulgar de la boca, que no pudo cerrar por la sorpresa.

—¿Quieres decir como profesión?

—Podrías ser escritora —repitió Katie con tono paciente, como si supiera que la idea era difícil de asimilar—. Podrías escribir libros, artículos. Te los publicarían. Y no tendrías que casarte, si no quisieras.

Las chicas habían hablado más de una vez de que no querían casarse. La única que no compartía del todo esa idea era CeCe, que decía que sí que quería tener hijos, aunque le horripilaba el asunto de dar besos y del sexo. Las otras tres estaban de acuerdo en que no les interesaban los chicos, pero ni se imaginaban cómo podrían salir adelante sin un marido y sin convertirse en una soltera empedernida y horrorosa como *lady* Loon. Era un problema que aún tenían que resolver. Además, su enorme falta de información, más allá de *El amante de lady Chatterley,* impedía que llegaran a ninguna conclusión viable.

—No puedo escribir un libro acerca de Ravensbrück —dijo Sonia—. No puedo.

Katie la miró con esos ojos oscuros y cautivadores que no se perdían nada. Era una chica tan guapa que a veces costaba mirarla: el pelo negro como el carbón, la frente perfecta, la curva de las cejas, como la de las alas de una gaviota, la nariz recta y los labios llenos, que apenas movía para expresar sus emociones. Sonia había aprendido que, si querías saber lo que estaba sintiendo Katie, tenías que fijarte en sus ojos, en el brillo y en los movimientos. El resto de su cara siempre era inexpresivo.

—¿Por qué no? —preguntó.

—Seguro que a nadie le interesaría leer eso —respondió haciendo un gesto en dirección al cuaderno—. Son solo los recuerdos de una niña estúpida. Mañana podríamos morir todos en una guerra nuclear. Esto no es importante.

Katie la miró; por la expresión de los ojos, supo que estaba pensando intensamente. Era su clásica mirada calculadora. Sonia la conocía.

—Bueno, pues no lo hagas —dijo sin rodeos—. No tienes que escribir sobre Ravensbrück. Pero puedes escribir. Y dibujar. Puedes escribir un libro sobre otra cosa.

—¿Sobre qué?

—Pues sobre lo que quieras —dijo, devolviéndole el cuaderno—. Puedes escribir cuentos para niños, con dibujos, como *Winnie-the-Pooh*. O algo para mayores..., no sé. Algo como *El amante de lady Chatterley*.

Esa salida hizo reír a Sonia. Y era lo que Katie quería. Al mismo tiempo, sintió calor en las mejillas. Habían leído algunas partes del libro en sus sesiones nocturnas de radio y conversación.

—¡Cómo voy a escribir esas cosas! —dijo—. Si os he dicho que no me voy a casar, igual que vosotras. Una escritora tiene que utilizar sus propias experiencias.

Katie puso los ojos en blanco, un gesto que también pretendía hacer reír a Sonia.

—Me temo que las experiencias propias a ese respecto no tienen mucho que ver con lo que escriben los autores, créeme. Tom sudaba como un pollo y olía a naftalina —explicó, poniendo cara de asco.

Pese a que era una historia triste, Sonia no pudo evitar reírse. Sabía que una de las armas defensivas de Katie era reírse de aquello. De esa manera, aquella traumática experiencia se convertía en algo menos importante y más fácil de manejar.

—¿Sabes una cosa? Cuando te conocí, te tenía un poco de miedo.

Katie se encogió de hombros. Estaba acostumbrada. Todo el mundo le tenía algo de miedo: era guapa, valiente y tremendamente fuerte.

—¿Y ahora?

«Ahora te quiero mucho». Eso era lo que a Sonia le apetecía decir, pero se lo calló.

—Ahora creo que, como te gusta leer libros guarros, quieres que yo los escriba.

El comentario hizo que la otra chica torciera los perfectos labios en un amago de sonrisa divertida, que reprimió inmediatamente.

—Escribe sobre una chica en un internado.

Había soltado la sugerencia como por casualidad, pero, inesperadamente, a Sonia le pareció una magnífica idea. Lo pensó durante varios días, mientras hojeaba el cuaderno. No escribió nada, aún no. No sabía qué sería lo que iba a escribir finalmente, qué historia contaría. Solo conocía las caras. Pero ya surgirían las palabras.

Un día recibió una carta de sus tíos abuelos, aquellos que le habían pagado el viaje a América a través del Atlántico. Le mandaban cartas de vez en cuando, y ella los visitaba en Navidad, pero no se habían ofrecido a acogerla. Eran mayores y no querían una niña a su alrededor. Pero esta carta era diferente: la invitaban a pasar con ellos un fin de semana completo.

Sonia releyó la carta varias veces, la compartió con sus amigas y la analizó a fondo. ¿Qué sería lo que les había llevado a invitarla, así, de repente? ¿Sería posible que estuvieran sopesando la posibilidad de sacarla de Idlewild y dejar que viviera con ellos? La invadió una gran ansiedad, mezclada con esperanza. Pero ambos sentimientos eran absurdos, una locura. Además, ahora no podría dejar Idlewild y alejarse de sus amigas. Eran como hermanas para ella.

Sus parientes le habían dicho varias veces que no se sentían capaces de vivir con niños. Pero eso de vivir en una casa, con una habitación solo para ella, dos parientes..., un patio..., levantarse cada mañana para ir al colegio...

Aceptó visitarlos y vivió los días siguientes con ansiedad y expectación, preguntándose qué iba a encontrarse.

Era el 19 de noviembre de 1950.

Diez días después, estaba muerta.

CAPÍTULO 21

Portsmouth, New Hampshire
Noviembre de 2014

Al entrar en el café, Fiona se sacudió la fina capa de nieve de las botas. Esa noche había caído una nevada pequeña, aunque suficiente para que el viaje desde Vermont se volviera peligroso. Se había derretido en parte, pero en parte se había helado, cosa que hacía difícil conducir con seguridad. En cualquier caso, llegó sin más problemas a New Hampshire, a tiempo para su cita con Roberta Montgomery. De soltera: Roberta Green.

Fiona había probado suerte y la había llamado para preguntarle si de verdad era la Roberta Green que, en el pasado, había sido alumna interna de Idlewild. La anciana, de forma reservada y digna, le contestó que sí. Fiona le soltó el manido discurso de la restauración de la escuela y de su deseo de hacer un reportaje; tras un momento de silencio, Roberta aceptó reunirse con ella. Ahora tenía setenta y nueve años. Fiona la reconoció fácilmente en el pequeño salón: una mujer de pelo blanco sentada muy erguida; todavía se parecía a la chica de la foto del equipo de hockey, cuando tenía diecisiete años.

—Gracias por aceptar reunirse conmigo —dijo Fiona al llegar a la mesa. Después acercó una silla y pidió un café.

—Siento que haya tenido que conducir en estas condiciones —dijo Roberta. Su tono era educado y natural, algo frío, como si difícilmente se pusiera nerviosa o se entusiasmara—. Yo ya he dejado de conducir. Prefiero estar sentada sobre algo quieto y firme.

Hizo un gesto señalando la gran cristalera. Al otro lado de la calle Islington, en uno de los antiguos edificios, había un cartel bien visible: «MONTGOMERY AND TRUE, ABOGADOS».

—¿Fue usted socia del bufete? —preguntó Fiona.

—Durante treinta años, sí. Pero ahora estoy jubilada, por supuesto. —A Roberta le brillaron los ojos mientras miraba el edificio. Fiona se dio cuenta de que poseía esa clase de belleza tranquila y estoica capaz de desafiar el paso del tiempo—. Todavía me permiten venir unos cuantos días a la semana y me consultan. Me toman el pelo porque no me hacen ni caso, claro, pero ¿a mí qué más me da? —Se volvió hacia Fiona y sonrió—. Pruebe los cruasanes de queso. Tienen horno propio. Los hacen aquí mismo. Yo los tomo todos los días. A la edad que tengo, he dejado de preocuparme por el peso.

Fiona le devolvió la sonrisa y pidió lo que le había aconsejado. El café era tan fuerte que le hizo fruncir los ojos, pero lo agradeció después de haber conducido tanto rato.

—Me gustaría hablar con usted acerca de Idlewild —dijo.

—Ya. Me dijo que alguien lo está restaurando, ¿no?

—¿No lo sabía?

—Supongo que no habrá podido recabar muchos detalles sobre el internado —comentó, encogiéndose de hombros—. Ese sitio no le interesa a nadie.

Fiona observó a la mujer con detenimiento. Había releído su ficha la noche anterior. Nacida en 1935, enviada a Idlewild en 1950 después de ser testigo del intento de suicidio de su tío, un veterano de guerra, en el garaje de su casa y con una pistola. La historia coincidía con la que le había contado Sarah London: «Hubo un suicidio en su familia, creo, o al menos un intento. Ella fue testigo directo». Después del incidente, Roberta dejó de hablar durante cierto tiempo, lo que hizo que sus padres la enviaran al internado. En cualquier caso, en su ficha no había ninguna nota que hiciera referencia a que tuviera problemas de comunicación durante su estancia en Idlewild. Una vez más, el laconismo de las fichas de la escuela resultaba tremendamente frustrante. Nadie parecía prestar la debida atención a las alumnas, ni la dirección ni las profesoras. Y si lo hacían, no registraban nada.

—¿Guarda buenos recuerdos de Idlewild? —preguntó Fiona, para empezar a tantear el terreno.

Las manos de Fiona rodearon la calidez de su taza de café.

—Era un sitio horrible —dijo—. Pero, en aquellos momentos, lo prefería a mi casa.

—He encontrado una fotografía en la Sociedad Histórica de Barrons. —Fiona sacó la foto del equipo de hockey sobre hierba y la dejó suavemente sobre la mesa, de cara a Roberta, para que la pudiera ver bien.

Se hizo el silencio. Roberta Montgomery, o Roberta Green, como Fiona seguía llamándola en su mente, era una de esas personas que sabían quedarse calladas. Jamie también tenía ese don. No sentía la necesidad de rellenar los momentos de quietud con su propia charla: eso lo convertía en un buen policía. Sintió una punzada de dolor al pensar en él. No la había llamado ni le había enviado ningún mensaje de texto después de la noche de la cena en casa de sus padres.

—Recuerdo este día —dijo por fin Roberta—. Fue en mayo. Ya se había derretido la nieve, pero aún no hacía calor y la hierba todavía estaba muy húmeda. —Señaló con el dedo a la profesora—. ¡Dios del Cielo, esa es *lady* Loon!

—¿Perdón? —dijo Fiona sin comprender.

—La profesora —aclaró Roberta—. Era el mote que le habíamos puesto. Siempre se dirigía a nosotras llamándonos *lady* o *ladies,* sobre todo cuando nos reñía y nos gritaba. —Negó con la cabeza—. Era irritante, de verdad. Insoportable.

—¿Y lo de «Loon»?

Roberta puso los ojos en blanco; por un momento, Fiona vislumbró la adolescente que fue una vez.

—Era una lunática —explicó—. No era capaz de manejar a un grupo de chicas, siempre estaba crispada, gritando, riñendo... Su nombre auténtico era London, señorita London.

—Lo sé. Vive en Vermont.

—¿*Lady* Loon todavía está viva? —exclamó Roberta levantando las cejas con gesto de asombro—. Bueno, la verdad es que no era mucho mayor que nosotras, ahora que caigo. Aunque siempre pensé que en cualquier momento moriría de un ataque al corazón, desde luego antes de cumplir los cincuenta. La verdad es que la poníamos de los nervios, a veces a propósito. —Esbozó una mueca traviesa.

—Señora Montgomery...

—Roberta, por favor.

—Muy bien, Roberta —aceptó Fiona—. ¿Te acuerdas de una chica que se llamaba Sonia Gallipeau?

Claro que la recordaba. Se dio cuenta por el gesto que hizo al escuchar el nombre.

—Sí, por supuesto —respondió—. Era compañera de habitación. La conocía bien.

—Desapareció en 1950.

—Querrás decir que fue asesinada.

A Fiona le dio un vuelco el corazón. Después de tantas especulaciones, de tanta investigación, aquí estaba la historia de Sonia, sentada delante de ella en la mesa de un café.

—¿Por qué dices eso? ¿Qué te hace pensar que fue asesinada?

—Por supuesto que lo fue —dijo Roberta, que había vuelto a bajar la mirada hacia la foto—. Siempre lo supimos. Nadie nos creyó, pero nosotras estábamos convencidas. Sonia jamás habría huido, y menos sin su maleta.

—Pero huyó de la casa de sus parientes cuando todavía no había terminado su visita de fin de semana.

—Lo sé —respondió Roberta con voz tranquila, aunque también infinitamente triste—. La verdad es que esa forma de actuar no cuadraba con ella, en absoluto. —Fiona esperó pacientemente, intuyendo que Roberta tenía bastante más que decir. Al cabo de unos segundos, la anciana continuó—: Sonia tenía ciertas expectativas respecto de esa visita. Pensaba que sus parientes podrían invitarla a quedarse, a dejar Idlewild. Y si se enteró de que no tenían la menor intención de hacerlo, que simplemente se trataba de una mera visita de fin de semana, sin más, puede que se decepcionara y se enfadara mucho. Lo cierto es que lo que hizo no fue huir. Solo se subió al autobús de vuelta a Barrons. La maleta se encontró en la maleza, cerca de las verjas de Idlewild. No iba a ninguna otra parte. Simplemente, volvía a la escuela. —Levantó la vista de la fotografía—. Volvía con nosotras. Éramos sus amigas. La hubiéramos consolado, la hubiéramos entendido si se sentía herida, la hubiéramos cuidado. Creo que volvía al único hogar que tenía en ese momento.

—La directora parecía creer que había algún chico de por medio.

Roberta soltó una risa desdeñosa.

—¡No había ningún chico, por Dios!

Fiona respiró hondo. Nunca antes había hecho una cosa así. Jamás le había tenido que decir a una persona que alguien a quien quería, aunque hubiera sido hacía sesenta y cuatro años, había muerto. Tal vez debía dejárselo a la policía, a Jamie. Pero no, Roberta no era familiar de Sonia. Solo era una amiga de hacía más de medio siglo.

—Roberta —empezó, con todo el cuidado del que fue capaz—, tengo que decirte una cosa. Todavía no se ha hecho pública. Pero durante las obras de restauración de Idlewild se ha encontrado un cuerpo. En el viejo pozo.

Roberta Greene alzó la cabeza despacio y miró al techo. Fiona se dio cuenta de que la pena la envolvía por completo, como un pesado manto. La anciana pestañeó, mirando aún hacia arriba; dos lágrimas corrieron por sus apergaminadas mejillas. Era una tristeza tan genuina y cruda que parecía que no hubiera pasado ni un minuto desde la desaparición de su amiga.

—Sonia... —susurró.

Fiona sintió la punzada de sus propias lágrimas. «La querías», pensó.

—Sí —confirmó en voz baja—. Sonia.

—Cuéntame, por favor.

—La golpearon en la cabeza. Lo más probable es que muriera en el acto. —Fiona no tenía ni idea de si eso era verdad, pero no pudo evitar decirlo—. Ha permanecido en el pozo... Quiero decir, su cuerpo ha permanecido en el pozo todo este tiempo.

—¡Oh, Dios! —exclamó quedamente Roberta tras suspirar.

—Lo siento.

Roberta negó con la cabeza.

—Después de tantísimo tiempo, supongo que no hay ninguna posibilidad de que la policía capture a su asesino.

—Tú la conocías muy bien —afirmó Fiona—. ¿Se te ocurre alguien que quisiera hacerle daño? ¿Alguna persona que la odiara o con la que estuviera enemistada?

—No. —Tomó una servilleta y se limpió las lágrimas de las mejillas. Ya parecía haber controlado su pena.

—¿Había alguien que molestara a las chicas? ¿Extraños que fueran a la escuela o que pulularan por los alrededores? ¿O que molestara a Sonia en particular?

—Estábamos tan aisladas... No puedes ni hacerte a la idea —dijo Roberta—. Nunca venía nadie. Y nosotras nunca nos íbamos.

—¿Tampoco había jardineros? ¿Conserjes? ¿Gente que fuera a reparar algo?

—No lo sé. Nunca coincidíamos con el personal de la cocina. Ni los veíamos. No había jardines, excepto uno, con huerto: las propias internas éramos quienes lo manteníamos. Supongo que habría gente que entregaba mercancías, comida, lo que fuera, o que recogiera y devolviera la colada, pero tampoco los veíamos. Y por lo que se refiere a las reparaciones —dijo con una sonrisa irónica—, estás dando por sentado que en Idlewild se reparaba algo, y te estás equivocando. A no ser que un padre o un hermano fuera a visitar a una chica los días de visita, durante los tres años que pasé allí no vi la cara de un solo hombre.

—¿Había días de visita de los familiares? —Eso era nuevo para Fiona.

—Sí, el último domingo de cada mes podían ir de visita las familias que lo desearan.

—¿Hubo alguien que visitara a Sonia?

—Sus tíos abuelos la visitaban una vez al año, en Navidad: eso era todo. El resto de la familia de Sonia murió en la guerra. En campos de concentración.

Fiona notó que se ponía tensa al comprobar que se confirmaban sus pesquisas.

—Hay pruebas de que Sonia pasó un tiempo en Ravensbrück —dijo.

Roberta levantó otra vez las cejas. Se quedó en silencio. Aquello sí que le había sorprendido.

—Has investigado —comentó—. Y lo has hecho muy bien. Eres muy buena.

Era un cumplido, aunque no le sonó como tal. Más bien le pareció que Roberta consideraba que aquello era del ámbito privado, como si se hubiera entrometido.

—¿Te habló ella de Ravensbrück? —preguntó con precaución.

—En aquellos días, nadie hablaba de la guerra —respondió Roberta—. Éramos adolescentes. En realidad, nadie nos hablaba de nada.

Fiona se dio cuenta de que eso no era una respuesta a su pregunta. En absoluto.

—¿Y tu familia? —continuó—. ¿No te hablaron de la guerra?

—No. —La respuesta fue inmediata y cortante. Después, la repitió con más suavidad—. No.

—¿Tu familia fue a visitarte mientras estuviste en Idlewild?

—Pues... solo unas pocas veces en todos esos años. La forma en que salí de casa fue... complicada.

—Porque dejaste de hablar después de lo que pasó con tu tío —afirmó más que preguntó Fiona.

Esta vez, Roberta no levantó las cejas, pero pestañeó.

—Sí. Perdona, pero... ¿podrías decirme como es que sabes lo de mi tío? —dijo con su tono de voz más frío y cortante.

—Está en tu ficha.

—¿Mi ficha?

—La del archivo de Idlewild.

La voz de la mujer se endureció todavía más.

—No hay archivos de Idlewild. Se perdieron.

Durante unos segundos, Fiona se sintió atrapada por la dura mirada de Roberta; sin duda, la había utilizado en las salas de los juicios y en los despachos de los jueces durante treinta años. Era impresionante y amenazadora, incluso para una anciana. Fiona se dio cuenta de que Roberta estaba enfadada, porque pensaba que estaba mintiendo.

—Los archivos no se perdieron —insistió—. Existen, y los he leído.

No hizo referencia al cobertizo de Sarah London ni a que ahora los archivos estaban en su apartamento.

—No es posible.

—En tal caso, ¿cómo podría saber que te enviaron a Idlewild después de ser testigo del intento de suicidio de tu tío, que tenía una pistola en la mano? Eso no apareció en los periódicos de la época.

Por supuesto, lo había comprobado. Los hábitos de los reporteros se resisten a morir.

Roberta apretó los labios, pensando intensamente. Después se lanzó a hablar.

—Mi tío Van volvió de la guerra con un síndrome de estrés postraumático muy severo, aunque en aquellos tiempos no se utilizaba ese término médico. Estaba muy enfermo, pero todo el mundo le decía que tenía que pasar página y seguir adelante, que las cosas irían mejor con el tiempo. —Pestañeó y miró por la ventana—. Un día, cuando yo tenía catorce años, entré en el garaje y lo encontré sentado en una silla, doblado hacia delante. Tenía una pistola en la boca. En la radio sonaba una antigua canción. Estaba llorando. Él no pensaba que hubiera nadie en casa.

—¿Qué pasó? —preguntó Fiona suavemente.

—Empecé a gritar. El tío Van me miró y no fue capaz de hacerlo. No pudo volarse los sesos mientras yo le miraba. Así pues, aunque por casualidad y algo estúpidamente, le salvé la vida. —Se volvió de nuevo hacia Fiona—. Después de aquello, fui incapaz de hablar, aunque no sé por qué. Simplemente, no podía. Sin duda sufrí alguna clase de conmoción. En aquellos tiempos, no se sabía cómo ayudar a la gente en tales circunstancias, no había terapeutas. La verdad es que ahora tampoco sirven de mucho, o al menos eso pienso yo. —Hizo una pausa y retomó el hilo—. Así pues, mis padres decidieron mandarme a Idlewild. Al tiempo, enviaron al tío Van a un hospital psiquiátrico; lo mantuvieron encerrado en contra de su voluntad. En lugar de sentir piedad por él y de intentar ayudarlo, lo trataron como si fuera una desgracia para la familia. Y yo también lo era, porque tendría que ir a un siquiatra. Y en aquellos días eso era algo vergonzoso. Como puedes ver, mis padres eran personas ejemplares.

—Lo siento muchísimo —dijo Fiona—. ¿No creías que tu tío estuviese loco?

—No. Lo sentía por él, me daba mucha pena. Se sintió fatal por haberme hecho presenciar esa escena tan horrible, que me dejó sin habla e hizo que acabara en aquel internado. El matrimonio de mis padres se rompió al año siguiente. Pensaron que era mejor que siguiera fuera de casa... Así se evitaban otro motivo de vergüenza, ya sabes. Cuando por fin salí de Idlewild, una de las razones por las que estudié Derecho fue para encontrar una forma legal de liberar a mi tío de su encierro en el hospital. Quería que las personas como él no tuvieran que acabar en esos horribles sitios solo para que sus avergonzadas familias pudieran librarse de ellos. Estudié Derecho para que fueran libres y pudieran conservar sus bienes, sus hogares y a sus hijos, para que no se lo arrebataran todo. Así pues, aquel día del garaje fue clave en mi vida.

—Entonces, después de todo lo que había pasado, ¿tus padres te costearon los estudios en la Facultad de Derecho?

Roberta pestañeó antes de responder.

—Si alguien quiere algo con mucha intensidad, lo normal es que termine lográndolo, de la manera que sea.

Otra evasiva. Eso sí: llena de elegancia y buena educación. Roberta Greene era abogada de los pies a la cabeza.

—¿Y lo lograste? Quiero decir, sacar a tu tío del hospital.

—¡Claro que sí! —respondió la anciana sonriendo orgullosamente—. Lo saqué del hospital psiquiátrico. Me llevó su tiempo, pero también lo ayudé a conseguir un trabajo y a reencauzar su vida. Por aquel entonces, no había demasiadas posibilidades, pero hice lo que pude. Las cosas empezaron a ir mejor. Se casó en 1973, cuando ya tenía más de cincuenta. Con una mujer que había vivido en la casa de al lado y que lo amaba en secreto desde hacía años. Estuvieron casados veinte años, hasta que él murió. Llevé muchos casos gratuitamente, defendiendo los intereses de otros veteranos de guerra. Era lo mejor de mi trabajo, con diferencia.

—¿Tienes hijos?

—Sí. Mi marido, Edward, murió de cáncer el año pasado. Nuestro hijo vive en Connecticut, y nuestra hija en Sídney, en Australia. No tengo nietos. Pero los dos son felices, o al menos eso creo. Puedo decir que he procurado educarlos para que fueran tan felices como pudieran. Más felices que yo. Mi marido puso su granito de arena... Bueno, mucho más que un granito.

—¿Y qué me dices de tus otras amigas de Idlewild? —preguntó Fiona, deseando que siguiera siendo tan abierta—. Cecelia Frank y Katie Winthrop. ¿Mantuviste el contacto con ellas? ¿Sabes dónde podría encontrarlas? La verdad es que me gustaría mucho hacerles una entrevista, como a ti.

Pero Roberta negó con la cabeza.

—No, querida. Eso fue hace más de sesenta años. Lo siento.

—La señorita London me dijo que erais muy buenas amigas.

—Es verdad, lo éramos. Estábamos muy unidas. Pero nos vinimos abajo cuando murió Sonia. Estábamos completamente seguras de que la habían asesinado, pero nadie nos hizo caso. Absolutamente nadie.

—¿Y la directora, Julia Patton? ¿Tampoco quiso escucharos?

—No. ¿Hay algo sobre el caso de Sonia en los archivos?

Lo preguntó con voz tranquila, pero Fiona sintió que Roberta quería saber. Que lo necesitaba. Lo de los archivos era nuevo para ella. Le podía la curiosidad.

—No demasiado, por desgracia —contestó Fiona—. No había muchas pruebas para hacer una investigación. Y después estaba esa estúpida teoría de que se escapó con un chico.

Le salieron las palabras sin pensar. Ella misma se sorprendió de haber dicho tal cosa. Hasta ese momento, no se había dado cuenta de que eso le molestaba muchísimo: que alguien fuera capaz de despachar la desaparición de una chica de quince años, superviviente del Holocausto, mediante la peregrina teoría de que había salido corriendo con un chico sin decir adiós, incluso sin su maleta. Le habría gustado sacar de sus tumbas a Julia Patton y a Garrett Creel padre para sacudirles y gritarles a la cara: «¡Si hubierais escuchado, puede que hasta hubierais podido evitar su muerte! Ahora no lo sabremos nunca».

Levantó la cabeza. Roberta la observaba desde el otro lado de la mesa. Sus labios dibujaban una sonrisa algo amarga, como si supiera exactamente lo que estaba pensando.

—Estúpida, desde luego —dijo.

Fiona tragó saliva. Estaba cansada y perdiendo el control de la entrevista, si es que lo había tenido en algún momento.

—Unas preguntas más, si no te importa —dijo, intentando mostrarse profesional—. ¿Conoces a una mujer que se llama Margaret Eden?

—No, querida, lo siento —contestó, negando con la cabeza—. No sé quién es.

—O a su hijo, Anthony Eden. Son los que han comprado Idlewild con la idea de restaurarlo.

—Entonces lo siento por ellos, pero no, no los conozco.

—¿Se te ocurre alguna por qué querrían volver a poner en marcha la escuela?

La pregunta volvió a arrancarle una sonrisa a la anciana.

—La gente que no conoce Idlewild puede que lo vea y piense que es una buena inversión, si, como supongo, el precio de compra es bajo. Pero están completamente equivocados.

Fiona la miró a los ojos fijamente, sin pestañear.

—¿Y por qué están equivocados? —preguntó—. ¿Por Mary Hand?

No hubo ningún susurro de sorpresa ni la más mínima mueca de humor en el rostro de Roberta. Únicamente, un suave gesto alrededor de los ojos, que a Fiona le pareció de pena.

—Está todavía allí, ¿verdad? —dijo—. Por supuesto que Mary sigue allí. Tú la has visto.

—¿Y tú? —preguntó Fiona con voz ronca.

—Todas las chicas que han pasado por Idlewild la han visto. Antes o después. —Lo dijo con tranquilidad, dándolo por hecho, como si la locura que implica ver... o creer ver un fantasma fuera algo normal, del día a día.

Fiona leyó en sus ojos que decía la verdad.

—¿Qué fue lo que te mostró a ti? —preguntó.

No había querido reconocer delante de Margaret Eden lo que le había pasado, lo extraordinariamente extraño que le resultó que sus sentimientos más profundos y penosos se volvieran reales. Pero con Roberta se sentía de otra manera. Roberta había ido a Idlewild y sabía...

—Da igual lo que me enseñara —respondió Fiona—. ¿Quién era Mary Hand?

—Corrían rumores, historias —respondió la anciana, encogiéndose de hombros—. Una era que murió cuando la encerraron en una habitación gélida... o cuando la dejaron fuera. Otra decía que enterraron a su hijo en el jardín.

Fiona pensó en ese horrible y húmedo jardín, y en la figura que había creído ver de soslayo.

«No, no es posible».

—Había una especie de verso —continuó Roberta—. Las chicas se lo pasaban las unas a las otras. Se escribía en los libros de texto para que la siguiente generación de chicas estuviera preparada. Era algo así: «Mary Hand, Mary Hand, muerta y enterrada en algún lugar. Que tu amiga quiere ser dirá. ¡Pero no la dejes pasar!». —Sonrió como si le alegrara recordar el verso—. No sé las respuestas a tus preguntas, Fiona, pero viví tres años en Idlewild y puedo decirte lo que pienso: creo que Mary estaba allí incluso antes que la propia escuela. Creo que formaba parte de ese lugar antes de que se construyera el edificio. Estábamos en su casa. No sé qué hacía o cómo se presentaba antes de que existiera la escuela, pero lo que hace es eso: presentarse de distintas formas, mostrarte cosas, hacerte escuchar cosas. Estoy segura de que en algún momento fue una persona viva, pero ahora es un eco.

Fiona tenía la garganta seca. Pensó en la figura que había visto: la chica con el vestido negro y el velo.

—¿Un eco de qué?

Roberta se inclinó hacia delante y le puso el dedo índice en el entrecejo con mucha suavidad.

—De lo que hay ahí dentro —dijo—. Y también ahí. —Le señaló el pecho a la altura del corazón—. Es su manera de asustarnos a todas. ¿Hay algo más terrorífico que eso?

CAPÍTULO 22

Portsmouth, New Hampshire
Noviembre de 2014

Cuando volvió a entrar en el vehículo, Fiona estaba temblando. Tenía la piel tirante y le ardían los ojos. «Me está dando un ataque de nervios», pensó, al tiempo que buscaba en el bolso una vieja goma elástica. Se echó el pelo hacia atrás y se lo sujetó formando una coleta muy apretada. Oyó el golpe de la goma al cerrarse. «Fantasmas, niños muertos y chicas asesinadas. ¿Qué será lo próximo?».

Aunque el automóvil todavía estaba aparcado, apoyó las manos sobre el volante y respiró hondo. Había estacionado en un aparcamiento privado y al aire libre de la calle Islington. Mientras estaba en el café hablando con Roberta, alguien había estado dejando propaganda sobre los parabrisas de los automóviles. El viento los movía. A Fiona le molestaba el ruido sobre su cristal. Tendría que salir a quitarlo, pero solo pensar en hacer eso le hacía sentir aún más cansada.

No paraba de darle vueltas a la entrevista. Intentó repasarla de manera sistemática. Debería haber utilizado la grabadora, para no olvidarse de detalles. Para ella era ya un hábito, pero esa mañana ni siquiera la había guardado en el bolso. Desesperada, sacó el cuaderno de notas y un bolígrafo, y anotó todo lo que recordaba, así como sus propias reacciones y pensamientos, ahora que todavía lo tenía fresco en la memoria.

«Sabía lo de Ravensbrück», escribió. «Sonia debió de contárselo. Pero evitó responder cuando le pregunté al respecto».

Se dio cuenta de que esa era la táctica que debía seguir, ir hacia atrás en la conversación, como si rebobinara. No se trataba de anotar lo que Roberta le había dicho, ya que muchas de esas cosas ella ya las sabía: solo las había confirmado. Lo importante era pensar en qué había evitado comentar, con la maestría de un tenista que devuelve todos los golpes de su adversario.

«Sabía que los archivos de Idlewild se habían perdido», garabateó Fiona. «¿Cómo? La única explicación es que los hubiera buscado sin éxito».

Pensó sobre eso durante un buen rato. No era raro imaginar que una mujer adulta como Roberta, que encima era abogada, hubiera intentado hacer alguna averiguación, buscando información de algún tipo o simplemente indagando sobre la desaparición de su vieja amiga. Una vez que había dejado de ser una adolescente, utilizó todas sus capacidades como mujer de leyes para liberar a su tío del psiquiátrico y reencauzar su vida de la mejor manera posible. Seguramente, también habría procurado hacer lo correcto respecto de la muerte de Sonia. Y, sobre todo, porque estaba convencida de que la habían asesinado. Puede que hubiera accedido a la misma ficha de persona desaparecida que Jamie había sacado del archivo de la comisaría de Barrons, esa que no decía nada en absoluto. Que se conservaran fichas de Idlewild era lo único que la había sorprendido: evidentemente, no sabía nada de ellas. Había mostrado bastante interés al respecto. Era uno de los pocos momentos en los que había perdido esa pose tan calmada.

Así pues, la siguiente pregunta que Fiona anotó en el cuaderno era lógica: «¿Sabe Roberta quién lo hizo?». Y después: «¿Lo está ocultando?».

La pena que mostró cuando se enteró de que habían encontrado el cadáver en el pozo no había sido fingida. Para nada. Fiona retrocedió cuidadosamente hasta aquel momento de la conversación. Los sentimientos que Roberta había dejado traslucir fueron tristeza y dolor. Sin embargo, en ningún momento, pareció sorprendida, como cuando Fiona le había dicho que había encontrado los archivos.

«¡Joder, joder!». A Fiona le entraron ganas de darse de cabezazos contra el volante. Lo había visto, pero todo fue muy rápido. Y ella estaba demasiado atrapada por sus propios sentimientos. ¡Una anciana de setenta y nueve años la había llevado a su terreno! ¡Había sido más lista que ella! Sí, era una mujer que había ejercido con éxito la abogacía durante treinta años, pero de todas formas... Casi podía oír la voz de su padre: «No des nada por sentado, Fiona».

En ese momento, sonó el teléfono, que estaba sobre el asiento del copiloto, junto al resto de las cosas que había desparramado al buscar la goma para el pelo. Dio un respingo. Por un segundo, sintió una esperanza casi salvaje de que fuera Jamie quien la llamara. Pero no. Era Anthony Eden. ¿Qué querría? ¿Organizarle otra reunión con su madre? Por hoy ya había tenido suficiente ración de ancianas difíciles. No atendió la llamada y pasó página en su cuaderno de notas.

Para empezar, escribió: «Potenciales sospechosos».

Parecía como si en sesenta y cuatro años nadie se hubiera molestado siquiera en hacer algo tan lógico como aquello. Bueno, pues lo haría ella. Empezó con la posibilidad más obvia, la hipótesis de la directora: «Un chico».

Eso habría significado que Sonia mantenía alguna clase de relación ilícita. Tendría que haberla iniciado y mantenido fuera de la escuela y en secreto; con toda seguridad, de haberse enterado las profesoras y la dirección, la habrían expulsado. Debía de ser un chico de los alrededores. En aquella época, ni Internet ni Facebook... Imposible que hubiera conocido a un chico de otra parte. En definitiva, aquella hipótesis era poco probable. Aun así, mantuvo la posibilidad en su lista. Además, de haber salido o haber tenido relaciones con alguien, Roberta, su amiga y compañera de habitación, lo habría sabido. Era posible que hubiera guardado todo este tiempo el secreto de su amiga.

Escribió otra posibilidad: «Un desconocido».

De ser así, la cuestión debería analizarse sobre unos parámetros completamente distintos. La teoría de Ginette Harrison era que Sonia fue elegida como la víctima perfecta. Y conducía a la posibilidad de un asesino casual, un depredador itinerante que, por desgracia, pasó por allí en ese momento. O bien alguien que iba a entregar algo a la escuela, algún trabajador. Roberta le había dicho que durante los tres años que había pasado allí, no había visto la cara de un solo hombre, más allá de familiares o amigos los días de visita. ¿Sería eso verdad? Pero, claro, ¿por qué Roberta iba a encubrir, por ejemplo, a un jardinero si este hubiera cometido el asesinato de su amiga? ¿Y menos a un extraño que pasara por la carretera? Tenía que volver a considerar la posibilidad de que Roberta estuviera mintiendo, por razones desconocidas e imposibles de descubrir.

Y si Roberta se estaba callando algo, eso llevaba a otra posibilidad: «Quien lo hizo fue una de las chicas». Quizá la propia Roberta, o CeCe Frank, o Katie Winthrop.

«Estábamos completamente seguras de que alguien la había asesinado». «Sonia no habría huido sin su maleta». Eso le había dicho Roberta. Las chicas podrían haber dicho que Sonia no había desaparecido voluntariamente para que no sospecharan de ellas. Las tres habían tenido la oportunidad de hacerlo: podían acceder sin problemas a la víctima y contaban con su confianza. En el asesinato no se había utilizado ningún arma, ni de fuego ni blanca. Solo una roca o un utensilio de madera. Las chicas no hubieran tenido problemas para acceder a tales cosas. No resultaba descabellado imaginarse una discusión que acabara en pelea, un impulso incontrolable en un ataque de furia, que se hubieran librado del cuerpo de una forma sencilla para ocultarlo rápidamente, que hubieran llegado al acuerdo de cubrirse mutuamente, de nunca poner a ninguna en peligro.

¿Y el motivo? ¿Cuál es el motivo que podría llevar a una adolescente a realizar tal atrocidad? Celos, rechazo, alguna menudencia a la que reaccionara con la desmesura de la edad. En principio, eran chicas difíciles, problemáticas. Eso explicaría por qué Roberta no se había sorprendido y por qué había querido acceder a los archivos de Idlewild: por si encontraba en ellos alguna pista acerca del crimen y para poder eliminarla. Porque había dicho que no tenía ni idea de qué había sido de las otras dos, lo cual podía ser mentira, claro.

Era una teoría que cuadraba del todo, pero, por otra parte, también era la que más repelía a Fiona. Pero ¿por qué? Cerró los ojos.

Para empezar, era demasiado fácil. Un cliché, como las películas malas. ¿Puede haber algo más siniestro que una adolescente enfadada? Siempre de mal humor, hipócrita, llena de odio. A todo el mundo le gustaría imaginarse a un grupo de brujas adolescentes en su aquelarre, asesinando a su desgraciada compañera de habitación. Resultaba más sencillo y más morboso que plantearse que un hombre de los alrededores hubiera atacado y matado a Sonia, un descarriado que seguramente necesitaría tratamiento psiquiátrico, algo que en los años cincuenta se procuraba evitar por todos los medios, que era un estigma social. Era más sencillo que pensar en ese hombre que posiblemente la habría violado antes de matarla. Sin embargo, si se hubiera tratado de un accidente, de un error, no de un asesinato planificado, entonces las chicas se habrían sentido aterrorizadas. Lo primero que se les hubiera ocurrido habría sido intentar ocultarlo.

Odiaba la idea, pero tenía que admitir que era posible. Era posible que acabara de tomar café con la asesina de Sonia, o con una mujer que llevaba décadas encubriendo a la asesina de Sonia, su amiga del internado.

Puede que Fiona prefiriera imaginar que el asesino había sido un hombre, o incluso un chico, en vez de una de aquellas chicas. Y eso, también tenía que admitirlo, la devolvía a Deb. Siempre había deseado que Tim Christopher fuera el asesino. Siempre había querido creer que un hombre siniestro, abusador y cruel había llevado a la muerte a su inocente hermana. Porque cuadraba.

Sin embargo, no había testigos. Nadie había podido señalar a Tim. Nadie le había visto deshaciéndose del cuerpo.

Y, por primera vez desde hacía veinte años, Fiona sintió entrar esa frase en su cerebro, como un chorro de aire frío por el cristal roto de una ventana: «¿Pudieron condenarlo siendo inocente?».

Tim siempre había asegurado que lo era, que él no lo hizo. Pero, bueno, eso era normal: prácticamente, todos los condenados reclaman su inocencia. Pero ¿y si el que estaba en la cárcel era el hombre equivocado? En tal caso, el asesino de Deb seguiría en libertad.

De hecho, el asesino de Sonia jamás había pagado por su crimen. Posiblemente, ahora ya estaría muerto, tras una vida en la que nunca se descubrió que había matado a una niña de quince años. O tal vez esa persona aún estuviera viva. Tal vez fuera un anciano. ¿Quién sabe? Podía haber gozado de una fructífera carrera profesional como abogada, podía haber criado a dos niños y podría haber pasado esa misma mañana en un café de New Hampshire, jugando al ratón y al gato con Fiona.

Su padre se lo había comentado en más de una ocasión: «No hay justicia realmente. Pero, de todas formas, tenemos que apoyarla. La justicia es un ideal, pero no la realidad».

Si Tim Christopher era inocente, eso mataría a su padre.

Fuera soplaba un viento frío. El anuncio no paraba de golpear el parabrisas. Fiona miró la hoja de papel. Y entonces se dio cuenta de que no era un anuncio. Se quedó paralizada.

No, no era un anuncio. Era una nota.

Salió del vehículo inmediatamente y agarró el papel con tanta fuerza que estuvo a punto de rasgarlo en dos. Se dejó caer en el asiento del conductor y cerró de un portazo, estirando la nota para leerla.

Estaba escrita a mano, con bolígrafo, en una hoja de papel arrancada de un cuaderno: «Reúnete conmigo detrás de la iglesia a las once».

Y en otra línea añadía: «No estás buscando tan a fondo como debes».

CAPÍTULO 23

Katie

Barrons, Vermont
Noviembre de 1950

—Seguramente, son tipos raros de circo —dijo Katie, sentada con las piernas cruzadas sobre su colchón, mirando como Sonia hacía la maleta—. Él, el hombre más gordo del mundo. Ella, la mujer barbuda. Por eso han vivido tantos años juntos, pero solos y sin hijos.

—Te olvidas de que los conozco —respondió Sonia, doblando con cuidado una falda y colocándola en la maleta—. No son raros. Los conocí nada más llegar a Estados Unidos.

—Y se han olvidado de ti durante tres años —señaló Katie—. Tal vez se los hayan pasado preparando la celda en la que van a encerrarte en cuanto llegues.

Ni sabía por qué estaba diciéndole esas cosas, soltándolas como si fueran bromas. Era cruel e innecesario, y más teniendo en cuenta los auténticos horrores que Sonia había sufrido en el pasado. Pero, al parecer, no era capaz de frenarse.

«No quiero que te marches».

Sonia seguía imperturbable, sin hacer caso de las pullas de Katie. Parecía tranquila y feliz; hasta un poco arrebolada por el entusiasmo. Al igual que las otras tres, nunca había salido de Idlewild.

—Lo estás guardando todo —constató CeCe, que estaba sentada en el suelo jugando con los botones de la radio y sintonizando emisoras, a pesar de que era por la mañana, justo después del desayuno, y corrían el riesgo de que las pillaran. Solo escuchaban la radio por la noche—. Solo te marchas para dos días. ¿Por qué metes el uniforme?

—Pues porque piensa que van a dejarla que se quede con ellos —respondió Katie, al ver que Sonia no lo hacía.

—Cállate ya, Katie —soltó Roberta, que estaba hojeando el *Blackie's Girls Annual*. No levantó la cabeza en el momento al decirlo. No lo había hecho a mala idea ni estaba enfadada.

—Tienen que querer que me quede —dijo Sonia, mientras metía en la maleta la miserable cantidad de prendas de ropa interior que poseía—. Si no, ¿por qué iban a pedirme que fuera a visitarlos después de tanto tiempo?

Miró hacia arriba. La esperanza que brillaba en su ojos resultó evidente, clara y desnuda por un momento, hasta que la escondió. Eso hizo que Katie sintiera una punzada de pánico. Era una idiota, lo sabía. Estúpida y egoísta. Quería que Sonia fuera feliz, pero no marchándose, no yéndose a vivir con unos extraños.

¿Y qué pasaría si esos extraños no querían que Sonia se quedase con ellos tras la visita? ¿En qué se convertiría ese brillo de esperanza de la mirada de Sonia?

Durante las últimas semanas, Sonia había ganado un poco de peso. Sus rasgos se habían suavizado, tenía los ojos menos hundidos y los hombros menos huesudos y salientes. No era guapa. Katie lo sabía con esa certeza que tienen las personas guapas a la hora de juzgar a las demás; sin embargo, su piel se había vuelto más rojiza, más saludable; su mirada, más brillante. La falda del uniforme le quedaba ya muy corta y había empezado a acumular un poco de carne en las caderas. De todas formas, el busto era un desastre; probablemente, siempre lo sería. «Cuando estemos fuera de aquí, le conseguiré uno de esos sujetadores con relleno», pensó. En Idlewild no circulaban revistas de cine; en realidad, ningún tipo de revista. No obstante, algunas de las profesoras llevaban sujetadores que hacían parecer que debajo de la blusa llevaban una especie de puntas de cohetes. A Katie le encantaba la idea, no porque le gustara el resultado, sino porque, por puro instinto animal, estaba segura de que a los chicos sí. «Si le engordan un poco más las caderas, le pongo uno de esos sujetadores y le rizo el pelo...». ¡Vaya, los dieciocho años iban a ser divertidos!

Después recordó que tal vez Sonia no saliera de Idlewild a los dieciocho, como ellas.

—Estoy segura de que son unos monstruos —dijo, incapaz de contenerse; incapaz de evitar que sus propias palabras le hicieran daño al salir por su garganta.

—¡Calla! —la riñó esta vez CeCe, que levantó la cabeza de la radio—. Los monstruos no existen.

Durante un momento, las cuatro permanecieron calladas. Ninguna de ellas creía tal cosa, tampoco CeCe.

Katie alzó la mirada y se encontró con la de Sonia, cuyo gesto, como siempre, era de tranquilidad. Había parado de hacer el equipaje.

—Volveré el domingo —dijo en voz baja.

La falta de esperanza en los ojos de su amiga fue peor que cualquier otra cosa. Eso hizo que Katie cambiara por completo de actitud, como sucedía siempre.

—Es mejor que te quedes con ellos —dijo—. Así podrías traerme revistas guarras de tapadillo.

Roberta se rio, levantando la mirada de su aburrido anuario. Sonia esbozó una mueca.

—¿Y si mis parientes no tienen revistas de esas?

—Pues tendrás que buscar la manera de conseguirlas, boba —le indicó Katie—. Pide una paga semanal.

—A mí tráeme chocolate —dijo CeCe, inmiscuyéndose en la conversación.

—Y a mí libros —se sumó Roberta—. ¡Por el amor de Dios, trae algo para leer que no sea *El amante de lady Chatterley*! Hemos leído millones de veces las escenas guarras.

La radio de CeCe emitió un pitido agudo, y ella movió el dial.

—Ten cuidado con eso, o nos lo quitarán —la advirtió Katie.

—Hasta ahora no lo ha escuchado nadie —la tranquilizó CeCe—. Me gusta mucho. Quiero saber qué programas hay a esta hora de la mañana.

—Seguramente, ninguno. —Katie vio como Sonia ponía su cuaderno en la maleta, y también la pluma. El cepillo del pelo, el camisón—. No creo que haya programas tan pronto.

La radio sonó otra vez y CeCe volvió a buscar emisoras. Sonia miró el anuario de Roberta.

—Si quieres, puedes quedarte con ese anuario —le dijo.

Roberta la miró. Su gesto, siempre tan tranquilo, se crispó durante un instante. Fue tan rápido que solo alguien que la conociera muy bien habría podido captarlo. Katie fue capaz de leer sus pensamientos, porque eran exactamente los mismos que los suyos. «Puede que no regrese».

—No —respondió Roberta, con su voz de siempre, tan tranquila—. Quédatelo —dijo, al tiempo que se lo pasaba. Y lo metió en la maleta con el resto de las cosas—. Si no quieren que te quedes, aquí estaremos —le dijo con una sonrisa.

—Vais a llegar tarde a clase —apuntó Sonia mientras cerraba la maleta, tan poco llena que resultaba doloroso verla—. ¿No tenéis Latín?

Iban a llegar tarde a clase. Eso estaba claro. Solo disponían de media hora después de la primera clase del día, y ya prácticamente había pasado ese tiempo. Pronto llegaría alguien llamando a las puertas, bien Susan Brady, la responsable de los dormitorios, o la propia *lady* Loon, que gritaría que las chicas perezosas ya tenían que estar ya en clase. Pero, de todas formas, nadie se movió.

—¿A qué hora pasa el autobús? —preguntó CeCe por duodécima vez y a pesar de que todas sabían la respuesta.

—A las doce —respondió Sonia, igual que todas las veces anteriores—. Dentro de nada me marcharé para llegar a tiempo a la parada.

—¿Tienes el billete? —preguntó Roberta.

Sonia asintió. Sus parientes se lo habían mandado por correo después de que ella aceptara la invitación. Lo había guardado con mucho cuidado en el bolsillo de su abrigo de lana, para no perderlo, como si tuviera tantas cosas... Ahora, tras el entusiasmo inicial, hasta Sonia parecía reacia a marcharse. Agarró los zapatos, se sentó sobre el colchón de la litera y se los puso muy despacio.

La radio de CeCe había dejado de emitir chirridos estáticos. En esos esos momentos, surgió del aparato la música de un cuarteto de baladas. La voz de un locutor anunció: «¡Bienvenidos al programa del amanecer de Pilcrow!».

—¡Hace horas que ha amanecido! —gruñó Katie.

—*Shh* —musitó Roberta.

Sonia continuó atándose los zapatos.

Continuó la canción, suave y melosa, cuyas notas se deslizaban con facilidad, alternando las voces. «Dulces sueños para ti, los dulces sueños son verdaderos..., nuestros dulces sueños dicen: sí, soy yo...». Las chicas escuchaban la canción en silencio, como hipnotizadas, sin preocuparse ya del Latín, de las profesoras o de las encargadas de los dormitorios. Era uno de esos escasos momentos de tranquilidad y de paz. Solo los conseguían con el sonido de la radio, aquel que procedía del mundo exterior, donde la gente vivía, cantaba, tocaba canciones. Gente normal en un mundo normal.

Lejos, en el otro extremo del pasillo, una puerta se cerró con estrépito. La radio, en las manos de CeCe, emitió un ruido agudo y la canción dejó de sonar.

Volvió a sonar durante otro momento, pero enseguida se quedó en silencio. De la pequeña caja solo salía un ominoso silencio. Ni ruidos de electricidad estática ni música, ni nada. Solo silencio.

—¿Qué has hecho? —preguntó Roberta.

—¡Nada! —CeCe miraba la radio con ojos asombrados—. No he tocado nada.

Oyeron unos pasos procedentes del pasillo

—Alguien viene —susurró Katie, que notó los labios fríos y adormecidos por un miedo súbito.

CeCe negó con la cabeza varias veces.

—Yo...

Se oyó el ruido de una respiración. Tomar aire, soltar aire... Venía de la radio.

A Katie empezaron a latirle las sienes y su visión se volvió borrosa. Había escuchado esa respiración, la había sentido en el aula de aislamiento.

«Está aquí».

Las cuatro chicas se quedaron inmóviles, como en una fotografía. Y, rompiendo el espeso silencio, de la radio surgió el gemido de un niño pequeño, suave, lejano, inquietante. Vacilaba, como si viniera de muy lejos, como si fuera muy débil. De repente, volvió a gemir, aún con más fuerza.

CeCe soltó la radio de golpe y le dio una patada, lanzándola debajo de la cama tan fuerte que se estrelló contra la pared. El gemido del niño cesó.

Alguien llamó a la puerta.

—¡*Ladies!* —gritó *lady* Loon atravesando la madera. Todas dieron un respingo—. ¡*Ladies!* ¡Llegan tarde a clase!

Durante un momento, nadie se movió. Se habían quedado heladas. Y entonces Katie se inclinó, agarró entre los suyos los fríos dedos de Sonia y la miró a la cara.

—Tienes que irte —dijo.

CAPÍTULO 24

Portsmouth, New Hampshire
Noviembre de 2014

En Portsmouth había más de una iglesia. De hecho, había muchas. Fiona maldijo en silencio al autor de la nota. Maldita sea, ¿a qué iglesia se refería? En Nueva Inglaterra, las iglesias son como las setas.

Soltó un suspiro y miró la hora en el teléfono: las once menos cuarto. ¿Debía quedarse quince minutos más y aceptar el juego que le proponía esa persona o regresar a Barrons? No quería dilatar el incómodo y peligroso viaje de vuelta a Vermont. Estaba deseando volver a meterse de lleno en la consulta de los archivos de Idlewild. Apenas había tenido tiempo de enfrascarse a fondo en ellos. También quería hablar con Malcolm. E incluso con Jamie.

Pero...

«No estás buscando tan a fondo como debes».

¡Vaya mierda!

Parecía que quien había escrito aquella nota pudiera leer sus pensamientos de periodista y apretar el botoncito de la curiosidad. Y cuando ese botoncito se encendía, ya no podía apagarse. De hecho, ese botoncito podría hacer hasta que la mataran en los próximos días. Pero era por la mañana, un soleado día de New Hampshire; la fina capa de nieve se estaba derritiendo y las jubiladas paseaban, probablemente de camino a unas cafeterías protegidas del sol por unas preciosas marquesinas.

Ni siquiera había acabado de hacerse a la idea cuando ya se estaba bajando del vehículo y cerrando la puerta con un portazo, algo más fuerte de lo habitual. Inspiró una bocanada de aire frío y se colocó al lado del capó, sobre el que la persona que había dejado la nota tenía que haberse apoyado para dejarla, bien sujeta por el limpiaparabrisas para que no saliera volando. Desde allí hizo un giro de trescientos sesenta grados, oteando el horizonte.

La verdad es que no tenía pérdida. Había una iglesia a unos doscientos metros de donde se encontraba, de esas que hacían de Nueva Inglaterra un lugar tan especial en cuanto a la historia del país. De ladrillo rojo y con una torre de campanario blanca, alta y elegante, tan bonita como una pastel de boda. El reloj de en medio de la torre marcaba la hora. Fiona abandonó el aparcamiento, empezó a caminar hacia ella por la acera adoquinada. Se acercó lo suficientemente a la entrada como para poder leer el cartel descriptivo. Era la iglesia North y databa inicialmente de 1671, aunque se había remodelado y ampliado en 1855. La puerta principal estaba abierta. Y había un cartel de bienvenida en la entrada. Fiona la rodeó para ir a la parte de atrás.

En su camino no vio a nadie especial, solamente algunos turistas y más jubilados de ambos sexos; también a un mendigo sentado en el suelo, apoyado contra la pared de la iglesia y con las rodillas levantadas. Le pareció raro, pues la mendicidad no abundaba en las zonas turísticas como esa. La mayoría de los que pretendían ejercerla eran expulsados por la policía o por los vigilantes de seguridad privada. Volvió a mirar al mendigo y se dio cuenta de que, a su vez, él la observaba.

Era un hombre delgado y fibroso como un muchacho, de unos treinta y tantos años, con el pelo largo y echado hacia atrás desde la frente. Cuando se fijó mejor, se dio cuenta de que no estaba mendigando en absoluto, pues no había ningún sombrero vuelto del revés, ni una manta, ni nada donde recoger las monedas. Simplemente, estaba sentado, con la espalda apoyada en la pared de la iglesia y mirándola. Tenía la cara, pálida, picada de viruela; los ojos, hundidos; y vestía ropa de buena calidad, pero muy usada. No era un vagabundo, sino un hombre que pasaba un mal momento, quizás enfermo, acostumbrado a sentarse en el frío del suelo y ver a la gente pasar.

Se acercó a él y le tendió la nota.

—¿Me está buscando?

No dejó de mirarla durante un buen rato. Le pareció ver en su mirada algo de incertidumbre. También era como si la estuviera evaluando. Además, vio enfado y miedo. «Hay que tener cuidado con él», pensó.

Finalmente, sonrió y se levantó, apoyándose con la espalda en la pared de la iglesia.

—Hola, Fiona —dijo.

Ella anduvo hacia la fachada. Se alegró de volver a estar en una zona abierta, a la luz del día y con gente alrededor. Ir allí atrás había sido un error.

—¿Le conozco?

—Siento lo de la nota, tengo que reconocer que ha sido algo melodramático —dijo. Esperó un momento, observando su reacción—. Pero es que no se me ocurrió una manera mejor de hablar contigo.

—Muy bien, pues aquí estoy. ¿De qué me conoce... y qué quiere?

El hombre cambió de postura. Ahora que estaban cara a cara, no hizo ademán de acercarse a ella.

—Me llamo Stephen, Stephen Heyer.

Fiona asintió con la cabeza. No estaba enfermo: tenía los ojos muy atentos y nada borrosos. El tono gris de su piel y su extrema delgadez hablaban de una palabra: adicción.

Miró por encima de su hombro, como si estuviera calculando qué era lo que le iba a decir. Pensó que no tenía planeado el encuentro. Incluso que ella no haría caso de la nota. Se rascó el cuello con una mano nerviosa.

—Te he seguido hasta aquí desde Barrons.

A Fiona se le heló la sangre.

—Te has reunido con esa mujer —continuó Stephen Heyer—. Pensé que podría ser... Pero no la he reconocido. No sé quién es. —Volvió a mirarla a la cara. En ese momento, vio dolor en sus ojos, una desesperación que le resultaba completamente familiar—. ¿Tiene algo que ver con Tim Christopher?

Fiona dio otro paso atrás, como si la hubiera abofeteado.

—¡Que te jodan! —ladró, con el tono más helado y lleno de desprecio del que fue capaz, olvidando el miedo y el susto reciente.

Se volvió y empezó a alejarse deprisa.

Pudo oír como iba tras ella.

—¡Espera! —dijo—. Has estado yendo a Idlewild, a ver las obras de restauración. Te he visto allí.

Pero ¿qué era esto? ¿Un juego estúpido? Siguió andando.

—Déjame en paz o llamo a la policía.

—Suelo ir a la carretera de Old Barrons. A veces, hasta duermo por allí —explicó. Continuaba siguiéndola, como si sintiera la obligación de explicarse—. El viejo que llevaba el autocine me deja usar sus instalaciones.

—¿Vas allí para colocarte? —le espetó, mirándole por encima del hombro.

—¡No, no! —se defendió—. Sí, es verdad, tengo algunos problemas, pero no voy allí para eso. No es esa la razón por la que hago... estas cosas.

Fiona tenía la mente desbocada. Si ese hombre era de Barrons, tenía que saber lo de Deb. Debía de tener más o menos su edad. Debía de ser un adolescente cuando ocurrió todo aquello. Rebuscó en su mente para intentar dar con la tecla. ¿Stephen Heyer? Estaba casi segura de que no lo había oído nunca. A su instituto no había ido, eso seguro. Debía de ser una especie de arrastrado morboso que pretendía asustarla para sacarle algo de dinero. No quería este tipo de mierdas, para nada.

—Te he visto —insistió.

Aún la estaba siguiendo, andando a su lado, casi a la altura de su hombro. Parecía algo desvalido, como si su poca vitalidad le impidiera ser peligroso. Fiona, por puro instinto, supo que no hacía falta que gritara o que corriera. Si se metía en el automóvil y se marchaba, él renunciaría, la dejaría ir sin molestarla más. Así pues, siguió andando bastante rápido hacia el aparcamiento.

—Ese pelo rojo —continuó—. Es inconfundible. Te he visto, la hermana de Deb Sheridan, la periodista. Has vuelto a Idlewild. Buscando, buscando, ¿a que sí? Lo están restaurando y no puedes quedarte al margen. Es superior a tus fuerzas. Me imagino que debes de estar buscando, buscando. Piensas que no te entiendo, pero no es verdad. Te entiendo perfectamente. ¡Vaya si te entiendo!

Fiona se detuvo y lo miró de hito en hito. No estaba mintiendo. Le estaba diciendo la verdad tal como la sentía. Quería contárselo a alguien, a ella.

—Escucha —le dijo con tono agresivo—, sea lo que sea lo que crees que saber, me importa una mierda. ¿Lo entiendes? Deja de seguirme o llamo a la policía. Olvídate de la locura que tengas en tu mente ahora mismo. Y olvídame a mí. No te metas donde no te llaman.

—Quieres respuestas —dijo el chico. Ahora no parecía estar colocado. Fiona se preguntó cuándo habría sido la última vez que se había drogado—. Cerrar las heridas, ¿verdad? Así lo llaman. Los terapeutas... y los que dirigen las sesiones de grupos de ayuda..., y los consejeros que ayudan a superar el luto. Pero de lo que no hablan es del montón de mierda que te cae encima... y del que no puedes librarte por mucho que quieras. —Se la quedó mirando. En sus ojos vio frustración y un intenso dolor que lo abrumaba. Ni siquiera las drogas conseguían alejarlo o paliarlo—. ¿Crees que estoy así porque «cerré las heridas»?

Se le quedó la boca seca.

—¿De qué estás hablando?

—No estás buscando tan a fondo como debes —respondió Stephen, repitiendo exactamente lo que había puesto en la nota—. Yo llevo intentando cerrarlas durante veinte años. Exactamente igual que tú. Pero he buscado más a fondo. Y te he encontrado.

Negó con la cabeza.

—No tengo ni la menor idea de a qué te refieres.

—Sé cómo te sientes. —De repente, parecía extrañamente locuaz. Le brillaban los ojos: parecía un pastor evangelista hablando sobre su verdad, de la que estaba íntimamente convencido—. Lo tienes todo ahí —se tocó varias veces la sien con el dedo índice—, y no puedes librarte de ello. Vuelve una y otra vez. Piensas continuamente, no puedes librarte de esos jodidos pensamientos. Ni los terapeutas ni los consejeros entienden una mierda. Quieren que hables, que escribas cosas, que compartas, pero nada de eso sirve para librarte de lo que tienes dentro. Yo empecé a chutarme. Tú vas a dar paseos a Idlewild.

Era como si la golpeara con sus palabras: las sentía como puñetazos en el estómago.

—¿Conocías a mi hermana? —preguntó con aspereza.

—No —dijo Stephen Heyer—. Pero deseo con todas mis fuerzas que Tim Christopher se muera.

—¡Qué demonios...! —soltó Fiona, incapaz de entender el sentido de lo que le estaba diciendo aquel chico—. ¿Qué eres? ¿Un defensor de la pena de muerte?

En Vermont, no se aplicaba la pena de muerte.

—Me importa una mierda la pena de muerte —respondió Stephen con la mirada desorbitada—. Simplemente, quiero que se muera. Y no por lo que le hizo a tu hermana, sino por lo que le hizo a la mía.

Hay momentos en los que todo cambia, en los que, de la forma más extraña y siniestra posible, el mundo se convierte en una especie de caleidoscopio de esos que se regalan a los niños. En ellos, con el simple movimiento de un trozo de plástico barato, todo adquiere una perspectiva distinta. Fiona miró al hombre que estaba frente a ella. La calma que reinaba en el centro de Portsmouth desapareció como por ensalmo. Cambiaron los colores. El aire empezó a oler de otra forma, infinitamente peor. Todo se volvió del revés, se elevó y volvió a caer.

La cabeza le zumbaba.

—¿Quién era tu hermana? —preguntó finalmente—. ¿Qué le hizo Tim?

—Quién es mi hermana —la corrigió con una voz ácida—. Helen Elizabeth Heyer, nacida el nueve de julio de 1973. ¿Te gustaría conocerla?

Su voz sonó era ronca, pero Fiona no lo dudó: las palabras salieron raudas, como le ocurría siempre que se sentía desconcertada, inquieta y, en cierto modo, incluso algo fuera de sí.

—Sí —le dijo a Stephen sin vacilar—. Claro que sí.

—He aparcado allí —dijo el chico, señalando un punto algo alejado de la misma calle.

Sonrió cuando vio su gesto de sorpresa.

—¿Cómo demonios crees, si no, que he podido seguirte hasta New Hampshire? Soy un puto adicto, no un vagabundo. Es un Chevrolet azul. Arranco y te espero.

—¿Adónde vamos? —le preguntó.

Le temblaban las sienes.

—Volvemos a Vermont —respondió el chico—. Yo iré delante. Sígueme.

CAPÍTULO 25

Barrons, Vermont
Noviembre de 2014

Eran las cinco de la tarde, y la comisaría de policía de Barrons se estaba vaciando. El personal de día estaba recogiendo para irse a casa. Había turno de noche. Sin embargo, en una ciudad tan pequeña como Barrons, bastaba con una persona. Unos cuantos policías se mantenían de guardia atendiendo a su teléfono, por si se requiriera su presencia; por lo demás, un oficial se quedaba allí hasta medianoche por si se producían riñas domésticas, quejas por ruido o gente que se pasara con la bebida en los bares y formara alborotos. Cuando Fiona llegó, el aparcamiento estaba casi vacío, aunque el todoterreno de Jamie aún seguía allí.

Con una carpeta de archivo en la mano, atravesó la puerta principal y vio al oficial de guardia, sentado tras el mostrador de recepción. Parecía tener casi setenta años y leía tranquilamente una revista de pesca. Levantó la mirada e hizo un gesto de sorpresa contenida.

—¿Puedo ayudarla?

Sabía quién era. Por supuesto que sí. Se apostaba lo que quisiera: si no sabía que era la hija de Malcolm Sheridan, la que estaba saliendo con un compañero policía, se comía su título de periodista. No obstante, le respondió.

—Busco a Jamie Creel. ¿Está todavía por aquí?

—¿Viene a denunciar algún delito? —preguntó el viejo policía.

—Vengo a ver a Jamie.

El policía de guardia le puso delante un formulario.

—Tiene que firmar aquí. Nombre, dirección e identificación.

¡Menuda estupidez! Estaban en Barrons, no en la prisión de máxima seguridad de Rikers Island.

—Solo dígame dónde puedo encontrarle.

Levantó una de sus tupidas cejas blancas.

—Necesito la aprobación de mi supervisor para dejar pasar a una periodista a la comisaría.

—Entonces, si sabe que soy periodista, también sabe cómo me llamo —afirmó, deslizando hacia atrás el formulario—. Adelante, rellénelo.

Pasó dentro antes de que el viejo pudiera protestar.

Nunca había estado allí, ni siquiera cuando murió Deb. Los policías la interrogaron en su casa, en la sala de estar, con sus padres a su lado. «Vi por última vez a mi hermana el domingo, cuando vino a casa a cenar. No, no hablé con ella después. No, no sé adónde pudo ir». Y después se encontró el cuerpo. «No, nunca mencionó a nadie que la siguiera o la amenazara. Sí, conozco a Tim Christopher. No, no hablé con ella aquella tarde, ni tampoco por la noche». Aquellos policías que la interrogaron habían resultado agotadores. La situación también parecía superarlos a ellos. Garrett Creel no la interrogó nunca.

Jamie estaba en su escritorio, en un pequeño cubículo de la sala abierta de la comisaría, frente a un ordenador de la década pasada. Iba de uniforme, aunque no llevaba puesta la gorra; se había desabrochado los botones de arriba de la camisa: el color blanco de la camiseta interior contrastaba con el azul marino del uniforme. Estaba claro que había oído la voz de Fiona, porque ya la estaba mirando cuando torció la esquina del pasillo. Sus ojos, recelosos y sin brillo, no se despegaron de ella cuando llegó a su lado.

—¿Hay algún problema? —preguntó.

—¿Podemos hablar en privado?

Se la quedó mirando: estaba intentando leer sus pensamientos; no estaba allí por motivos personales. ¿Qué esperaba? ¿Acaso pensaba que le iba a llevar los problemas que tuviera con él a su guardia? ¿Solo para fastidiarle? La conocía demasiado como para pensar eso.

Recorrió con los ojos la parte de atrás de la sala; después, al resto de los policía que había por allí: uno se ponía el abrigo; el otro estaba de pie frente a la máquina de bebidas.

Se levantó.

—Ven conmigo.

La condujo a una sala de interrogatorios, no más grande que un servicio, con dos sillas y una pequeña mesa entre ellas. No había espejo para ver los interrogatorios desde fuera, como en las series de televisión. Fiona se preguntó si Tim Christopher habría estado alguna vez en aquella sala, si se habría sentado en una de esas sillas.

—¿Qué ocurre? —preguntó Jamie al tiempo que cerraba la puerta y echaba el pestillo.

Fiona lo miró. Jamie, alto, de anchos hombros, el pelo rubio oscuro un poco largo y peinado hacia atrás desde la frente, una barba incipiente y dorada en la mandíbula. Lo había echado de menos, pero cuando estaba de uniforme le resultaba menos familiar, menos parecido al hombre que la había saludado por primera vez en aquel bar un viernes por la noche. Era lo que tenía el uniforme: lo convertía en otro hombre.

—¿Te suena el nombre de Helen Heyer? —preguntó.

—No.

—Piensa —insistió—. Un caso de agresión. Sin resolver. Estuvo a punto de morir.

Jamie se puso las manos en las caderas, apoyando los dedos separados. Era la postura clásica del policía que quiere presionarte, aunque él entrecerró los ojos, intentando recordar.

—No, no lo recuerdo. ¿Cuándo ocurrió?

—Sufrió la agresión en 1993 —respondió Fiona—. Tenía veinte años. Ahora tiene cuarenta y uno.

—En 1993, yo tenía ocho años —indicó Jamie.

—Pero ¿no te suena nada? —insistió Fiona—. La encontraron justo en la puerta de atrás de la casa de sus padres. Probablemente, volvía a casa y estaba a punto de llegar cuando la agredieron. Alguien la atacó con un bate de béisbol... o algo así. No hubo robo. Estaba medio muerta cuando su padre salió por la puerta trasera a tirar la basura. Pero la sangre aún estaba tibia. Fue algo rápido y silencioso.

Jamie la miraba fijamente. La cabeza le iba a mil. Intentaba vencer los obstáculos. Pero estaba claro que no sabía nada de aquel caso.

Sin embargo, también sabía que Fiona no había ido a verle porque sí. Sabía que quería llegar a algo e intentaba adivinar adónde. Su cara no era de confusión. Se mostraba decidido a averiguar adónde quería ir a parar y de dónde venía. Quizá también pensaba en la forma de defenderse cuando eso ocurriera.

—¿Vive? —preguntó—. No has hablado en ningún momento de asesinato.

—Sobrevivió —respondió Fiona, tragándose la saliva que se le había acumulado en la garganta—. Está en un hospital de cuidados paliativos de Bowfield. Sus funciones cognitivas quedaron muy afectadas; no puede vivir de manera autónoma. Apenas es capaz de formar palabras ni de realizar las funciones vitales básicas. No ha dicho una frase completa desde que sufrió la agresión. —Levantó la carpeta de archivador que traía—. He ido a verla esta tarde. No arrestaron a nadie, Jamie. Nadie vio el ataque. Y Helen no puede decir quién fue el agresor. Se supone que había muerto.

—¿Y eso qué tiene que ver conmigo, Fee? —preguntó Jamie, que negó con la cabeza.

Lanzó la carpeta sobre la mesa, un poco más fuerte de lo debido. «Contrólate, Fiona. Atente a los hechos».

—Esto es bastante interesante —dijo al tiempo que la abría y sacaba las copias impresas de los artículos de periódicos que había hecho en casa antes de ir a la comisaría—. En su momento dio mucho de sí en la prensa. La policía acudió a los medios de comunicación locales para recabar su ayuda. Se pidió a cualquiera que hubiera presenciado el crimen, a cualquiera que hubiera visto a un extraño en el vecindario, que llamara a un número de teléfono. Incluso se ofreció una recompensa. Fue algo muy trágico: una chica de veinte años, guapa, golpeada casi hasta morir al lado de su casa; su vida destruida a la puerta de la casa de sus padres. Su padre la encontró en ese estado cuando fue a tirar la basura. La golpearon mientras sus padres estaban dentro, en el cuarto de estar, cenando y viendo un concurso en la televisión. —Señaló los artículos y los extendió por la mesa—. Pero nadie publicó lo que su hermano me ha contado esta mañana. Helen tenía un novio. Desde hacía poco. Era alto, guapo y rico. Ella estaba entusiasmada. Su nombre era Tim Christopher.

Jamie estaba mirando los artículos, la foto escolar de Helen Heyer en primera página, su preciosa cara formando un óvalo perfecto, enmarcada por una mata de pelo oscuro que caía suavemente sobre uno de los hombros, sonriendo a la cámara... Sin embargo, cuando pronunció el nombre de Tim, alzó la vista de inmediato.

—¿Cómo?

—Sus padres ni lo sabían —explicó Fiona—. La relación era completa, incluida la parte física. Sus padres se habrían horrorizado de saber que su niña había perdido la virginidad. Pero su hermano lo descubrió. Ella le rogó que le guardara el secreto, que no le dijera nada a sus padres acerca de Tim. Estaba coladita por él. Pensaba que era un chico maravilloso... casi siempre. Según su hermano, había veces que ella estaba muy callada y afectada porque se había peleado con Tim. Pero después lo perdonaba, y todo volvía a ir bien.

Salvo el detalle de no habérselo contado a sus padres, la historia era exactamente igual a la de Deb, solo que un poco anterior. Al principio, Deb estaba entusiasmada con la idea de salir con Tim. Tenía veinte años y se le abría un mundo nuevo, que se escapaba del día a día de la clase media en Barrons, junto a unos padres cultos pero sin verdaderas ambiciones. Con Tim, se imaginó un futuro mucho más esperanzador. Probablemente, él mismo se lo había prometido. Y a Helen le pasó lo mismo que a Deb, solo que un año antes de que ella conociera a Tim y muriera.

Con solo ver su gesto, su expresión, sabía que Jamie entendía qué estaba pasando. No había conocido ni había sabido nada de Helen, pero no dejó ver sorpresa ni conmoción. En su mirada pudo ver que comprendía la situación: esa pesadez en su mirada. Como si pudiera adivinar qué había sucedido. Aun así, su voz sonó tensa, a la defensiva.

—¿Pensaron que Tim era sospechoso?

—Cuando el hermano de Helen le habló a la policía sobre Tim, lo interrogaron. En casa de sus padres, no en la comisaría. Una sola conversación. Lo descartaron.

—Tendría una coartada.

—Dijo que en ese momento estaba en el cine... solo. Nadie podía respaldarlo. También afirmó que no conocía a Helen Heyer, que no tenía ni idea de quién era y que, por supuesto, no estaba saliendo con ella.

—Puede que estuviera diciendo la verdad.

Lo miró anonadada.

—¿Te das cuenta de que estás hablando de un hombre que está en la cárcel, sentenciado a cadena perpetua por un asesinato?

—Que cometiera el crimen por el que le condenaron no implica que también sea culpable de este otro. —Jamie suspiró—. Fiona, te lo he dicho: no sé nada sobre este caso. Pero, si no hubo ningún arresto, fue porque los policías encargados del caso no encontraron pruebas suficientes como para arrestar a nadie. Su trabajo es cerrar casos, seguirlos hasta donde puedan. Buscas algo que no existe.

—¿Algo que no existe? —exclamó—. Si la policía hubiera hecho su trabajo, aunque solo fuera mínimamente, Tim habría sido arrestado incluso antes de que conociera a Deb. Y ella estaría viva.

—Suponiendo que Tim sea culpable de esto que dices, claro —arguyó Jamie, señalando los artículos que había encima de la mesa—. A esta chica la atacaron con un bate de béisbol, no la estrangularon. La dejaron al lado de la casa de sus padres, no la arrojaron en un sitio abandonado. A Deb se la vio con Tim más de una docena de veces; a esta chica no. ¿Qué pruebas tienes de que estuviera siquiera saliendo con él?

—Se lo dijo a su hermano.

—Pero ¿el hermano lo había visto alguna vez? —preguntó Jamie—. ¿Fue a la casa? ¿Conoció a sus padres? ¿Habló con ella por teléfono? Los policías preguntarían a sus amigas y a su familia si la habían visto con él. Lo hicieron, ¿verdad?

Fiona no dijo nada.

—¡Claro que lo hicieron! —dijo Jamie—. Así que nunca les habló a sus padres de ese estupendo novio que supuestamente tenía, ni tampoco les dijo nada a sus amigas. Solo lo sabía una persona, su hermano. ¿Era fiable?

—Tomaba drogas —contestó Fiona—. La cosa fue a peor tras el ataque a su hermana, tanto que se convirtió en un adicto. Pero no lo era cuando ocurrió todo aquello. Solo era un adolescente haciendo el tonto.

—¡Por el amor de Dios, Fiona! —exclamó Jamie—. ¿Te crees la historia que te cuenta un drogadicto? Porque es con él con quien has estado hablando, ¿verdad? Con el hermano.

¡Maldita sea! Sabía que pasaría eso. Se sintió más que enfadada.

—Dice la verdad —afirmó, conteniendo las ganas de echarse a gritar—. Sabe lo que le contó su hermana. No tiene ningún problema de memoria.

—¿Y cómo te ha encontrado? —La mirada de Jamie era dura y fría—. Porque ha sido él quien te ha encontrado a ti, ¿verdad? Ha buscado la manera de aproximarse y liarte. Eres una mujer inteligente, Fee. Sin embargo, en cuanto alguien menciona el nombre de tu hermana, te vuelves completamente estúpida.

Se lo quedó mirando como si no lo conociera.

—¡Que te jodan! —le escupió—. Es lo más cruel que me has dicho jamás.

—¿Qué yo soy cruel? —replicó el chico—. ¿Vas a irle a tu padre con esto? ¿Esa era tu idea? ¿Reabrir sus heridas con una teoría imposible de probar acerca de que el asesinato de su hija pudo haberse evitado? Tu teoría se basa en lo que supuestamente le dijo a un adicto una chica que no puede hablar desde hace más de veinte años. Si le vas con esa mierda, lo matarás. —Hizo una pausa—. Pero, al fin y al cabo, sería un sacrificio aceptable, ¿verdad? Tu vida, la de tu padre, tu propia felicidad, nuestra relación... Todo es un sacrificio aceptable para ti. Este caso ya se ha llevado por delante el matrimonio de tus padres y la vida de tu madre. ¿Qué más da otra pequeña desgracia?

Fiona esbozó una mueca: aquello le había dolido. Y, sin embargo, se dio cuenta de que solo en ese preciso momento estaban llegando al meollo de la cuestión.

—Crees que debería dejar todo esto.

—¡Pues claro que pienso deberías dejar todo esto! ¿Y sabes por qué? ¡Porque sería bueno para ti, joder!

—¿En serio? ¿O en realidad es porque tiene que ver con tu maravilloso cuerpo de policía? —le replicó como si le estuviera arrojando las palabras a la cara—. La policía no hizo una mierda en este caso, Jamie. Sabes tan bien como yo que el culpable siempre es el novio. ¡Siempre! ¿De verdad te crees que un asesino cualquiera pasaba por allí por casualidad con un bate de béisbol en la mano? ¿Alguien podría creerse eso, ni siquiera por un segundo? Pero es que estamos hablando de Tim Christopher, ¿no es así? Rico, de buen aspecto, de una de las familias más importantes y acomodadas del estado. ¡Oh, no, señor! ¡De ninguna manera podía ser su novio! «Perdone las molestias, señor Christopher... Nos vamos por donde hemos venido».

—¡Maldita sea, Fee! —gritó Jamie. Tenía la cara encendida.

—¿Eres tú quien habla de sacrificios aceptables? —continuó Fiona en tono aún más duro—. ¿Qué es para ti un sacrificio aceptable? ¿Es aceptable que el caso de Helen no se resuelva nunca, que su agresor se librara por no molestar a los Christopher con tantas preguntas? ¿Es un sacrificio aceptable que te libres de mí, para que así nadie empiece a hacer preguntas? ¿Para que el fantástico cuerpo policial no reciba ninguna crítica? Todo será mejor, más tranquilo y más sencillo si, simplemente, lo dejamos estar.

Respiraba con pesadez, intentando mantener el control.

—Tienes que irte —dijo él con voz ronca y furiosa—. Ya.

—Tienes razón —concluyó Fiona—. Me voy.

Agarró los papeles, los volvió a poner en la carpeta y salió por la puerta.

CAPÍTULO 26

Barrons, Vermont
Noviembre de 2014

Cuando llegó a su apartamento, tenía hambre. Abrió un paquete de galletas saladas del armario y se sentó en una banqueta en el mostrador de la cocina, mojando las galletas en una bote de mantequilla de cacahuete. Empezó a comer mientras miraba las copias de los artículos que hablaban del caso de Helen Heyer. Decidió no pensar en Jamie. Era duro ver la foto de Helen a los veinte años, con los ojos claros y el sedoso pelo oscuro, y luego compararla con la cara que había visto esa misma tarde. A los cuarenta y uno, Helen estaba ausente, confundida, con los ojos hundidos, las comisuras de la boca caídas y el pelo llenándose de canas grises. Parecía que tuviera cincuenta, como mínimo. Había permanecido sentada en una silla, en un rincón de su habitación del hospital, mirando ansiosamente a su hermano y frotándose los nudillos de la mano izquierda con los dedos de la derecha, en un gesto que parecía tranquilizarla un poco.

Jamie tenía razón en que las circunstancias de ambos crímenes no eran las mismas, pero Fiona «sabía» que el autor en ambos casos era Tim. No cuadraban porque Tim era irascible e impulsivo. No había un plan premeditado detrás. Simplemente, hacía lo que le parecía más fácil cada vez que una chica lo sacaba de sus casillas y le producía un ataque incontrolable de ira, que solo podía acabar de una manera, aunque con métodos distintos. En un caso, golpeó a la chica junto a su casa con un bate de béisbol hasta matarla, o al menos eso creyó él. En otro, la estranguló en el asiento trasero de su automóvil. Cualquier cosa que sirviera para hacerlas callar para siempre. Era tan descuidado que, sin ningún reparo, hasta se limpió la sangre de Deb en los pantalones.

Aquel comentario helado de Jamie: «¿Qué más da otra pequeña desgracia?».

A la mierda. Abrió el armarito de debajo de la pila y sacó la botella de vino que guardaba para las emergencias. Llevaba allí desde Navidad. En su opinión, las situaciones de emergencia real que había que tratar con un trago de *chardonnay* eran de lo más escasas. Pero a la mierda. Su hermana estaba muerta, su vida amorosa era un verdadero desastre, su carrera periodística era cualquier cosa menos eso, una carrera periodística. Y encima, para cenar, estaba mojando galletas saladas en mantequilla de cacahuete. Allí, sola en su apartamento. Estaba claro que era el momento de tomarse una copa.

Acababa de dar el primer sorbo cuando, antes de sentir el involuntario estremecimiento que siempre lo acompañaba, sonó su teléfono. Anthony Eden. Suspiró, pero esta vez contestó.

—Fiona Sheridan.

—Fiona —dijo Anthony—. He estado recibiendo llamadas de la prensa sobre el cuerpo encontrado en Idlewild. ¿Qué les digo?

—¿Llamadas? ¿De quién?

Le dio dos nombres que Fiona no reconoció. Probablemente se trataba de segundones o de periodistas que trabajaban por su cuenta, como ella.

—Pues parece que ha habido alguna filtración. ¿Qué digo? —insistió.

Fiona tomó una galleta y la hundió en la mantequilla. Pero ya no tenía hambre.

—Di que todavía no tienes nada que comentar —le sugirió—. Que estás esperando a que la policía se comunique con sus parientes más cercanos. Así es como funciona. Los parientes tienen que enterarse antes que los medios de comunicación.

Sonia Gallipeau no tenía parientes cercanos, pero funcionaría, al menos por un tiempo.

—De acuerdo —dijo, y pareció aliviado—. Y otra cosa.

—Dime.

—Me han dicho que, no se sabe cómo, has encontrado los archivos de Idlewild.

Eso sí que la sorprendió.

—¿Cómo demonios puedes saber tú eso?

—Da lo mismo —dijo Anthony—. Los archivos no estaban en Idlewild cuando compramos la propiedad. Pensé que se habían perdido. Me gustaría recuperarlos.

Margaret, Roberta y ahora Anthony... Parecía que muchísimas personas estaban buscando esos archivos. Pero no tenía ningunas ganas de ser amable.

—No puedo dártelos —le dijo—. Los necesito para mi investigación.

—Pero formaban parte de la propiedad de Idlewild.

—Cuando los tiraron a la basura, dejaron de ser propiedad de los dueños de Idlewild, fueran quienes fuesen —dijo—. Se convirtieron en eso: basura. Ahora son míos.

—Fiona, de verdad que quiero esos archivos.

—Entonces obtén una orden judicial —replicó Fiona, y colgó.

Dio otro sorbo de vino. No le había contestado a la pregunta de cómo había sabido lo de los archivos. Roberta lo sabía, pero Anthony ni siquiera la conocía. Podía haberse puesto en contacto con Sarah London o con Cathy. O puede que su madre lo hubiera adivinado.

Miró las cajas apiladas en su sala de estar. Parecían devolverle la mirada.

Agarró la copa de vino y comenzó a buscar.

❊ ❊ ❊

Empezó con las fichas de las chicas. Las de Sonia y Roberta ya las había leído, así que escogió las de Katie Winthrop y CeCe Frank. Sarah London había dicho que Katie Winthrop había sido una niña problemática, y su ficha lo confirmaba. Sus padres la habían enviado a Idlewild por «persistente comportamiento inadecuado y a sabiendas»; al parecer, en el internado no había mejorado mucho. De hecho, había participado en peleas a golpes, se había saltado un montón de clases, había contestado mal a las profesoras y, en definitiva, se había comportado como cualquier adolescente difícil de aquellos tiempos en los que no se podían mandar mensajes a las amigas o colgar fotos provocativas en Internet. Era una chica enclaustrada en un internado, sin acceso a drogas, alcohol o a chicos; los «excesos» de Katie le parecieron dolorosamente inocentes («Colgó de una ventana su ropa interior», decía una de las notas de su ficha, que estaba fechada en la última semana de su estancia en Idlewild). No obstante, las profesoras de Idlewild la consideraban una especie de agente infeccioso capaz de contagiar al resto de las estudiantes. «Se recomienda el aislamiento siempre que sea posible, pues sus actitudes y comportamientos pueden afectar a las demás», había escrito una de las profesoras. Katie abandonó la escuela el mismo año que Roberta, es decir, 1953; no había ninguna nota relativa a su marcha. Es de suponer que, dado el alivio que les supuso, las profesoras tuvieron suficiente con suspirar de alegría y no escribieron nada más.

El contenido de la ficha de CeCe Frank le sorprendió, en parte por sus prejuicios. La señorita London le había dicho que seguía a Katie a todas partes, que era el tipo de chica sometida a su embrujo negativo. Fiona la había catalogado como la típica seguidora, una acólita sin más. Sin embargo, la ficha real de CeCe que leyó mostraba una realidad completamente distinta. Sus notas estaban por encima de la media, y eso que su exprofesora había dicho de ella, literalmente, que era estúpida. Nunca había sido castigada, ni se había metido en peleas, ni se había portado mal. También le había dicho que era regordeta; no obstante, sus notas en Educación Física eran buenas. Había una nota de la profesora que elogiaba su destreza. «Podría ser interesante para el equipo de hockey, aunque no parece que le motive mucho la competitividad», decía la nota. Ahora le parecía que CeCe era la típica chica bien dispuesta, amigable y ni mucho menos tonta o estúpida, pese a lo cual apenas recibió elogios de sus profesoras. Eso solo podía deberse a una razón. En aquella década de 1950, que fuera ilegítima debió de prejuzgarla. De hecho, parecía que Sarah London aún conservaba aquellos prejuicios. Cuando Fiona vio que en su ficha no había ni la más mínima referencia a quién era su padre ni por qué la habían confinado en Idlewild, supo que sus conjeturas eran acertadas.

Se sirvió otro vaso de vino y se tomó un descanso con las fichas del internado. Quería hacer una búsqueda en Google para ver qué podía encontrar acerca de las chicas. Katie Winthrop era un auténtico callejón sin salida: tras más de veinte minutos de búsqueda, no encontró nada que hiciera ni la más mínima referencia ni por asomo a aquella chica. Por su parte, el nombre de CeCe Frank sí que aparecía en una lista de jóvenes que, en 1954, pertenecieron a una fraternidad universitaria, pero eso era todo. ¡Así que CeCe, finalmente, fue a la universidad! ¿Le habría pagado su padre también los estudios superiores?

Volvió a los archivos y rebuscó entre las fichas de las alumnas, por si algún nombre le resultaba familiar o le sonaba de algo, pero no fue así. Visto lo visto, dejó las cajas de las chicas y se centró en los archivos propios de Idlewild: programas y asignaturas de los distintos niveles, documentación de todo tipo, tanto académica como de proveedores, materiales varios procedentes de las aulas, etc. Tomó el libro de Latín. Se había fijado antes en él. Empezó a hojearlo. Inmediatamente, sintió el olor a humedad y moho que suelen desprender los libros muy antiguos. Se fijó en aquellas páginas amarillentas, cuyos textos estaban escritos con fuentes tipográficas que hacía mucho tiempo que habían quedado en desuso.

En los márgenes de bastantes páginas, había notas manuscritas. Le llamó la atención una de ellas, escrita con lápiz. Estaba en un margen lateral. Dio la vuelta al libro para poder leerla más fácilmente.

Mary Hand lleva un vestido y un velo negros.
Se ríe igual que mi hermanito pequeño que se murió.
Madeleine Grazer, 2 de febrero de 1935

«Un vestido y un velo negros». Se le heló la sangre. Cerró el libro y lo dejó en el suelo un momento. Febrero de 1935. Alguien, en 1935, había visto la misma figura que ella había visto hacía unos días.

«¿Qué fue lo que te quiso mostrar? Esa es la pregunta que deberías hacerte».

Volvió a tomar el libro. Vio otras anotaciones, con letras distintas, escritas por chicas diferentes. Una de ellas, en mayúsculas, decía:

MARY HAND SIEMPRE HA ESTADO AQUÍ.

¡Madre de Dios! Roberta le había dicho que las chicas escribían en los libros de texto. Si esos libros no se cambiaban cada año, si de hecho no se cambiaron nunca, la cosa tenía sentido. Así era como las chicas se iban informando unas a otras, de generación en generación.

Dejó a un lado la caja del material con los libros de texto y se centró en la de los datos propios de la escuela: facturas, papeleo relativo a las contrataciones y despidos de personal, libros de contabilidad y demás. Casi inmediatamente encontró lo que estaba buscando, en una carpeta rotulada con el título «Historia de la propiedad». No tenía demasiadas páginas. Encontró planos esquemáticos, proyectos arquitectónicos relativos a la construcción de los edificios y un mapa del terreno fechado en 1940. Detrás de eso, había otro mapa dibujado a mano, probablemente con pluma estilográfica, aunque la tinta estaba bastante descolorida. Aparecía la carretera, es decir, la carretera de Old Barrons, así como los bosques y la garganta. En el claro en el que ahora estaba Idlewild, habían dibujado un cuadrado con el rótulo «Iglesia». Había otro: «Casa de los Hand». El título del final de la página, también escrito a mano, decía: «Mapa de los terrenos originales, 1915. La iglesia sufrió un incendio en 1835 y nunca fue reconstruida, aunque los cimientos permanecen intactos». Llevaba la firma de una tal Lila Hendricksen. Y una fecha: 1921.

Así que eso era lo que había en los terrenos de Idlewild antes de que fuera construido el internado. O al menos eso decía allí. Fiona hizo una rápida comprobación en las fichas del personal de Idlewild. Lisa Hendricksen aparecía como la profesora de Historia de la escuela desde 1919 hasta 1924.

Fiona dio unos golpecitos en la copa de vino con una uña, pensativa. Resultaba fácil hacerse una imagen de esa profesora: una chica de la zona e historiadora aficionada. En cualquier caso, había escrito sus propias notas. Hasta había dibujado un plano del lugar y lo había guardado todo en los archivos de Idlewild. Fiona miró el segundo cuadrado del mapa: «Casa de los Hand». Así pues, hubo una familia Hand. Y vivió allí antes de la construcción de Idlewild.

Pasó la página del mapa y encontró otra hoja, también escrita a mano con la primorosa letra de Lila Hendricksen. La página contaba, de forma breve y sucinta, la historia y la tragedia de la familia Hand.

Los Hand habían vivido en esas tierras durante varias generaciones. Se ganaron la vida cultivando la tierra. Eran pequeños granjeros, como tantos otros en la zona. En 1914, la familia se reducía a una pareja con una hija, Mary. A los dieciséis años, Mary se quedó embarazada de un muchacho del lugar. Avergonzada, ocultó su embarazo hasta que, una noche, dio a luz en la casa. Su asombrada madre la ayudó en el parto, mientras su padre, también estupefacto, lo observaba todo.

El niño nació muerto, aunque Mary estaba convencida de que fueron sus padres los que acabaron con su vida. En cualquier caso, cuando los padres se llevaron el cuerpo del recién nacido, Mary perdió los estribos y se produjo una fuerte discusión. Todo terminó cuando el padre la expulsó de la casa. Mary desapareció entre las sombras y el intensísimo frío de la noche.

Encontraron su cuerpo sin vida a la mañana siguiente, hecho un ovillo entre las ruinas de la vieja iglesia. No la enterraron en el pequeño cementerio en el que reposaban los restos de los antepasados Hand, sino en las cercanías de la casa; junto a su cuerpo, enterraron el del bebé. Poco después, los padres se marcharon de esas tierras, que se vendieron para construir la escuela. Los Hand cayeron en el olvido. Según el escrito de Lila Hendricksen, la tumba de Mary estaba al sur de la iglesia quemada.

Fiona volvió a mirar aquel mapa dibujado a mano. Orientó la página recordando, de sus visitas, dónde quedaba el norte. Encontró el punto que estaba al sur del cuadrado que indicaba la iglesia. Después sacó el mapa del terreno que se realizó en 1940 y lo colocó al lado del de Lila Hendricksen. Más o menos, la iglesia incendiada había estado donde después estuvo el comedor de Idlewild. Y debían de haber enterrado a Mary y a su bebé donde ahora estaba... el jardín en el que siempre daba la sombra. Roberta le había contado que se rumoreaba que aquel niño fue enterrado en el jardín.

Así pues, el rumor era casi verdad del todo. Con una salvedad: Mary Hand también estaba enterrada allí.

Justo al lado de las zonas comunes, por donde las chicas habían pasado un día tras otro durante sesenta años, desde que se inauguró el internado.

Fiona dio un respingo cuando sonó el teléfono. Contestó ansiosamente cuando vio de quién era.

—¡Papá!

—¿Y bien? —preguntó Malcolm—. ¿Qué me dices? ¿Va tomando forma la historia?

Se quedó mirando los mapas que tenía delante y la anotación de Lila Hendricksen.

—¿Cómo? —preguntó, un tanto aturdida.

—Me refiero a Ginette Harrison —aclaró su padre—. La historiadora de Ravensbrück.

Fiona se sentó en el sofá. Le dolía el final de la espalda tras tanto rato en el suelo, inclinada hacia delante para leer los archivos.

—¡Ah, sí!

Aún no le había contado nada al respecto. Pensó en las horas que había pasado con Stephen Heyer y en lo que había averiguado acerca de Tim Christopher. «¿Vas a irle a tu padre con esto?», le había reprochado Jamie. «Si le vas con esa mierda, lo matarás».

—¿Qué tal fue la conversación? —preguntó Malcolm, sacándola de su ensimismamiento—. Tengo un enorme respeto por Ginette. La conozco desde hace muchos años.

—Ya —dijo, intentando poner en orden sus pensamientos.

Le contó lo que habían hablado Ginette y ella, repasando todo lo que le había explicado acerca de Ravensbrück.

—¡Pobre chica! —dijo su padre con tono apenado—. Ahora ya no podremos conocer su historia, con todos los detalles. Nadie la sabrá, como la de tantos otros. Hay muchas cosas que no sabemos. Es una vergüenza.

—Sí, todas esas historias de los campos de concentración parece como si hubieran ocurrido hace siglos —confirmó Fiona—. En la prehistoria... o en otro planeta.

—Así es. Parece cosa de la historia antigua hasta que alguien da con un decrépito criminal de guerra nazi que todavía vive en alguna parte, escondido debajo de una piedra, y lo juzgan. Entonces caemos en la cuenta de que, para algunas personas, es una historia aún viva. ¡Demonios, pero si a los jóvenes Vietnam les parece que ocurrió hace siglos! ¡Y yo lo recuerdo como si hubiera sido ayer!

Sus palabras tocaron una tecla en su cerebro. Recordó las palabras de Garrett Creel mientras cortaba la carne y hablaba del asesinato con su hijo: «Suena a que podría haberlo hecho algún nazi, pero la pobre cruzó el Atlántico precisamente para alejarse de esos desgraciados».

Mientras continuaban hablando, abrió el ordenador portátil y escribió en Google «Criminal de guerra nazi en Vermont». Clicó para obtener los resultados del buscador, mientras la conversación pasaba de la búsqueda de datos acerca de la vida de Sonia Gallipeau a su investigación en los archivos de Idlewild, aunque, por supuesto, no dijo nada sobre una historia de fantasmas. Después tocaron temas más personales. Él le estaba hablando de que llevaba retrasando demasiado tiempo la visita al hospital para hacerse un chequeo completo, y lo mucho que le molestaba lo de hacer pis en un vaso de plástico. Entonces lo interrumpió abruptamente.

—Papá... —Miraba atónita la pantalla del ordenador mientras las sienes le latían con fuerza—. ¡Papá!

Su padre la conocía tan bien y tenía tanto instinto periodístico que, inmediatamente, supo que había encontrado algo importante.

—¿Qué, Fiona? ¿Qué pasa?

—Has hablado antes de criminales de guerra nazis —contestó—. Bueno, pues he buscado mientras hablábamos y resulta que tenemos uno aquí, en Vermont.

Oyó un zumbido y un clic. Supuso que se había cambiado al teléfono antiguo, que tenía un cable kilométrico, y se había acercado a su ordenador de sobremesa.

—Ah, ¿sí? Pues es la primera noticia que tengo.

Fiona avanzó por el artículo.

—En 1973 arrestaron a una persona que, al parecer, era un criminal nazi de guerra. Quedó libre después del juicio: no pudo demostrarse su identidad más allá de la duda razonable.

—¿De verdad? ¿Y qué ocurrió?

Fiona respiró hondo.

—Iba a celebrarse un segundo juicio, esta vez en Alemania. Pero antes de la fecha señalada, ella murió en su casa, de un ataque al corazón.

—¿Ella? —preguntó su padre, sorprendido.

—Sí —le confirmó Fiona.

Clicó sobre la fotografía que ilustraba el artículo. Una mujer miraba a cámara: frente amplia, pelo denso y peinado hacia atrás, nariz recta y labios finos en medio de una cara redonda. Los ojos eran bonitos, de pupilas oscuras; tenía una mirada tranquila aunque inexpresiva. Estaba bajando las escaleras exteriores de un juzgado; parte del cuerpo ya estaba volviéndose para darle la espalda a la cámara, como si fuera a marcharse. El pie de foto decía lo siguiente: «Rose Albert, acusada de ser en realidad Rosa Berlitz, guardiana de un campo de concentración nazi, abandona los juzgados después de ser liberada esta mañana».

—Era una mujer —le confirmó a su padre—. La acusaron de ser guardiana en Ravensbrück. Y salió libre.

CAPÍTULO 27

Katie

Barrons, Vermont
Diciembre de 1950

Al principio pensaron que quizá los sueños de Sonia se habían hecho realidad. Tal vez sus parientes le habían permitido quedarse con ellos, abriéndole los brazos y las puertas de su hogar. Podía ser que, en ese mismo momento, estuviera en su cama, en su propio dormitorio, solo para ella, asustada pero entusiasmada de pensar en que al día siguiente iría al colegio.

Pero el lunes empezó a circular el rumor de que había huido, lo cual era completamente distinto. Sonia no huiría, jamás. Ellas, sus amigas, lo sabían a ciencia cierta. Ya había huido y había viajado bastante, mucho más de lo que cualquier persona podría soportar en toda su vida. Todo lo que Sonia deseaba era seguridad, un lugar donde quedarse. Incluso aunque ese lugar fuera Idlewild, un internado lleno de inadaptadas sociales y de fantasmas.

El lunes por la mañana, Katie estaba sentada en su pupitre, en clase de Lengua, notando el pulso acelerado tanto en las muñecas como en las sienes. «¿Dónde estaba Sonia?». El cerebro le daba vueltas mientras analizaba todas las posibilidades. Un accidente o una avería en el autobús. Una faringitis con fiebre que aún no se hubiera podido comunicar a la directora. Una señal equivocada que le hubiera hecho tomar un autobús con otro destino. De momento, solo se había retrasado veinticuatro horas, puede que no hubiera pasado nada malo. Pero en su fuero interno sabía que no era así.

Miró por la ventana y vio un automóvil bastante raro acercándose por el sendero que llevaba al pórtico del edificio principal. El vehículo redujo la marcha y se detuvo en la entrada. El aula estaba en el tercer piso; desde ese ángulo, pudo ver la parte de arriba del vehículo, pintada con rayas blancas y negras, y también las cabezas de los dos hombres que se bajaron, ambos con gorras azul marino de policías. «¡No!», pensó. «¡No han venido por Sonia!». Sintió ganas de gritar.

Esa noche, las profesoras ordenaron a todas las chicas que se quedaran en los cuartos, sin ninguna excepción. Fueron de puerta en puerta con listas en las manos, asegurándose de que no faltaba ninguna. («Nos hacían formar todos los días en la *Appelplatz*», les había contado Sonia. «Se suponía que era solo para pasar lista, pero no...»). Oyeron los pasos de la señora Peabody a lo largo del pasillo, arriba y abajo, así como el sonido áspero de su voz rota. El año anterior ya había huido una chica, y las profesoras estaban muy enfadadas.

CeCe miró por la ventana y vio a lo lejos luces de linternas. La policía y algunos voluntarios estaban buscando a Sonia en el bosque. Al cabo de un rato, CeCe subió por la escalera de madera para echarse junto a Roberta en su colchón. Ambas chicas, con sus camisones, se colocaron pegadas la una a la otra, en posición fetal. Tenían los rostros pálidos y demacrados. Katie no podía dormir y siguió mirando las luces, en dirección al bosque.

Al día siguiente, tampoco encontraron el menor rastro de Sonia, ni al otro. Corrió el rumor de que habían hallado su maleta y que la señora Patton la había guardado en su despacho. Katie recordó a Sonia llenando aquella vieja maleta, doblando con mucho cuidado sus calcetines y sus escasas prendas de ropa interior, colocando el cuaderno, la pluma, la copia del *Blackie's Girls' Annual* que le había devuelto Roberta. Rechinó los dientes con una rabia contenida, inútil.

El tiempo se volvió aún más frío, pero no nevó. Cuando las chicas se levantaron para las clases de la mañana, el cielo era de color gris, plomizo y oscuro. Lo seguía siendo cuando terminaron de desayunar y salieron del comedor para dirigirse a sus respectivos dormitorios, andando pesadamente por los pasillos. En la oscuridad, Roberta se fue al entrenamiento matutino; las chicas, con los uniformes azul marino, parecían manchas de tinta sobre el verde tapiz del campo de juego. Jugaban en silencio, apenas roto por algún resoplido. Ese día, nadie hablaba ni gritaba. Katie se fijó en el uniforme de Roberta, en la piel pálida y gris, igual que la suya; los ojos afligidos, los labios apretados. Oscuridad y silencio: eso hubo en los días posteriores a la desaparición de Sonia. Oscuridad y silencio. Despertar y dormir. Y después, de nuevo oscuridad y silencio.

Tras aquella primera noche no volvieron a verse luces en el bosque, aunque, de todas formas, las chicas siguieron bajo un férreo régimen de control en sus habitaciones, tras las clases y las comidas. Las profesoras seguían pasando lista y asegurándose de que todas estaban en los cuartos. CeCe tomó la iniciativa de ir al despacho de la señora Patton, para rogarle que no se abandonara la búsqueda. «No ha huido», le dijo a la directora, una mujer a la que ninguna chica se atrevía a acercarse. «Es imposible que haya huido. Seguro que le ha pasado algo malo. Por favor, tenemos que ayudarla». Pero no hubo manera. Le rogó a Katie que fueran juntas, pero ella se negó, completamente superada por la desesperanza, la oscuridad y inmovilidad; notaba el cuerpo entumecido, el cerebro embotado. Lo miraba todo como si estuviera en un mundo aparte. Observaba que el resto de las chicas de Idlewild, con la excepción de sus amigas, iban perdiendo poco a poco la expresión de miedo y empezaban a charlar otra vez.

—Simplemente, ha huido, eso es todo —afirmó Susan Brady, muy crecida después de que la nombraran supervisora de los dormitorios. Ayudaba a las profesoras a pasar lista cada noche. Podía escuchar comentarios a los que las demás no tenían acceso, así como conversaciones que las estudiantes no debían conocer—. Eso es lo que opina la policía. Dicen que ha debido de conocer a un chico. Si le ha regalado ropa y otras cosas nuevas, no necesitaría para nada su vieja maleta, ¿a que no? Yo estoy de acuerdo. Era muy callada, muy reservada. No le contaba nada a nadie. —Se encogió de hombros—. ¡Cualquiera sabe!

Las profesoras fueron librándose de la tensión de las últimas jornadas, empezaron a relajarse y, poco a poco, regresó el día a día. «¡*Ladies, ladies*, deportividad!». Tres días: eso era todo lo que había durado el incidente para todas las demás. Sin embargo, para ella, no fueron tres días, sino cuatro, cinco, seis...

«Le ha pasado algo malo».

Las amigas no hablaban de ello.

Las amigas prácticamente no hablaban.

«Le estoy fallando», pensaba Katie todo el rato. Era como un eco que le martilleara el cerebro. «Me necesita y le estoy fallando». Fue CeCe quien tuvo la valentía de acudir al despacho de la directora. No fue ella, Katie, la rebelde, la valiente. Fue Roberta la que un día abandonó el entrenamiento de hockey antes de tiempo para buscar en el bosque por su propia cuenta. Katie se sentía impotente, tan impotente como aquel día en el que Thomas la empujó al suelo y le subió la falda, echándole el aliento en la cara; tan impotente como el día en que se bajó del automóvil de sus padres y levantó la vista hacia el pórtico de entrada de Idlewild. Toda su valentía, toda su jactancia, toda su rebeldía, todo era falso. A fin de cuentas, cuando llegaban los momentos importantes, cuando de verdad había que dar la cara, Katie no era más que una niña. Nada más.

❈ ❈ ❈

Cada piso de la zona de dormitorios tenía un cuarto de baño compartido, al final del pasillo. Además de la rutina de lavarse cada día, las chicas podían bañarse una vez a la semana. Se organizaban turnos para que no hubiera incidentes. La noche que le tocaba bañarse a CeCe, cuando ya habían pasado siete días desde la desaparición de Sonia, Katie estaba en el cuarto, tirada en el colchón y mirando los muelles del otro que tenía encima de ella. Era el tiempo interminable y aburrido que transcurría entre la cena y la hora de apagar las luces. En ese momento, oyó un grito procedente del final pasillo.

Se levantó inmediatamente y atravesó corriendo el tramo del pasillo que llevaba al baño, empujando a las chicas que se asomaban, movidas por la curiosidad. Se apartaban para dejarla pasar en cuanto veían quién era; no tuvo que dar ninguna patada en la espinilla. Por fin llegó al cuarto de baño y vio a CeCe, que todavía estaba en la bañera, arrodillada y encorvada, con los brazos cruzados sobre su amplio pecho, el pelo mojado y pegado a la cara, los labios azulados y la mirada vacía. Estaba temblando.

—¡Fuera de aquí! —les gritó Katie a las chicas que se arremolinaban alrededor. Una vez que se hubieron retirado, cerró de un portazo y se volvió hacia CeCe—. ¿Qué ha pasado?

CeCe levantó la mirada hacia ella. En sus grandes ojos solo había terror. Le castañeteaban los dientes.

Por primera vez desde hacía una semana, lo vio claro. Los charcos de agua en aquel suelo frío de baldosas. El borde de la bañera, grande y antigua, tan antigua como Idlewild. El olor del jabón y del champú que les facilitaban en el internado, mezclado con un mínimo aroma a lavanda procedente del gel de baño que la hermana mayor de Mary Van Woorten le había dado, y que administraba con mimo. Los tubos del radiador pegado a la pared. La rejilla de drenaje del suelo, cuyas negras líneas de hierro forjado resaltaban sobre el blanco de las baldosas. Hacía frío. Era como si una corriente de aire hubiera recorrido el cuarto de baño. Katie sintió una especie de bofetada en la cara que contribuyó a que estuviera todavía más alerta.

—¿Qué ha pasado? —volvió a preguntar.

CeCe contestó, pero Katie estaba tan alerta que, antes de que lo dijera, ya sabía cuál iba a ser su contestación.

—Ella ha estado aquí.

—¿Mary? —preguntó Katie—. ¿En este cuarto de baño?

CeCe giró la cabeza, como si no se atreviese a mirarla. Aún le temblaban los dientes.

—Me estaba enjuagando el pelo. Metí la cabeza debajo del agua. Vi una silueta... —Se estremeció con tanta intensidad que pareció que alguien la había sacudido—. Algo me empujó, hacia abajo, con fuerza...

Katie la miró. Creía todo lo que le estaba diciendo, a pies juntillas. La madre de CeCe había intentado ahogarla en el mar, la había empujado hacia abajo dentro del agua. Por eso CeCe estaba en el internado.

Era exactamente el tipo de presa que le gustaba a Mary Hand.

Katie se remangó, se agachó para llegar a la bañera y tiró del tapón para liberar el desagüe. Mientras se iba vaciando de agua, la puerta se abrió con un ligero clic. Los retretes se podían cerrar con cerrojo, pero el cuarto de la bañera no, no en Idlewild. Katie se volvió para darle un bufido a la intrusa, pero vio que era Roberta.

Su amiga volvió a cerrar la puerta quedamente y las miró. Al ver su expresión, comprendió lo que había sucedido. Agarró una toalla de baño y se la tendió a CeCe, que la agarró de inmediato y se rodeó el cuerpo con ella.

—¿Estás bien? —preguntó.

CeCe asintió, sin dejar de mirar al suelo. En ese momento, las lágrimas empezaron a correr por sus mejillas. Los hombros le temblaron con los sollozos.

—Vámonos de aquí —dijo Katie.

Pero Roberta se había quedado mirando al espejo, con cara de pasmo.

—¡Mirad! —dijo.

El vapor del espejo de baño se estaba secando, pero cerca de la parte más alta aún podían leerse una frase:

BUENAS
NOCHES,
CHICA

CeCe hizo un ruido involuntario con la garganta. Katie agarró la falda de su amiga y se la puso sobre los hombros. Pero Roberta se acercó a la pila, levantó el brazo y borró las palabras con un movimiento ansioso. Apretó con fuerza la mandíbula y frotó con tanto vigor que el espejo chirrió.

Las chicas que inicialmente se agolparon junto al cuarto de la bañera habían perdido el interés y se habían dispersado. Así pues, las tres volvieron a su habitación en silencio, avanzando por el pasillo desierto. Roberta rodeaba los hombros de CeCe con el brazo.

CeCe todavía sollozaba cuando entraron en su habitación y cerraron la puerta. La falda estaba en el suelo y se apretó la toalla, demasiado pequeña. Le seguían temblando los hombros y las lágrimas no dejaban de correr por sus mejillas.

—Está muerta —dijo. Las palabras sonaron como piedras que trataran de atravesarle la garganta—. Podemos decirlo bien alto. Está muerta.

Roberta y Katie intercambiaron una mirada.

CeCe se pasó la mano por la mejilla.

—Mary la ha matado.

A Katie le subió una oleada de bilis por el estómago.

—No ha sido Mary —dijo—. Alguien la ha matado, sí. Pero no ha sido Mary.

CeCe la miró con los ojos muy abiertos y una expresión de pánico incontenible, intentando descifrar de qué estaba hablando.

—¿Qué vamos a hacer?

Ahí estaba otra vez la impotencia, arrastrándose por la espalda y el cuello. Pero ahora Katie luchó contra ella. Tenían que hacer algo. Pero la muerte era la muerte. Estaba segura de que Sonia ya no estaba viva. Era imposible, después de una semana. No podían salvarla. Posiblemente, nunca habían podido.

Roberta tomó del suelo la falda de CeCe y la colgó de una percha. Después se acercó al armario de su amiga, sacó el camisón y un par de bragas, y se las tendió a CeCe.

—¿Sabéis una cosa que no me gusta nada? —preguntó. Tenía la cara pálida y enfermiza, como si hubiera perdido mucha sangre, pero había fuego en sus ojos—. No me gusta que la señora Patton tenga su maleta.

Katie tragó saliva. Ahora estaba furiosa. En sus ojos había un fuego similar al de los de Roberta. Eran las cosas de Sonia, sus únicas pertenencias. Todas habían visto cómo las guardaba, con cuánto cariño, con aquella esperanza por, quizá, no tener que volver nunca a Idlewild. No era justo que un grupo de adultos, que no sabían nada de Sonia y que habían renunciado casi inmediatamente a buscarla y a ayudarla, se quedara con la maleta y la dejara abandonada en el despacho de esa bruja. Además, tal vez podrían encontrar alguna pista en su interior.

—Tiene que estar en el despacho de la señora Patton, en algún rincón —dijo.

—Pero está cerrado con llave —replicó CeCe.

Había agarrado las bragas que le había acercado Roberta y se las estaba poniendo, aún cubierta con la toalla. Todavía tenía la cara hinchada por el llanto, pero ahora su expresión era dura y sombría, no asustada.

—Seguro que Susan Brady tiene una llave —dijo Roberta.

—¿Del despacho de la directora? —A Katie no le parecía muy probable.

—Hay una llave maestra —afirmó CeCe mientras Roberta sujetaba la toalla y ella se daba la vuelta para ponerse el camisón—. He oído a Susan presumir de eso. Lo abre todo. Ella no debería tenerla, pero, como es el ojito derecho de la señora Peabody, se la da para que haga lo que la vieja no quiere hacer. Ha de tener esa llave.

Bien, bien. Las cosas siempre eran sencillas cuando las chicas, y las profesoras, eran unas estúpidas.

—Perfecto entonces —dijo Katie—. CeCe, tú todavía estás angustiada. Tienes que ir a ver a la enfermera. Dile a Susan que Roberta y yo estamos enfadadísimas contigo, que no queremos acompañarte. Que solo puedes acudir a ella.

CeCe siempre había fingido ser la tonta del grupo, pero a Katie no la engañaba. Captó su intención al vuelo.

—¡Eso no es justo! —dijo. El enfado disipó el malestar por el incidente del baño—. ¡Quiero ayudar! Os guardé las espaldas cuando fuisteis a la cocina a por más comida para Sonia. ¡Lo hago bien!

—Por supuesto que sí, lo haces muy bien —dijo Katie, y lo pensaba de verdad—, pero todo el mundo te ha oído gritar en el baño. Este es el momento perfecto para poder sacar a Susan de su habitación. Acércate para que te acompañe a ver a la señorita Hedmeyer. Roberta y yo le quitaremos la llave.

—Quitádsela y esperadme —insistió CeCe— Quiero ir con vosotras.

Katie se mordió el labio, pero no tenía argumentos para oponerse, ni siquiera para discutir. Si se hubieran intercambiado los papeles, a ella no le habría gustado quedarse fuera.

—Muy bien, pero date prisa —le aconsejó. Esta vez no se lo ordenó—. Dile a la señorita Hedmeyer que... te han dado unos calambres muy dolorosos, por ejemplo. Te dará un par de aspirinas y, tal como están las cosas, te mandará de vuelta a la habitación enseguida. Susan se enfadará mucho, así que compórtate como si te diera vergüenza.

CeCe se encogió de hombros.

—En cualquier caso, Susan piensa que soy una estúpida.

Era irritante darse cuenta de hasta qué punto mucha gente se equivocaba y pensaba cosas que no eran ciertas de las adolescentes, por el mero hecho de serlo. Pero Katie había sabido dominar su enfado y aprovecharlo. Se le había ocurrido una idea que guardaba en el fondo de su mente, una idea que iba bastante más allá de hurtar una llave de la habitación de Susan Brady para poder llevarse la maleta de Sonia. La alimentaban su enfado y su ira, como los árboles y el viento alimentan el fuego en un bosque. Conllevaría mucha reflexión, mucha planificación y mucho tiempo. En cualquier caso, Katie disponía de esas tres cosas, y en grandes cantidades.

Pero lo primero de todo era hacerse con la maleta de Sonia.

—Ponte las zapatillas. En marcha —le dijo a CeCe.

Le pellizcó suavemente las mejillas para que no perdiera el ligero rubor que aún tenía en ellas. CeCe volvió la cara hacia Katie y después hacia Roberta, que estaba en el lavabo, echándose agua en el rostro. Katie se quedó admirada al ver cómo CeCe cerraba los ojos, dejaba caer los hombros y ablandaba el labio inferior, como si lo tuviera suelto y no lo pudiera controlar. ¡La tonta perfecta! Después se dio la vuelta y salió muy deprisa de la habitación. No se olvidó de dar un sonoro portazo, como si huyera de una discusión.

Fue incluso demasiado sencillo. Susan Brady llevó a CeCe a la enfermería, protestando y regañándola como habían previsto, mientras CeCe no paraba de sollozar. Roberta se quedó vigilando en el pasillo mientras

Katie se deslizaba en la habitación de Susan y revolvía entre sus cosas, buscando la llave. La encontró en su joyerito, junto a dos pequeños pendientes de oro y un anillo barato de pasta. Las dos chicas hacía rato que estaban de vuelta en su habitación cuando CeCe regresó, una vez que se había tragado la aspirina de rigor y después de haber recibido la consabida reprimenda final de Susan. Se vistió rápidamente y las tres salieron sin hacer ruido, bajaron las escaleras hasta el vestíbulo principal y después avanzaron hasta la zona de los despachos, donde estaba también el de la directora. La llave maestra fue cumpliendo su función perfectamente en todas las puertas que se encontraron por el camino.

La maleta de Sonia estaba en un armario, en la parte trasera del despacho, junto al abrigo invernal de lana de la señora Patton, dos pares de botas de invierno y una serie de artículos confiscados a chicas de Idlewild a lo largo de los años: lápices de labios, cigarrillos, un collar de perlas (probablemente falsas), un espejo de tocador, un par de medias de seda, una fotografía retocada de Rodolfo Valentino («¿Cuántos años tendrá esto?», pensó Katie) y un par de artículos de valor incalculable para ellas: una botella pequeña de licor y un montón de revistas. Las chicas no pudieron resistirse. Katie se guardó la botella, Roberta agarró las revistas y a CeCe le tocó llevar la maleta. Tiraron la llave maestra en el jardín. Roberta levantó con el tacón un poco de tierra, que estaba húmeda y blanda. La enterró un poco.

De vuelta en la habitación, dejaron aparte el inesperado botín y abrieron la maleta sin hacer ruido, tocando con respeto, casi reverentemente, las pertenencias de su amiga. Como era de esperar, estaba perfectamente ordenada. Katie constató que nadie la había abierto desde que Sonia la había hecho en casa de sus parientes. Absolutamente nadie: ni la directora, ni la policía... Nadie se había molestado en mirar las cosas de la chica desaparecida, por si pudieran aportar algún indicio, alguna pista.

Katie abrió el cuaderno de Sonia y fue pasando las páginas mientras sus otras dos amigas miraban por encima de su hombro. Ahí estaban los escritos de Sonia, con su letra clara y perfecta. También los dibujos a mano que había hecho de memoria: su familia, la gente que había conocido en Ravensbrück. También había planos, esquemas, y páginas y páginas escritas llenas de recuerdos de la corta vida de Sonia, que había volcado en aquel diario privado. En las últimas páginas, había retratos de sus tres amigas, dibujados con mimo, con amor.

Katie ya sabía que Sonia había muerto. Al mirar el cuaderno, no le cupo duda: Sonia jamás se hubiera separado de aquella libreta. Estaba muerta. Seguro.

«Esto es un adiós —pensó Katie—, pero no para siempre. Alguien es responsable de esto. Y voy a averiguar quién. Todas vamos a averiguarlo».

Las chicas cerraron la maleta y se metieron en la cama.

Y Katie empezó a pensar y pensar.

CAPÍTULO 28

Burlington, Vermont
Noviembre de 2014

En su día, aquel edificio había sido la estación de autobuses del centro de Burlington. De eso hacía mucho tiempo. Quien quisiera tomar un autobús tenía que ir a la estación de Greyhound, que estaba en las afueras de la ciudad, junto al aeropuerto. Fiona se quedó de pie, en la acera de la avenida South Winooski. Miró la farmacia, que en esos momentos estaba cerrada. La señal del establecimiento estaba medio desmontada; las ventanas, cerradas. Le llegaba el ruido atronador del tráfico de la calle de al lado. Se trataba de una parte de la ciudad llena de supermercados y tiendas de alimentación, lavanderías, gasolineras y otros establecimientos de barrio. Al otro extremo de la calle, había una zona residencial de bastante buen nivel. Con toda seguridad, apenas se parecería al aspecto que habría tenido en la década de los cincuenta. Sin embargo, Fiona sintió una conexión, una especie de latido de energía: estaba en un lugar en el que Sonia Gallipeau había estado el último día de su corta y durísima vida.

Ignoró a la gente que, a su alrededor, la miraba algo sorprendida por verla con la vista fija en esa farmacia cerrada de la cadena Rite Aid. No dejaba de dar vueltas alrededor. No era una visita puramente sentimental, ni mucho menos. Fiona estaba dibujando un mapa en su cerebro.

Rose Albert. Rosa Berlitz. ¿Habían sido la misma persona? ¿Era posible que Rose Albert, en su falsa versión americana, se hubiera cruzado con Sonia por casualidad?

Le había llevado muy poco tiempo obtener las direcciones, escarbando aquí y allá, cruzando información fiscal y administrativa del condado. El informe policial decía que el controlador de billetes de autobús había visto a Sonia en la estación y entrando en el autobús. En esos momentos, Fiona estaba en la zona cero del caso de Sonia: el último lugar en el que la habían visto, con la excepción del conductor del autobús, los compañeros de viaje y la persona que la mató.

En todo caso, Sonia había tomado el autobús. Un testigo así lo aseguraba. Y encontraron su maleta en la carretera de Old Barrons, a escasos metros de la valla de Idlewild. Fiona se había pasado la noche en blanco dándole vueltas a todo y echando de menos a Jamie, cuya lógica era directa e inteligente. Añoró su obsesión por los hechos y su no dejarse llevar por las emociones. Por otra parte, aquello no era divertido. Más bien, todo lo contrario.

No obstante, había llegado a ciertas conclusiones que consideraba las más lógicas y probables. Como decía Sherlock Holmes: «Eliminemos lo imposible. Lo que quedará tiene que ser necesariamente la verdad». Si seguía la pista de Rose Albert, no era descartable que fuera una coincidencia que una mujer que vivía en Burlington estuviera en la carretera de Old Barrons, en medio de ninguna parte, cuando Sonia Gallipeau se bajó del autobús y anduvo por esa carretera.

No era imposible, pero sí que era poco probable.

Era mucho más factible que Rose Albert se hubiera topado con Sonia en el mismo Burlington, antes de que tomara el autobús.

Eso era una posibilidad, algo factible, sí, pero no un hecho incontestable. Los artículos periodísticos acerca de Rose Albert indicaban que trabajó como empleada en una agencia de viajes, a cuatro calles de allí. Quizá Rose había visto a Sonia desde su casa, que estaba a quince minutos andando de la agencia de viajes, mientras la chica y sus parientes paseaban, disfrutando del fin de semana. Fiona empezó a caminar por la avenida South Winooski, en dirección a la casa en la que Sonia pasó la noche del viernes.

Pero, media hora más tarde, no había avanzado nada. La casa de Henry y Eleanor DuBois no estaba ni mucho menos cerca de la dirección en la que, según los registros, había vivido Rose Albert. No tenía la menor pista que la ayudase a saber cómo pudieron cruzarse Sonia y Rose, y menos teniendo en cuenta el poco tiempo que Sonia pasó en Burlington. Tampoco tenía información acerca de lo que hicieron los DuBois con su sobrina nieta. ¿Ir de compras? ¿Turismo? ¿Pasear por el parque? ¿Comer fuera?

Si supiera si Sonia tenía en su maleta ropa u objetos recién comprados... o recuerdos... Bueno, eso le daría una pista de qué había hecho ese fin de semana, pero la maleta había desaparecido del despacho de Julia Patton tras el asesinato de Sonia. Nunca la encontraron.

Desanduvo el camino, dirigiéndose a la antigua estación de autobuses. Ojalá que a alguien, en 1950, se le hubiera ocurrido interrogar al maldito conductor del autobús. De repente, una idea la asaltó sin avisar, con tanta intensidad que se paró en medio de la acera para pensar.

¡El billete de autobús! ¡Esa era la conexión!

En 1950, no se compraban los billetes de autobús por Internet ni en una máquina expendedora de la estación, utilizando una tarjeta de crédito. No. Se compraban, o bien a un empleado, en la propia estación, o bien... ¡en una agencia de viajes! Rose había trabajado como administrativa en una agencia de viajes, rellenando y archivando todo el papeleo necesario para hacer las reservas de los viajes, en la época anterior a Internet.

Los parientes de Sonia le habían reservado un billete de ida y vuelta de Barrons a Burlington. Pero cuando Sonia decidió no quedarse hasta el domingo con sus tíos y volver al internado con antelación, tuvo que cambiar el billete de vuelta.

Fiona sintió que la agitación le inundaba el pecho y echó andar. Casi corrió hacia su automóvil. El cuadro estaba claro en su cabeza: Sonia en una agencia de viajes, cambiando su billete de vuelta mientras Rose observaba desde su escritorio, haciendo su trabajo administrativo. ¿Habría visto Sonia a Rose? ¿La habría reconocido? Seguramente. Y Rose debió de darse cuenta de que la chica sabía quién era, que podría identificarla como Rosa Berlitz. Sabía qué autobús iba a tomar Sonia para volver a Idlewild. Y, en algún momento, Rose Albert tomó la decisión de hacer algo que silenciara a Sonia para siempre. De lo contrario, su nueva vida, al margen de los crímenes cometidos en el campo de concentración, se rompería en pedazos.

Era una conjetura, sí. No había nada concreto. Había un millón de posibilidades que podían dar al traste con ella. Era mucho más improbable que la teoría de que una de las amigas de Sonia simplemente la golpeara en la cabeza y la arrojara al pozo.

Cuanto más pensaba en ello, más le cuadraba.

Sonia había estado en la misma ciudad y al mismo tiempo que una mujer que podría haber sido guardiana en Ravensbrück, el campo de concentración en el que aquella chica había permanecido durante años. Había visitado a unos familiares que vivían a solo unas manzanas de la casa de

Rose Albert y de su oficina. ¿A qué distancia habrían estado la guardiana y la prisionera? ¿Un kilómetro, como mucho? Las dos en el mismo lugar de Estados Unidos, cinco años después de que terminara la guerra. Una coincidencia, pero bien documentada. Cuadraba.

Recordó la fotografía que ilustraba el artículo sobre el juicio de Rose Albert: el rostro tranquilo, los ojos grandes, las pupilas oscuras, la piel pálida. La cara de Rosa Berlitz, una guardiana que había llevado a mujeres a gasear y que después había introducido los cadáveres en los hornos de cremación. Si había sido capaz de hacer eso, la muerte de una chica de quince años no habría significado nada para ella. Sobre todo si se trataba de sobrevivir, si tenía que evitar que no la atraparan, si resultaba vital guardar el secreto.

Si todo eso era verdad, entonces el asesinato de Sonia Gallipeau no había sido aleatorio. Ni había sido cosa de un impulso. Había sido algo premeditado. Lo había planificado a conciencia, aunque no de la manera que Ginette Harrison había imaginado. Estaba condenada a muerte desde que franqueó la puerta de la agencia de viajes en la que trabajaba Rose Albert. La siguió hasta estar lejos de la ciudad y de cualquier testigo, hasta que se bajó del autobús en un lugar recóndito y solitario, en una carretera por la que casi nunca pasaba nadie. Rose Albert ni siquiera habría necesitado tomar el mismo autobús que su víctima, pues sabía perfectamente adónde se dirigía esta. La esperó como la depredadora que era. Podía haber ido conduciendo hasta la parada de autobús. Podía haber aparcado y haber esperado hasta que el autobús se detuviera y la chica se bajara.

«Si usted fuera un asesino compulsivo y buscara satisfacer ese instinto con alguien, ¿cree que podría encontrar a una persona más adecuada?», había dicho Ginette.

✳✳✳

Cuando llegó a casa, la cabeza le daba vueltas. Apenas había dormido y no había comido nada. Todavía no había luz en el pasillo donde estaban las puertas de entrada a los apartamentos de su edificio. Hacía más de tres semanas que se había fundido la bombilla y no la habían cambiado. Por una vez, agradeció la somera iluminación de seguridad, que siempre le causaba reparo. Sus pensamientos le pesaban demasiado, resonaban con fuerza en su cabeza. Lo único que deseaba era la oscuridad y la calma de su apartamento.

Estaba allí. No le esperaba. Sin embargo, no se sorprendió al verlo. Jamie, sentado en el suelo, cerca de la puerta cerrada de su apartamento, con la espalda apoyada en la pared y las rodillas levantadas. Sin uniforme, con *jeans,* camiseta y una camisa de cuadros de franela, el cuello sin abotonar, las botas de trabajo y el pelo algo alborotado. La miró acercarse, con gesto inexpresivo y hermético.

Fiona se detuvo frente a él y lo miró a la escasa luz.

—¿Cuánto tiempo llevas aquí? —le preguntó en voz baja.

—No mucho.

—Tienes la llave.

Alzó la mirada. En su expresión no había ganas de pelea, ni enfado, ni aire de superioridad. Simplemente, la estaba mirando.

—Claro. Me costó ocho meses conseguir esa llave —dijo al cabo de un rato.

Era verdad. Ella le había dado una llave de su casa bastante después de que Jamie se la diera de la suya. Le había costado mucho dar el paso. Nadie, ni su padre, tenía llave de su casa. Nunca nadie la había tenido. Pero, finalmente, había hecho una copia para él.

Le costó muchísimo confiar. Le asustó hacerlo, tanto que ni se dio cuenta de lo cuidadoso que había sido al respecto: enviaba un mensaje o la llamaba antes de ir. Había sido más que cauteloso. Ahora lo vio claro.

—Quédate con ella —dijo. Tenía la garganta reseca y la voz le salió ronca.

Jamie apartó la vista. Debería haber abierto la puerta, haberlo invitado a entrar si él no lo hacía por sí solo. Lo sabía. Pero Jamie no parecía muy decidido a moverse de allí, como si prefiriera decir lo que tuviera que decir allí, en aquel pasillo tan impersonal, con esa luz de emergencia, sentado sobre aquella espantosa moqueta.

—He venido a explicarme —dijo.

—No hace falta.

—Sí, por supuesto que sí. —Estaba luchando consigo mismo—. Tenías razón.

Iba a contarle algo que llevaba enterrado muy dentro. Fiona no sabía si iba a ser capaz de soportar más verdades enterradas..., pero se lo debía.

—¿Sobre qué tenía razón?

—Sobre Helen Heyer —dijo—. Miré la ficha.

Le dio un vuelco el corazón.

—¿Qué quieres decir?

—Interrogaron a las amigas de Helen —dijo Jamie—. Los policías que llevaban el caso preguntaron a sus amigas si les había hablado alguna vez acerca de una posible relación con Tim Christopher. Pero lo que no hicieron fue preguntar a los amigos de Tim.

Fiona no dijo una palabra.

—Tim era muy popular —continuó Jamie, mirándola a los ojos—. Eso ya lo sabes, por supuesto. Tenía muchísimos amigos. Debían haberlos interrogado, para averiguar si Tim veía a alguien, si salía con alguna chica. Es muy probable que alguno de ellos supiera con quién estaba saliendo en ese momento, y si estaba mintiendo respecto a Helen. Pero no lo hicieron. Interrogaron a Tim, es un decir, delante de sus padres, en la sala de estar. Y después no hicieron más averiguaciones. —Negó con la cabeza—. Eso no es una prueba directa de que fuera Tim quien intentó matar a Helen. El *modus operandi* sigue sin cuadrar. Pero...

No hacía falta que dijera nada más. Fiona lo sabía. Que los policías hubieran respaldado de esa forma a los Christopher explicaba que no hubieran realizado todo el trabajo de investigación que debían. Si cualquiera de los amigos de Tim hubiera confirmado que estaba saliendo con Helen, Deb estaría viva.

Pero todavía había algo más. Y peor.

—En la ficha figura el nombre de mi padre. Él fue quien se encargó de los interrogatorios.

«Tim Christopher también era un buen hombre, antes de arruinar su vida», había dicho Garrett.

—¡Dios mío, Jamie!

—Cuando era un crío, a veces me llevaba de patrulla —empezó a contar Jamie—. Esa fue una de las razones por las que después quise ser policía. Me llevaba de patrulla. En Barrons apenas pasaba nada, ¿sabes? Así que nos pasábamos la mayor parte del tiempo disparando para entretenernos, para mejorar la puntería. Yo pensaba que ser policía era divertido. Y papá era el jefe. Todo el mundo le trataba como tal, como el que mandaba. ¿Cómo no me iba a gustar?

Se tocó el puente de la nariz. Tenía los ojos cansados. Fiona esperó.

—Una noche recibió una llamada desde una casa —continuó Jamie—. Una mujer le dijo que su marido estaba golpeándola. Yo estaba con él. Tenía diez años. Me colocó en el asiento de atrás mientras él y su compañero entraban en la casa. No sé lo que pasó allí dentro, pero pasados diez minutos ambos volvieron al vehículo policial y se alejaron sin decir palabra.

»Le pregunté a papá qué era lo que había pasado. Me dijo que no me preocupara, que todo había ido bien, porque el hermano de aquel hombre era un buen amigo suyo. Después se volvió hacia mí, me miró intensamente y me dijo: «La familia es lo primero, ¿verdad, chico?». Su compañero no soltó prenda. Ni una palabra. Yo tenía diez años, él era mi padre, así que asentí, porque estaba de acuerdo con él. No me volví a acordar de lo que pasó aquella noche hasta que me hice policía. Después sí que lo recordé.

—¿Qué quieres decir? —preguntó Fiona.

—Eran pequeñas cosas, ¿sabes? —dijo Jamie—. O al menos eso me parecían a mí por aquel entonces. La multa por exceso de velocidad a su compañero de golf, que no siguió adelante. El sobrino de otro amigo que solo recibió una advertencia después de que lo sorprendieran haciendo pintadas en el instituto. El hijo del alcalde, al que ni se le multó, pese a haber rebasado el límite de velocidad. Papá todavía era el jefe cuando yo empecé; todo el mundo lo aceptaba. Al principio, nos peleamos por cosas como esas, pero nadie me habría apoyado. Además, papá estaba a punto de jubilarse. Así pues, empecé a pensar que podría esperar a que se fuera; después me volcaría en que las cosas se hicieran de otra manera. Hacer las cosas de otra manera. Aquellos viejos tiempos habrían pasado.

Fiona se acordó de Garrett durante la noche de la cena: sabía todo lo que estaba pasando en la policía.

—Pero la cosa no fue así ni mucho menos, ¿no?

Jamie no dijo nada durante un buen rato.

—¡Sigue siendo muy poderoso, joder! —exclamó—. Y Barrons es muy pequeño. No me podía imaginar hasta qué punto estaban tan mal las cosas... No hasta pasar varios años en el cuerpo. Nadie cuestiona lo que dice ni lo que hace el jefe: si lo hicieras, se te acabaría el chollo. Todos en la policía tienen sus prebendas. ¿Por qué iban a dejar de seguir el juego? Se dicen a sí mismos que solo se trata de hacerse el tonto de vez en cuando: nada serio. Nadie sale perdiendo. Le haces un favor a alguien, y ese alguien, u otro, te lo devuelve: hoy por ti, mañana por mí. Limítate a ver, oír y callar, a hacer el papeleo y a irte a casa a descansar. Cierto día, tras levantarme, calculé que ya llevaba siete años en el cuerpo de policía y que estaba empezando igual que ellos. Eso tan tóxico de: «¿Y a ti qué más te da?». Me di cuenta de que, como fuera, tenía que salirme de ese carril. Para salvarme. —Levantó la mirada hacia ella—. Eso ocurrió la noche que te conocí.

Fiona se lo quedó mirando sin poder decir ni una palabra.

—Sabía quién eras —continuó—. Esa misma noche. Tenías razón. Por supuesto que lo sabía. Pero, de todas maneras, me apeteció muchísimo hablar contigo.

—¿Por qué? —preguntó, recuperando el habla.

—Parecías tan perdida como yo —contestó, encogiéndose de hombros—. Hablé contigo, con la hija de Malcolm Sheridan. Tenías una vida por detrás... y por delante, claro. Conocías este sitio, pero no te dejabas arrastrar del todo por él. En realidad, por nada. No te escondías ni esquivabas lo difícil. Eres guapa. Y la camiseta que llevabas te dejaba el hombro al aire.

Se arrodilló y le puso las manos sobre los hombros. Irradiaba calor, tensión, notaba los abultados músculos bajo sus manos.

—Jamie —empezó, sin saber muy bien cómo seguir—. Helen Heyer no es una multa por exceso de velocidad ante la que se hace la vista gorda.

La observó con esa mirada directa tan suya, como si supiera exactamente lo que estaba pensando en ese momento.

—Ya lo sé —dijo con voz ronca mientras le acariciaba la barbilla con las puntas de los dedos—. No voy a dejarlo pasar, Fee. Voy a llegar todo lo lejos que pueda. Ya está bien, dejo el camino fácil.

Se inclinó y lo besó. Él le devolvió el beso y le acarició el pelo. Era así de fácil: eso sí que lo sabía. Le puso las manos sobre las rodillas y las fue subiendo hasta la parte alta de los muslos mientras él abría más la boca, despacio, con calma. Era algo tierno, y familiar, y real. Sabía que la cosa iba a funcionar. El sexo con Jamie nunca era precipitado; le gustaba tomarse su tiempo, ir despacio, como si la estuviera estudiando. Ahora se daba cuenta de que quizá fuera porque nunca estaba del todo seguro de si ella iba a seguir con él. Porque nunca sabía cuál iba a ser la última vez. Y ella tampoco.

Continuó con el beso sin preocuparse de que pasara algún vecino por el pasillo, ni del hambre que tenía, ni de si le dolían las rodillas. Sin preocuparse de Idlewild, ni de las chicas muertas, ni de nada que no fuera sentir su pulso bajo la piel.

Fue él quien rompió el beso y suspiró, sin dejar de acariciarle el pelo.

Ella le besó en el cuello, sintiendo con la lengua el roce de su barba incipiente.

—No —dijo ella, mostrando su acuerdo—. Ahora no.

Echó hacia atrás la cabeza, apoyándola en la pared con suavidad.

—¡Hay que joderse! —musitó.

Fiona apretó la mejilla contra su clavícula y le puso la mano en la base del cuello. Y así permanecieron durante mucho mucho rato.

CAPÍTULO 29

Barrons, Vermont
Noviembre de 2014

Fiona se despertó en el sofá. Notaba la garganta seca y áspera. Le dolía el cuello. Se dio la vuelta y, en la oscuridad, contempló el desastroso estado de su apartamento. Había un montón de cajas y de papeles tirados de cualquier manera. En la mesa auxiliar estaba su ordenador portátil y había una caja de galletas saladas a medio comer. Tocó el ordenador para que se volviera a poner en marcha y poder ver la hora en la esquina derecha de la pantalla: las seis de la mañana.

Se quedó mirando el asunto sobre el que había estado leyendo cuando se quedó dormida, a eso de las tres: Rose Albert.

Rose la miraba a los ojos. Un fotógrafo independiente había tomado la fotografía en la calle después de que arrestaran a Rose y la pusieran en libertad. Se la veía muy digna, con una falda pasada de moda, una rebeca y una estola de piel. Todo completamente inadecuado para el año 1973. Pero la vestimenta le aportaba cierta clase. En el momento del juicio solo tenía cincuenta y cinco años. La piel aparecía igual de clara que en la otra foto que había visto Fiona, los labios formaban una línea firme y fina, los oscuros ojos perfectamente nivelados en la cara y el gesto frío e inexpresivo. El fotógrafo había sabido aprovechar que no lo había visto. Al andar, se tocaba con una mano la estola de piel, casi apretándola. Efectivamente, las escasas referencias al juicio que había leído la describían vistiendo una estola de piel de zorro. Esa misma.

No había encontrado una transcripción del juicio: no había sido público y no se podía acceder a ella. En su día, la historia tuvo una cobertura media. Acudieron un periodista y un fotógrafo encargado de sacar fotos en la calle una o dos veces; pero en ningún momento se consideró una noticia de portada. Fiona se dio perfecta cuenta de la lógica aplicada por el editor en 1973: había que cubrir la noticia desde el punto de vista local, ya que había gente que conocía a esta mujer, pero, ¡por Dios!, a nadie le apetecía leer sobre campos de concentración. Era un asunto demasiado deprimente y pasado de moda. El país estaba inmerso en la guerra de Vietnam. Eso sí que era algo real y vigente. Una mujer con una elegante estola de piel de zorro que podía haber sido nazi en su juventud, o no, era una noticia, por supuesto, pero no una gran noticia.

De todas maneras, la investigación que se había llevado a cabo para hacer el reportaje era buena: el texto estaba bien escrito y las fotografías eran magníficas. Al leerlo, Fiona sintió nostalgia de aquellos tiempos en los que los reporteros estaban en plantilla y no eran autónomos, en los que en las historias no hacía falta dar a entender eso de que «¡no te vas a creer lo que viene ahora!» para sobrevivir a la época de Internet, en la que, o miles hacían clic sobre «leer más», o tú, reportera, estabas muerta. Rose Albert era una solterona que vivía en Burlington, una inmigrante que llegó de Europa una vez acabada la guerra. Había declarado que venía de Múnich y que había trabajado en una fábrica. Había admitido que perteneció al Partido Nazi, pero explicó que solo se había tratado de una táctica personal de pura supervivencia: bajo el régimen de Hitler, quien no se unía al partido era sospechoso por definición. Sí, había acudido a manifestaciones, pero solo porque si no lo hubiera hecho habría sido denunciada por sus vecinos. La hubieran arrestado. No, no había servido como guardiana ni había trabajado en ningún campo de concentración. Y, cuando la guerra terminó, había emigrado a Estados Unidos para empezar de nuevo. Había tenido la gran suerte de encontrar trabajo en una agencia de viajes.

Por su parte, Rosa Berlitz, la guardiana de Ravensbrück, era un enigma. Reclutada en uno de los pequeños pueblos alemanes cercanos al campo. Se trataba de una chica sin experiencia y había aceptado el trabajo inmediatamente. Persiguió a prisioneros con los perros que utilizaban los nazis, entrenados para atacar y matar. Había estado allí mientras se experimentaba con las mujeres del campo, cuando se las sentenciaba a muerte, cuando las metían en las cámaras de gas. Había ayudado a transportar los cadáveres. No se sabía quiénes eran sus familiares ni sus amigas. Tampoco se sabía lo que había ocurrido con ella después de la guerra, cuando los soviéticos liberaron Ravensbrück. Rosa Berlitz había aparecido como de la nada. Había torturado e incluso había matado a prisioneras de Ravensbrück sin mover un músculo de la cara. Luego había desaparecido.

Solo había una fotografía de Rosa, formando con otras guardianas, mientras Himmler pasaba revista una de las veces que visitó el campo. En la foto, la figura principal era la del propio Himmler, con su abrigo largo y su insignia con la cruz gamada, inspeccionando sobre el terreno. Las mujeres vestían de uniforme y formaban en tres filas, perfectamente alineadas. Sin embargo, Rosa estaba en la tercera fila y solo se le veía la cara… algo desenfocada. Apenas se apreciaba que tenía los ojos oscuros, la nariz recta y, parecía, la piel pálida. Podía ser Rose Albert, pero también podía no serlo. No había ningún otro archivo de Rosa Berlitz, nada que dejara constancia de su existencia, más allá de los recuerdos de las prisioneras que vivieron bajo su control.

Tres supervivientes identificaron a Rose Albert como Rosa Berlitz. Una de ellas murió de cáncer justo la semana anterior al comienzo del juicio. Las otras dos testificaron en la corte. Parece que hubo muchos huecos y mucha falta de información respecto a ella, a pesar de dos testigos. Finalmente, Rose salió libre. Cuando Fiona buscó más a fondo, averiguó que las dos testigos habían muerto en 1981 y 1987, respectivamente.

Rose Albert fue absuelta, pero ese mismo año la encontraron muerta en su casa. El forense declaró que había muerto de un ataque al corazón. Se la enterró y fin del asunto. Una nota en un periódico local dejaba constancia de su fallecimiento.

A duras penas, Fiona se levantó del sofá. Se sentía fatal, como después de una borrachera, aunque lo único que había hecho era estar sentada en su oscuro apartamento y leer. Se preparó un café y se duchó, pero eso solo sirvió para que se estremeciera, independientemente de la temperatura del agua, que puso tan caliente como podía aguantar. Pasó poco tiempo en la ducha y se secó deprisa. Se bebió el café rápidamente e intentó no pensar en Jamie, en lo que estaría haciendo en ese momento. Ni en Garrett Creel. Ni en Tim Christopher con su bate de béisbol, siguiendo a Helen Heyer.

¿Estaría incubando algo? Le dolía la cabeza, o más bien se notaba algo atontada. Y le picaba la garganta. Buscó en los cajones y encontró un ibuprofeno, algunos medicamentos para el catarro y unos caramelos Halls. Se tomó un par de píldoras y todos los caramelos de una vez, aunque no le gustaba ni su textura cérea ni el sabor a menta. Pero no tenía tiempo para ponerse enferma. Ahora no. Todavía no.

Tenía que arreglar unas cuantas cosas.

Se puso la pelliza y se calzó las botas. Buscó un grueso gorro de lana para cubrirse el pelo, todavía húmedo. Tomó las llaves y salió de casa.

✸✸✸

El atardecer era gris. Soplaba un viento helado y cortante. Eso solo podía significar una cosa: se aproximaba una nevada. Diciembre estaba cerca. Hasta abril, Vermont libraría su batalla contra el invierno, como todos los años. La carretera de Old Barrons estaba muy tranquila, aunque, a través de los árboles, Fiona pudo ver movimiento en Idlewild. La parada que trajo consigo el hallazgo del cuerpo de Sonia ya había finalizado. Los trabajos de restauración se habían reanudado.

Sin embargo, esta vez no se dirigía a Idlewild. Se internó por el sendero que había a la izquierda de la carretera, no por el derecho. El suelo era irregular; había muchísimas raíces y arbustos cubriendo la grava del camino. Finalmente, llegó al lugar en el que había estado el autocine. Recordó la noche en que recorrió la carretera caminando y hablando por teléfono con Jamie. Le pareció que habían pasado años. Pero se recordó a sí misma que el viejo cine había permanecido en uso hasta 1994. La noche en que Deb murió, no hubo ninguna película: la temporada terminaba en octubre y el asesinato ocurrió en noviembre. Pero sí que había un grupo de chicos a los que les gustaba juntarse para beber en un lugar apartado. La policía había interrogado a todos los chicos que pudo encontrar, pero ninguno de ellos recordó ver el automóvil de Tim Christopher aparcado en el arcén de la carretera de Old Barrons, cosa que tenía que haber hecho para abandonar el cuerpo de Deb en el campo de deportes.

El autocine había cerrado a finales de los noventa. Como la mayoría, Fiona había asumido que el lugar estaba vacío desde entonces. Hasta que se encontró con Stephen Heyer en Portsmouth y le dijo que la había visto porque a veces dormía allí. «El viejo que llevaba el autocine me deja usar sus instalaciones».

El vehículo retumbó mientras avanzaba por el antiguo aparcamiento, aplastando las raíces y los arbustos que crecían sin control. La pantalla era grande; también lo era el puesto de palomitas. Todavía se podía ver una señal en la que estaba la zona en la que los automóviles tenían que esperar pacientemente, uno detrás de otro, a sacar la entrada. Era una valla anclada en el suelo. Mostraba un perrito caliente bailando y una lata de refresco, también bailando con piernas de alambre. «¡BIENVENIDOS AL AUTOCINE!», proclamaba el cartel. El agua había dañado las esquinas y el tiempo se había encargado de apagar los colores. Eso sí, sorprendentemente, los grafiteros no habían hecho de las suyas. El cartel publicitario era una auténtica reliquia.

Fiona condujo hasta más allá del cartel, donde se encontraba el aparcamiento abierto. Se detuvo. Tenía frío y sentía un estremecimiento en la espina dorsal, pese a que llevaba puesta la gruesa pelliza y tenía la calefacción a tope. «Va a nevar», pensó. Miró a su alrededor. «¿Dónde demonios puede dormir en este sitio Stephen Heyer?».

Sacó el teléfono móvil, pensando que debía llamar a alguien y decirle algo importante, pero se quedó mirando la pantalla, completamente desconcertada. Sus pensamientos iban demasiado rápido, mucho más que sus manos. «No estoy enferma. No lo estoy». Repasó sus contactos y estuvo a punto de marcar el número de Jamie, simplemente para sentir el placer de escuchar su voz. Pero lo pasó y, finalmente, llamó a Malcolm.

Saltó el contestador automático. Se lo imaginó: era una máquina antigua, un contestador de verdad, junto al teléfono, un aparato de los noventa de línea terrestre, en su hueco correspondiente (porque su padre, por supuesto, tenía un hueco para el teléfono). Oyó la voz grabada del propio Malcolm, indicando que dejara un mensaje. Y después un sonoro pitido.

—Papá —dijo—. Tengo que contarte algo.

Le contó lo de Stephen Heyer: cómo la había encontrado y lo que le había dicho. Le contó que había visto a Helen Heyer, que había sido golpeada con un bate de béisbol por Tim Christopher casi hasta matarla, el año anterior a la muerte de Deb. Todavía estaba hablando cuando la grabadora del contestador se interrumpió.

Colgó.

Jamie le había dicho que aquello mataría a su padre.

Volvió a escuchar la voz de su padre. Ella tenía catorce años y su madre no quería enmarcar y colgar en la pared la inquietante fotografía que había hecho en Vietnam. «¿Acaso piensas que las niñas no van a toparse con el mundo real, Ginny? ¿Crees que el mundo real no las alcanzará nunca?».

Fiona se tocó las mejillas. Se dio cuenta de que había llorado, aunque las lágrimas ya estaban frías y casi secas. Se puso los guantes, se las secó del todo y bajó del automóvil.

El viento la azotó de inmediato. Caminó por el claro del antiguo aparcamiento, desde el que se veía la pantalla del autocine. La botas crujían al pisar el polvoriento suelo de gravilla. El cielo estaba muy oscuro y gris. Parecía que de un momento a otro se iba a cernir sobre ella. Caminó hacia donde tenía que haber estado la pantalla. Se asomó desde allí hacia la carretera e Idlewild, para comprobar qué era lo que alcanzaba a ver. No pudo ver ni personas ni vehículos, pero se dio cuenta de que el autocine abandonado estaba limpio, sin acumulaciones de basura. Eso no cuadraba con un sitio utilizado durante décadas por adolescentes para reunirse y beber.

Al otro lado de la zona de grava, la vio. Una vieja caseta medio escondida entre los árboles. Y un remolque aparcado un poco más atrás, entre las sombras.

«¡Demonios!», pensó. «Resulta que sí que hay alguien que vive aquí de verdad...».

—¿Puedo ayudarla en algo? —dijo una voz.

Se volvió y vio a un hombre más o menos de la edad de su padre, aunque muy musculoso y con un corte de pelo casi al cero, tipo militar. Vestía una gruesa parka, botas y unos viejos pantalones militares, pero fue el rifle que le colgaba de un hombro lo que llamó su atención. Se lo quedó mirando como si fuera una niña pillada en falta.

—Busco a Stephen Heyer —dijo al cabo de un momento.

—No está aquí —respondió el hombre, negando con la cabeza.

Fiona pestañeó. Tenía los párpados algo acorchados por el intenso frío.

—Me dijo que a veces dormía aquí.

—Es verdad —dijo el hombre—. Pero hoy no ha venido.

A Fiona se le cayó el alma a los pies. Era lo único que se le había ocurrido. No tenía plan B.

—Pues necesito hablar con él.

El hombre la miró con curiosidad, sin hacer ningún ademán en relación con el arma que llevaba.

—Perdone —dijo—. No me gusta nada tener que hacerlo, pero debo informarla de que está usted invadiendo una propiedad privada.

—No sabía que aún lo fuera —dijo Fiona, un tanto aturullada—. Pensaba que esto estaba abandonado. Lo siento. —Miró a su alrededor—. Cuando Stephen viene, ¿dónde suele dormir?

—En mi remolque —contestó—. Hay ciertas personas que vienen aquí cuando necesitan un lugar donde pasar la noche en paz y tranquilidad. Llevo dejando dormir gente en el remolque desde 1981. —Hizo una pausa. Fiona intentó procesar esta extraña información, pensando que quizás en 1981 había ocurrido algo que debía saber. No se le ocurrió nada. Pareció olvidarse de que el hombre seguía ahí, esperando su respuesta, hasta que volvió a hablar—. Me llamo Lionel Charters.

¡Ah, claro!

—Perdóneme otra vez —dijo en tono contrito—. Yo soy Fiona. Fiona Sheridan.

El tipo se quedó rígido.

—¿Y qué hace la otra hija de Malcolm Sheridan en mi autocine?

Se lo quedó mirando muy sorprendida. «La otra hija de Malcolm Sheridan».

—Me imagino que usted estaba aquí cuando murió mi hermana —acertó a decir.

Lionel asintió, sin apartar la vista.

—Mi tío Chip montó el autocine en 1961 —contó—. Cuando murió, yo me hice cargo. Lo gestioné hasta 1997. Hubo pocos autocines que duraran tanto tiempo —afirmó con cierto orgullo, aunque después se encogió de hombros—. La verdad es que no gané mucho dinero, sobre todo al final, pero tampoco necesito demasiado. Mi esposa murió en 1980 y mi hijo en 1981. Desde entonces, vivo solo. —Parecía que la miraba fijamente, pero Fiona había vuelto a perder la concentración y sentía como si las cosas le resbalaran—. Esa noche estaba aquí. De hecho, estaba aquí todas las noches. También cuando la encontraron. Pude ver toda la conmoción. Desde la parte de atrás del terreno se ve perfectamente la carretera de Old Barrons. Vi las ambulancias, los vehículos de la policía y todo eso. Lo que le pasó a su hermana fue una vergüenza.

Fiona tragó saliva. Era incapaz de hablar.

—Stephen me lo ha contado, lo de su hermana —dijo Lionel—. Lleva mucho tiempo deseando hablar con usted. Por lo que veo, por fin lo ha hecho.

—¿Es verdad? —preguntó Fiona con voz muy ronca—. Mi juicio y mi perspectiva no son las mejores a este respecto, como se puede imaginar. ¿Me ha engañado Stephen?

Lionel se quedó callado durante un momento; finalmente, negó con la cabeza.

—No, Stephen no la ha engañado. —Por primera vez, su voz recelosa adquirió un matiz parecido a la amabilidad—. Por desgracia, lo que le pasó a Helen fue absoluta y cruelmente real. Y si lo que se pregunta es si lo hizo o no Tim Christopher, pues tengo que decirle que lo hizo: claro que lo hizo. Igual que asesinó a su hermana. Lo juraría sobre la tumba de mi propio hijo.

—¿Por qué? —le preguntó—. ¿Qué es lo que le hace estar tan seguro?

Lionel miró para otro lado.

Algo surgió desde lo más hondo de las entrañas de Fiona. La inquietud que llevaba sintiendo desde hacía tanto tiempo le oprimió los pulmones y la garganta. Le hervía la sangre y quería gritar, pero no lo hizo.

—Usted vio algo —dijo con suavidad—. Aquella noche usted vio algo.

—Veo muchas cosas —respondió Lionel, con expresión adusta—. Al fantasma, por ejemplo. La he visto. —Se volvió y la miró—. ¿Y usted? ¿La ha visto también?

Fiona notó que palidecía.

—¿Viene hasta aquí?

—No, hasta aquí no —respondió Lionel—. Esta no es su casa. Pero por allí sí... —Movió la cabeza en dirección a la carretera de Old Barrons e Idlewild—. La he visto muchas veces caminando. Una chica vestida de negro y con un velo. La primera vez que la vi con mis propios ojos fue en 1983. En ese momento, pensé que una adolescente estaba gastándole una broma a alguien, que se había disfrazado, pese a que no estábamos ni siquiera cerca de Halloween. Pero ¿quién puede saber cómo se divierten las adolescentes? Así que me acerqué a ella.

—¿Qué fue lo que le enseñó? —preguntó Fiona.

Lionel pestañeó y la miró con frialdad.

—No es cosa suya. Lo mismo que no es cosa mía lo que le enseñara a usted. Lo que hace esa chica es cruel, viola todo lo bueno y correcto de esta vida. Hasta ese día nunca creí en fantasmas. Sigo sin creer en ellos, con la excepción de esa chica de Idlewild. En esa sí que creo. Y la he visto caminando por la carretera y por el bosque, pero nunca me he vuelto a acercar por allí. Lo que me enseñó me lo llevaré conmigo a la tumba.

Fiona tenía la garganta seca. Más que eso, era como si se la estuvieran cortando con cuchillas de afeitar. No obstante, siguió preguntándole:

—¿Qué fue lo que vio el 21 de noviembre de 1994?

Lionel negó con la cabeza.

—Esto no va a ayudarla, muchacha. Igual que no va a ayudarla lo que le mostró esa abominación de ahí, fuera la que fuese. Solo le va a causar dolor. Él ya está en la cárcel por lo que hizo.

Intentó no perder el equilibrio.

—¡Dígamelo!

Suspiró. Un cuervo pasó volando y graznó. El viento silbaba sobre los árboles del bosque cercano, ya desnudos de hojas, que estaban más allá del terreno del autocine. Los primeros copos de nieve aterrizaron sobre la pelliza de Fiona.

—Aquella noche vino la policía —dijo, lo cual la sorprendió bastante. Eso era nuevo—. Dijeron que habían recibido una llamada de queja, pero le aseguro que yo no la hice. —Miró alrededor—. Era noviembre. Aquí había cuatro o cinco chicos. No recuerdo bien. Estaban sentados en círculo, bebiendo Dios sabe qué. Hicieron un pequeño fuego, cosa que no me molestaba en absoluto. No había peligro ninguno. Además, sabía que, antes o después, los chicos tendrían demasiado frío y se marcharían a casa. —Miró hacia el sendero de grava por el que había llegado Fiona y tocó ligeramente el rifle con una mano; debió de ser un movimiento reflejo—. Estaba diciéndole a uno de ellos que ni siquiera se le ocurriera pensar en vomitar en los arbustos cuando vi al mismísimo Garrett Creel, que llegaba andando por ese camino.

Fiona se lo quedó mirando, completamente anonadada.

—¿Garrett Creel?

—En carne y hueso —confirmó Lionel con absoluta convicción—. A ese viejo cabrón nunca le he caído bien, pues no le gustaba nada que fuera a mi aire, que viviera en mi terreno y que me importaran un pito sus reglas caciquiles. Ha venido aquí o ha mandado a sus matones un montón de veces para ver si estaba cultivando hierba, si tenía montado un laboratorio para fabricar anfetas... o lo que fuera. Como si fuera a hacer semejante cosa después de lo que le pasó a mi chico. Pero esa noche la cosa fue distinta. —Se volvió de nuevo hacia Fiona—. Vino andando por el camino, ¿entiendes? Desde abajo. Aparcó el vehículo policial en la carretera de Old Barrons y caminó, en lugar de conducir hasta aquí. ¿Por qué lo haría?

Fiona sacudió la cabeza. No tenía ni idea de por qué. Nunca se había hablado de eso en los periódicos. Tampoco en el juicio. Se sentía tan perdida como Alicia en el País de las Maravillas.

—Creel subió hasta aquí, les dio un susto de muerte a los chicos y después les echó una buena bronca. No sé qué sobre encender fuegos, como si fuera el jodido guardabosques del año. Se volvió hacia mí y me soltó que, si ocurría algo, yo sería el responsable, como si hubiera estado allí sentado, bebiendo cerveza o vodka con los críos. Paparruchas y bravatas. Se tomó su tiempo, quería que pasara un buen rato. Pensó que no me estaba dando cuenta, pero por supuesto que lo noté. Así pues, cuando se marchó, bajando tranquilamente por el camino, yo me fui hacia allí, atajando por la colina —dijo, y señaló hacia la izquierda, donde Fiona pudo ver que solo había arbustos y hierbajos—. Quería tener una visión clara de la carretera. Estaba oscuro, y Creel no me vio. El vehículo policial estaba aparcado en el arcén. Se subió, la luz interior se encendió durante un segundo y pude ver a Tim Christopher. Con tanta claridad como la veo a usted ahora. Sentado en el maldito automóvil de la policía con el maldito jefe de la policía. Después, Creel dio la vuelta y se marchó carretera arriba.

Le zumbaban los oídos. Fue como una de esas pesadillas imposibles que te asaltan de vez en cuando. Tim Christopher con Garrett, en el vehículo oficial de la policía. Habían pasado veinte años, pero aquello no había aparecido nunca en ningún medio de los que habían tratado el caso. Tampoco en el juicio.

—¿Qué razón tiene para mentirme acerca de esto? —le preguntó—. ¿Por qué lo hace?

—¿Qué razón tengo yo para mentir acerca de lo que sea? —replicó—. Pregunta por mí por ahí, pequeña Sheridan. Pregúntale a tu padre, muchacha. Soy un libro abierto. Siempre lo he sido.

—Y, entonces, ¿por qué no dijo nada ni testificó en el caso de Tim?

—Porque se me dijo que cerrara la boca —respondió Lionel—. Con una claridad y una contundencia absolutas. Por parte de gente importante y peligrosa. Esos chicos no vieron el vehículo de Garrett, pero sí que vieron a Garrett. Les dijeron lo que tenían que hacer y lo que tenían que contar. Por eso, cuando los interrogaron, ninguno lo mencionó. La gente que habló conmigo también habló con ellos. Eran la gente de Garrett, los policías de Garrett. Y ninguno de ellos era honrado, ¡ninguno! Los chicos se asustan con facilidad. Yo no, pero sé cuándo tengo que estar callado si quiero sobrevivir. Y aquel fue uno de esos momentos. —La miró intensamente—. Por otra parte, lo pillaron. Tim Christopher lleva veinte años en el trullo. Tuve que escoger el mal menor. —Alzó la mirada por encima de su hombro. Fiona oyó el zumbido de un motor—. Y hablando del rey de Roma...

Fiona se volvió: vio un Chevrolet marrón avanzando por el sendero. Se detuvo junto a su propio automóvil, con el motor al ralentí. La puerta del conductor se abrió y vio bajarse la silueta grande y pesada de Garrett Creel. Se la quedó mirando con los ojos entrecerrados, como para esquivar los copos de nieve en aquel día gris.

—Fiona —dijo con voz suave, ignorando la presencia de Lionel Charters—. No tienes muy buen aspecto, querida.

Ella miró a Lionel. Su expresión le resultó indescifrable. No dijo ni una palabra, pero se quitó el rifle del hombro y lo empuñó con ambas manos.

—Yo... estoy bien —le dijo a Garrett, forzando la voz para superar la sequedad de la garganta. El viento se le coló entre los pliegues del cuello de la pelliza y se estremeció.

Garrett negó con la cabeza.

—Pues a mí me parece que no. Estás blanca como una hoja. Pasa algo, lo sabes perfectamente. —Asintió—. Algo que no está nada bien.

Se estrujó el cerebro. ¿Por qué estaba aquí Garrett? ¿Qué quería? Empezó a sentirse como si alguien le hubiera colocado ascuas en la intercesión entre el cuello y la espina dorsal. Notó que el sudor le corría por la espalda, aunque al mismo tiempo se estremecía de frío.

—Solo necesito una aspirina —dijo con voz temblorosa.

—No deberías conducir, querida —replicó Garrett. Jamás la había llamado querida. Le repugnó que lo hiciera—. Pareces muy enferma. Te llevaré a casa.

—Garrett —intervino Lionel.

—Cállate, Lionel, o te cierro el chiringuito —dijo Garrett en tono ligero—. Esos yonquis a los que dejas entrar en tu remolque... ¿No crees que la poli encontraría una puta farmacia si hicieran una inspección a fondo y bien llevada?

—Mi remolque es para gente que se está rehabilitando —respondió Lionel—. Lo sabes perfectamente.

—¿Que se están rehabilitando? —repitió Garrett con tono burlón—. Claro, igual que ese hijo tuyo, ¿verdad? Ese que la palmó con tanta coca dentro como para matar a dos de su tamaño. A eso le llamas tú rehabilitarse.

Fiona pudo sentir la hostilidad de Lionel como una vibración que irradiara de todo su cuerpo.

—Sal de mi propiedad —dijo—. Ya no eres policía. No eres nada. Esto es una propiedad privada y me pertenece. Fuera de aquí.

—Has roto nuestro pacto, Lionel —espetó Garrett—. Te ha costado veinte años, pero lo has hecho. Has hablado. Pensé que Fiona iba a encontrarte, sobre todo después de que viniera a cenar a mi propia casa y me acusara. Así que algunos de mis viejos amigos han estado echándole un ojo, muy discretamente. Como un favor a un viejo amigo. Y, mira por dónde, hice bien. Ahora nos vamos.

Dio un paso hacia delante. Sus pasos sonaron con fuerza sobre la grava, superando el zumbido del viento helado. Agarró con su manaza el antebrazo de Fiona.

—Ven conmigo —le ordenó.

—Espera —dijo Fiona.

Se oyó un clic, se volvió y vio que Lionel había levantado el rifle y apuntaba a Garrett.

—Déjala en paz —dijo.

Garrett no movió un músculo.

—¿Me vas a disparar? —preguntó burlonamente—. ¡No me jodas! Con la puntería de mierda que tienes le darías a ella. —Tiró de Fiona para empujarla hacia su automóvil. Ella intentó librarse de su sujeción—. ¡Por favor, Lionel, no seas patético! Venga, dispárame si quieres. Mata a la hermana de Deb Sheridan ahora que puedes. Ya verás entonces como tu pequeño montaje se viene abajo cuando estés en la cárcel.

Abrió la puerta del copiloto, mientras Fiona seguía intentando librarse de él. Pero la tenía agarrada con mucha fuerza y la empujó dentro con la precisión que solo da la práctica. Cerró el pestillo. «No va a hacerme daño», se dijo a sí misma mientras él subía por el otro lado. «Es el padre de Jamie. Era jefe de policía. Es de día, y hay un testigo. Seguro que solo quiere hablar».

Garrett arrancó y dio la vuelta para salir del autocine. Ella miró por la ventana y pudo ver a Lionel Charters de pie, observándolos y apuntando con el rifle.

CAPÍTULO 30

CeCe

Barrons, Vermont
Diciembre de 1950

Solo quedaba un día de visita familiar hasta el final del año, entre Acción de Gracias y Navidad. Por tanto, el segundo domingo de diciembre, las tres chicas estaban sentadas en sus literas en Clayton Hall, sin hablar, leyendo o estudiando y mortalmente aburridas. CeCe se encontraba fatal: seguía sufriendo pesadillas e insomnio, y apenas podía digerir la comida. Los días se le hacían eternos y no podía quitarse de encima el recuerdo de Sonia, preguntándose continuamente qué habría sido de ella, si le habría pasado algo malo.

En su cama, sin fuerzas para nada, se limitaba a mirar a Katie, que hojeaba una de las revistas que habían robado. Katie había permanecido casi en completo silencio durante varios días, pero ya había recuperado su habitual forma de ser: enfadada, pícara, guapa e inteligente. Pensaba que debería haberse enfadado consigo misma por que solo le hubiera costado una semana superar la desaparición de su amiga, pero no era así. Y es que, en realidad, no era cierto. CeCe conocía muy bien a Katie, su forma de actuar y de pensar. La había estudiado mucho mejor y más a fondo que cualquiera de las estúpidas asignaturas de sus libros de texto. Podía escribir sobre ella una tesis doctoral. Si tuviera que hacer un examen acerca de Katie, de sus actitudes, de sus comportamientos o, incluso, de su manera de pensar, CeCe sacaría una nota insuperable. Desde luego que Katie no había superado ni se había olvidado de la desaparición de Sonia. Solo estaba fingiendo que había vuelto a ser la misma de antes para no llamar la atención, pero no era más que un engaño. Katie no era la misma. Y estaba tremendamente enfadada.

Su amiga pasó una página de la revista. Al levantar los ojos le pareció ver en ellos un brillo amenazador. La mayoría la veía solo como una chica guapa que siempre tenía una actitud desafiante; sin embargo, CeCe veía otra cosa: una furia incontenible, ardiente como un hierro al rojo. Un sentimiento que ella misma iba alimentando de tal forma que no cesaría jamás.

Roberta también había cambiado mucho; se había vuelto aún más callada, siempre pálida; obviamente, muy triste por su amiga. Las profesoras se preocupaban por ella con amabilidad, todo lo contrario a la dura desconfianza que mostraban respecto a Katie y las continuas regañinas relativamente bienintencionadas que la echaban a ella para que levantara el ánimo. Pero CeCe veía también el enfado, la ira. Lo veía en cómo se sentaba a comer, muy tiesa y sin decir palabra; en cómo apretaba la mandíbula; en cómo corría por el campo de hockey con una ferocidad que antes no tenía, como si quisiera desfogar su furia de aquella manera. Y también estaba la ira con la que se cepillaba los dientes cada noche, con la que se echaba el pelo para atrás para hacerse una coleta cada mañana, con los dedos crispados para dominar su propio pelo... No hacía falta ser un genio para notar que todo eso lo causaba un enfado íntimo, gigantesco, irrefrenable.

A CeCe todo eso le parecía muy bien. Ella también estaba furiosa. Horriblemente, indescriptiblemente furiosa. No sabía cómo vivir con ese furor, qué hacer con él. ¿Era mejor canalizarlo hacia donde fuera, como Katie? ¿O era mejor suprimirlo, como hacía Roberta? El malestar de CeCe era como un globo demasiado hinchado que no quería esconder, pero tampoco tocarlo, por miedo a que explotara, sabe Dios con qué consecuencias. La ahogaba, le cerraba la garganta, le impedía respirar. No podía canalizarlo con el deporte, como Roberta, ni tampoco tenía la aguda inteligencia de Katie para trazar un plan, fuera el que fuese. A CeCe no le quedaba otra que sufrir.

El problema era no tener un sitio donde descargar su furia, porque no sabía quién había matado a Sonia. CeCe no tenía la menor duda de que estaba muerta. Todas las que pudiera tener se disiparon cuando vio aquellas tres palabras escritas en el espejo del cuarto de la bañera: «BUENAS

NOCHES, NIÑA». ¿Lo habrían hecho sus parientes, sus tíos abuelos? De ser así, ¿por qué había aparecido en el bosque la maleta de Sonia? Katie dijo que Mary Hand no podía haberla matado, porque era un fantasma, un espectro. Pero CeCe no estaba tan segura. CeCe había visto a Mary desde la bañera: su silueta oscura y amenazante se movió por encima de ella, ataviada con el vestido y el velo negros. Había visto a Mary inclinándose, había sentido su apretón en el cuello y como le metía la cabeza dentro del agua. Puede que hiciera mucho tiempo que Mary estuviera muerta, pero CeCe no tenía la menor duda de que era perfectamente capaz de matar a una chica y llevársela adonde fuera que estuviera ahora, para llenar para siempre Idlewild de fantasmas de chicas.

Estaba segura.

Además, Mary paseaba por los campos, por el bosque, por la carretera. Y Mary sabía que Sonia estaba muerta: se lo había dicho a las tres con ese macabro mensaje en el espejo.

Se imaginaba a Sonia bajándose del autobús en la carretera de Old Barrons y viendo que Mary la estaba esperando. ¿Qué habría pasado? ¿Habría gritado? ¿Habría corrido?

Alguien llamó a la puerta con los nudillos.

—*Ladies.* —Por supuesto, era la voz de *lady* Loon—. Cecelia, un familiar ha venido a visitarte.

CeCe gruñó mientras se levantaba de la litera.

—¡Voy! —gritó.

Roberta asomó la cabeza por encima del borde de su litera y la miró.

—¿Quién crees que será? —preguntó.

CeCe se encogió de hombros. Vio las ojeras de Roberta, que eran exactamente igual que las suyas. Algunas de las últimas noches había dormido junto a su amiga. Y a la otra chica no le había importado. CeCe dormía mejor cuando estaban juntas en la oscuridad, con el cuerpo grande y fuerte de Roberta a su lado, cubierto por el grueso camisón.

—Joseph —dijo, con poca energía—, mi medio hermano.

Katie levantó los ojos de la revista. Le brillaban.

—Péinate —le sugirió—. Y estírate la camisa.

—¿Por qué? —preguntó CeCe.

—Cuando lo veas, has de tener buen aspecto —respondió Katie mirándola con dureza.

CeCe volvió a encogerse de hombros, aunque hizo lo que Katie le había ordenado.

—No entiendo por qué. Ni siquiera tengo ganas de hablar con él, por lo menos hoy. Es bastante agradable, pero la verdad es que no me apetece.

—Tienes que causarle buena impresión —dijo Katie —. Hazme caso.

Así pues, CeCe se cepilló el pelo y se lo peinó hacia atrás. Después se colocó bien la camisa, para que no quedara mal sobre el pecho. Se puso encima un jersey.

—Odio todo esto —dijo mientras se ponía los zapatos—. Me siento muy sola sin ella.

—Yo también —dijo Roberta.

Habían abierto y revisado más de una vez la maleta de Sonia, pero no habían sido capaces de encontrar ninguna pista, ningún indicio. Para lo único que había servido era para que la echaran más de menos. Se acordaban de ella cuando veían sus cosas, cuando veían su armario, sus perchas, sus escasos artículos de tocador, su cepillo para el pelo… Podían hasta notar su olor. No era posible que estuviera muerta. No era posible.

—Si Joseph te hace otro regalo, acéptalo —dijo Katie—. Compórtate con timidez. Haz tu papel de boba, que se te da muy bien. Y no le hables de Sonia.

CeCe asintió. Ni siquiera tuvo ganas de enfadarse por lo del papel de boba. Katie tenía razón. Ahora sabía que Katie se daba cuenta de todo. No tenía que interpretar ningún papel cuando estaban juntas. Por eso eran tan amigas.

Bajó las escaleras y cruzó las zonas comunes en dirección al comedor, que era donde esperaban los visitantes. En estas fechas, tan cercanas a la Navidad, apenas había visitas de familiares, pues la mayoría de las chicas se iban a casa para celebrar las fiestas, aunque fuera brevemente. Diciembre no era mes de visitas. «No debéis de tener muchas ganas de ver a vuestras hijas —pensó CeCe con una amargura poco habitual en ella—. Debe de costaros mucho, sobre todo cuando os habéis tomado la molestia de enviarlas a un internado como este».

La señora Peabody estaba sentada en un rincón, bostezando y leyendo un libro. Aquel día era la profesora encargada de supervisar las visitas. Jenny White estaba sentada con sus padres. Los tres estaban callados. Se les notaba incómodos. De hecho, Jenny miraba hacia la ventana con gesto adusto o desesperado. Alison Garner estaba con su madre, embarazada de muchos meses; además, tenía un bebé en el regazo: un niño que no paraba de moverse y de abrir y cerrar las manos, intentando agarrar a su hermana mayor.

Y en la esquina de la habitación, junto a las ventanas, estaba Mary Hand.

CeCe se detuvo, completamente helada, conteniendo la respiración. Llevaba el vestido y el velo, de pie y con los brazos colgando a los lados. Pudo sentir la mirada de la chica a través de la impenetrable oscuridad del velo. Se imaginó la cara delgada y huesuda, esa que nadie había visto. Muerta de miedo, sintió que se le encogía el estómago y notó las manos heladas. La cara se le crispó de terror.

Mary se movió. Dio un paso adelante... y después otro. Atravesó la habitación y se acercó a CeCe. A su alrededor todo se mantuvo igual, no cambió nada: la señora Peabody pasó una página; Jenny siguió mirando por la ventana; el hermano de Alison dio un gritito de bebé. «¡Salid corriendo, todos! —quiso gritar CeCe—. ¡Corred!». Sin embargo, cuando Mary dio otro paso, comprendió que nadie podía verla. Solo ella.

«Viene a por mí. Lo mismo que en el baño», pensó. En el baño logró gritar, sacar la cabeza del agua y hacer tanto ruido que todas las chicas de la planta la oyeron y corrieron hacia allí. Pero ahora, con Mary cruzando la habitación y avanzando hacia ella, era incapaz de emitir ni el más mínimo sonido.

El vestido de Mary se movía al tiempo que andaba. Dentro de su cabeza, en lo más profundo de su mente, CeCe oyó una voz: «Mi niña. Mi pequeña».

No pudo evitar abrir la boca. Sin embargo, el grito se le murió en la garganta. Miró más allá de Mary, hacia la ventana que había a su lado. Por supuesto: el jardín. Por eso Mary estaba junto a la ventana. Porque allí fue donde enterraron a su bebé.

«Que alguien me ayude, por favor», pensó.

«Mi pequeña», dijo Mary, acercándose más. CeCe pudo apreciar la escasa calidad de su vestido, muy antiguo y pasado de moda; los restos de las huesudas manos, moviéndose a ambos lados del cuerpo. «Querida. Querida...».

Finalmente, CeCe gritó.

El grito fue tan potente... y la sangre acudió con tanta fuerza a las sienes y a las orejas que apenas se dio cuenta de las reacciones que se produjeron en el comedor: una silla que cayó, la exclamación de la profesora, el llanto asustado del bebé. Abrió la boca y no paró de gritar hasta que le dolió la garganta. Notó cierta calidez que le bajaba por la pierna; vagamente, se dio cuenta de que había vaciado la vejiga. Unas manos la sujetaron. La señora Peabody la sacudió por los hombros. Su voz parecía llegarle de muy lejos.

—¡Cecelia, Cecelia!

Una ráfaga de aire helado y furioso le golpeó la cara. CeCe pestañeó, volvió la cabeza y se quedó con los ojos muy abiertos.

Mary Hand ya no estaba.

En su lugar había una mujer. Le costó un segundo de agonía reconocer a su propia madre, con un vestido de invierno de lana y el abrigo abrochado hasta el cuello. Llevaba una bufanda y el bolso de siempre en la mano. Tenía el pelo recogido hacia atrás, como de costumbre. En su cara delgada y angulosa, pudo ver un gesto asustado y de preocupación.

—¡Querida! —gritaba—. ¡Querida!

Las manos en la bañera, empujándole la cabeza.

Las manos de su madre, sujetándola bajo el agua, el salado océano llenando los ojos, la nariz y los pulmones de CeCe mientras luchaba por sacar la cabeza.

Mary lo sabía todo. Mary lo veía todo. Todo. Incluso las cosas que una no quería decirse a sí misma, que estaban dentro de ti, que querías ocultar para siempre. Lo sabía todo.

Mary sabía la verdad. Y, cuando aparecía, te la contaba. Incluso cuando la verdad era que tu propia madre quería matarte, que ya lo había intentado, que, por mucho que hubieras querido olvidarlo, ignorarlo, enterrarlo, siempre lo habías sabido.

Eso era lo que le había pasado a Sonia. Eso era lo que había visto cuando se había bajado del autobús. Había visto a Mary y, tras la máscara de Mary, a la persona que iba a matarla. Lo mismo que había visto ahora CeCe. Y Sonia había salido corriendo, tan rápido como había podido, incluso tirando la maleta, su querida maleta. Pero no había corrido lo suficientemente rápido ni había llegado lo bastante lejos.

CeCe miró a su madre a la cara. Estaba conmocionada. Sintió que la orina se iba acumulando a sus pies, oyó los gritos de aquel bebé y empezó a llorar.

CAPÍTULO 31

Barrons, Vermont
Noviembre de 2014

Garrett condujo en silencio mientras el automóvil daba tumbos por el sendero, camino de la carretera de Old Barrons. Fiona se echó hacia atrás en el asiento. Le dolían el cuello y la espalda, a lo largo de la columna. Pese a la calefacción, no conseguía que las manos y los pies le entraran en calor.

—¿Qué te ha dicho Lionel? —le preguntó Garrett al cabo de un rato.

—¿Cómo? —respondió para ganar tiempo.

—Sabes que es un viejo drogata, ¿verdad? —dijo Garrett—. Sí, igual que lo era su hijo. Su hijo se derritió el cerebro a base de coca, y ahora él está haciendo lo mismo. Lionel lleva gestionando esa mierda de «espacio de rehabilitación», como él lo llama, desde hace treinta años. Pero yo sé de qué va la cosa. ¿Me entiendes?

—A mí me ha parecido honesto —afirmó Fiona.

—Pues es un mentiroso —espetó Garrett y, aunque no le miraba, notó que se volvía hacia ella—. Fiona, tienes que contarme lo que te ha dicho. Ya.

Esa mirada. No la olvidaría mientras viviera.

—Me dijo que estabas en el automóvil de la policía con Tim Christopher la noche que murió mi hermana —dijo—. Que era tu vehículo. —Miró alrededor. No, este vehículo no. No era este. En aquel momento, Garrett era policía y utilizaba un vehículo oficial, de la policía—. Por eso nadie vio esa noche el automóvil de Tim —dijo. Las palabras salían de su boca con lentitud—. Lo que vieron fue un vehículo de la policía. Pero eso no tiene sentido, porque tú no mataste a Deb.

—¡Naturalmente que yo no maté a tu hermana! —dijo Garrett.

—Lo hizo Tim —dijo Fiona, repitiéndolo para sí misma, porque era la verdad, pese a todo, pese a esos veinte años de búsqueda y de dudas, pese a la confusión y al dolor, pese a que sentía que tenía clavados varios atizadores al rojo en su cerebro. Pese a todo eso, esa era la verdad pura y dura. Eso no había cambiado. Había reordenado los hechos y, de repente, su mente se aclaró y lo entendió todo—. Y toda esa charla acerca de que a Tim lo condenaron siendo inocente no es más que mierda. Tim la mató, pero tú le ayudaste a intentar encubrirlo. Lo mismo que hiciste con lo de Helen Heyer.

Garrett suspiró.

—Hace mucho tiempo de eso, Fiona —dijo, como si estuviera sintiendo una mínima pena—. Veinte malditos años.

—¿De qué se trataba? —le preguntó. Sentía el miedo en la garganta, en la parte de atrás de la lengua. Nunca debió subirse al automóvil con él. Quería salir corriendo, pero el vehículo avanzaba. Él estaba con las manos en el volante, intentando esquivar los baches. Ni siquiera parecía enfadado. Le resultó terrorífico—. ¿Cuál era el acuerdo? ¿Tim mataba chicas y después te llamaba a ti para que limpiaras la mierda?

—Créeme, no me gustaba hacer de chico para todo —dijo Garrett—, pero a veces había que hacerlo. Los Christopher eran personas importantes, y, además, buena gente. Tim tenía un gran futuro. Les hice algunos favores, y ellos me los hicieron a mí. Así funcionan las cosas. Tenían muchísima influencia. Si no los ayudaba, me hubieran reemplazado por otro que sí que estuviera dispuesto a hacerlo. No podía abandonarlos, no podía... Y, encima, pese a todo el esfuerzo, al final no funcionó. Todos los riesgos que corrí, todo el peligro que supuso el cubrirle, para que al final Tim lleve veinte años en la cárcel. —Parecía disgustado—. Lo arriesgué todo... Mi carrera... Todo. Y simplemente porque él se descuidó, porque no hizo lo que le dije que hiciera, me echaron a mí la culpa. Después de todo lo que hice por él, por Tim. Pensaba que éramos amigos, colegas..., incluso familia. Los sentía más de la familia que a mi propia esposa y a mi propio hijo. Pero Tim la cagó. Si algo de lo que hice llegaba a salir en el juicio, seguro que me habrían colgado, sin dudarlo ni un segundo. Eso es lo que suele pasar cuando llegas a acuerdos con cierta clase de personas, Fiona. Te utilizan y después no te lo agradecen.

Lo único que hacen es sacarte el jugo todo lo que pueden y durante todo el tiempo que les es posible.

Fiona lo observaba mientras sus palabras pasaban por ella como si fueran olas.

—¿Qué quieres decir con eso de que Tim «se descuidó»?

—Creo que no debería haber dicho eso, ya que era tu hermana —dijo, mirándola de soslayo—. Pero lo único que quiero es ser directo contigo. Y espero que tú lo seas conmigo.

Le entraron ganas de gritar.

—¿Qué quieres decir con que Tim «se descuidó»? —repitió.

—Tranquilízate. No estoy hablando de un asesino en serie. Tenía su temperamento, eso es todo. Y algunas chicas le hacían perder los estribos. Helen... No pude hacer nada por ella, pero nadie lo había visto con esa chica en ningún momento. Así pues, fue fácil dejarlo de lado. —Volvió a mirar a Fiona—. Pero con tu hermana... Desde el momento mismo en el que me llamaron, supe que no tenía solución. ¡Su padre era periodista, por el amor de Dios! Todo el mundo, todo, los había visto discutiendo, y la vieron subirse a su automóvil. Tim me llamó. Me dijo que se había enfadado muchísimo con ella y que había ido muy lejos, que se había pasado de la raya otra vez, que tenía que ayudarle a arreglarlo. Empezarían a buscarla pronto. Tenía que pensar deprisa..., y no había demasiadas opciones. Iba a resultar imposible llevar el cuerpo a otro estado.

«Deb», pensó Fiona. «¡Por Dios, Deb!».

—Por aquel entonces, los Christopher eran los dueños de Idlewild —continuó Garrett—. Pensé que si la arrojábamos allí, lo más rápido posible, y yo volvía después para organizar las cosas adecuadamente, puede que no se levantaran sospechas. Fue lo único que se me ocurrió. Así pues, pasamos su cuerpo del automóvil de Tim al mío. Mientras él lo arrojaba al campo de deportes, yo distraje a Lionel y a los chicos que había por allí, en el antiguo autocine. Le dije que escondiera el cadáver entre los árboles, pero al muy imbécil no se le ocurrió otra cosa que dejarlo en medio del campo de deportes, como para una maldita exposición. Optó por la vía rápida: la soltó y salió pitando, pese a que le dije explícitamente que no hiciera tal cosa. ¿Se puede ser más estúpido?

Deb tirada en aquel campo, con la camisa rasgada. Tirada como la basura en medio del campo, esperando a que la descubrieran. «Mary Hand, Mary Hand, muerta y bajo tierra está...». A Fiona le dolía mucho el corazón.

—Tenía un maldito problemón —continuó Garrett Creel—. No la habrían encontrado tan rápido si no hubiera estado en el campo. Además, habría tenido la oportunidad de cambiarla de lugar. Pero la encontraron. Tuve que limpiarlo todo, todo. Tenía que asegurarme de eliminar las huellas de pisadas antes de que buscáramos pruebas en el bosque.

—Richard Rush —dijo Fiona, acordándose del exdueño del Pop's Ice Cream—. Vio a Tim a las cuatro de la tarde. Pero le dijiste que declarara que Tim había estado en la heladería a las nueve de la noche.

—¡Que le den! —espetó Garrett, muy enfadado—. Tenía muchas deudas. Le prometí que quedarían saldadas si se ceñía a nuestro pacto. Sin embargo, se rajó y me traicionó cuando cayó en la cuenta de que tendría que declarar en el juicio, bajo juramento. Me dijo que no cometería perjurio, por no traicionar a sus hijos. Esa era la mejor oportunidad de Tim, prácticamente la única, de aportar una duda razonable que evitara su condena. Todo se fue al garete.

¡Qué cantidad de detalles! Ni un cabo suelto. Garrett había pensado en todo.

—Los chicos del autocine te vieron esa noche —dijo—. Te vieron y les echaste una buena bronca. Mientras, Tim estaba arrojando al campo el cuerpo de mi hermana.

—Eso fue más sencillo. Les dije que, si se les ocurría decir que yo había estado por allí, esa noche los acusaría de tráfico y consumo de estupefacientes. Y de beber sin tener edad para hacerlo. Iba de uniforme mientras lo hice. Y me llevé conmigo a otro policía. Eso los intimidó. Se cagaron en los pantalones y mantuvieron la boca bien cerrada. Lionel era otra cosa, mucho más duro, pero le amenacé con acabar con su jodido negocio. Y es que sabía que no tenía permisos, ni seguro, ni nada de nada. Y, finalmente, ¿sabes una cosa? Pues que Tim, pese a todo, fue a la cárcel. —La miró con ojos aireados y la cara roja—. La gente es idiota, ¿no te das cuenta? Puede que suene a locura, pero, durante treinta años, todo ha sido condenadamente sencillo. No he tenido ningún percance, ¡ni el más mínimo! Nada se me ha vuelto en contra. ¿Qué le pasa a la gente? ¿Es que está ciega?

Fiona miró por la ventana. No se dirigían de vuelta a la ciudad, sino que avanzaban por otra carretera local, más allá del extremo sur de Idlewild.

—Hasta mi propio hijo —dijo Garrett. La parte del cuello que sobresalía de la parka estaba completamente roja; agarraba el volante con demasiada fuerza—. Siempre quise que Jamie fuera policía, pero no había pasado ni un año en el cuerpo cuando ya me había dado cuenta de que no iba a ser como yo. Hice todo lo que estuvo en mi mano para criarlo bien, pero no tenía mi instinto. No tiene el cuajo suficiente. Todavía piensa que puede hacer el bien. Tim tenía cerebro y cojones, por lo menos los tuvo hasta esa última noche. Hasta esa noche lo consideré mi hijo, más que al propio Jamie.

«Jamie sabe lo de Helen», estuvo a punto de decir Fiona, pero se contuvo. No creía que Garrett supiera todavía que su hijo había recuperado la ficha de Helen Heyer, que se había dado cuenta de lo voluntariamente chapucera que había sido aquella investigación que iba firmada por su propio padre.

—Me voy a bajar.

—No, me parece que no —dijo Garrett en tono duro y burlón—. Me parece que no me has escuchado. Mi hijo saliendo con una periodista, nada menos que la hija de Malcolm Sheridan, la hermana de Deb Sheridan... No, eso no va a pasar, no va a seguir pasando. Estás demasiado cerca de todo. Pensaba que te hartarías y que terminarías abandonando, que dejarías que conociera a una buena chica, pero no aprovechaste la oportunidad. Y ahora fíjate en dónde has metido la nariz, ¡en todo! Después de veinte malditos años, estás en condiciones de joderme la vida por completo. Y también de darle el tiro de gracia a todo Barrons. Porque sé que no vas a parar. Lo sé. No puedes. Es tu carácter. Lo llevas en los genes. Y Jamie jamás tendrá los huevos suficientes como para librarse de ti. Así que lo haré yo por él.

El miedo se adueñó de Fiona por completo. Invadió sus huesos y su cerebro. Sin embargo, por extraño que parezca, por fuera mantuvo la calma. La iba a matar: esa sería la única manera de que sus asquerosos secretos no salieran a la luz. No necesitaba ninguna otra razón. Puede que ya hubiera querido asesinarla antes. ¿Quién sabe? Tampoco importaba. Pero ahora sí que lo iba a hacer. Podía rogar, suplicar, razonar, prometer..., pero no serviría de nada. Había elegido ese camino y lo iba a seguir. No había más.

Se quitó el cinturón de seguridad y saltó del vehículo sin siquiera ser consciente de que había pensado hacerlo.

La carretera por la que iban tenía tantos baches que el automóvil no podía ir demasiado deprisa. Cayó y se golpeó con fuerza en el hombro. La grava rasgó la pelliza y la parte de las rodillas de los *jeans*. También se arañó las palmas de las manos y rodó sin control hasta el borde del camino, en el que había muchas hojas caídas y barro duro y helado. Oyó el brusco frenazo del automóvil e inmediatamente se levantó y salió corriendo.

El cielo estaba amenazadoramente oscuro y gris. La negra silueta de los árboles se recortaba frente a ella. Estaba en el extremo de un campo abierto. Pese a lo febril, asustada y dolorida que se sentía, sabía por instinto que Idlewild estaba a menos de dos kilómetros en esa dirección; Barrons, en la contraria. Corrió por el campo a toda velocidad. Las botas se le hundían en la tierra, medio helada pero aún blanda. Podía intentar llegar a la gasolinera que estaba en la cima de la colina, pero Idlewild estaba más cerca. Recordó que, al llegar, había visto obreros trabajando y maquinaria en acción.

La atrapó muy pronto. Era más grande y más fuerte que ella. Además, tenía las piernas más largas. La tiró al suelo y le puso la rodilla sobre el estómago. Acercó la boca a su cara.

—¡Sabía que harías esto! —le gritó. Tenía la cara muy roja y el gesto deformado por la rabia—. ¡Lo sabía! —Le puso las manos en la garganta y apretó.

Fiona se sacudió como pudo, tratando de librarse de su sujeción, pero él era muchísimo más fuerte. Empezó a notar puntos negros en los ojos. Lo golpeó con los puños. Por encima de su hombro, vio cuervos recortándose contra el cielo oscuro y la nieve cayendo.

«No voy a morir como Deb. ¡No!».

Retorció las caderas tanto como pudo y, con todas sus fuerzas, le dio un rodillazo en el estómago. Garret gruñó. El apretón de cuello perdió algo de intensidad. Fiona aprovechó para golpearlo de nuevo, una y otra vez. Se echó hacia atrás para poder darle un puñetazo a esa maldita chica. Sin embargo, Fiona se anticipó y le dio un tortazo y le arañó en los ojos. El expolicía soltó una maldición y resbaló un poco, cosa que la chica aprovechó para salir de debajo de su presa y salir corriendo.

A Garret le costó levantarse, pero no se volvió a mirar el porqué. Boqueando, con la garganta tan dolorida que creía tenerla en carne viva, corrió a toda velocidad en dirección a Idlewild. La adrenalina que invadía su torrente sanguíneo le daba fuerzas para correr más rápido. La tierra ahora estaba dura y desnivelada. Tropezaba con raíces y arbustos, pero afortunadamente no se cayó. Solo corrió y corrió.

Cuando llegó a la zona de los árboles, el pecho le ardía y sentía debilidad en las piernas. Pudo escucharle gritando detrás de ella, pero su voz se perdía en el aire y no entendió lo que decía. Entonces oyó el ruido del motor del automóvil. Sintió miedo. Iba a cortarle el paso cuando llegara a la carretera de Old Barrons, cosa que no podría haber hecho si hubiera ido a pie.

Fiona dibujó el plano en su cabeza. Conocía cada palmo de ese terreno. Atravesó la zona de árboles y se metió en una escarpada zanja, con el fondo lleno de barro helado. Logró trepar al otro lado, ayudándose de las fuertes raíces de los arbustos y de la maleza. Tenía las manos heladas, pues había perdido los guantes en algún momento de la lucha... o de la huida, no se acordaba. También le quemaba la garganta. Por fin vio delante de ella la valla que circundaba la propiedad de Idlewild, en el extremo más alejado del campo de deportes. La trepó agarrándose a duras penas a los huecos del alambre y saltó al otro lado.

Se puso las manos en las rodillas y respiró lo más hondo que pudo, como un corredor de maratón que intenta recuperar las fuerzas. Le dolían mucho la cabeza y el cuello, tanto que los espasmos de dolor le atravesaban la mandíbula y hasta le llegaban a las raíces de los dientes. Tenía la boca llena de saliva. Escupió, intentando no vomitar. Garrett conduciría por la carretera de Old Barrons, lo que implicaba que no saltaría la valla como ella y que entraría por la verja principal, si es que podía. La verja estaba cerrada y solo se podía abrir con el mando a distancia de Anthony Eden. No obstante, Fiona no se hacía ilusiones. A sus sesenta y pocos años, Garret seguía estando muy en forma: era perfectamente capaz de saltar la valla. Aun así, hiciera lo que hiciese, perdería unos minutos preciosos. Todo un tesoro que tenía que utilizar muy bien.

Empezó a correr por el campo de hockey, pese a las protestas de sus piernas. El viento soplaba con fuerza. Le dolían las orejas y el cuello. No se sorprendió de ver a sus pies los restos de flores baratas y aquellas notas escritas a mano que ya había visto antes. De eso, hacía pocos días. «Esta no es su casa», le había dicho Lionel cuando hablaron en el autocine. Pero Idlewild... sí que era la casa de Mary. Y Fiona estaba corriendo por ella. Sabía perfectamente que estaba cerca, igual que sabía que los cuervos sobrevolaban su cabeza y que Garrett estaba en la carretera de Old Barrons.

—Aquí estoy —le dijo en voz alta a Mary Hand, y continuó corriendo.

CAPÍTULO 32

Barrons, Vermont
Noviembre de 2014

Esta vez le resultó más sencillo no hacer caso de las flores y de las notas escritas. Solo se fijaba en sus botas, pisándolas y aplastándolas, abriéndose paso por el campo de juego. Ahora sabía qué y quién era Mary. Pero no por eso dejó de tener miedo. Sarah London le había dicho que todas estaban muy asustadas. Ahora entendió a qué se refería. Sarah London había pasado allí nada menos que treinta años, muerta de miedo. Las chicas habían vivido con ello. Sonia había vivido con ello, y pese a todo, había vuelto corriendo, intentando huir de su asesina y arrojando la maleta entre los árboles. Igual que Fiona estaba huyendo ahora del hombre que la quería matar.

«Este lugar», pensó. «Este lugar».

La basura desapareció al dejar atrás el gimnasio, mientras se aproximaba al edificio principal, con esos salientes que parecían una dentadura. «Ven aquí», parecía decirle el edificio, sonriendo siniestramente. «Vuelve aquí, como lo llevas haciendo desde hace veinte años. Como lo harás toda tu vida, una y otra vez». Pero corrió hacia él sin la más mínima duda, precipitándose hacia esa boca siniestramente sonriente.

Frente a la puerta principal había una retroexcavadora aparcada, pero ni rastro de los trabajadores. Fuera quien fuese a quien había visto antes de llegar al autocine, ya no estaba allí. Intentó gritar, pero solo le salió una especie de áspero susurro, que murió entre la fuerza del viento. Antes había visto vehículos, movimiento, de eso estaba segura. ¿Adónde se había ido todo el mundo?

Las verjas de la entrada principal estaban cerradas. Ni rastro del personal de seguridad. ¿Habría llegado ya Garrett? ¿Se habría vuelto a marchar tras no encontrarla? ¿Cuánto tiempo había pasado? No tenía ni idea. Sin embargo, cuando oyó el motor de un vehículo que se aproximaba por el sendero, decidió no arriesgarse. Corrió hacia la puerta del edificio principal, mientras gritaba una y otra vez pidiendo auxilio.

La gran puerta de acceso principal estaba cerrada. Fiona se quedó mirando el teclado de seguridad que había a un lado, pestañeando una y otra vez. Se sintió estúpida por no recordar los números que había tecleado Anthony. Le había visto, había observado sus dedos moviéndose sobre las teclas y apretándolas, había memorizado los números... ¡Si pudiera recordarlos! Se estrujó el cerebro intentando acordarse de la combinación. La sorpresa amortiguó el dolor y el miedo que sentía al ver que se encendía una luz verde y sonaba un clic. ¡La puerta estaba abierta!

Se deslizó dentro y la cerró de un empujón. El motor estaba muy cerca, quizá junto a la misma puerta. Corrió cruzando el vestíbulo principal, bajo su altísimo techo. Las huellas de las botas quedaban marcadas sobre el polvo el suelo. El aliento que expulsaba se helaba en el aire. Aparte de sus pisadas, se oían unos extraños sonidos procedentes de los travesaños del techo. Quizás aleteos de pájaros o de murciélagos.

«¿Cómo es posible que tantísimas chicas hayan estudiado en este sitio?», se preguntó mientras avanzaba hacia la escalera principal. Miró hacia las galerías superiores, que salían de los rellanos formando espirales. La cabeza le empezó a dar vueltas. Se imaginó allí a Roberta Greene, una adolescente con una trenza a la espalda, vestida con el uniforme que había visto en las fotografías. Se la imaginó subiendo y bajando esas mismas escaleras, con los libros de texto bajo el brazo y la cabeza baja. Se preguntaba cuándo se habría encontrado con el fantasma. «Es un eco», le había dicho.

Fiona puso un pie sobre el primer escalón, pensando en subir al primer piso para intentar localizar a la cuadrilla de trabajadores desde una de las ventanas, pero algo la detuvo. Se volvió.

Había una chica de pie, observándola, desde las sombras del lado oeste del vestíbulo. Era pequeña y delgada. No podía distinguir su cara entre las sombras. Llevaba una blusa blanca y una falda escocesa de cuadros verdes y azules. El uniforme de Idlewild.

Fiona se quedó sin aliento. Permaneció muy quieta, sobrecogida, medio vuelta, con el pie aún en el escalón. El viento soplaba con fuerza y se colaba por un agujero en el techo. Algunas hojas muertas revoloteaban por el descuidado suelo del vestíbulo.

Se fijó en el uniforme de la chica, en su tamaño y en su aspecto. Aunque nunca había visto una fotografía suya, supo quién era.

—¿Sonia? —la llamó, y su voz sonó como un ronco graznido.

La chica no se movió.

Lentamente, despegó los pies de la escalera y caminó hacia la chica.

—¿Sonia? —dijo de nuevo.

Conforme se acercaba, pudo verle la cara entre las sombras. Tenía la frente ancha y despejada; los ojos, de un color gris claro; la nariz, recta y pequeña. Los labios no eran grandes, pero sí bien delineados. La cara era alargada, con forma de corazón, con una barbilla nítida, como la de una escultura. El cuello, largo y elegante. El pelo claro, entre rubio y castaño, fino y liso, cortado a la altura de los hombros y retirado de la frente con unas horquillas. Una chica de aspecto normal, que irradiaba una dulzura y una dignidad tranquilas. Cuando creciera, daría paso a una mujer guapa, de rasgos fuertes y definidos, con unos ojos sabios. Pero eso no ocurriría: aquella chica nunca pasaría de los quince años.

En ese instante, era tan real como si de verdad estuviera allí de pie. Vio acercarse a Fiona con expresión inescrutable. De repente, se volvió y desapareció entre las sombras.

«Me está indicando el camino», pensó Fiona.

La siguió por el mismo pasillo que había recorrido con Anthony Eden en su visita, que ahora le parecía tan lejana. Recordó que conducía a una puerta trasera de acceso a los jardines.

Oyó que alguien golpeaba la puerta principal, intentando abrirla.

Se fue de allí deprisa. Sonia había desaparecido. Puede que ya le hubiera dado el mensaje que quería. Encontró la puerta trasera y la empujó hasta abrirla, justo en el momento en el que escuchaba otra vez un fuerte ruido procedente de la puerta principal, detrás de ella. Salió a las zonas comunes del exterior y cerró la puerta despacio.

«¿Y ahora adónde, Sonia?».

Notó el aire frío como si la golpeara. Durante un segundo, se estremeció de arriba abajo. «No hagas ruido, no hagas ruido». Sonia estaba en el extremo del patio, caminando hacia el edificio al que Anthony no la había llevado la última vez. Haciendo un esfuerzo, recordó cuál era: el de los dormitorios.

Fue rápidamente hacia donde estaba Sonia, atravesando el patio interior, intentando alejar de su cabeza la insistente idea de que todo lo que estaba pasando era una locura. Pero Fiona no lo sentía como una locura, aunque lo pareciera. Aquello era la pura realidad. Una realidad en la que la garganta le dolía como nunca en su vida, después de que el padre de Jamie hubiera intentado estrangularla empleando toda la fuerza que tenía. Estrangularla, matarla. Cuando notó que los copos de nieve le caían sobre las pestañas, se dio cuenta de que eso había sido la locura; no lo que estaba haciendo ahora. Lo que estaba haciendo ahora era muy pero que muy cuerdo.

En medio del patio, sintió una extraña necesidad de mirar hacia atrás. En una de las ventanas del edificio principal, una silueta la observaba atentamente: una chica muy delgada, con un vestido negro y un velo sobre la cara.

«Mary Hand, Mary Hand, muerta y enterrada en algún lugar».

«Buenas noches, chica».

Fiona se dio la vuelta y corrió más deprisa.

El edificio de los dormitorios, a diferencia de los demás, no estaba cerrado. Y es que su puerta de acceso principal estaba rota. Las bisagras habían sido forzadas, la madera estaba podrida y había un grafiti ilegible en la parte exterior. Tras empezar la reforma, habían colocado la puerta en su sitio. Un travesaño clavado sobre el marco la mantenía cerrada. En cualquier caso, la madera estaba tan estropeada que Fiona la empujó y cedió fácilmente: se deshizo en sus manos.

Empujó la puerta y entró en el edificio. Resultaba obvio que habían entrado en él desde que la escuela había cerrado, como mínimo una vez. El suelo estaba lleno de botellas rotas, cristales, colillas y de la basura más repugnante. En un rincón podía verse un saco de dormir, manchado de Dios sabe qué. Estaba deshecho en mil pedazos; seguramente, las ratas se habían encargado de ello a lo largo de los años. En una zona, el suelo estaba chamuscado; estaba claro que alguna vez alguien había encendido una hoguera allí dentro. Fiona se alegró de ver la silueta de Sonia en lo alto de las escaleras. Se alejó rápidamente de aquel lugar tan asqueroso y empezó a subir.

Estaba casi arriba del todo cuando oyó el estampido de un disparo.

Fue tan repentino que se le doblaron las rodillas y tuvo que detenerse, inclinarse y sujetarse al pasamanos para no caer como una muñeca de trapo. Tras el primer disparo, vino otro. Luego, dos más, prácticamente seguidos. Venían de algún lugar cercano, pero en el exterior. Los ruidos secos reverberaron en su cabeza, ya bastante dolorida de por sí. Abrió la boca para gritar, pero no le salió ningún ruido. Tenía la garganta seca y cerrada.

Se le nubló la vista durante unos momentos. Cuando se dio cuenta de que los disparos habían cesado, hizo un tremendo esfuerzo para volver a incorporarse. Le dolían tanto los hombros... No oyó más ruido procedente del exterior. «No hagas ningún ruido. Ninguno. Escóndete». No se había dado cuenta de que Garrett estaba armado. Le parecía extraño que hubiera disparado en el exterior, y no a ella. Puede que hubiera disparado en dirección a Mary.

Avanzó por el pasillo, haciendo el menor ruido posible y pestañeando en la oscuridad, en busca de Sonia. Vio que la chica entraba por una puerta, silenciosa como una sombra. La siguió. La puerta tenía inscritos un número y una letra: 3C.

Estaba en un dormitorio. En algún momento, hubo camas allí. Dos literas, por lo que pudo ver, aunque hacía mucho tiempo que estaban rotas, sin colchones y con los marcos destrozados. Junto a la pared había un viejo armario. La habitación estaba muy húmeda. Olía a cerveza rancia y a orina. La habían pintarrajeado, ensuciado y olvidado. Pero Fiona supo que aquella había sido la habitación de Sonia. Por eso había entrado en ella.

Si había sido la habitación de Sonia, entonces la había compartido con Katie Winthrop, Roberta Greene y CeCe Frank. Estremeciéndose, Fiona se sentó en el suelo, se encogió y cerró los ojos. Esta era la habitación en la que vivieron y durmieron. Se las intentó imaginar, aunque no tenía la menor idea del aspecto de Katie, ni del de CeCe, con sus uniformes, charlando y tomándose el pelo unas a otras, discutiendo y contándose secretos, como hacen todas las chicas de esa edad. Se preguntó qué secretos se habrían susurrado en esa habitación. ¿Se habrían sentido seguras y protegidas allí dentro?

Ya no podía correr más. Estaba agotada. Temblando de frío, se echó sobre el suelo, esperando que Garrett no la encontrara.

Fiona no se dio cuenta de que se había dormido hasta que volvió a abrir los ojos. Miró al techo de la habitación, pero las manchas de la pintura habían desaparecido. También había dejado de oler a cerveza y a orina. Podía escuchar el rugido del viento a través de la única ventana de la habitación, pero ningún otro sonido. Le dolía demasiado el cuerpo como para levantarse y sentarse, pero volvió la cabeza y vio que las literas estaban en su sitio, las camas perfectamente hechas, con mantas de lana de color verde y azul colocadas encima de las sábanas. Había un *stick* de hockey apoyado sobre la pared, una sola silla de madera junto a la ventana y una chica sentada en ella, con la cara vuelta hacia el cristal. Se movió ligeramente. Fiona oyó un sollozo contenido que le salía de la garganta.

Era Deb.

Llevaba la misma ropa que el día de su asesinato. El impermeable gris sujeto con un cinturón alrededor de la estrecha cintura, aunque no la rebeca de punto con la que había salido cuando Tim Christopher había pasado a buscarla. No se encontró sobre su cuerpo. Nunca la encontraron. Tenía el pelo oscuro recogido en una cola de caballo bastante suelta, solo medio sujeta en la parte de atrás del cuello. Miró a Fiona con aquellos preciosos ojos gris azulados, los mismos que había dejado de ver hacía veinte años.

—No permitas que entre —dijo Deb.

Fiona dejó de mirar al suelo. Estaba anonadada.

—Deb —acertó a decir, con voz muy débil.

Su hermana volvió la mirada hacia la ventana.

—Te lo pedirá —dijo. Su tono de voz era agudo, aunque bastante plano, como si las palabras pasaran a través del estruendo del viento de una tormenta—. Te implorará. Da mucha pena escucharla. Pero no la dejes entrar.

«Estoy sufriendo una alucinación», pensó Fiona. Pero, en cierto modo, le daba igual. Su hermana estaba preciosa, sentada allí, con las esbeltas piernas cubiertas por aquellos preciosos pantalones verde oscuro, cruzadas a la altura de los tobillos, con las zapatillas de deporte. La ropa de su última cita con su asesino, con Tim Christopher. Tenía una belleza tranquila y dolorosa, detenida para siempre en los veinte años. El cadáver que se encontró en el campo todavía llevaba las mismas zapatillas.

—Deb —dijo de nuevo Fiona, consiguiendo a duras penas emitir las palabras—. ¿Estás bien?

—No —respondió rápidamente, todavía mirando por la ventana.

Fiona se apoyó en los codos.

—¿Estás siempre aquí?

Su hermana permaneció un momento en silencio antes de hablar.

—A veces. —Parecía ligeramente confusa—. Todo es muy extraño. Como un sueño, ¿sabes? —Se volvió y observó a Fiona con una mirada implorante—. Por favor, no la dejes entrar.

—¿Es Mary? —preguntó con voz ronca.

—Hace mucho frío ahí fuera —dijo Deb, volviendo a mirar por la ventana—. Y parece muy triste cuando habla.

Fiona volvió a abrir la boca, intentando atraer la atención de Deb. Tenía mucho que decir, que preguntar, pero su hermana no podía escucharla. Desde fuera llegaba una gran confusión de voces y gritos. Pestañeó y la ventana tembló. «¡No!», pensó. «¡No!». Intentó levantarse del suelo, pero su cuerpo no parecía dispuesto a obedecerla. Con mucha torpeza intentó ponerse de rodillas. Tenía las manos entumecidas, inútiles.

—¡No! —gritó con voz muy ronca.

Volvió a escuchar las voces, esta vez más cerca. Gritos. Se apoyó sobre una pierna, pero inmediatamente volvió a caer, aterrizando sin violencia sobre el hombro al tiempo que intentaba alargar el brazo. Pestañeó de nuevo y la habitación volvió a tambalearse.

—Tenía mucho miedo —dijo Deb.

Y, de pronto, la habitación volvió a ser la del edificio abandonado, con restos de muebles destrozados y ese horrible olor a cerveza rancia y orina. Fiona yacía de lado, las lágrimas corrían por sus mejillas; las sentía frías contra la piel. Le castañeteaban los dientes.

Oyó el ruido de un tejido, el crujido de un traje, dentro de la habitación.

Fiona intentó cerrar los ojos, pero no pudo.

Vio frente a ella el dobladillo de un vestido negro. Estaba entrando por la puerta de la habitación. Mary Hand estaba entrando. Fiona apretó las rodillas contra el pecho, incapaz de moverse e incapaz de gritar. Incapaz de correr. No tenía adónde ir.

—No la he dejado entrar —susurró para sí misma—. No, no la he dejado.

El dobladillo del vestido se arrastró por el suelo, completamente sucio. El tejido era tan real que podía ver el brillo de la seda, negra y gruesa. Mary se acercó a ella. Pudo ver sus horribles pies bajo el dobladillo del vestido. Iba descalza. Su color era azulado, de puro frío. Tenía la piel pegada a los huesos. Era espeluznante.

Mary dio un paso. Después, otro. Fiona gritó, pero no pudo emitir ningún sonido: no le salía el aire por la garganta. Volvió a intentar gritar.

Entonces oyó una voz masculina y potente. Alguien entró por la puerta. Dos personas, tres. Todos hombres. Todo el mundo daba voces dentro de la habitación. Muchas manos la tocaron. Fiona volvió la cabeza y comprobó que Mary ya no estaba.

Cerró los ojos y se dejó llevar por aquellos hombres.

CAPÍTULO 33

Barrons, Vermont
Noviembre de 2014

Le dolía mucho. Le dolía todo. El mundo iba y venía: voces, sonidos, manos, calor y frío. Fiona sentía la cabeza como si fuera un globo demasiado hinchado. Era como si algo le atronara en las sienes. Abrió los ojos y vio un techo que no le sonó familiar. También oyó una voz. Era la primera vez que la escuchaba. O eso le parecía. Volvió a cerrar lo ojos.

Se despertó y se dio cuenta de que estaba en una cama de hospital. En mitad de la noche. Estaba sola. Sentía una sed horrible. Alguien en el pasillo hablaba en voz baja; después se reía quedamente. «Aquí ella no podrá alcanzarme», pensó, sintiendo una cálida oleada de alivio. Volvió a dormirse.

Cuando se despertó, vio a su padre.

Esta vez notaba la cabeza algo más despejada. Por la ventana entraba la pálida luz del sol. Así que ya era de día. Malcolm estaba sentado en una silla al lado de la cama, vestido con una camisa de manga corta, pantalones de camuflaje bastante viejos, calcetines y sandalias. Junto a la puerta había un par de botas de hule (en invierno siempre las llevaba; sandalias dentro de casa). El pelo marrón grisáceo, largo y enmarañado, por detrás de las orejas. Leía el periódico con unas pequeñas gafas de cerca. Todavía no se había dado cuenta de que se había despertado.

Fiona lo miró largamente, fijándose en cada detalle.

—Papá —dijo por fin, rompiendo el mágico momento que acababa de vivir.

Levantó los ojos y la miró por encima de las gafas. Su gesto se relajó de puro placer.

—Fee —contestó sonriendo.

Ella le devolvió la sonrisa, aunque seguía doliéndole la garganta y notaba los labios cuarteados.

—¿Estoy bien? —le preguntó.

—Bueno... —Dobló el periódico y lo dejó sobre una mesita auxiliar—. Tienes una gripe de campeonato, empeorada por una hipotermia que estuvo a punto de ser congelación. Además de las erosiones en el cuello, bastante profundas. Pero dicen que pronto te pondrás bien.

Intentó sentarse. Su padre la ayudó, además de pasarle un vaso de agua que estaba sobre la mesa.

—¿Qué pasó?

—Me llamaste. ¿Te acuerdas? —dijo Malcolm acariciándole el pelo—. ¿Te acuerdas?

Sí que se acordaba, aunque no era capaz de poner en orden lo que había pasado.

—Quería decirte lo que me había contado Stephen Heyer.

—Exacto —dijo, y volvió a acariciarla—. Me dejaste un mensaje larguísimo. Lo escuché cuando volví de la tienda de ultramarinos. Sabía que algo iba mal, pero no podía ni imaginarme qué. Cuando estaba intentando aclararme, el teléfono volvió a sonar. Esta vez era Lionel Charters.

Fiona dejó el vaso en la mesita. Le temblaban las manos, pero hizo un esfuerzo para dejarlo bien colocado.

—¿Lionel te llamó?

—Sí, y me pareció rarísimo —respondió Malcolm—. Le conozco desde hace muchísimos años, por supuesto. ¿Sabes que lleva una especie de centro de rehabilitación en su caravana? El hijo de Lionel murió de sobredosis. Desde entonces, permite que los adictos se queden con él cuando intentan dejarlo. No siempre funciona. A veces fabrican o cortan droga allí mismo, y trafican. A veces hay problemas, pero la intención de Lionel es buena.

Fiona se limitó a quedarse sentada y escucharle mientras hablaba y le acariciaba el pelo. Garrett Creel le había dicho que Lionel era un «viejo drogata» y que «su hijo se derritió el cerebro a base de coca». Tenía muchas cosas que decir y que preguntar, pero Malcolm estaba contándole lo que había pasado, se sentía muy cansada y sus palabras la tranquilizaban. Además, sabía que una vez que Malcolm empezaba, no había quien lo parase.

—Lionel no es muy amigo de los periodistas, en general —continuó su padre—, pero todavía odia más a la policía. Así que me llamó y me dijo que mi hija acababa de estar en su propiedad, buscando a Stephen Heyer. Que parecías enferma. Me contó que, en un momento dado, apareció Garrett Creel, te metió en su automóvil y se marchó.

—Me contó... —empezó Fiona, pero perdió las fuerzas. Hizo un esfuerzo supremo para volver a reunir las suficientes—. Estaba en el autocine la noche que murió Deb. Me contó que...

—Sé lo que te contó —dijo Malcolm—. Sé lo que Lionel vio.

Trató de tragar saliva por la garganta, que aún le ardía y le raspaba.

—¿Lo sabías? ¿Sabías que el vehículo policial de Garrett había estado allí?

La mano de su padre había dejado de acariciarle el pelo. Ahora estaba quieta y tensa. Miró más allá de ella, a la pared, con expresión indescifrable.

—No lo sabía —contestó, con voz engañosamente tranquila—. Pero ahora sí que lo sé.

Durante un momento, le pareció el mismo ser extraño y desconocido que, durante muchos días, estuvo a su lado durante el juicio de Tim Christopher, cuyo comportamiento había conducido al divorcio con su madre. Pero, inmediatamente, la expresión se trocó en tristeza, pura y simple. Fiona intentó decir algo.

—Papá... —Fue lo único que consiguió articular.

—Lionel le dejó que te metiera en el automóvil —afirmó más que preguntó su padre.

—Apuntaba con su rifle —dijo—, pero no pudo disparar. Yo estaba en medio, me podía dar.

—Eso fue lo que me dijo —confirmó Malcolm—. Y yo le respondí que debía haberlo hecho. Después colgué y llamé a Jamie.

Fiona pensó en el padre de Jamie, con la rodilla sobre su estómago y echándole el aliento en la cara. «Sabía que ibas a hacer esto». Las manos en su garganta. Seguramente, se había puesto tensa, porque Malcolm empezó a acariciarle el pelo otra vez.

—¿Dónde está? —preguntó—. ¿Dónde está Garrett?

—¿En este momento? —preguntó Malcolm a su vez—. Pues no podría precisarlo del todo. En el calabozo. O puede que hablando con su abogado. —Le dio unos golpecitos en el hombro cuando se inclinó sobre él, muy aliviada—. Jamie no pudo localizar a su padre —dijo, retomando el hilo de la historia—. Tampoco a ti. Así que fue a ver a Lionel. Encontró el automóvil de su padre fuera de la valla de Idlewild. —Suspiró—. No fui con él, así que solo lo sé de oídas. Pero por lo que me han contado, entraron... y su padre les disparó.

—¿Cómo? —dijo Fiona, separándose de él y volviendo a sentarse, apoyada en el respaldo de la cama. La cabeza le daba vueltas.

—Tranquila, Fee —dijo Malcolm—. Un disparo le rozó la mano a Jamie, pero eso fue todo.

—No sabía que tenía un arma —dijo Fiona. Seguramente, Garrett la tenía en el automóvil, escondida en algún sitio, tal vez en el maletero; por eso no la había utilizado contra ella—. ¿Jamie está bien?

—Sí, perfectamente —respondió su padre—. Tuvieron que devolver los disparos, pero nadie resultó herido. Te encontraron en uno de los dormitorios del viejo edificio, pidiendo ayuda antes de que te desmayaras en el suelo. Tenías marcas de sus manos en el cuello. Arrestaron a Garrett. Y aquí estamos.

Estaba temblando. Tendría que llamar a la enfermera de turno. Tendrían que darle alguna medicación, algo para el dolor y la inflamación. Se sentía agotada.

—Intentó matarme —explicó—. Trató de estrangularme en un prado de los que hay junto a una de las carreteras del otro lado del pueblo. Iba a matarme y a deshacerse del cuerpo.

—Lo sé —dijo Malcolm—. Los médicos te examinaron el cuello. Garrett no ha confesado, pero la policía va a venir a tomarte declaración.

—Encubrió a Tim. También en el caso de Helen. —Las palabras se le agolpaban en la cabeza, pero sintió la urgencia de decirlas, de sacarlas fuera, antes de volver a dormirse.

—Lo sé, cariño —volvió a decirle su padre.

«Lo vas a matar», había dicho Jamie. Ya no había retorno. Era imposible evitar que su padre supiera que se podía haber detenido a Tim antes de que asesinara a Deb. Incluso antes de que la conociera.

—Lo siento mucho, papá —dijo.

Pestañeó sorprendido y se quedó mirándola.

—¿Por qué? —preguntó, genuinamente intrigado.

—No tenía que haber empezado esto. —Le dolía la garganta muchísimo al hablar—. Tendría que haberlo dejado estar. Pero pensé... Empecé a preguntarme si habría alguna posibilidad de que Tim no lo hubiera hecho. Si había alguna opción de que quien había matado a Deb aún estuviera libre. —Notó que las lágrimas le corrían por la cara. Se acordó de Deb, sentada en una silla junto a la ventana, pero no podía hablarle de eso. Ni siquiera estaba segura de que hubiera sido real—. Continué investigando y no pude parar. No pude parar.

Malcolm parecía pensativo. Le volvió a acariciar el pelo.

—Cuando ocurrió, tenías diecisiete años —dijo—. Hiciste muchas preguntas, pero yo no pude responderte a todas. Lo cierto es que no pude contestar casi ninguna. —Suspiró—. No tenía respuestas, ni tu madre tampoco. Ni siquiera podíamos responder a nuestros propios interrogantes. Fee, me temo que te dejamos pasar sola por todo aquello. No supimos estar contigo.

—No, no fue así. —Ahora estaba llorando con fuerza, con sollozos que le salían del pecho incontenibles mientras se acordaba de Deb diciéndole lo asustada que estaba. Apretó la cabeza contra su camisa, absorbiendo su olor a loción para el afeitado y el aroma a cedro del cajón de donde la había sacado—. Tenía que haberlo dejado estar. Lo siento, lo siento muchísimo.

La dejó llorar durante un buen rato. Notó que la besaba en la sien.

—Bueno, vamos a ver —dijo, y notó la pena en su voz; pero también era la forma de hablar habitual de Malcolm Sheridan. Siempre Malcolm Sheridan—. Yo no te he educado así, ¿a que no? A dejar las cosas como están sin intentar cambiarlas. Ni tú ni yo podemos actuar de esa manera. Puede que a veces no queramos, que nos arrepintamos, pero somos así. Las cosas son así. Y tú eres mi hija. —Dejó que sus lágrimas le mojaran la camisa. Cesaron los sollozos y él siguió hablando—. Además, la familia de Helen no pudo asistir a la detención de quien la golpeó y le arruinó la vida, mientras que nosotros sí. Podemos arreglar eso, y lo haremos. —La besó de nuevo—. Duerme un poco. Vamos a tener mucho trabajo.

Quiso decir algo más, pero le dolían los ojos como si se los estuviera frotando con papel de lija. Estaba dormida antes de poder hablar.

❊ ❊ ❊

El mundo se desajustó durante un momento. Las imágenes se sucedían como si fueran sueños. Tuvo uno, muy largo y muy vívido: corría hacia los árboles, los arbustos le golpeaban las espinillas, le faltaba el aliento y le ardía el pecho; Garrett la perseguía. Los cuervos no paraban de graznar en el cielo oscuro y gris. Fiona se despertaba una y otra vez, desorientada, antes de volver a dormirse y continuar con el mismo sueño. Tuvo otro sueño en el que se despertaba y veía su mano agarrada a la de Jamie, que estaba al lado de la cama. Tenía una mano vendada, de la que sobresalían los dedos. Sabía que era él. Veía sus dedos fuertes, los largos huesos de su mano, la silueta de su antebrazo. Sin embargo, no podía mirarle la cara antes de volver a dormirse.

En algún momento del día siguiente, la fiebre remitió y se sentó en la cama, sudorosa y agotada. Bebió zumo de manzana y la policía le tomó declaración. Malcolm estaba sentado en la parte de atrás de la habitación, escuchando, con las sandalias, los calcetines y el eterno periódico en el regazo.

No supo nada de Margaret Eden, pero sí de Anthony. Cuando ya estaba lo suficientemente bien como para recuperar su teléfono, que le estaba guardando su padre («¿Para qué demonios necesitas esta cosa?»), le devolvió la llamada. Le dijo que lo sentía mucho y le preguntó si podía hacer algo por ella. Estaba empezando a pensar en algo, pero era una idea que aún se estaba formando en su cabeza. Le hizo una pregunta a Anthony. Su respuesta puso en orden todas las piezas del rompecabezas: había estado siempre delante de sus narices, pero no había caído en ello.

Ahora tenía respuestas.

Volvería con las chicas de Idlewild tan pronto como estuviera recuperada. Pero, antes que nada, tenía algo que resolver.

CAPÍTULO 34

Katie

Barrons, Vermont
Abril de 1951

Funcionaría.

Katie no tenía la menor duda. No obstante, podía sentir la tensa expectación de las otras chicas del dormitorio Clayton 3C. Roberta estaba sentada en la silla junto a la ventana, con un libro de texto entre las manos y fingiendo que estudiaba. CeCe se quitó el uniforme y se puso el camisón, pese a que era prontísimo. De hecho, acababan de comer. Se quitó las horquillas del pelo y se lo alborotó por completo, usando las dos manos.

Por su parte, Katie se estiró las medias y la falda. Le sacó brillo a los zapatos como nunca lo había hecho y después se los puso. Añadió unos cuantos pañuelos de papel al interior del sujetador y después se colocó su camisa blanca más limpia, ajustándosela para que se marcara bien el pecho. Se colocó la rebeca de lana con el escudo de Idlewild y se la abotonó hasta el cuello.

CeCe se quitó los zapatos y las medias. Se sentó sobre borde de la cama.

—La verdad es que no entiendo muy bien de qué va esto —dijo. Tenía las mejillas muy pálidas.

«Bien —pensó Katie—. Así resultará más creíble».

Fue Roberta la que contestó.

—Ajústate a lo que hemos planeado —dijo, inclinando más la cabeza sobre el libro de texto.

A lo largo de los cinco meses que habían transcurrido desde la desaparición de Sonia, o más bien desde su muerte (porque había sido asesinada y todas lo sabían), Roberta se había ido volviendo más inexpresiva, como si su cara fuera de cera. Apenas sonreía y jamás se reía. Sus notas no se resintieron y jugaba al hockey mejor que nunca, pero Katie notó mucho el cambio. Roberta había interiorizado el enfado y la pena, lo había enterrado en las entrañas, había dejado que calara en sus huesos. Ya no parecía una adolescente, sino una mujer hecha y derecha, intensa y airada. Katie la apreciaba y la quería más que nunca.

—Sabéis que estas cosas no se me dan bien —dijo CeCe, abriendo la cama obedientemente y deslizándose dentro—. Cuando Katie copió en ese examen, las pasé canutas. Por poco me desmayo.

Katie se miró de cerca en el único espejo de la habitación, ahuecándose el pelo. Contempló su propia media sonrisa. CeCe siempre se mostraba miedosa al principio, pero después lo hacía igual de bien que ellas dos.

—Estuviste perfecta —le dijo—. Y lo sabes.

CeCe se ruborizó. Aun a esas alturas, seguía encantándole que Katie la alabara. De todos modos, se lamentó un poco.

—Es que suena a mentira.

—No es mentira, ni mucho menos. —Roberta levantó la vista del libro y la dirigió a CeCe, que ya estaba en la cama—. Llevamos meses hablando de esto. No es mentira si consigue hacer feliz a alguien. Y a nosotras nos hace felices.

CeCe se mordió el labio y miró a Roberta.

—A Katie no —rebatió—. A ella no le va a hacer feliz.

Así que eso era lo que le preocupaba. Katie debería de haberse dado cuenta. Se rio, conmovida a pesar de sí misma.

—Yo voy a ser la más feliz de todas —afirmó.

No era mentira, o al menos no del todo. Le latía el corazón de impaciencia, y también sentía cierto entusiasmo. Estaba preparada. ¿Eso era lo mismo que sentirse feliz? No estaba segura, y en esos momentos tampoco es que le importase demasiado. Acababa de cumplir dieciséis años. Lo importante era que por fin iba a conseguir lo que quería.

—Estará bien —dijo Roberta con voz monótona.

—Si sale bien.

Katie se acercó un poco más al espejo, retocándose las cejas y mordiéndose mínimamente los labios. En Idlewild no estaba permitido el maquillaje, en absoluto. Le hubiera gustado disponer de él, por lo menos de un lápiz de ojos y algunos polvos como los que había visto que se ponían las artistas de cine. Aun así, también pensaba que habría resultado demasiado evidente. Estaba claro que tenía que tener la apariencia de una colegiala.

—Saldrá bien —dijo convencida.

CeCe seguía en la cama. Se cubrió el amplio pecho con las sábanas y la colcha. Katie captó la mirada de Roberta en el espejo. Intercambiaron una expresión de estar de acuerdo.

«Voy a hacerlo».

«Sí, lo vas a hacer, y las dos sabemos el porqué».

«Va a salir bien. Voy a conseguirlo».

Las líneas alrededor de los ojos de Roberta desaparecieron; gracias a eso, su mirada se suavizó. Por el espejo, le dedicó una de sus raras sonrisas a Katie.

Alguien llamó a la puerta.

—*¡Ladies!* —dijo *lady* Loon—. Es el día de visita familiar. Cecelia, alguien ha venido a verte.

Katie transformó inmediatamente su expresión, convirtiéndola en una de desconsuelo, abrió la puerta y miró a la profesora.

—¡Oh, no, señorita London! —dijo—. ¿Está usted segura?

La señorita London parecía estar exhausta. Algunos mechones de pelo lacio le caían sobre la frente, mal sujetos por el descuidado moño.

—Pues claro que estoy segura, Katie —dijo—. ¿Qué ocurre?

—Pues que CeCe no se encuentra nada bien.

Katie dio un paso atrás para dejar pasar a *lady* Loon, que entró en el cuarto y vio a CeCe metida en la cama. La chica soltó un gemido suave. Lo cierto es que tenía la cara verdosa, probablemente por el miedo cerval a que la desenmascararan. El efecto estaba logradísimo.

—¿Qué te pasa? —le preguntó *Lady* Loon.

—¡Oh! —se volvió a quejar CeCe pasándose la lengua por los labios, como si los tuviera resecos—. El estómago, señorita London. ¿Es mi padre quien ha venido a verme?

Lady Loon se apretó las manos, tanto que los nudillos se le pusieron blancos.

—No. Creo que es tu... hermano.

Katie se dio cuenta de que no le parecía bien pronunciar tales palabras, pero no hizo ningún gesto. A *lady* Loon no le gustaba nada hacer la más mínima referencia a la condición de hija bastarda de CeCe, ni a la de su hermano. Y eso era precisamente lo que querían.

—¡Oh, no! —exclamó CeCe con un tono contrito absolutamente creíble—. ¡Viene de muy lejos, el pobre! ¡Pero no puedo! ¡De verdad que no puedo!

—Sería de muy mala educación decirle que se marchara así —comentó Roberta con tono calmado desde su silla junto a la ventana—. ¿No podría usted recibirle y hablar con él, señorita London?

Lady Loon abrió unos ojos como platos. Parecía completamente horrorizada.

—¿Yo? *Ladies,* pueden estar seguras de que no voy a hablar con ese hombre.

«¡Con un bastardo, un hijo ilegítimo! ¡No, por Dios!», fue seguramente lo que pensó pero no dijo.

—¡Ha venido desde muy lejos! —gimió CeCe.

—Podríamos ir una de nosotras dos —sugirió Roberta.

—Sí, podría ser —concedió Katie, como si también a ella se le hubiera ocurrido en ese momento—. ¿Por qué no vas tú a recibirle, Roberta?

Su amiga frunció el ceño.

—Mañana tengo examen de Latín. Tengo mucho que estudiar.

Katie puso los ojos en blanco.

—¡Por favor! ¿Para qué demonios sirve estudiar Latín?

Ese comentario hizo que *lady* Loon saltara como un resorte.

—¡Por supuesto que se necesita estudiar Latín, Katie Winthrop! —dijo con aspereza—. Y, puesto que tú pareces no tener ninguna obligación, vas a bajar inmediatamente a hablar con el... hermano de Cecelia..., para explicarle lo que ocurre.

—¿Yo? —Katie hizo un mínimo gesto de petulante desagrado—. ¡No tengo ningunas ganas de ir!

—Hará lo que se le ordene, joven *lady*. ¡Vamos, baja ahora mismo!

Katie soltó un bufido, después suspiró profundamente y salió de la habitación hecha una furia. O eso fingió. No miró atrás para evitar la tentación de sonreír.

Él estaba esperando, sentado en una mesa del comedor. Antes de que se diera cuenta de su presencia, Katie evaluó la situación. Según lo que le había contado CeCe, tenía veintiún años. El pelo oscuro, peinado hacia atrás. Un traje muy bonito y la camisa bien planchada. Cara estrecha y ojos grises. Estaba sentado de forma muy correcta y no parecía impaciente. Las manos apoyadas sobre la mesa: eran elegantes y muy masculinas, con dedos largos y nudillos bien formados. «Bonitas manos», pensó, mientras se armaba de valor. «Seguro que puedo relacionarme bien con un hombre que tiene las manos bonitas».

Miró alrededor para cerciorarse de que nadie se fijaba ni en él ni en ella. Dio un tirón de la falda hacia arriba, para dejarla unos centímetros por encima de las rodillas, y después otro. Se desabrochó la rebeca de Idlewild, pero no se la quitó. Lo único que pretendía era que pudiera ver la blusa de debajo, bien ajustada al pecho. Después se cuadró de hombros y avanzó hacia él.

Estaba esperando a CeCe, así que le costó un momento darse cuenta de que era ella quien iba directa a su encuentro. Levantó la cabeza, la miró y se quedó quieto, como si, de repente, se hubiera congelado.

Katie abrió y cerró los ojos para que se fijara en sus largas, densas y oscuras pestañas, y sonrió. De forma dulce e incitante, todo en el mismo gesto. También como si estuviera un poco avergonzada, como si verle le produjera cierto efecto, pero quisiera disimularlo.

Joseph Eden la vio acercarse y puso unos ojos como platos. También abrió algo la boca y bajó un poco la cabeza, mirando fijamente sus muslos moverse bajo la falda, ahora más corta.

—¡Hola! —dijo Katie, agarrando una silla para sentarse junto a él.

—Tú... —Vaciló y se aclaró la garganta—. Tu no eres CeCe —. Solo acertó a decir semejante obviedad.

Ella volvió a sonreírle, esta vez más abiertamente, como si lo que había dicho hubiera sido una broma.

—No, claro que no. Soy su compañera de habitación. Hoy no se encuentra nada bien, pero le da muchísima pena que hayas tenido que hacer este viaje para nada. Por eso me ha pedido que venga a hablar contigo en su lugar. —Extendió la mano y se inclinó hacia delante para salvar la mesa, dejando que la rebeca y la camisa se abrieran un poco más—. Me llamo Katie —dijo—. Katie Winthrop. —Cuando le estrechó la mano, pensó que el tacto era agradable y se acordó de que también era bonita. La apretó con suavidad, pero no de forma blanda, inclinándose un poco más todavía. Seguramente, ahora podría verle el escote, aunque medio escondido entre la rebeca y la blusa—. Tengo que confesarte que estaba deseando conocerte —afirmó, bajando el tono y convirtiéndolo en conspiratorio.

—¿A mí? —dijo, parpadeando asombrado.

—Sí. CeCe nos habla mucho de ti —dijo Katie, haciendo un rápido gesto ligeramente soñador—. De su maravilloso hermano. Todas nos moríamos de curiosidad. —Bajó de nuevo la voz—. Sobre todo yo.

La miró y ella se dio cuenta de que relajaba los hombros. El chico sonrió. Había picado, pero faltaba cobrar la pieza, darle carrete para que no se escapase. No convenía precipitarse.

—Bueno, me llamo Joseph —dijo—. Joseph Eden. Ha sido muy amable de tu parte venir a hacerme compañía porque CeCe no se encuentra bien. La verdad es que sí que vengo de bastante lejos.

Le soltó la mano y volvió a sonreír. Tenía una sonrisa bastante agradable, unas manos preciosas y un traje estupendo. Y no era un hijo ilegítimo, sino el único hijo de Brad Ellesmere: algún día sería su heredero.

Katie contaba con ello.

«Cada uno se labra su propio destino —pensó—. Se construye día a día. Así empieza todo».

—Bueno, pues entonces hay que matar el tiempo antes de que emprendas el largo y tedioso viaje de vuelta —dijo mirando a los ojos a Joseph Eden—. Creo que podemos pasar un buen rato juntos, ¿no te parece?

CAPÍTULO 35

Barrons, Vermont
Noviembre de 2014

Una vez firmada su declaración completa ante la policía y ya casi recuperada del todo, los médicos le dieron permiso para regresar a casa. Fiona abrió la pequeña maleta que le había traído Malcolm al hospital. Aún algo lenta de reflejos, pasó más de un cuarto de hora decidiendo qué ponerse y sacando las cosas: ropa interior, *jeans,* una camiseta y una sudadera de cremallera con capucha. Ya no tenía fiebre, pero aún se sentía cansada y algo atontada, como si sus músculos se hubieran vuelto de mantequilla caliente. Se puso unos calcetines y fue al baño de la habitación del hospital, en donde se lavó lo mejor que pudo, pues no había ducha. El rostro que le devolvió el espejo era espectral: la cara parecía de cera y tenía sombras debajo de los ojos. El pelo rojo no brillaba, posiblemente debido a la blanquecina luz fluorescente, así como a la palidez de la piel. Se lo colocó detrás de las orejas y volvió a mirar el lavabo.

Al terminar, pasó de nuevo a la habitación y se detuvo.

Había una mujer. De baja estatura, pero muy erguida. Con el pelo blanco fuerte y rizado. Llevaba un abrigo de lana con cinturón y tenía las manos en los bolsillos. Cuando Fiona hizo ruido al pasar por el hueco de la puerta del baño, se volvió y la miró levantando una ceja. Era Margaret Eden.

Se la quedó mirando, sorprendida. Estaba algo mareada. Aquello era algo surrealista.

—¿Qué hace usted aquí? —le preguntó.

—He venido a verte —dijo Margaret.

Pese a lo indispuesta que se encontraba todavía, Fiona no pensó ni por un segundo que Margaret Eden estuviera preocupada por su salud.

—¿Por qué? —preguntó.

Margaret se quedó donde estaba, sin sacar las manos de los bolsillos de su caro abrigo. Se mantuvo en silencio unos segundos.

—Fiona, ¿tenemos algo de lo que hablar, tú y yo?

Fiona avanzó por la habitación y se apoyó en el quicio de la puerta.

—Sé quién es usted —afirmó—. Quiero decir, sé quién es usted en realidad.

—¿Lo sabes? —La mujer parecía sentir curiosidad, pero ninguna preocupación.

—Sí. —Notó que sus dedos se deslizaban a lo largo de la jamba. Le sudaban las palmas de las manos—. Usted es Katie Winthrop.

No sabía qué esperarse, pero desde luego no la sonrisa que iluminó la cara de Margaret Eden, ni que su rostro (normalmente, adusto y desconfiado) se relajara por completo. Volvió la cabeza y habló hacia atrás, por encima del hombro.

—Chicas —dijo en voz algo más alta—. Lo sabe.

Otras dos mujeres entraron en la habitación. Una de ellas era Roberta Greene, alta, señorial y con gesto sereno. La otra, que parecía tener la misma edad que Katie y Roberta, era más baja y algo más redondeada de formas. La mirada era amable y llevaba el pelo corto y recogido. «CeCe Frank, o comoquiera que se llame ahora», dedujo Fiona de inmediato.

—Me alegro mucho de conocerte, querida —dijo agarrándole la mano y apretándosela—. ¡Siéntate, por favor! Katie, todavía no se encuentra bien. —CeCe suspiró y miró a Fiona a los ojos—. A veces se olvida de que los demás sienten y padecen.

Fiona se volvió hacia Katie y la miró con los ojos muy abiertos.

—En nuestra primera conversación, me dijo que no había sido alumna de Idlewild.

Katie se encogió de hombros.

—Te mentí —admitió—. Lo hago algunas veces. Cuando no tengo más remedio. ¿Cómo has deducido que era yo?

—He visto su ficha de Idlewild, en la que constaba su nombre completo, Katherine Margaret Winthrop. Al principio no caí. Pero le pregunté a su hijo cuál era su nombre de soltera. En cuanto me dijo que Winthrop, lo tuve claro.

La respuesta hizo reír a Katie.

—¡Qué inteligente! Bueno, tampoco es un secreto de estado. Simplemente, no me gusta que mi pasado se haga público. Eso es todo.

—¿Cómo lo hizo? —le preguntó Fiona, acercándose al borde de la cama y sentándose—. ¿Cómo se cambió el nombre? ¿Y por qué?

Katie seguía de pie y con las manos en los bolsillos. «Era guapa, sí, pero no de esa belleza sana», fue la descripción que hizo de ella Sarah London. «Tuvo problemas de disciplina desde el día en que llegó hasta el día en que se fue». Miró a Fiona cuando esta se sentó al borde de la cama. En el arco de las cejas y en la determinación de la mandíbula, pudo entrever a aquella chica de hacía nada menos que sesenta y cuatro años.

—Bueno, para empezar, me casé con Joseph Eden —dijo—. No quería volver a ser Katie, nunca más. Quería dejarlo todo atrás... Me refiero a mi familia y a Idlewild. A las chicas no, por supuesto. Pero a todo el resto sí. Mis padres siempre me habían tratado como si fuera una molestia, una vergüenza para la familia. Al convertirme en esposa de Joseph, pude apartarme de ellos y olvidarlos por completo. Era joven. Pensaba que podría empezar de nuevo. Le dije a Joseph que siempre había detestado mi nombre y que prefería que se me llamara por mi segundo nombre, que era Margaret. También le dije que quería dejar de ser la chica obstinada y caprichosa que era y empezar una nueva vida a su lado, como su esposa. —Se encogió de hombros—. Él estuvo de acuerdo.

—¿Quién era Joseph Eden? —preguntó Fiona.

—Mi hermano —contestó CeCe. Agarró una silla, la colocó frente a Fiona y se sentó, como si fueran a mantener una charla. Katie permaneció de pie y Roberta se había acercado a la ventana; escuchaba mientras miraba por ella—. Es decir, mi medio hermano. Teníamos el mismo padre.

—Brad Ellesmere —dijo Fiona.

CeCe pestañeó sorprendida.

—¿Ese dato está en mi ficha?

—Da igual lo que esté en la ficha —dijo evasivamente Fiona—. ¿Katie se casó con el hijo ilegítimo de su padre?

—Con su heredero —apuntó Roberta desde su sitio frente a la ventana. Su tono de voz era bajo y autoritario; todas la miraron—. Sí, era el hijo ilegítimo de Brad Ellesmere, pero también era su único hijo. Brad Ellesmere lo incluyó en su testamento. Era el heredero de la fortuna Ellesmere.

—Entiendo.

—Piensas que es una forma de actuar muy fría. Lo leo en tus ojos, Fiona —dijo Katie—. Crees que actué como una zorra manipuladora. Cuando conocí a Joseph, tenía dieciséis años, pero él esperó a que cumpliera los dieciocho para casarse conmigo. Yo tenía dieciséis y necesitaba buscarme la vida con los únicos medios de los que disponía.

Fiona tragó saliva.

—No la estoy juzgando.

—Ah, ¿no? Pues debo decirte que, aunque no me juzgues, las cosas fueron exactamente como deduces. Me casé con él porque pensé que sería útil. Porque estaba muy furiosa. Sí, actué con frialdad. Pero ¿sabes una cosa? Terminó gustándome. Lo hice feliz. Y eso que pensaba que jamás podría hacer feliz a alguien. Pasamos cerca de sesenta años juntos, y siempre nos llevamos bien. No muchas parejas casadas están en condiciones de decir lo mismo. —Sonrió—. Joseph me libró de Idlewild, me libró de mi familia, me libró de todo lo malo que había en mi vida. Utilicé su dinero para pagarle a Roberta la universidad, para que pudiera ir a la Facultad de Derecho y ayudara a su tío. También utilicé su dinero para enviar a CeCe, su media hermana, a la Universidad de Vassar, para que pudiera librarse de su madre. Así se alejaría de esa horrible mujer, viviría por sus medios y haría lo que quisiera.

—Mi madre era el ama de llaves de Brad Ellesmere —explicó CeCe—. Tener una hija ilegítima era una carga para ella. En aquella época, las cosas estaban mucho peor que ahora. Aquello suponía una enorme vergüenza. Cuando yo tenía seis años, intentó ahogarme en la playa. —Se tocó con suavidad el labio con el dedo índice—. Lo cierto es que no estaba del todo bien de la cabeza —explicó con voz casi amable—. Mi padre la envió a un centro para seguir un tratamiento después de que intentara matarme, pero lo dejó y se marchó. Yo fui a la universidad y me hice profesora, así que no tuve que volver a casa.

—¿Es usted profesora? —preguntó Fiona.

—¡Oh, no, ya no! —dijo, agitando la mano—. Dejé de trabajar en cuanto me casé y tuve hijos. He logrado lo que quería. De todas maneras, era mucho mejor madre que profesora. Preferí educar a mis propios hijos. Katie me dijo de todo, no se lo podía creer, pero esa ha sido la única vez que no ha ganado una discusión conmigo.

—CeCe siempre quiso tener hijos. —Katie todavía estaba de pie, mirando hacia abajo.

Fiona no quería perderse ni un detalle de la conversación. Al parecer, así hablaban las chicas, unas acababan las frases que empezaban las otras. Después de tantos años, terminaban de expresar los pensamientos de sus amigas. Así de bien se conocían.

—Creo que CeCe ha sido mejor madre que nosotras dos —dijo Roberta, sin moverse de su sitio frente a la ventana.

—Es cierto —convino Katie. Estaba claro que hubo un tiempo en el que fue muy guapa. Fiona se dio cuenta. Todavía lo era. Katie miró a CeCe. Estaba claro lo mucho que se querían. Un gran amor. Muy complicado, pero muy grande—. Pero sin ese título de profesora graduada, te habrías casado con algún paleto a los dieciocho, y no con un ingeniero a los veintisiete.

CeCe se lanzó hacia ella y, para sorpresa de Fiona, tomó las manos de Katie entre las suyas y se las apretó con fuerza.

—Nos sacó de allí a todas —le dijo a Fiona, manteniendo todavía las manos de su amiga entre las suyas—. Las tres lo logramos. Escapar de nuestras familias, de nuestros pasados. Katie nos liberó.

—No obstante, eso no fue todo —dijo Roberta. Miraba la escena, apoyada tranquilamente en la ventana—. Siempre hubo un plan más importante por detrás de ese. Un objetivo mayor.

—Sonia —dijo Fiona—. Querían saber quién mató a su amiga.

—La policía no lo investigó —intervino CeCe—. Fue culpa mía. Cuando intenté convencer a la directora de que era imposible que se hubiera escapado, le dije que Sonia había estado en Ravensbrück. Por aquel entonces, yo era demasiado inocente. No tenía ni idea de que eso haría que todo el mundo asumiera que era judía, lo cual convirtió la investigación en algo mucho menos importante, en lugar de en más importante, como había pensado. Así pues, hicieron algunas preguntas, miraron entre los árboles durante un par de horas como mucho y archivaron el caso. Se acabó.

—Disponiendo de dinero, al menos podríamos investigar el caso por nuestra cuenta —continuó Katie en voz baja. Por fin agarró una silla y se sentó junto a CeCe, cruzando las piernas con elegancia—. Durante muchos años, contraté a investigadores privados, intentando reunir pistas, pero sin ningún resultado. La escuela todavía estaba abierta, y a los detectives no les dieron permiso para investigar sobre el terreno. Dijeron que era un asunto antiguo, que la chica simplemente había huido y que no había caso. Cuando la escuela cerró, le rogué a Joseph que la comprara.

Por desgracia, esa fue la única vez en la vida que me negó algo. Dijo que ese terreno era una inversión muy mala, en la que perdería hasta la camisa. No estaba dispuesto a perder tantísimo dinero solo por satisfacer mi capricho. —Le dirigió una sonrisa a Fiona—. No obstante, al final lo resolvimos. Por nuestra propia cuenta. Te lo contaré con toda libertad, si quieres. ¿Te gustaría saber quién asesinó a Sonia?

Sintió la tentación, la misma que la había empujado a meterse de lleno en la investigación y que casi la había conducido a que la asesinaran. Fiona se dio cuenta de que a Katie Winthrop le encantaba jugar con las expectativas de cualquier interlocutor.

—La verdad es que ya lo sé —le dijo Fiona—. Aunque debo decirles que, la primera vez que me enfrenté a esa pregunta, las sospechosas más obvias fueron ustedes tres —dijo mirándolas de una en una—. Tenían acceso a ella, y sin duda tuvieron la oportunidad. Sonia murió asesinada de un golpe en la cabeza, propinado con algo romo, no con un arma. Fue un asesinato oportunista. La mató alguien que la odiaba, que la consideraba un peligro y que aprovechó la posibilidad que se le presentó para librarse de ella.

Las tres ancianas no dijeron nada. A Katie parecía que aquellas palabras le habían hecho gracia. Roberta miraba por la ventana con la mandíbula prieta. Y CeCe tenía los ojos muy abiertos y la miraba asombrada.

—Pero esa teoría nunca me gustó ni me terminó de convencer —continuó Fiona—. Me contaron que eran muy amigas, que les gustaba y que la trataban bien. Roberta la acompañó a la enfermería poco antes de que muriera asesinada.

—Sufrió una especie de ataque en el jardín —dijo Roberta, reaccionando a lo que había dicho y volviendo la cabeza—. De repente, creyó que estaba cavando en Ravensbrück. Una especie de *flash-back,* aunque ese término no se utilizaba en aquella época. Seguro que lo que tuvo fue algún tipo de síndrome postraumático agudo. Estuvo a punto de perder el conocimiento.

—Se preocupaban por ella, la querían —dijo Fiona, que asintió—. Podía haber sido una mentira, una pose delante de las profesoras. Sin embargo, cuando usted y yo nos encontramos, cuando me habló de ella, no me lo pareció, en absoluto. En todo caso, podría haber asumido que lo hizo una de ustedes y haber dejado de investigar.

—Pero no lo hiciste, ¿verdad? —dijo Katie muy bajito, casi hablando para sí misma—. Eres extraordinariamente tenaz, persistente e inteligente.

—Pues no, no lo hice. Pero tampoco tiene por qué tener tan buena opinión de mí. Simplemente, seguí otra pista. —Observó a Katie—. No sé cómo lo lograron, pero tengo la sensación de que lo que encontré no va a sorprenderlas, a ninguna de ustedes.

—No lo sabrás a no ser que nos lo cuentes, ¿no te parece? —dijo Katie.

—Investigué —continuó Fiona—. Y supe de una mujer llamada Rose Albert. También conocida como Rosa Berlitz.

Se produjo un silencio largo y denso. Fiona podía escuchar su propia respiración, los pitidos de las máquinas de otras habitaciones del pasillo y el ruido de un paciente que paseaba con una vía intravenosa y su carrito con ruedas. En el puesto de control, situado a cierta distancia de la habitación, se habían juntado varias enfermeras, que charlaban y se reían en voz baja. Las cuatro mujeres se quedaron muy quietas. Roberta seguía mirando por la ventana, pero Katie y CeCe no despegaban los ojos de Fiona.

—Bien —dijo por fin Katie frotándose las manos y echándose hacia atrás en la silla. Su gesto seguía siendo tranquilo, incluso relajado y mínimamente divertido, pero Fiona tuvo la impresión de que, por primera vez, había dejado impresionada de verdad a la anciana—. Eso es de lo más interesante.

—¿Cómo es posible que lo averiguaras? —preguntó abruptamente CeCe. Parecía como si apenas pudiera contenerse—. ¡Si no has visto el dibujo!

—¿Qué dibujo? —preguntó Fiona, sorprendida.

—Uno que hizo Sonia. En su cuaderno. —CeCe miró de soslayo a Katie, que le estaba echando a su vez una mirada glacial o incendiaria, según se mire. CeCe chascó la lengua con impaciencia—. Déjalo, Katie. Ya lo sabe —espetó algo molesta. Después se volvió otra vez hacia Fiona—. Sonia tenía un cuaderno. En realidad, se lo di yo... Me lo habían regalado, pero no lo utilizaba. Sonia se lo quedó y escribió sus experiencias en él. Todos sus recuerdos. Y también hizo dibujos, de su familia, de Ravensbrück y de la gente que conoció allí. El cuaderno estaba en su maleta cuando esta se perdió.

—¿La maleta que desapareció del despacho de la directora? —preguntó Fiona.

CeCe no hizo caso de una nueva mirada asesina de Katie.

—Fuimos nosotras las que nos la llevamos, por supuesto. Queríamos recuperar las cosas de Sonia. No nos parecía adecuado que se quedaran en un armario viejo y sucio. Además, pensamos que podría haber alguna pista en la maleta o entre sus cosas. Así pues, nos la llevamos. Pero no encontramos ninguna pista. Hasta 1973.

—Ese fue el año en el que tuvo lugar el juicio de Rosa Berlitz —recordó Fiona—. Y también el año en que murió... Un ataque al corazón en su propia casa. O al menos eso dijeron los periódicos.

Desde su lugar junto a la ventana, Roberta metió baza.

—Yo tuve un bebé en 1973 —dijo—. Un hijo. No me enteré del juicio de Berlitz. Sin embargo, cuando volví al despacho tras la baja maternal, la gente no paraba de hablar del asunto. Mi bufete no había llevado el caso, pero fue un tema de referencia en los círculos legales de la zona. Oí la palabra «Ravensbrück» y me dio que pensar. —Se volvió a mirar a Fiona. La débil luz que entraba por la ventana iluminaba su piel, todavía perfecta—. Recopilé los artículos sobre el juicio. ¡Un juicio por crímenes de guerra! ¡Y no apareció en ningún titular!

Fiona asintió. Había pensado lo mismo cuando escarbó en los archivos periodísticos.

—Hice copias de la cobertura de la prensa y se las envié a Katie y a CeCe —continuó Roberta—. Les pregunté si creían que podía tener alguna relación con Sonia, dado que Rosa Berlitz había vivido en Burlington. Sonaba demasiado improbable, una coincidencia casi imposible. ¿Era posible que se hubieran encontrado en Burlington? Aunque ahora estoy segura de que tú pensaste lo mismo.

—Fui yo quien lo averiguó —intervino CeCe—. Vi la foto en el periódico y la reconocí de inmediato. Yo fui la que guardé la maleta de Sonia, ¿sabes?, con el cuaderno dentro. Todas lo leímos en su momento, en Idlewild, y vimos los dibujos, pero yo volví a leerlo después, un montón de veces. Y cuando vi la foto, la reconocí: la mujer de las fotos que mandó Roberta era Rosa Berlitz, sin la menor duda. Sonia había dibujado su retrato de memoria. Rosa fue guardiana en Ravensbrück.

—Un momento —dijo Fiona—. Rosa Berlitz fue declarada inocente. La pusieron en libertad. Dicen que tenían pruebas sobre su identidad, ¿no? ¿Y, sin embargo, no acudieron a las autoridades con ellas?

—Hubiéramos acudido —dijo Katie en voz baja—, pero no tuvimos tiempo. Primero fuimos a hablar con Rosa.

—Las tres —añadió Roberta.

—Fuimos a su casa —apuntó de CeCe—. Llamamos a su puerta, y allí estaba.

—Tengo que decir que no nos esperaba —intervino Katie de nuevo—. No era demasiado mayor, pero vivía como una ermitaña, sobre todo después del juicio. No estaba bien. —Negó con la cabeza—. No, no estaba nada bien.

Fiona se dio cuenta de que estaba agarrando con tanta fuerza el borde de la cama que tenía los nudillos completamente blancos.

—¿Y qué hicieron? —preguntó—. La nota necrológica decía que había muerto de un ataque al corazón. ¿Qué le hicieron?

Katie sonrió.

—Preguntarle, no parar de preguntarle cosas, muchas cosas. Sobre Ravensbrück. Sobre Sonia. Sobre la madre de nuestra amiga. Sobre todo aquello. Sobre lo que pasaba allí. —Se encogió de hombros—. Al principio, no quería admitir nada, pero insistimos e insistimos. Roberta tiene muchísima experiencia con el interrogatorio de testigos en las salas de juicios, es dura como el acero, rápida, inteligente, intuitiva para detectar incoherencias. Estuvo magnífica. Supongo que se podría decir que acosamos un poco a Rose, pero, dada la situación, eso depende de cómo se mire, ¿no te parece? En cualquier caso, le hicimos creer que todo estaba claro, que ya sabíamos todo lo que necesitábamos saber. Le hicimos creer que no solo sería imputada por los crímenes cometidos en Ravensbrück, sino también por el asesinato de Sonia. Parecía enferma, ya te he dicho que no estaba bien. Entonces empezó a hablar... por los codos.

—¿Lo admitió todo? —preguntó Fiona.

—Sí —contestó Roberta de inmediato con tono resentido—. Por medio del billete de autobús, sabía adónde iba a ir Sonia. Y es que la pobre Sonia había cambiado de billete en la misma agencia de viajes en la que ella trabajaba. Fue en su automóvil a la parada de autobús, aparcó y esperó. Cuando Sonia se bajó, la siguió entre los árboles y la golpeó con un travesaño que estaba arrancado de la antigua valla. Después abandonó el cuerpo, volvió al vehículo y regresó a casa. Dijo que estaba muy apenada, que lo sentía mucho, muchísimo...

—¡Vieja zorra nazi de los cojones! —exclamó Katie entre dientes.

—Sí, eso es lo que era, ni más ni menos —añadió CeCe—. No quiso decirnos dónde había arrojado el cuerpo, porque sabía que eso confirmaría por completo el caso y su culpabilidad. De entrada, iba a ser su palabra contra la nuestra. Sin embargo, en cuanto se recuperara el cuerpo, se acabaría todo. Adiós a la duda razonable. Le preguntamos una y otra vez. En aquellos momentos, sacamos la ira acumulada de todos los años que habíamos pasado sin Sonia. Y ella se puso nerviosa...

Fiona tenía que preguntarlo.

—¿La mataron?

Fue Katie la que contestó a eso, pero con otra pregunta.

—¿De verdad crees que la matamos? ¡Menudo cuadro estás pintando! Las tres sobre ella, sujetándola, ahogándola quizá, vengándonos. Y el forense haciendo un diagnóstico falso de un ataque al corazón. Nosotras tres enviando a la asesina de Sonia al Infierno con nuestras propias manos. —Asintió—. La verdad es que me gusta ese cuadro. La cosa no ocurrió así, pero no puedo decir que la idea me disguste, en absoluto.

—No, no la matamos —intervino Roberta—. Sufrió un ataque al corazón. Uno de verdad. Mientras estábamos allí. Eso es así. Mientras le preguntábamos una y otra vez y de forma agresiva dónde había arrojado el cuerpo de Sonia. Eso es cierto. Creo que el miedo y el estrés pudieron con ella. Cayó al suelo. En principio, pensamos que se había desmayado, pero no era eso. En realidad, se estaba muriendo.

—Fue un desastre —dijo CeCe—. Era la única que sabía dónde estaba enterrada Sonia. Me amargó muchísimo.

Fiona se quedó mirándola.

—¿Y qué hicieron?

—Estaba muerta, sin remedio —dijo Katie con voz gélida y punzante—. Y nos fuimos. Eso fue todo.

—¿Y la dejaron allí, así sin más?

Roberta emitió un gruñido nada femenino. Viniendo de una persona tan educada, la sorprendió. Pero fue Katie quien respondió, pero con otra incisiva pregunta.

—Si ese pedazo de mierda nazi hubiera matado a tu hermana y hubiera pasado décadas libre después de dejarla pudriéndose en un pozo, ¿tú qué habrías hecho? —preguntó.

En la habitación no se oía ni el vuelo de una mosca. Y Fiona no pudo responder. La respuesta era obvia.

Katie Winthrop se levantó de la silla y tocó a Fiona en el hombro.

—No soy una mala persona —afirmó—. Ninguna de nosotras lo es. Pero esa mujer mató a Sonia, Fiona. Nos habíamos pasado la vida tratando de encontrarla mientras a nadie le importaba un bledo, ni siquiera a la policía, que dejó de buscar enseguida. Creo que tú nos puedes entender mejor que nadie.

—Dios... —balbuceó Fiona.

—Sabes por lo que habíamos pasado —dijo Katie—. No teníamos más remedio que ser duras. Siempre tuvimos que serlo. O éramos así, o nos hacíamos pedazos.

—Tengo una pregunta más —dijo Fiona.

—Adelante —la animó Katie—. Creo que hablo en nombre de las tres si afirmo que te lo has ganado.

—Idlewild. —Fiona luchó contra sí misma para lograr decir la palabra—. La restauración. ¿Es real, va a seguir adelante?

Katie negó con la cabeza. Fiona se dio cuenta de que le iba a contestar la verdad.

—Compré Idlewild porque sabía, todas sabíamos, que Sonia estaba allí enterrada, en algún sitio —dijo—. Tenía que estar allí. Quería que se removiera hasta el último centímetro cuadrado de tierra para encontrarla. Anthony no lo sabía. Pensó que estaba equivocada. Lo desaprobó desde el principio, igual que su padre. Pero él no sabía cuál era mi verdadera intención.

—Y ahora ya ha encontrado a Sonia —concluyó Fiona.

—Sí, así es —dijo Katie con dulzura—. La voy a enterrar adecuadamente. Y después, querida, puedes estar tranquila: no voy a restaurar Idlewild. Voy a destruir ese lugar, con todos sus fantasmas y todos sus recuerdos. Voy a desmantelar cada listón de madera, cada ladrillo, cada piedra, hasta que no quede nada. Después dejaré que se pudra, que es lo que merece.

CAPÍTULO 36

Barrons, Vermont
Diciembre de 2014

Tras salir del hospital, Fiona pasó la primera noche en casa de su padre, en la cama doble que aún seguía en su antiguo dormitorio. Después se fue a su casa. Aún se encontraba débil e inestable, pero lo peor de la gripe ya había pasado y el cuello empezaba a sanar. Volvió a su pequeño apartamento cargada de cosas que le había comprado Malcolm. Al llegar, se quedó mirando las cajas de Idlewild Hall. Después se fue a la cama.

En realidad, eso era lo que le apetecía: estar acostada. Fuera lo que fuese lo que la había llevado a desarrollar una actividad tan febril durante las últimas semanas, ya lo había superado. También había quedado atrás la ansiedad de los últimos veinte años. Sin eso, se sentía como si no tuviera nada. Aquella sensación de agitación que siempre había corrido por sus venas había desaparecido. Lo que quería ahora era dormir durante una semana entera. Pero se quedó mirando al techo, con la mente al ralentí, más despacio que antes, pero sin dejar de pensar. Al cabo de una hora, ya había vuelto a levantarse, se había puesto unos viejos pantalones cortos de deporte y una camiseta raída y había comido a toda prisa una sopa de lata y unas galletas saladas, con los pies apoyados en una de las cajas de archivos de Idlewild. Sacó el portátil y abrió su correo electrónico.

En la bandeja de mensajes entrantes se había producido una pequeña avalancha. Jonas, que le deseaba que se encontrara bien. Periodistas de la prensa local que cubrían la historia de Garrett Creel y querían que hiciera alguna declaración para ellos. Hester, una de las hermanas que llevaban la Sociedad Histórica de Barrons, que le enviaba enlaces a los reportajes sobre Garrett y acerca de la propia Fiona que se habían publicado en la prensa. Nada de Jamie.

Era media mañana. El apartamento y el edificio estaban muy tranquilos, pues casi todos los residentes estaban trabajando. Fiona abrió uno de los enlaces que le había mandado Hester y repasó muy deprisa los artículos.

Garrett Creel había sido acusado de secuestro y de intento de asesinato como consecuencia del ataque, así como de disparar contra un agente de policía, que resultó ser su propio hijo. Al día siguiente, habría una vista para decidir su situación procesal, así como si continuaba en prisión provisional o si se fijaba una fianza. Los artículos de los periódicos en línea aportaban un breve resumen del historial de Fiona, del asesinato de Deb y de la condena de Tim, sin olvidarse del hecho de que Fiona estaba saliendo con el hijo de Garrett. Sin embargo, nadie aportaba ni datos ni hipótesis acerca de los motivos del ataque. Tampoco se hacía mención de lo que de Garrett había hecho para encubrir los crímenes de Tim y el asesinato de Deb en 1994.

No era tan sorprendente, al menos para ella. La policía procuraría mantener su investigación bien escondida tanto tiempo como le fuera posible. Siempre se producían fugas de información interna en los casos de corrupción policial, pero tenía que haber un periodista diligente que los detectara. La historia, aparentemente, no era para tanto. Un jefe de policía retirado que ataca a una mujer de treinta y siete años e intenta asfixiarla. Una disputa familiar. Puede que hasta una lucha entre amantes. Algo bastante sórdido. Dejó sin contestar los requerimientos de los periodistas. Ya decidiría con quién hablar y cuándo hacerlo.

Sacó el teléfono móvil, miró los mensajes y las llamadas perdidas. De repente, se sintió cansada. Le apetecía que Jamie estuviera con ella.

Tampoco le había mandado ningún mensaje. Ni la había llamado. Puede que estuviera también en el hospital, hasta ese momento no lo había pensado. Se preguntó qué estaría haciendo, qué tal estaría llevando la detención de su padre. Se imaginó aquella acogedora casa, instalada en una especie de bucle temporal, sin Garrett en ella, con Diane deambulando sola de habitación en habitación.

Mientras miraba el teléfono, este sonó y vibró entre sus manos. Número desconocido. Contestó en un impulso.

—Hola, Fiona —dijo esa voz de anciana que ya le era familiar.

A Fiona se le encogió el estómago.

—Hola, Katie.

Katie Winthrop suspiró.

—Ya nadie me llama así —dijo—. Salvo Roberta y CeCe, por supuesto. Y ahora tú. Me parece bien. Me dijeron en el hospital que te habían dado el alta. ¿Cómo estás?

—Supongo que bien.

—Acabo de hablar con Anthony. Sospecha que está pasando algo. Me ha preguntado por qué demonios querías saber mi apellido de soltera.

—Entonces quizá deberías contarle la verdad, ¿no te parece?

—Sí, eso creo —respondió—. Ya soy lo suficientemente vieja. Estoy harta de ser Margaret. Creo que ya va siendo hora de volver a ser Katie. Pero no te estoy llamando para hablarte de eso. Te llamo por los archivos de Idlewild.

En un acto reflejo, Fiona miró a su alrededor: en la penumbra del apartamento vio las cajas, apiladas contra la pared.

—Anthony ya lo intentó —dijo.

—Sí, lo sé. Ahora voy a intentarlo yo. Quiero proponerte un trato. Quiero los archivos. La escuela y toda la propiedad me pertenecen. Y también quiero esos archivos.

—¿Para qué?

—Forman parte de mi historia personal —afirmó Katie con vehemencia—. De nuestra historia, la de las chicas y la mía. De la historia de Sonia. Y puede que sea una vieja sensiblera, pero creo que tienen que contener respuestas.

—Hay un montón de viejos libros de texto y de fichas personales —dijo Fiona—. No creo que vayas a encontrar las respuestas que estás buscando.

—Entonces me sentiré decepcionada, o eso supongo. Pero quiero hacerte una oferta —dijo Katie—. ¿Qué es lo que quieres, Fiona?

Ella se quedó mirando sus propias piernas desnudas y sus pies, mientras la pregunta resonaba en la habitación y en su cabeza: «¿Qué es lo que quieres, Fiona?».

Quería que todo esto acabara. Quería que todo fuera diferente, incluida ella misma. Quería que su vida fuera distinta. Quería tener la oportunidad de hacerlo todo otra vez, de manera distinta.

Quería tener dinero y una carrera de verdad. Quería que Jamie volviera. Sin embargo, lo que dijo fue otra cosa.

331

—Quiero el diario de Sonia.

Al otro lado de la línea se hizo un silencio helado.

—Pensabas que iba a pedirte dinero, ¿verdad? —dijo Fiona—. Supongo que todo el mundo te pide dinero. Pero no es eso lo que yo quiero de ti, de vosotras.

—¿Y qué es lo que quieres hacer con él? —preguntó Katie—. Sé que vas a ser sincera y precisa, o no serías tú.

—Hay una historiadora británica que está escribiendo sobre Ravensbrück —explicó Fiona—. Los archivos del campo se quemaron antes de que fuera liberado por el Ejército Rojo. Apenas hay relatos de los supervivientes. Está intentando juntar las pocas piezas que tiene para documentar la historia del campo, lo que sucedió en él. El cuaderno de Sonia sería de un valor incalculable para ella, para su proyecto.

—Me siento inclinada a tenerlo en cuenta —dijo Katie—. Lo consultaré con las chicas. Pero creo que no estamos preparadas para entregarlo de forma definitiva. Lo dejaríamos en préstamo, si ellas están de acuerdo, o le haríamos una copia. Pero nosotras estamos en ese diario, somos parte de él. Nos dibujó a todas, escribió sobre nosotras. Es algo muy personal.

—Creo que esa mujer es de fiar y que lo manejará bien, con mucha delicadeza.

—La vamos a enterrar, ya lo sabes —continuó Katie—. A Sonia. Ahora que el forense ha terminado su trabajo y como no tiene parientes, he solicitado que me permitan hacerme cargo del cuerpo. Voy a organizar un entierro apropiado para ella en el cementerio de Barrons, con una lápida. Habrá una pequeña ceremonia la semana que viene. Te lo digo por si quieres venir.

—Claro que iré —confirmó Fiona—. Y también voy a escribir un artículo largo y completo sobre el caso, sobre su desaparición y el descubrimiento del cuerpo.

—Entiendo —dijo Katie—. ¿Vas a mencionar en el artículo a Rosa Berlitz?

—Puede.

Lo haría. Por supuesto que lo haría. ¿Con quién se creía que estaba hablando?

—Pues ve a por todas, sin piedad —dijo Katie sin acritud, con tono resignado—. Ya soy mayor, y tengo buenos abogados.

—Eso haré, gracias. Todavía hay otra cosa.

—¿De qué se trata?

Fiona se acercó a una de las cajas con archivos y sacó el que contenía los escritos y mapas de Lila Hendricksen, la primera profesora de Historia de Idlewild, con el mapa de la finca de los Hand y los restos de la iglesia quemada anteriores a la construcción de Idlewild.

—Cuando tengáis los archivos, hay uno en particular que seguro que os va a interesar mucho. Es el de la historia de Mary Hand, la Mary Hand de verdad. Fue una persona real. Su casa estaba en las tierras sobre las que se construyó la escuela.

Al otro lado de la línea se produjo otro momento de frío silencio, también había algo de temor.

—¡Dios del Cielo! —exclamó Katie—. ¿Está enterrada allí?

—Sí, con su niño —contestó Fiona.

—En el jardín, ¿verdad? —Ahora la voz de Katie sonó casi entusiasmada. No esperó su respuesta para continuar—. ¡Lo sabía, lo sabía! En el maldito jardín. Bueno, ahora es mi jardín, lo cual hace que ella también sea mía. Voy a llamar a las chicas inmediatamente.

—Katie...

—Yo me encargo —dijo, y colgó.

CAPÍTULO 37

Barrons, Vermont
Diciembre de 2014

La comisaría de policía de Barrons seguía teniendo el mismo aspecto acharrado e industrial de siempre. Fiona avanzó desde el aparcamiento pisando la capa de nieve helada que había caído la noche anterior y subió el pequeño tramo de escaleras hasta llegar a la puerta principal. Pasó junto a la mesa de pícnic en la que Jamie y ella se sentaron la primera vez que le habló de su intención de rastrear la historia de Idlewild y escribir sobre ella.

Quedaban pocas semanas para Navidad y alguien había sacado ya la caja de los adornos. Una guirnalda de espumillón, un tanto corta, colgaba de la puerta por la que entró Fiona. En el mostrador de recepción había un pequeño árbol de Navidad de plástico, coronado por una figura de Snoopy. El viejo policía que atendía esa mañana miró hacia arriba, Al ver a Fiona, asintió antes de dirigirse a ella.

—En la última sala de interrogatorios —le informó—. El jefe la está esperando.

Fiona sintió una oleada de bilis en la parte posterior de la garganta. «El jefe la está esperando». No era Garrett Creel, por supuesto, sino el actual jefe de la policía de Barrons, Jim Pfeiffer. En cualquier caso, no estaba acostumbrada a escuchar esas palabras. Probablemente, nunca lo estaría. Asintió y siguió andando.

En la sala general no se respiraba mucha actividad, aunque, cuando la atravesó, los cuchicheos dieron paso a un silencio sepulcral. El escritorio de Jamie estaba vacío. No había ninguna prenda de abrigo en el respaldo del asiento y el ordenador estaba apagado. Jamie no aparecería por allí mientras el caso de su padre continuara abierto.

Todos la miraban. Normal, era la persona a la que el anterior jefe de policía (tan apreciado en el cuerpo) había estado a punto de asesinar, era la mujer que había hecho que cayera en desgracia. Mantuvo la mirada fija hacia delante mientras caminaba a la sala de interrogatorios.

Jim Pfeiffer tenía alrededor de cincuenta años, estaba en forma y era vigoroso. No llamaba nada la atención, más allá de sus gafas de montura negra: pareciera más un ingeniero de la NASA de los sesenta que un poli del siglo XXI. Le estrechó la mano y se ofreció a recoger su abrigo para colgarlo en una percha antes de cerrar la puerta de la sala de interrogatorios.

—Siéntese —le dijo sin acritud, casi amablemente—. He pensado que debíamos hablar en privado.

—Ya he hecho mi declaración y la he firmado —respondió ella mientras se sentaba—. Me han interrogado varias veces, a decir verdad.

—Sí, lo sé —admitió Pfeiffer—. Pero hay algunas otras cosas, aparte de la declaración, de las que me gustaría hablar. —Sonrió—. Lo primero de todo, ¿cómo se encuentra?

Fiona le devolvió la sonrisa, aunque de forma un poco forzada.

—Pues la verdad es que muy bien, gracias. Todo su personal me odia porque su antiguo jefazo intentó matarme y por poco lo logra, pero, por lo demás, estoy bien. Duermo de maravilla sabiendo que está en libertad bajo fianza.

Pfeiffer se echó hacia atrás en la silla.

—Así funciona el sistema Fiona, si me permites tutearte. El juez toma sus propias decisiones.

Un juez que, probablemente, era uno de los amiguetes que, entre otras cosas, jugaban al golf con Garrett. Pero Fiona no dijo una palabra al respecto.

—Estamos recibiendo algunas llamadas de periodistas —le dijo Pfeiffer—. El arresto del jefe Creel fue del dominio público, pero me han estado haciendo preguntas que señalan a que manejan información confidencial e interna. —Se la quedó mirando. Fiona no pudo apartar los ojos de la montura de las gafas—. En concreto, hemos recibido llamadas preguntando por un caso de 1993, sobre el asalto y agresión a una chica llamada Helen Heyer. Al parecer, se empieza a manejar la hipótesis de que tenga que ver con Tim Christopher.

—Ah, ¿sí?

Pfeiffer suspiró.

—Por favor, Fiona, dejemos de fingir. Todos sabemos que el caso Heyer era una de tus enloquecidas teorías conspiratorias, de antes de que ocurriera todo esto.

—Sí, por supuesto —dijo Fiona con tono burlón—. Yo tenía una loca teoría conspiratoria, o varias,. Y Garrett intentó matarme para que no pudiera decir nada al respecto..., nunca más. Pero mi teoría es absurda. ¡Ni lo dude!

—Seguiré los canales de investigación habituales —dijo Pfeiffer. Era la misma frase, palabra por palabra, que había utilizado en la rueda de prensa—. Pero no nos gusta que los medios fisgoneen en nuestro trabajo, intentando sacar trapos sucios.

—Pues entonces hable con los medios y los periodistas que lo estén haciendo, y no conmigo.

—Lo que pasa es que eres tú quien está detrás —afirmó Pfeiffer—. No quien hace las llamadas, no, pero sí quien los alimenta. Y, por favor, no insultes mi inteligencia diciéndome otra cosa.

Fiona se miró las manos y guardó silencio. Desde el primer momento, había sabido que la investigación no se llevaría a cabo adecuadamente: ni en lo que respectaba al encubrimiento de Garret del ataque de Tim a Helen Heyer (con resultado de lesiones irreversibles), ni en lo que se refería a sus desesperados intentos de encubrir el asesinato de Deb. Su padre había criado y educado a una periodista, no a una idiota.

Por eso había llamado a Patrick Saller, el reportero que escribió en 1994 el artículo original acerca de la muerte de Deb para *Lively Vermont*. Ahora trabajaba por su cuenta. Fiona se ofreció a contarle todo lo que sabía acerca del caso de corrupción policial que iba a destaparse, un caso que, además, estaba muy vinculado con el artículo acerca del asesinato que había escrito. Incluyó el detalle de la entrevista que le había hecho a Richard Rush, en la que el dueño de la heladería había declarado que el asesino había estado en su establecimiento a las nueve de la noche. Saller, en su nuevo artículo, había puesto negro sobre blanco todos y cada uno de los detalles del caso y había recordado los aspectos clave de su artículo de 1994. De ese modo, había levantado la liebre.

Pero, por supuesto, no le iba a contar todo eso a Pfeiffer.

—De acuerdo —dijo Fiona—. Le gustaría que los medios dejaran en paz a la policía. ¿Alguna otra cosa?

Pfeiffer negó con la cabeza.

—No he conseguido convencerte, ¿a que no?

—Como le he dicho, es usted quien tiene que hablar con los periodistas que le llamen. Yo no.

—Hay una página web —añadió Pfeiffer—. La han titulado: «La verdad sobre Tim Christopher». Han escrito en ella un montón de basura acerca de supuestas malas prácticas policiales en los dos casos. El abogado de los Christopher se ha enterado. Dice que tiene intención de demandar.

—Interesante —dijo Fiona, sin darle importancia.

«Es imposible demandar a alguien a quien no puedes identificar».

—También hay páginas de redes sociales, un abogado *hippie* que trabaja sin cobrar, alguien que ha montado un pódcast... Fiona, esto se está saliendo de madre, es una locura.

—Ya... Sí, es posible que haya un montón de gente de los alrededores que se haya vuelto loca —dijo Fiona asintiendo, como para darle la razón—. Pero yo no estoy entre ellos.

—¡Sois tú y tu padre! ¡Y no me digas que no! —Ahora sí que había dejado mostrar su enfado.

Fiona reprimió una sonrisa. Su padre sabía poco más que nada sobre las nuevas tecnologías de la información y la comunicación. Era imposible que, por sí mismo, hubiera creado una página web o un pódcast en Facebook. No podría hacerlo ni que le hubiera ido la vida en ello. Pero daba igual. Malcolm Sheridan conocía a todo el mundo. Y no había nadie como él a la hora de ponerse en contacto con las personas más adecuadas para hacer llegar un mensaje, una información o una noticia, de las formas más sencillas o más sofisticadas. Daba igual. Tenía de su parte a Patrick Saller y a un abogado retirado, especialista en derechos civiles, al que conocía desde su etapa en Vietnam. Además, contaba con el apoyo de Jonas Cooper, el editor de Fiona en *Lively Vermont*, que conocía a varios frikis de la informática de la universidad pública local.

Cuando llegó el momento de sacar a la luz el intento de encubrir el asesinato de su hija, Malcolm se sintió motivado. Y estaba muy bien conectado. Dios le había concedido varios talentos, entre ellos el de encender y azuzar fuegos a los pies de la policía.

—En condiciones normales, todo esto me traería sin cuidado —continuó Pfeiffer—. En Internet, la gente publica continuamente todo tipo de basura. El problema es que ayer recibí una llamada de la Oficina de Asuntos Internos. Van a abrir una investigación propia respecto a Garrett Creel y a otros cuatro de mis agentes, por conducta inadecuada.

Fiona intentó no dejar traslucir su conmoción. ¡Eso era nuevo! No creía que Malcolm tuviera ninguna influencia sobre la Oficina de Asuntos Internos de la policía estatal. Por eso empezaron con la campaña en Internet.

—Y eso es solo el principio —siguió Pfeiffer. Parecía haber tomado carrerilla—. Seguro que saldrán más nombres y seguro que tendré que suspender a más agentes. Nos vamos a quedar en cuadro. Voy a tener que pagar horas extras, así que el presupuesto se va a ir a la mierda. Y la moral va a ser un problema. Apenas somos capaces de reclutar a gente nueva. Y todos los días tengo que levantarme y venir a trabajar para el bien de esta comunidad.

—¿Y eso es culpa mía? —dijo Fiona—. Su antiguo jefe encubrió, o lo intentó, el asesinato de mi hermana. ¡Y hace nada intentó matarme, joder!

—Lo entiendo. De verdad que sí. Me vuelve loco. Pero también tengo que pensar en que mi deber será atrapar al próximo Tim Christopher que aparezca por aquí.

—Pues entonces que tus agentes no hubieran contribuido a encubrir al de verdad. —Fiona echó la silla hacia atrás—. Hemos terminado.

—Controla a tus perros, Fiona —dijo Pfeiffer.

—Ya se lo he dicho, no son míos.

—Respóndeme a una última pregunta.

—Usted dirá.

—He leído tu declaración. Afirmas que Garrett le dijo a Tim que, para ganar tiempo, escondiera el cuerpo entre los árboles, porque así se tardaría bastante más en encontrarlo. Pero Tim, pese a ello, lo tiró en el campo de deportes. Según tú, sus palabras fueron: «Lo soltó y salió pitando». Aquella noche, Tim tuvo la frialdad de llamar a Garrett y de seguir el plan tal como lo habían trazado. —Miró a Fiona a través de las lentes de las gafas. Aquel tipo no se había perdido detalle del caso, lo había desmenuzado por completo—. ¿Por qué crees que terminó haciendo una chapuza de tal calibre? ¿Perdería los nervios en el último momento?

Fiona había pensado sobre eso, claro. Era cierto que esa forma de actuar no cuadraba con la de un asesino frío como Tim Christopher. Pero en el análisis de Pfeiffer faltaba un detalle: todo aquello ocurrió en Idlewild.

—Creo que hubo algo que lo asustó —dijo—. Creo que la soltó de cualquier manera y salió corriendo porque estaba aterrorizado.

El jefe de policía alzó una ceja en gesto, incrédulo.

—¿Tim Christopher tan asustado como para salir corriendo?

—Sí.

—¿Y qué pudo asustarlo de esa manera?

Por supuesto, también se lo había preguntado. De hecho, hasta se había desvelado alguna noche preguntándoselo. ¿Qué le habría enseñado Mary Hand? Tim Christopher, un asesino... ¿Qué habría leído en su mente y le habría mostrado que fuera tan horroroso como para soltar de mala manera el cuerpo de Deb y salir corriendo como alma que lleva el diablo?

Movió la cabeza de lado a lado sin dejar de mirar a Pfeiffer.

—Nunca lo sabremos —dijo—. Pero espero de verdad que fuera horrible.

❋❋❋

Caminaba entre jadeos mientras se alejaba de la comisaría. Cuando dio la vuelta a la esquina del edificio, en dirección al aparcamiento, se detuvo al ver a alguien apoyado sobre su automóvil. Le empezó a latir el corazón a toda prisa. Se sintió aturdida, como si un repentino sentimiento de felicidad hiciera que pudiera volar.

—Jamie —dijo simplemente.

Se irguió, pero se quedó donde estaba, con las manos en los bolsillos del abrigo. El viento, frío e intenso, le revolvía el pelo. Parecía más pálido que la última vez que lo había visto, pero no apreció que hubiera disminuido su vitalidad. Le sostuvo la mirada, que era oscura y preocupada.

—Hola —dijo. Se aclaró la garganta sin dejar de mirarla—. ¿Estás... bien?

Se sorprendió de lo tranquila que estaba. También de esa euforia interior. Aquel encuentro que, en principio, podría haber sido tan complicado no la hacía sentir mal. Para nada. Sin embargo, Jamie estaba tenso. Su gesto era bastante rígido.

—Sí, sí —respondió—. Ya estoy bien. ¿Y tú?

—Yo también, supongo —contestó—. Vi tu automóvil por casualidad. Siguiendo un impulso, te esperé. Me parece que no soy capaz de estar lejos de la comisaría. No te vayas a creer que te estoy acosando.

—Bueno es saberlo.

—¿Has ido a ver a Pfeiffer? —preguntó, mirando de soslayo al edificio.

—Me enviaron una orden de comparecencia. —Fiona cruzó los brazos—. Está cabreado y jodido por la investigación de Asuntos Internos.

Me echa la culpa a mí. Pero supongo que pronto averiguará quién está detrás en realidad.

La miró largamente sin decir nada. Fiona notó que la precaución se desvanecía de su rostro, como el agua que se pierde por un desagüe.

—Pues yo no la he instigado... Tras lo que pasó y la repercusión que ha tenido, la han abierto sin necesidad de que nadie los animara. Pero estoy cooperando, Fee. He contado todo lo que sé.

—¿También sobre tu propio padre?

—Encubrió a Tim, dos veces que se sepa. Intentó matarte. Me disparó. —Jamie negó con la cabeza—. Pero ya te lo dije, antes de que pasara todo esto. Ya estaba harto. Te lo dije muy en serio. —Le dirigió un amago de sonrisa—. No volveré al cuerpo. Voy a dejarlo.

—¿Y qué vas a hacer?

—Pues la verdad es que no lo sé. Tendré que pensar en algo. Tal vez me dedique a la carpintería o a cultivar manzanas. —Sacó las manos de los bolsillos. Aún llevaba vendada una de ellas—. He oído decir que el periodismo es una carrera muy lucrativa, pero el problema es que escribo fatal. ¡Hasta los informes rutinarios!

Fiona se rio un momento. No necesitaba ser policía para hacer el bien, para ayudar a la gente. Puede que con el tiempo se diera cuenta de ello.

—¡Por Dios, Jamie, vaya lío! ¿Qué tal lo lleva tu madre?

—Nada bien —dijo con desaliento. La miró—. Te echa la culpa a ti, de todo. Al menos de momento.

Por supuesto. Era la esposa de un policía y la madre de otro. «Su madre me odia. Su padre intentó matarme. Esto no puede funcionar», se dijo.

—¿Y ahora qué, Fiona? —preguntó él, como si pudiera leerle la mente. Como siempre.

Paseó la mirada por la calle, helada y vacía. Un cielo gris volvía a amenazar con una nueva nevada. Vio la comisaría, detrás de ella. Vio al hombre que tenía delante.

«¿Y ahora qué?».

Y decidió jugársela.

—¿Quieres que vayamos a tomar un café? —le preguntó.

Jamie se lo pensó antes de contestar.

No hacía falta. Fiona ya sabía la respuesta.

EPÍLOGO

Barrons, Vermont
Diciembre de 2014

Mientras se movían la máquinas y el pequeño grupo de hombres iba de acá para allá, Fiona enfocó con la cámara el cuadrado de tierra húmeda y sacó otra foto.

—Ya sabes que todavía no hay nada que ver —dijo Katie Winthrop, que estaba a su lado.

Fiona no contestó. Por primera vez desde que la conocía estaba contemplando a la indomable Katie Winthrop en estado de agitación. Arrebujada en su ropa (un abrigo de lana y una bufanda, guantes, unas elegantes y cálidas botas de invierno), no podía evitar el temblor. Se mostraba habladora e inquieta, tensa y emotiva. Se podía imaginar perfectamente a la quinceañera que, en su día, había vuelto locas a todas sus profesoras.

Anthony merodeaba por los alrededores, atento a su madre, presto a ofrecerle un té del termo que llevaba. Fiona no se fijó en él hasta que vio a dos hombres de la cuadrilla consultándole; después llamaron a un tercero para recabar su opinión.

—¡Por Dios, cómo odio este lugar! —dijo Katie.

—Yo también —coincidió Fiona, con la vista todavía puesta en el grupo—. Todo el mundo odia este lugar.

Era un oscuro día de diciembre. El sol estaba bien oculto por las nubes. La escasa luz hacía que Idlewild tuviera aún peor aspecto. Por detrás de ellas, las sombras se cernían sobre la fila de profundos aleros que asomaban del edificio principal, incrementando su aspecto de dientes cavernosos. Fiona se estremecía de tener el edificio a su espalda, como si fuera capaz de moverse cuando no lo miraba. La banda de plástico que habían colocado alrededor del viejo jardín oscilaba con fuerza debido al viento invernal. Todo parecía estar esperando.

«Ya falta poco», pensó Fiona mientras observaba a los hombres.

—¡Gracias a Dios! —exclamó Katie—. Aquí están las chicas.

Fiona volvió la vista y vio aproximarse a Roberta y CeCe, igual de abrigadas que la propia Katie. Caminaban agarradas del brazo. Jamie las acompañaba, asegurándose de que ninguna de las dos tropezara con el barro helado del sendero. Roberta estaba seria, pero CeCe la saludó con cortesía.

—¡Santo Dios! —dijo Roberta cuando estuvo más cerca—. Este sitio es incluso peor de lo que recordaba. ¿Va a llevar mucho tiempo?

—¿A qué huele? —preguntó CeCe—. ¡Ah, es el jardín! Ahora me acuerdo... —Con los recuerdos, su expresión se volvió adusta—. Repugnante.

Así era. Incluso con ese frío tremendo, tan pronto como la cuadrilla hubo arrancado la primera capa de tierra helada empezó a flotar en el ambiente un olor húmedo y horrible. Surgía de ese cuadrado abierto, como si exhalara un aliento fétido en dirección a sus caras. El encargado había dicho algo sobre la falta de drenaje, la arcilla y el pH, pero Fiona sabía que no era nada de eso. El olor procedía de Mary y de su bebé. Siempre había sido así.

Jamie se colocó junto a ella.

—¿Estás bien? —le preguntó con suavidad.

—Has sido muy amable —murmuró Fiona—. No tenías por qué haber venido.

Se volvió y sus ojos se encontraron durante un buen rato. Le dirigió una media sonrisa al tiempo que empezaba a sentir la garganta seca.

—Quería venir —contestó.

Fiona apartó la mirada, dirigiéndola de nuevo hacia delante.

—Después de esto nos iremos a tomar una cerveza —dijo él—. Me da igual si es demasiado pronto para eso.

—De acuerdo —contestó, sintiendo que le ardían las mejillas. Le hizo sentir como si fuera una primera cita.

—Katie, tu hijo está intentando que me tome un té —se quejó Roberta mientras Fiona volvía a enfocar el jardín con la cámara.

—Tómatelo, anda —le rogó su amiga—. Le hace feliz.

—Yo preferiría un chocolate caliente —terció CeCe—. Seguro que me alegraría un poco. Prefiero el chocolate caliente al té. Y la verdad es que no tengo ningunas ganas de ver un cadáver de hace la tira de años. ¡Ah, vaya! Estoy hablando demasiado, ¿verdad? Siempre me pasa cuando estoy nerviosa.

Al final se calló. Fiona presintió que Katie, o Roberta, o quizá las dos, le habían tomado la mano.

Sin la cháchara de CeCe, lo único que se oía, otra vez, era el flamear del plástico y el aullido del viento. La cuadrilla de trabajadores que había contratado Katie ya llevaba cinco horas en el sitio. Pronto oscurecería. Pero el cuadrado que estaban examinando no era demasiado amplio. Además, la tierra estaba bastante suelta y húmeda, pese al tiempo tan frío. Habían sacado bastante tierra y ya no utilizaban la pequeña retroexcavadora. Ahora los hombres trabajaban con palas, extrayendo la tierra a mano. Por fin el capataz dio la vuelta al agujero para acercarse a Katie con gesto serio.

—Hemos topado con algo —dijo gravemente—. De madera.

«Un féretro».

Al parecer, sus padres la habían dejado fuera y Mary se había muerto de frío. Pero después la enterraron en un féretro. A ella y a su hijo.

Tardaron cuarenta minutos más, pero finalmente extrajeron el féretro del agujero del viejo jardín. La madera estaba podrida. Se notaba que había sido muy rugosa. Estaba claro que el féretro se había hecho a mano, a toda prisa. Pese al intenso viento invernal, el hedor que desprendía era tan intenso que los trabajadores se cubrieron la nariz y la boca con bufandas o pañuelos.

Fiona también pudo olerlo, pero siguió usando las manos para manejar la cámara, sacando fotos del mísero ataúd que estaban sacando de su lugar de enterramiento original. Ya había escrito gran parte del artículo acerca de Sonia Gallipeau, la triste historia de su vida y su muerte. Jonas iba a utilizarlo como parte del relanzamiento y la transformación de su revista *Lively Vermont*. Finalmente, se había decidido de una vez a acometer el cambio de enfoque de la publicación, a pasar de una mera revista de contenido turístico e intrascendente a otra que contuviera historias potentes y de contenido social, tratadas con profundidad. Eso era lo que siempre había querido y lo que realmente le gustaba. Le había vendido la mitad de la casa a su exesposa y había invertido el dinero, todo, en la revista. Ahora vivía en la habitación que estaba encima del garaje de la casa de su madre, ya muy anciana. Y, curiosamente, desde que lo había hecho y pese al enorme riesgo que corría de arruinarse por completo, estaba de muchísimo mejor humor. «Me siento como si volviera a tener veinte años», decía.

Parte de su alegría se fundamentaba en que la historia de portada de la revista no iba a ser el caso de Sonia Gallipeau, sino un artículo en exclusiva del legendario Malcolm Sheridan, un extracto del libro que iba a publicar acerca de la crisis financiera de 2008. Jonas había logrado que Malcolm Sheridan publicara en la revista el primer artículo que escribía después de treinta años de silencio periodístico. Ni siquiera vivir en un cuchitril, encima del desvencijado garaje de su madre, le robaba aquella alegría.

«No te alegres demasiado», le había advertido Malcolm sin darle casi tiempo a sentarse en su cuarto de estar, mientras Fiona contemplaba la escena con placer. «Me he retirado. No voy a pasarme todo mi maldito tiempo escribiendo para tu revista». Pero Fiona lo veía claro: su padre estaba escribiendo; eso era lo verdaderamente importante. El encubrimiento policial a Tim Christopher, por doloroso que le hubiera resultado, le había sacudido las entrañas. Había vuelto a despertar su deseo de seguir en el mundo, de hacer algo. Y también había despertado el de Fiona.

También ella estaba escribiendo. Sonia Gallipeau iba a ser solo el principio. Por primera vez en su vida iba a escribir artículos de verdad. Quería centrarse en casos no resueltos, en personas queridas que habían desaparecido sin dejar rastro y que nunca se encontraron, en aquellos que la policía y los medios habían abandonado por desidia o por la razón que fuera. Iba a escribir acerca de cosas que importaran, sobre las que mereciera la pena indagar, costara lo que costase. Y Jamie iba a ayudarla, aportando su experiencia de más de diez años en el cuerpo de policía.

Eso sucedería en cuanto enterraran los cuerpos de Idlewild como Dios mandaba.

Nadie había escrito nunca sobre Mary Hand. Por eso estaba allí, sacando fotos. Y lo estaba haciendo porque, después de tantísimos años de sufrir en silencio, alguien tenía que documentar su historia. Era necesario.

—Espero que nadie se ponga malo y le entren ganas de... —dijo Anthony, sin completar la frase. Estaba de pie al lado de CeCe, observando cómo extraían el féretro de la tierra. No cabía duda de que estaba hablando de sí mismo.

Las chicas no decían una palabra. Allí estaban: en fila, muy derechas, mirando. Exactamente igual que durante el funeral de Sonia hacía cuatro días: formando una solemne línea de cuatro mujeres mayores, que recordaban y homenajeaban a su amiga. Por fin habían podido enterrar a Sonia como se merecía, en un cementerio y bajo una lápida con su nombre cincelado.

Colocaron el féretro sobre unas andas de madera. El capataz se acercó otra vez.

—¿Qué hacemos ahora? —le preguntó a Katie.

Fiona bajó la cámara y notó que Jamie le tomaba la mano.

Katie pestañeó antes de mirar al capataz, como si se hubiera despertado.

—Ábranlo —contestó inmediatamente.

Anthony se quedó mirándola.

—Madre —empezó. Su tono era vacilante—. No creo que podamos hacer eso.

Katie miró al capataz.

—¿Podemos hacerlo?

El hombre se volvió a mirar a la cuadrilla; ninguno de ellos hizo el más mínimo gesto. Finalmente, se encogió de hombros.

—Tal vez deberíamos llamar a la policía —dijo—, pero a mí me da lo mismo. En un féretro tan antiguo como este seguro que no hay más que unos cuantos huesos, igual de antiguos.

—¿Y tú que opinas, expolicía? —le preguntó la anciana a Jamie, que tenía la mirada fija en el féretro.

Fiona sentía la calidez de la mano.

—Yo digo que lo abran —contestó sin dudar.

—Entonces adelante —ordenó Katie.

Roberta sacó un pañuelo de alguna parte de su abrigo de invierno y se tapó la nariz con él.

—¿Qué vamos a hacer con ella? —le preguntó a Katie mientras el capataz volvía a la sepultura.

—La enterraremos —dijo Katie—. Adecuadamente, como hicimos con Sonia. A Mary y a su bebé. En cuanto lo hagamos, se irán.

—No quiero verlo —dijo CeCe, pero no se movió de donde estaba.

Fiona oyó un ruido detrás de ella y se volvió.

No había nada.

Volvió a darse la vuelta y oyó el sonido. Otra vez. Un paso.

Oyó un ruido repentino y notó un olor extraño, parecido al de la nuez moscada. Fiona volvió la vista hacia las sombras, más allá del jardín. Entonces vio a Mary de pie, al borde de la línea de árboles, con el vestido negro y el velo, mirándolos. Llevaba en brazos a un bebé muy pequeñito, envuelto en una manta.

—Pasadme esa palanca —dijo el capataz, que estaba enfrente de Fiona.

Se produjo un crujido de madera rota. CeCe dejó escapar un grito ahogado.

—¡Santo Cielo! —exclamó Jamie.

Mary observaba, muy quieta.

Fiona se había quedado helada, con las manos sujetando la cámara.

—¡Madre mía! —susurró Katie—¡Oh, por Dios! ¡Es ella!

Mary no se movió.

—Creo que deberíamos llamar a alguien —dijo el capataz de la cuadrilla.

—Tenías razón, Katie —dijo Roberta entrecortadamente—. Tenemos que enterrarla. Tenemos que enterrarlos a los dos.

El niño se movió somnoliento entre los brazos de Mary. Fiona pestañeó. Y Mary desapareció entre las sombras de los árboles.

Y ya no hubo otra cosa que el campo mecido por el viento, el plomizo cielo invernal, el soplo del viento helado. Y el silencio.

AGRADECIMIENTOS

Le doy las gracias a mi editora, Danielle Pérez, por creer en este libro y defenderlo desde el principio. Y a mi agente, Pam Hopkins, por ayudarme en el proceso de escribir y crear algo nuevo y escalofriante. Mi madre, mi hermano y mi hermana me ayudan a mantener siempre los pies en la tierra, y mi marido, Adam, hace que me mantenga (más o menos) cuerda. Molly y Sinead leyeron una versión inicial del libro y me ayudaron a contemplarlo desde otro punto de vista, y Stephanie leyó otra versión, más tardía, y me sugirió bastantes perspectivas más. Gracias, chicas.

En cuanto a la investigación sobre Ravensbrück, estoy en deuda con el trabajo de Sarah Helm, primero por su obra *A Life in Secrets,* y después por su desgarradora descripción del propio campo de concentración de mujeres de Ravensbrück; *If This is a Woman.* Cualquier error que se haya colado es responsabilidad mía. Si algún lector quiere conocer una obra de ficción acerca de Ravensbrück, le recomiendo que lea *Rose Under Fire*, de Elizabeth Wein.

Doy las gracias a todos los lectores que me han enviado alguna vez un correo electrónico o un mensaje por Facebook, a todos los clubes de lectura que han escogido alguno de mis libros para hablar de él en sus reuniones y a todos los críticos y blogueros que se han molestado en escribir sobre mis libros. Nada de esto sería posible sin ustedes.

Descarga la guía de lectura gratuita
de este libro en:

https://librosdeseda.com/